"研究生学术论文写作"丛书

古代文学研究论文写作
案例与方法

◎ 主 编 姚 蓉 曹辛华 黄景春

Paper Writing

上海大学出版社

图书在版编目(CIP)数据

古代文学研究论文写作：案例与方法/姚蓉，曹辛华，黄景春主编. —上海：上海大学出版社，2022.3
（研究生学术论文写作）
ISBN 978-7-5671-4442-2

Ⅰ.①古… Ⅱ.①姚… ②曹… ③黄… Ⅲ.①古典文学研究－论文－写作－中国 Ⅳ.①I206.2

中国版本图书馆 CIP 数据核字(2022)第 024177 号

责任编辑　陈　强
封面设计　缪炎栩
技术编辑　金　鑫　钱宇坤

古代文学研究论文写作：案例与方法

姚　蓉　曹辛华　黄景春　主编

上海大学出版社出版发行

（上海市上大路99号　邮政编码200444）
(http://www.shupress.cn) 发行热线 021-66135112
出版人　戴骏豪

*

南京展望文化发展有限公司排版
上海普顺印刷包装有限公司印刷　各地新华书店经销
开本 710mm×1000mm　1/16　印张 20.25　字数 337 千
2022 年 3 月第 1 版　2022 年 3 月第 1 次印刷
ISBN 978-7-5671-4442-2/I·650　定价　56.00 元

版权所有　侵权必究
如发现本书有印装质量问题请与印刷厂质量科联系
联系电话：021-36522998

"研究生学术论文写作"丛书编委会

主　任　汪小帆

副主任　刘文光　李常品　曾桂娥

委　员（按姓氏笔画为序）
　　　　　于瀛洁　王廷云　王远弟　毛建华
　　　　　卢志国　田立君　闫坤如　李凤章
　　　　　沈　荟　张勇安　张新鹏　姚　萱
　　　　　姚　蓉　聂永有　黄晓春　曾　军

总序

教育部办公厅《关于进一步规范和加强研究生培养管理的通知》明确指出，研究生培养单位要加强学术规范和学术道德教育，把论文写作指导课程作为必修课纳入研究生培养环节。上海大学积极响应，安排各个学院组织开设相关课程并纳入研究生培养环节，取得良好效果。

为了进一步提升研究生培养质量，上海大学研究生院和上海大学出版社联合策划了"研究生学术论文写作"丛书，作为研究生学习学术写作的指导用书。本丛书内容涵盖文科、理科、工科、医学、经济、管理等多个学科，邀请各学科教授及学术骨干领衔担任主编，并根据学科特点，采用以下两种编纂模式：一是对已发表的高水平论文进行综合分析，归纳出写作要点；二是在已发表的论文案例基础上，论文原作者解析撰文过程和注意事项。这种"案例+方法"的编纂模式，通过论文作者现身说法的方式，从问题意识、论证方法、创新之处等方面揭示论文的成文之道，为研究生提供可参考、可借鉴的学术写作范例。

上海大学老校长钱伟长生前指出，研究生培养分为两个阶段，一个是课程学习阶段，另一个是论文写作阶段。钱校长非常重视研究生学术论文写作能力的培养，他曾经在研究生开学典礼的讲话中指出："论文很重要。写论文以前，你首先要到第一线找到人家的'肩膀'在哪儿。"本丛书的编纂，践行钱伟长教育思想，探索案例和方法相结合的教学途径，为研究生提供学术研究的"肩膀"，为各学科研究生提供学术论文写作的方法指导，也可为青年教师撰写学术论文提供思路启发。

我们真诚地希望使用本丛书的教师、学生以及广大读者对其中存在的问题提出修改意见或建议，交流互鉴，共彰学术。

"研究生学术论文写作"丛书编委会
2021 年 9 月

目录

序言 1

上编 经典例文

元剧的"杂"及其审美特征 .... 黄天骥 1
 方法谈：如何从文学常识中发现问题 12
关于《金瓶梅》词话本的几个问题 .... 黄 霖 15
 方法谈：通俗文学也要重视版本的研究 35
从诗史名实说到叙事传统 .... 董乃斌 38
 方法谈：学术论文的写作步骤 58
黄庭坚"夺胎换骨"辨 .... 莫砺锋 62
 方法谈：我怎样学习写论文 75
中国古典诗词的理解与误解 .... 钟振振 78
 方法谈：如何进行文本细读 92
《楚辞》中恋爱习俗描写及其文化阐释 .... 黄永林 95
 方法谈：如何进行多学科交叉研究 109
佛教思想与文学性灵说 .... 普 慧 111
 方法谈：如何用现代思维研究传统材料 126

苏、黄的书法与诗法……………………………………………张 毅 130
　　方法谈：如何进行综合研究………………………………………… 144
数字人文在古代文学研究中的初步实践及学术意义……王兆鹏 邵大为 147
　　方法谈：如何运用现代科技研究传统文学…………………………… 171
"叙事"语义源流考
　　——兼论中国古代小说的叙事传统………………………谭 帆 176
　　方法谈：如何考辨文学术语的语义源流……………………………… 199
陶渊明"神辨自然"生命哲学再探讨………………………钱志熙 201
　　方法谈：如何深入地思考、研究一个问题…………………………… 219
明清戏曲小说评点的叙事理论建构…………………………朱万曙 223
　　方法谈：如何从散见材料中归纳系统观点…………………………… 238
从中国四大传说看异界想象的魅力…………………………刘晓峰 240
　　方法谈：如何从具体问题中推衍研究范畴…………………………… 250
"四大传说"的经典生成………………………………………施爱东 253
　　方法谈：如何以学术史致敬我们的前辈学者………………………… 269

下编　方法论略

如何写论文摘要…………………………………………………黄景春 272
如何写文献综述…………………………………………………姚 蓉 275
　　文献综述范例：百年明清词派研究的进程与展望……姚 蓉 李小凤 279
如何写注释………………………………………………………石 娟 291
如何写作开题报告………………………………………………曹辛华 301

序言

近年来,国家对研究生教育十分重视。习近平总书记强调:"研究生教育在培养创新人才、提高创新能力、服务经济社会发展、推进国家治理体系和治理能力现代化方面具有重要作用。"为贯彻习近平总书记关于研究生教育的重要指示精神,各培养单位纷纷在深化研究生培养模式改革,优化考试招生制度、学科课程设置,增强研究生实践能力、创新能力等方面狠下功夫,促进研究生教育质量的提升。

学术论文写作能力是衡量研究生实践能力、创新能力的重要指标,也是研究生培养质量提升的重要依据。近年来,上海大学研究生院十分注重对研究生论文写作能力的培养,以牵头成立上海大学写作中心,将研究生论文写作课设为必修课等举措,加强研究生论文写作训练。

为提升研究生培养质量,锻炼研究生论文写作能力,我们中国语言文学学科积极响应学校研究生培养政策,在本学科最新研究生培养方案中,规定"学术写作与规范课不少于2学分",并增设"人文研究学术规范与论文写作"必修课,大力加强研究生的学术规范意识,提高研究生的论文写作水平。鉴于中国语言文学学科专业目录下二级学科较多,专业方向及特色各不相同,本学科经过多番商讨与论证,将"人文研究学术规范与论文写作"课程分为A、B、C三类,一类针对中国古代文学、民间文学、中国古典文献学专业开设,一类针对中国现当代文学、比较文学与世界文学、文艺学、创意写作专业开设,一类针对语言学专业开设,使这门课程在论文写作指导方面专业性更强,更能切实带领研究生们快速进入到专业论文写作中去。

在开设"人文研究学术规范与论文写作"课程的同时,本学科根据《教育部 国家发展改革委 财政部关于加快新时代研究生教育改革发展的意见》(教研〔2020〕9号)文件第十六条"加强课程教材建设,提升研究生课程教学质量"的要求,开始规划编撰写作教材。中国古代文学、民间文学、中国古典文献学专业首先推进这项工作,由姚蓉、曹辛华、黄景春三位教授任主编,一起组稿编撰《古代文学研究论文写作:案例与方法》一书,作为"人文研究学术规范与论文写作"A课程的配套教材。该教材上编以已在权威期刊上发表的古代文学、民间文学、古典文献学研究学术论文为经典案例,邀请论文作者撰文介绍写作方法和写作经验,为古代文学研究者撰写论文提供参考,提升研究生的问题意识、研究水平和写作能力;下编具体介绍论文摘要、开题报告、文献综述、论文注释等的写作方法和规范,为研究生提供写作指导。

本教材有幸得到上海大学研究生院经费支持,被纳入上海大学"研究生学术论文写作"丛书。这本教材的编撰经验,也将被本学科运用于其他研究生教材的规划和编写中,以便出版更多对研究生掌握学术前沿、学习研究方法有指导意义的优质教材。

曾 军

2021 年 6 月 10 日

上编　经典例文

元剧的"杂"及其审美特征*

黄天骥**

多年前,王国维指出:自元剧始,"而后我国之真戏曲出焉"①。他揭开了元剧研究的帷幕,肯定了元剧在文学史上的地位,但对一些基本性的问题,却未遑顾及。直到今天,我们对元剧形态的认识,依然像雾里看花,若明若暗。为此,本文试图作一探索,进而论及其审美的特征。

一

元代出现的"真戏曲",人们例称之为元杂剧。早在元初,胡祗遹就说:"近代教坊院本之外,再变而为杂剧。"②其后,贾仲明在为《录鬼簿》补写的吊词中,提到了关汉卿"总编修师首,捻杂剧班头";提到了王实甫"杂新剧,旧传奇,西厢记天下夺魁"。可见,有元之世,称以北曲为唱腔的戏曲为杂剧,已是人们的共识。从现存的元代剧本看,它情节连贯,结构完整。但使人费解的是,为什么这明明是纯粹的"真戏曲",却被元人、明人称之为"杂"?关于这一点,戏剧史家董每戡早就提出过疑问,他说:"两宋的戏剧名'杂剧',后来元人的戏剧同称'杂剧'。其实就内容和形式来论,前者'名符其实'地杂;后者一点儿也不杂,不知为什么沿袭了这名称。"③的确,两宋时代演出的杂剧,包括口

---

* 原载《文学遗产》1998年第3期。
** 黄天骥,中山大学中文系教授、博士生导师、国家级教学名师。曾任中山大学中文系主任、中山大学研究生院常务副院长、国务院学位委员会第二届学科评议组成员,兼任中国古代戏曲学会会长、国家古籍整理出版规划小组成员、全国高校古委会委员、中央文史馆诗词研究院顾问、中国戏曲学会顾问,主要从事词、曲史研究。
① 见《宋元戏曲史》第八章《元杂剧的渊源》。
② 见《紫山先生大全集》卷八《赠宋氏序》。
③ 见《说剧》第167页,人民文学出版社1983年版。

技、杂耍、说唱、滑稽小戏等等，它们同台演出，杂七杂八，称之为杂剧，那是名符其实的。而现存元代剧本，则丝毫不"杂"，以此名之颇有点牛头不对马嘴的味道。有人认为，元剧沿宋金杂剧而来，所以也名之为"杂"。不过，宋金杂剧又可称为"院本"，正如陶宗仪所说："院本、杂剧，其实一也。"①既如此，为什么元剧偏以"杂剧"而不以"院本"的称谓流传？可见此说仍未得其解。又有人采用胡祗遹的说法，认为："既谓之杂，上则朝廷君臣，政治之得失，下则闾里市井，父子、兄弟、夫妇、朋友之厚薄，以至医药、卜筮、释道、商贾之人情物理，殊方异域、风俗语言之不同，无一物不得其情，不穷其态。"②其实，胡祗遹之所谓"杂"，只就元剧的总体内容而言。若按此说法，那么，明代传奇的总体内容何尝不"杂"，为什么却捞不到"杂"的名目？不过，元人称其影响最大流传最广的剧种为"杂剧"，应是有它的道理的。在明初，朱权指出："元分院本为一，杂剧为一。杂剧者，杂戏也。"③我们知道，元杂剧在明初依然流行，朱权当然是熟悉它的演出情况的。他所说"杂剧者，杂戏也"，表面上似是同义重复，等于白说，可是，仔细一想，它却接触到问题的实质。关于杂戏的名目，出自宋代。《东京梦华录》载："内殿杂戏，为有使人预宴，不敢深作谐谑。惟用群队装其似像。"又载："勾杂戏入场，亦一场两段。"这里所说的"杂戏"，也就是宋耐得翁在《都城纪胜》提到"通名为两段"的"正杂剧"。而这稍作谐谑讽刺略具情节的"正杂剧"，演出时与诸种伎艺错杂相间。《东京梦华录》卷八载：六月六日崔府君生日时，"于殿前露台上设乐棚，教坊、钧容直作乐，更互杂剧舞旋"。又说："自早呈拽百戏，如上竿、跃弄、跳索、相扑、鼓板、小唱、斗鸡、说诨话、杂扮、商谜、合笙、乔筋骨、乔相扑、浪子、杂剧、叫果子、学像生、倬刀、装鬼、砑鼓、牌棒、道术之类，色色有之。"那"一场两段"的节目，与诸色伎艺混演，所以称之为"杂剧"。朱权在《太和正音谱》叙论了元代许多戏剧作品和作家之后，便说元杂剧即宋金杂戏，我想，无非是就其表演式样而言，或者起码可以说明，朱权看到的元剧表演，有许多地方和宋杂剧相似，有许多杂七杂八的东西。至于董每戡先生觉得它"一点儿也不杂"，可能是受《元刊杂剧三十种》《元曲选》等文本的书写方式影响，产生了误解。

---

① 见《南村辍耕录》卷二五《院本名目》。
② 见《紫山先生大全集》卷八《赠宋氏序》。
③ 《太和正音谱·词林须知》"杂剧之说"条。

二

元剧以一人主唱,旦主唱的称"旦本",末主唱的称"末本"。从剧本的文学性看,堪称"真戏曲";而从演出的角度考虑,如果它不"杂",也真不行。

试想,一个演员连唱四折,若中间没有间歇,他(她)能吃得消吗?更重要的是,如何解决角色身份的问题呢?

元剧从故事发展的需要出发,有许多戏,主唱的旦或末,在同一部戏中要扮演不同的角色。例如《单刀会》第一折,正末扮乔国老;第二折,正末扮司马徽;第三折和第四折,正末则扮关公。又如《绯衣梦》第一、第二折,正旦扮王闰香;第三折,正旦改扮茶三婆;第四折,正旦又扮王闰香。这一来,在折与折之间角色身份变换的时候,如何处理舞台上的时间空隙,就不能不引起我们的注意。

在元剧,演员宣示变换角色身份,除了要在演唱中自报家门,以及按照新的规定情景表演外,很重要的是靠扮相服装的变化,像《单刀会》中的乔国老是文官,司马徽是隐士,关公是武将,他们的穿戴扮相不会一样,观众便从中辨别、认知人物的身份。据涵芬楼藏版《孤本元明杂剧》所录,元代有些戏目,其"穿关"变化还显得颇为复杂:像《蒋神灵应》头折,正末饰王猛,他的化装是"兔儿角幞头、补子圆领、带、苍白髯";第二折正末改扮谢玄,其化装是"夌檐帽、蟒衣曳撒、袍、项帕、直缠、褡膊、带、带剑、三髭髯"。有些戏,主唱者角色没有变,但场景变了,化装也就跟着变了。像《伊尹耕莘》,楔子正末扮文曲星,化装是"如意冠、鹤氅、牌子、玎珰、三髭髯、执圭"。在头折,正末改扮伊员外,装扮为"一字巾、茶褐直身、钩子困带、苍白髯、拄杖"。到第二和第三折,正末改穿平民服饰,"散巾、补衲直身、绦儿、三髭髯"。而在第四折,正末虽然仍扮伊尹,但场景规定伊尹已做了大官,因此出场的打扮是"兔儿角幞头,补子圆领、带、带剑、三髭髯",并且"踩马儿"。显而易见,当正末或正旦要变换身份,那么,在唱完了一套曲子并结束了一段表演时,便要赶紧下场,改装穿戴,做好变换角色的准备。

改变穿戴扮相,是需要花费时间的。

从现存的资料看,元代舞台没有帷幕,演员没有在幕后化装的可能性,他们在折与折之间的换装,只能在表演区之外进行。而装扮的改变愈大,所花费的空隙也愈多,这是不言而喻的。有些戏,即使服装不变,但角色容貌变了。像《豫让吞炭》,正末扮豫让在第三折下场后,第四折要"漆身吞炭妆癫哑上"。漆身,虽然是将身体涂墨,试想,这样的化装要花费多少工夫?

当演员换装之际,剧情停顿,舞台上也必然出现时间的空白。这该怎么办?难道让观众傻等?若如此,难免观众不会溜号。

在宋金时代,勾栏演出已经懂得重视观众心理,注意招徕观众。说唱演员为了吸引看客,在节目正式开始前还安排"得胜头回""焰段"等小节目,不让出现冷场的局面。很难想象,到了元代的戏剧演出,反会不懂如何解决折与折之间时间需要补空的问题。其实,从宋代开始,勾栏和宫廷演出,已经注意到节目之间的时间衔接了。据《武林旧事》卷一载,在天基圣节,宫廷有杂剧上演。饮至第四盏,"何晏喜已下,做《杨饭》,断送《四时欢》",饮至第六盏,又演杂剧,"时和已下,做《四偌少年游》,断送《贺时丰》"。可见在何晏喜、时和演出杂剧的前前后后,是有《四时欢》《贺时丰》等乐曲间插着的。另据《梦粱录》妓乐载:杂剧上演,"先做寻常熟事,一段名曰艳段,次做正杂剧,通名两段"。所谓两段,包括"艳段"和"正杂剧"。这两段之间,则"先吹曲破断送",亦即在节目停顿的时候,增添乐曲,使整个演出"断"而不断。

近年,山西潞城发现了明代抄本《迎神赛社礼节传簿四十曲宫调》,这珍贵的戏曲史料所提供的宋以来民间酬神演剧的情况,与《武林旧事》等所载极为相似。例如酬神时献上"第一盏,〔长寿歌〕曲子,补空〔天净沙〕〔乐三台〕";献上"第四盏,《尉迟洗马》,补空《五虎下西川》"[①]。这里所说的"补空",即以《天净沙》等小曲或《五虎下西川》等小节目,补足舞台上出现的时间空隙。依我看,"补空"者,就是《武林旧事》等书常常提到的"断送",《礼节传簿》使用这一词语,倒是更准确地表述了舞台处理的含义。总之,从宋杂剧开始,艺人们就在演出的过程中,注意到场面问题,文献资料中出现"断送""补空"等名目,适足说明他们有了处理"冷场""过场"的方法。元剧在演出时,有没有采取类似"断送""补空"的办法,来解决舞台上出现时间空隙的问题呢?有的。这就是在折与折之间,插演诸般伎艺、小品。当观众被间场的节目吸引,舞台上的"空"便被"补"回来了。在现存元剧的剧本中,最易使人产生"一点儿也不杂"的印象的,要算是臧晋叔《元曲选》所收诸戏。但是,臧晋叔分明知道,元剧在演出时,每折之间是插演各式伎艺的。他在改订《玉茗堂四种传奇》之《还魂记》第二十五折的眉批中写道:"北剧四折,只旦末供唱,故临川于生、旦等皆接踵登场。不知北剧每折间以爨弄、队舞、吹

[①] 参看《中华戏曲》第三辑,山西人民出版社1987年版,第73页。

打,故旦末当有余力。"而在编纂《元曲选》的时候,臧晋叔却没有把"爨弄、队舞、吹打"安插在每折之间。其他各种元剧本子,包括《元刊杂剧三十种》等也是如此。这可能是选家们出于文学性的考虑,更可能是每折之间的"爨弄、队舞、吹打"之类伎艺,究竟如何安排,并没明文规定,可以由艺人即兴发挥,这一来,选家们也就无从记录了。

根据臧晋叔的眉批,可以判断,在明中叶以前,人们所看到的从元代流传下来的戏剧演出,并非纯粹上演一个故事,而是像宋金杂剧那样,在过场中间插演诸般伎艺。作为一台戏,情节完整的故事段落,与伎艺杂耍并列,轮番上演,当然很"杂"。因此,我认为,元人明人之所以称元剧为"元杂剧",乃是从演出的角度给予它的名实相符的界定。

三

其实,只要我们多一个心眼,注意从演出的角度观察元代剧本,便可发现,在折与折之间,好些地方还保留着"爨弄、队舞、吹打"等伎艺的成分或痕迹。

例之一,《孤本元明杂剧》本的《单刀会》,正末在第二折扮司马徽,他唱完了〔正宫〕套曲,也下了场,而在他于第三折扮关羽上场之前,留在舞台上的道童,和鲁肃竟有一段与剧情无关紧要的诨闹:

(道童云)鲁子敬,你愚眉肉眼不识贫道。你要索取荆州,不来问我!关云长是我酒肉朋友,我教他两只手送与你那荆州来。(鲁云)……(童云)……(唱)
〔隔尾〕我则待拖条藜杖家家走……(下)

我们发现,《元刊杂剧三十种》中的《单刀会》,是没有插入道童和鲁肃的唱、白诨闹的。可见,《孤本元明杂剧》中保留的这一段具有过场性质的"杂扮",正是元代某个戏班演出情况的记录。

同样,在《元刊杂剧三十种》中,《单刀会》的第四折,正末扮关羽,拉着鲁肃送他上船,唱完了〔离亭宴带歇拍煞〕,按理他已下场了,但剧本竟在〔煞〕之后又有两首曲子:

〔沽美酒〕鲁子敬没道理，请我来吃筵席，谁想你狗行狼心使见识，偷了我冲敌军的军骑，拿住了怎支持！

〔太平令〕交下麻蝇（绳）牢拴子行下省会，与爱煞人撇烈关西，用刀斧手施行可忒到为疾，快将斗大铜锤准备，将头稍（梢）钉起，待□□掂只，打烂大腿，尚古自豁不尽我心下恶气！

我们拿《元刊杂剧三十种》与《孤本元明杂剧》本相校，发现后者的《单刀会》没有这两支曲子。而曲中说鲁肃偷走了马，说要把他抓来用大铜锤"打烂大腿"之类的话，俚俗粗鲁，也不似是关羽口吻，倒可能是扮演周仓的演员在主角离场后的"打散"。如果我们的推测不错，那么，这一段科诨，应是《元刊杂剧三十种》所保存的元代另一个戏班演出情况。

例之二，臧晋叔《元曲选》本《汉宫秋》，四折均由汉元帝主唱。在楔子与第一折、第一折与第二折、第三折与第四折之间，即主唱者下场以后，其他角色还有许多科白，可让主唱者有充分的喘息时间。唯独在第二折汉元帝唱了〔黄钟尾〕下场后，剧本写昭君只讲了几句话，第三折便开始，汉元帝上场就唱〔新水令〕。表面看来，间歇的时间很短，似乎演员没有多少周旋余地。但是，剧本在两折间插入〔番使拥旦上，奏胡乐科〕的舞台指示。这说明，在第二折和第三折之间，是有一段乐曲作为过渡的，它就是臧晋叔所说的间以队舞、吹打之类的伎艺。有了它，饰汉元帝的演员是可以从容出场的。

例之三，《元曲选》本的《薛仁贵》，正末在第一、第二折扮薛大伯，第三折则改扮伴哥。而在第二、第三折之间，留在场上醉倒的薛仁贵做惊醒科，并向徐茂功诉说身世。这段自我介绍，竟以诗的形式出现：

（诗云）从小长在庄农内，一生只知村酒味，皇封御酒几曾闻，吃了三杯薰薰醉……告你个开疆展土老军师，可怜见背井离乡薛仁贵。

诗共十八名，颇似是可长可短的顺口溜。在薛仁贵念完下场后，剧本又插入一段丑扮禾旦唱〔双调豆叶黄〕：

那里那里，酸枣儿林子儿西里，俺娘着你早来也早来家，恐怕狼虫咬你。摘枣儿摘枣儿，摘你娘那脑儿，你道不曾摘枣儿，口里胡儿那里来，张罗张罗,见一个狼窝,跳过墙啰,唬你娘呵。

此曲唱毕,才由主唱的正末上场。显然,在两折之间的薛仁贵的念白和禾旦的诨唱,和剧情并无内在联系,它们只具间场作用,属于补空的"爨弄"。

例之四,脉望馆本《蒋神灵应》,第二折正末扮谢玄主唱,在他唱了〔南吕〕的尾声下场后,留在场上的谢安和王坦之却畅论围棋:

(王坦之云)老丞相,这棋中幽微之趣,可得闻乎?……
(谢安云)是小巧势、小妙势、小角势、小机势、小屯势……又有二十四大棋势。
(王坦之云)老丞相,是那二十四大棋势?
(谢安云)是独飞天鹅势、大海求鱼势、蛟龙竞宝势、蝴蝶绕园势、锦鲤化龙势……

两人议论了一通,随后楔子才由正末扮谢玄再上。这一大段宾白,与剧情并无相干,主唱者倒可以赢得喘息的时间。至于谢安与王坦之的耍嘴皮掉书袋,则类似宋杂剧的"打略拴搐"。

上述诸例,说明元剧在演出时,折与折之间是有爨弄、队舞、吹打之类的片断作为穿插的。当然,《元曲选》中的许多剧本,已经懂得把间场的伎艺作为剧情发展的一个环节,在套曲结束,主唱者下场以后,戏剧的矛盾,次要角色通过对白或科泛继续推动。但这些宾白科泛,备受重视的往往是它的伎艺性,像夏庭芝在《青楼集》中说天锡秀"足甚小,而步武甚壮",侯副净"筋斗最高",国玉第"尤善谈谑",便是光从伎艺方面作出对演员的评论。总之,在元剧表演中,穿插于套曲之间的宾白科泛,与宋杂剧表演"有散说,有道念,有筋斗,有科泛"[①]同出一脉。在这个意义上,人们仍称元剧为"杂剧",自然是可以理解的。

在《孤本元明杂剧》中,还有《降桑椹》一剧。此剧写蔡顺为给母亲疗疾,孝感动天,桑树竟在大雪天长出桑椹,供他为药。此剧的第一折,插入王伴哥与白厮赖的大段诨闹;第二折插入两个医生即太医和糊突虫的大段诨闹;第三折插入桑树神、风伯、雷公、电母的大段表演;第四折又插入王伴哥和白厮赖的诨闹。有趣

---

① 见《南村辍耕录》卷二五《院本名目》。

的是,在各折的诨闹中,又有插白:"〔外呈示答云〕得也么,这厮!"表明在表演区之外的类似"检场"的人员,也能参与哄闹。按理,《降桑椹》宣扬孝道,它的题旨是严肃的,但是,戏中反复加插大段诨闹、宾白、科泛,把原本是正儿巴经的事情弄成稀奇古怪,把宣扬孝顺父母的庄重气氛冲洗得七零八落。若从剧本的文学性而言,《降桑椹》的编排无疑是拙劣的,但我怀疑编剧者未必看重故事内容的表述,而是以行孝的情节为框架,实际上是串演各式各样的伎艺。不管怎样,《降桑椹》的做法,说明了元代一些剧作者十分重视伎艺的表演,乃至于有人竟不理会戏剧创作需要配合剧情营造相应的气氛,倒是利用剧情,添加枝叶,给伎艺性的表演提供机会。就重视伎艺表演而言,元剧与宋金杂剧是一致的,如果它们有什么不同,那不过是宋金杂剧纯属伎艺性表演,而元剧则注意到以故事表演为主体,尽量利用故事进行的间隙来显示诸般伎艺而已。

四

在元代,戏剧人物登场,所采取的程式,与宋杂剧如出一辙,这也是它之所以被称为"杂"的重要方面。

明代臧晋叔编纂的《元曲选》,往往在戏中出现"冲末"的角色。冲末是冲场的外末[①],即由剧中的一个次要的男演员冲场而上,揭开戏剧的序幕。这"冲末"是剧中人,他的行为是戏剧冲突的组成部分。

但是,在最能真实反映元代演剧状况的《元刊杂剧三十种》中,却没有"冲末"一角,人物上场,使用的是"上开"的舞台提示。这一差异,很值得研究者注意。

"上开",并不是一般意义的开场,试以宁希元校点的《元刊杂剧三十种》的《霍光鬼谏》[②]为例:

> 第一折(昌邑王上开了)(外云了)(外上,谏不从了)(等外出了)(正末重扮霍光带剑上开)
>
> 第二折(二净上开,住)(卜儿云了)(二净见了,下)(驾一行上开,住)(二净上,小旦了)(卜儿上,再云,下)(正末骑竹马上开),在〔蔓菁菜〕一曲之后,

---

① 拙文《"冲末""外末"辨释》有较详细的分析,载拙著《冷暖集》,花城出版社1983年版。
② 《元刊杂剧三十种》,宁希元校点,兰州大学出版社1988年版。

有(等驾上开住)

第三折(二净云了)(驾一折)(外开一折)(正末做暴病扶主开)

第四折(驾上开住)(做睡意了)(正末扮魂子上开)(等驾上,再开住)

从上例可以发现,第一,"上开"并非像"冲场"那样只用于全剧的开头,而是能用于每折,甚至能用于曲子的间歇中。第二,差不多每一类演员,包括驾、净、外、末等等,都可以"开"。第三,在同一个场景中,演员们可以轮流地"开"。第四,同一个角色,"开"了之后,还可以再"开"。这一切,说明了"开"是一种特定的表演动作或程式,它与臧晋叔《元曲选》中的冲末登场有很大的区别。考诸宋金杂剧,演员上场时,往往是有"上开"的提示的。这"开",就是"开呵",或写作"开和""开喝"。按元刊《紫云亭》剧〔尧民歌〕,有"你这般浪子何须自开呵",明朱有燉《八仙庆寿》有"替那鼓弄每开呵些也好",《雍熙乐府》卷十八〔寨儿令〕曲有"开硬呵,发乾科",可见,"开呵"是一种有特定涵义的演出术语。关于"开呵",徐文长在《南词叙录》云:"宋人凡勾栏未出,一老首先出,夸说大意,以求赏,谓之开呵。"引证百回本《水浒传》五十回,艺人白秀英说唱诸宫调,唱之前,先由其父"持扇上开呵云:老汉是东京人士白玉乔的便是……"他介绍了一番之后,白秀英才开始演唱。《金瓶梅词话》第三十一回写"笑乐院本"的演出,"当先是外扮节级上开:法正天心顺,官清民自安……我如今叫副末抓寻着,请得他来见一见,有何不可,副末在哪里?"很清楚,《水浒传》和《金瓶梅词话》提到的白玉乔与节级,其身份、作用,等于徐文长所说的"夸说大意"的"老者",是引导角色上场的人物,他们以念诗、说白主持演出。这一种做法,又分明是唐代歌舞表演"引戏""引舞""竹竿子"的孑遗。又据任光伟先生介绍山西雁北于今尚流传的"赛戏",在演出《投唐》《孟良盗骨》等戏之前,先有"摆队",上场人物有真武爷、顶和、桃花女、三判等角色。演出时,先由兵校引顶和上。顶和肃立场中"致语",(念)"唯××年之正月十四日××村扮社火一场"。随即鼓乐齐鸣,"口号"四句,接唱"曲板"四句,跟着是(白):"我有两个鬼厮,唤他前来,他就前来;他不来,就不来。"然后才是扮鬼厮的人上场[①]。我认为,山西"赛戏"这一段表演,正是宋元以来"开呵""开和"的活化石。所谓"顶和",无非是"开和"的蜕变。如果上面的分析不致大谬,便可说明宋杂剧的"开呵",还保留在现今的农村舞台演出中。既如此,元代

---

① 参看《中华戏曲》第三辑,第199页。

戏剧上演时依然搬用宋杂剧的程式,自然是顺理成章的。

当我们弄清楚了元刊本中"开"的含义,就晓得元代演员登场时,是需要有人宣赞引导的。这个"夸说大意"的角色,其行径颇似于今天舞台或屏幕中的"节目主持人",他虽然出现在舞台上,活动于表演区中,却游离于剧情之外。他以局外者的姿态,使演员与观众沟通,让观众注意剧情的发展;而他的出现,又打断了戏剧动作的连贯线。对于这个专司宣赞引导的演员来说,"开"无疑也是一种专门伎艺,他对剧情或角色的推介,是否恰到好处,唱念、表情能否抓住观众,应该是有讲究的。在元剧演出中,这"开"的程式的存在,说明当时的舞台表演重视伎艺性,重视对观众的直接提示,却对故事情节的完整性、连贯性,显然还未给予足够的关注。

到明代,当臧晋叔编纂元剧的时候,"上开"的舞台提示被大量淘汰,代之以"冲末"冲场,间或出现"冲末扮××上开"的提法。戏曲术语的变化,反映了表演形态的变化。这一点,容另文论述。

五

上述的见解如能成立,那么,可以想见,元剧的表演体制,包括每折戏、每套曲的间场以及人物的登场方式,既是继承了宋金杂剧,又是十分驳杂的。而表演体制,既受一定历史时期观众审美情趣的限制,又反过来影响演出活动和演出效果。换言之,表演的体制和戏剧的审美特性,有着密切的联系。

在西方,从亚里士多德开始,人们便把戏剧种类区分为悲剧和喜剧。与此相联系,近年来我国的学者,也有人把元剧区分为悲剧与喜剧。根据戏剧冲突的本质,亦即根据新旧两种力量在斗争中的态势,作品或是反映新生力量受到挫折,导致悲惨的结局;或是描写新事物取得胜利,嘲笑、否定旧事物的丑陋可笑,从美学范畴的意义划分元剧的种类,这当然不无道理,也易于"与国际接轨"。但是,按照我国传统观念,人们认为世间万物,彼此并非绝对对立的。包括物质和意识,除了"非此即彼"之外,同时存在"亦此亦彼""此中有彼"的状态。在审美方面,既有大喜大悲的区分,更多的情况是亦悲亦喜,悲喜交集。受儒家中和、中庸思想的影响,我国古典美学既注目于崇高、悲壮,更重视和谐、均衡。从元代戏剧演出和创作的情况看,经过悲欢离合,融合喜怒哀乐,最终达至矛盾的调协,情绪的和谐,是大多数剧目共同表现的审美意识。因此,简单地以悲剧或喜剧的概念给予界定,似既不符元剧的实际,也不能说明元剧乃至我国文化的特色。

　　判别戏剧的种类,除了要注意戏剧冲突所反映的社会本质之外,也不能不顾及它的演出所产生的美感,不能不考虑一台戏的整体、综合的效应。元剧在演出时,或以局外人的提示打断剧中人的动作线;或以伎艺性的部件隔断故事的连贯性,这势必使观众视点分散。试想,四大套的北曲,"中间错以撮垫圈、舞观音或百丈旗,或跳队子"①,这一类"杂扮"、伎艺,是会产生美感的,但与剧情没有必然联系,纯粹起"间场"的作用,作为一台戏的组成部分,又必然影响了观众对戏剧性的欣赏。当元剧的连贯线不断被"杂扮"、伎艺隔断,观众的情绪不断受到多方面的牵扯,人们却要把它截然区分为喜剧或悲剧,实在是困难的,也是不科学的。特别是那些被视为属于"悲剧"的戏,且不说它的团圆结局不能产生悲的效果,就从它不可避免地用伎艺间场,不断地以勾栏调笑插演来看,我们也难以视之为具有完整意义的"悲剧"。

　　研究戏剧史,不能不关注剧场的情况。我国戏曲演出,有其发展变化的过程。元代戏剧表演承宋金杂剧余绪,而且主要是受"诸宫调"演出的影响。一个主唱,势必需要以"杂扮""杂耍"诸般伎艺间场。到明代,传奇演出吸取了南戏每个角色均可主唱的方式,不存在演员更换装扮需要时间喘息的问题,这才抛开了"诸宫调"程式的制约,进而抛开间场的伎艺,戏剧便以连贯的故事表演,呈现在观众面前。当然,"杂"的痕迹还有遗留,像《牡丹亭》在"道觋"一出中插演石道姑一段打诨之类。但毕竟和元剧把"杂扮"、伎艺作为演出机制的一部分大不相同。显然,当我国戏曲发展到以传奇为主体的明代,才向具有纯粹意义的戏剧表演迈进一步。

　　从另一角度看,元剧的杂,也说明了元人对戏剧审美功能的认识。在我国,儒家一直强调"文以载道"。但实际上,元剧作为"文"的重要方面,其演出却非完全"载道"的。戏者,戏也,戏谑、戏耍之谓也。看宋杂剧,固然有"二圣环"之类稍具社会内容的小品,但更多的是"跳火圈""弄虫蚁""蛮牌""倬刀""跳丸""吐火""吞刀"之类杂耍伎艺,这又能"载"什么样的"道"? 在元代,叙事性文学第一次居于创作的主导地位,舞台上出现了故事表演,这当然是戏曲史上的飞跃,也表明元初剧坛已充分注意戏剧的教育功能。然而,大量伎艺性的"杂扮"的存在,又表明看客们看戏时,还需要娱乐。我认为,不能把元剧以伎艺间场,仅仅视为编剧

---

① 《客座赘语》卷九戏剧条。

和表演水平的局限,还应视之为时代的产物,是特定时期的审美要求。当北方观众依旧习惯于宋金杂剧特别是"诸宫调"的表演,依然喜爱观赏伎艺性节目的时候,元剧"杂"的模式,就必然长期地保留。很明显,追求娱乐性,是元代观众审美理想的重要方面,他们既需要从完整的故事情节中获取教益,也需要从精湛的伎艺表演中获得愉悦。当"载道"与娱乐的双重需求在表演的层面尚未渗透、统一和水乳交融,元剧就呈现出"杂"的审美特征。

中国戏曲作为文学与唱做念打结合的综合艺术,在发展过程中有其历史的阶段性。元杂剧之所以被视为"杂",恰好是戏曲发展到一定时期所留下的充满特色的烙印。弄清楚这一点,对历史地认识元剧的演出和创作,也许是有帮助的。

 方法谈:

如何从文学常识中发现问题

我从 1956 年开始,便在中山大学中文系,从事古代文学的教学科研工作。根据工作需要,我给自己定下了"戏曲为主,兼学别样"的学习方向。因此,多年来,在教学上,我一般给本科学生讲授诗词,给研究生讲授古代戏曲或先秦经典。

在"文革"以前,讲授文学作品,包括研究中国古代戏曲,一般是按作品出现的时代背景,然后对它的思想性、艺术性进行分析。而且,当涉及艺术分析,又无非是以今天的目光,论述剧本结构完整、情节巧妙、人物形象鲜明等诸如此类的问题。这样做,对我们理解古代中国戏曲,没有多大的帮助。特别是研究中国古代戏曲发展的历史,更是十分的不适合。因为戏曲文本是用于舞台表演的,研究戏曲史,如果离开了对当时戏曲表演情况的了解,便不可能对戏曲的评价和发展,有比较正确的理解。因此,当我自己感到走投无路的情况下,便决定转过头来研究古代戏曲形态。在 20 世纪 80 年代,这属于戏曲研究的前沿问题。

要研究古代戏曲当时演出的情况,没有详细的文献记载,更不可能有录音带、录像带的记录。当然,前辈学者,像王国维、任半塘,和我的老师董每戡诸位教授,对古代戏曲的名词术语,已经有过不少的考据和解释,作出很大的成绩。但是,还有许多问题,实在还未解决。特别是大家经常接触的,而且是最为重要的名词——杂剧,完全没法得到合理的判断。

为什么元代的戏曲,被称为"元杂剧"? 这一点,前辈学者非常困惑。王国维先生认为:像《窦娥冤》,完全可以与莎士比亚等人的剧本媲美,他认为自元代始,"我国之真戏曲出焉"。从现存元代的剧本看,其情节结构,矛盾冲突,人物形象,显得连贯完整,确实是纯粹的"真戏曲",但为什么还把它称为"杂剧"? 这一点,他没有说清。我的老师董每戡教授,对此也很不解,认为"元剧一点也不杂",为什么还称它为"杂剧"?

　　科学研究,就是要解决前人未能解决的问题。带着王、董两位的疑问,我首先搜集了《太和正音谱》等全部提到"杂剧""院本"概念的文献资料;又翻阅校勘了《孤本元明杂剧》《元刊杂剧三十种》《元曲选》等文本。董每戡老师教我怎样从舞台演出的角度,审视戏曲文本;王季思老师要求我对文本的阅读,必须仔细勘校。于是,我发现了一些未被人注意的新材料,再加山西有古代戏曲文献出土,我断定,元代的戏曲确实是"杂"的。它的"杂",表现在"折"与"折"之间,穿插着各式各样的杂耍,以方便演员的换装或休息。这既可以留住观众,更重要的是,这适应观众的审美需要。只是当时臧晋叔等人在编辑戏曲文本的时候,没有把"折"与"折"之间那些杂七杂八的表演形式抄录上去,便让后人产生了种种疑问。

　　我之所以选择这一论题进行研究,也并不只是希望对某个名词术语,力图作出比较准确的解释。而是认为,研究古代文学的目的,不仅要正确阐释它的本来面目,更重要的是"古为今用",是为了发扬其精华,抛弃其糟粕,研究其发展规律和民族文化特色,有助于文学艺术创作,有益于今天的人民。因此,我研究元杂剧之所以会有"杂"的问题,虽从考据出发,但力图不囿于考据,更希望弄清元代戏曲演出的形态,发现我国人民的审美传统。

　　在西方,戏剧要求符合"三一律"的准则。如果以此看待我国的戏曲,何止是元剧,都会觉得它很"杂",不符合"三一律",会认为戏曲的许多地方,与故事情节的统一无关。

　　确实,在具有完整故事的戏剧演出中,夹杂着"杂",是从元代开始的。但是自古以来,我国观众,一方面喜爱观看故事情节的进行,一方面对杂七杂八的伎艺,也很欣赏。从汉唐到宋,百戏杂技的演出,一直盛行。所以,元剧每折之间,都插演诸般伎艺。这种状况,符合农业社会的实际:简单的劳动生产,方式单一;终日在田间劳动生产的民众,视界相对狭窄。然而,群众却是希望生活过得多姿多彩的。反映到审美观念上,千奇百怪各式各样的杂耍技艺,能够在表演中,满足民众在精神上的需求。

这"杂"的做法,到明代传奇的演出中,还保存了下来,不少剧本的作者,甚至把与故事情节没有多少关系的伎艺表演,也纳入写作的范围之中。连《牡丹亭》也不例外。按说,明代传奇,全剧不是只由一人主唱,也不存在出与出之间,需要间歇的问题,但在《牡丹亭》剧本中,却插入"劝农"、"数花"、石道姑打科插诨等等带有"杂"性质的细节,它们与故事情节,没有必然的联系。这样做,分明是着眼于迎合观众的需要,好让人们能够看到各式各样的伎艺表演。实际上,这种做法,也是"杂"。

到明代后期,乃至清末民初,折子戏流行。它们只摘取剧本某些精彩片段进行表演,观众也只着眼于欣赏演员唱做念打,而不在乎观看完整的故事情节。这都说明,从元代以来,观众都乐于看到"杂"的伎艺。这样的审美趣味,一直延续下来,成为我国观众的审美传统。由此可见,既重视剧本的教育作用,重视"高台教化",又重视伎艺性、娱乐性,这是从古以来我国戏曲的审美传统。

当然,在今天,随着社会的发展,生活的变化,人民大众的审美观念,已经和已往所有不同。因此,文学艺术,包括戏曲剧本的创作和表演,必须有所改革,有所创新。但传统的审美观念,也依然沁入骨髓。为什么我国群众看到电影《红高粱》的时候,对"颠轿"一段,印象特别深刻?这多少说明今天的观众,依然对与情节发展没有直接关系的"杂"(亦即伎艺),十分喜爱。

当我们对元代戏曲为什么被称为"杂剧"的问题,考证清楚,进而发现"杂"与元代的审美观念的关系,便有助于认识我国舞台艺术的传统,有助于今天的作者和表演者,进一步继承和发扬。我力图通过考证,从微观推向宏观;通过研究,古为今用。当然,水平所限,所说未敢必是,仅作为一说而已。

在阐析了元杂剧的"杂"及其审美特征以后,我又写了《闹热的牡丹亭》一文(载《文学遗产》2005年第6期)。这两文,其实是观点衔接的姊妹篇,有兴趣的同学,也不妨找来一阅,并望不吝赐教,共同推进古代戏曲研究的发展。

关于《金瓶梅》词话本的几个问题*

黄 霖**

摘要：现存基本完整的《金瓶梅词话》有三部：一部现藏于台北"故宫博物院"，另两部藏于日本。这三部词话本中，发现于山西的台藏本的刊印最良，后世的保存也优，有不少朱墨批改文字，多有价值。日本两部，毛利本可能刷印在先。当年山西发现词话本后，由古佚小说刊行会影印了104部，然此本实刊落了近三分之二的批语，个别批改文字与符号也有变易。日本的"大安本"长期以来也为学界所重，然此本的影印工作也多疏误。1978年，在台湾影印出版的联经本，不同于过去都采用缩印的方式，而是将叶面放大至原本一样大小，且朱墨套印，自称据古佚本并"比对"了台藏本影印，实际上既未忠于古佚本，更未"比对"台藏本，貌似原刊而实离原刊更远。

关键词：《金瓶梅词话》；台藏本；毛利本；日光本

现存基本完整的《金瓶梅词话》有三部：一是1932年在山西发现，当时被北平图书馆购得，抗战时寄存于美国国会图书馆，1975年归于台北"故宫博物院"（简称"台藏本"）；二是1941年日本发现日光山轮王寺慈眼堂藏有一部（简称"日光本"）；三是1962年发现日本江户时代德山藩主毛利氏家传藏一部，近归日本周南市美术博物馆（简称"毛利本"）。这三部书均非藏在图书馆，读者本来就难以借阅，更何况中土本于1933年由古佚小说刊行会加以影印（简称"古佚本"），日本两本于1963年由大安株式会社相互补配后也予以影印（简称"大安本"），读者都误以为这些影印本忠于原本，更无兴趣去借阅难以借阅的原刊本

---

* 原载《文学遗产》2015年第3期。

** 黄霖，复旦大学中文系教授、博士生导师，曾任教育部重点研究基地复旦大学中国古代文学研究中心主任、中国语言文学研究所所长，兼任上海市古典文学学会会长、中国古代文学理论学会副会长、中国近代文学学会会长、中国明代文学学会会长、中国《金瓶梅》研究会会长等职，主要从事中国古代文学批评史和文学史研究。

了。近两年,笔者有机会先后目验了毛利本与台藏本,觉得有必要对误传了数十年的一些似是而非的说法谈谈笔者的看法。

一、台藏本品相最佳

本来,三部《金瓶梅词话》,除了毛利本的第5回末页与其他两本异版之外,其余一些具有特征性的地方,如断框、墨钉、鱼尾的变化等完全相同,其版式、文字等更是一致,这是毛利本的发现者、研究者与整理大安本的编辑们的共识,因而这三部词话本基本上可视为同版。当20世纪60年代日本发现毛利本并接着影印大安本的时候,一些学者在介绍其优点时,往往自觉或不自觉地将它们与中土台藏本的影印本——古佚本的缺点相比较,这样就很容易且事实上给学者们造成了某种错觉,认为毛利本、日光本及影印的大安本比较好,而藏于中土的本子较差。最有代表性的是大安本的"例言"说:

一、吾邦所传明刊本《金瓶梅词话》之完全者有两部。日光山轮王寺慈眼堂所藏本与德山毛利氏栖息堂所藏本者是也。
……
三、古佚小说刊行会影印本。以北京图书馆所藏本为据①。不但随处见墨改补整。而有缺叶。

这里突出了日本所藏"两部"均是"完全者",而中土台藏本则"有缺叶",还加上"随处可见墨改补整"。

与此相呼应,在专刊宣传大安本文章的1963年5月《大安》第9卷第5号上发表的饭田吉郎教授的《关于大安本〈金瓶梅词话〉的价值》中说:"北京图书馆本及其影印本都是缺少第五十二回第七、第八两叶原文,这当然是件美中不足的憾事。然而,现在的大安本由于使用了与北京图书馆同版的日光慈眼堂藏本,所以理所当然地消除了这个缺陷。"同期所刊的鸟居久晴教授的《〈金瓶梅〉版本考再补》一文也说:"顺便说一下,在北京本中缺少的第52回第7、8叶在慈眼堂本中是完整的,……这个

---

① 此本,即目前台北"故宫博物院"藏本。它于1932年在山西省介休县发现,被当时的北平图书馆购入,1933年由马廉发起以古佚小说刊行会的名义首次影印。抗战时寄存于美国国会图书馆,后还给中国,现藏于台北"故宫博物院"。

版本(按,指日光本)就成了海内唯一完整无缺的版本,这实在是贵重的东西……"诸如此类,在学界造成了影响,往往误认为中土台藏本是缺了两叶,而日本两部都是完整的。直到前年台湾里仁书局翻印大安本时所写的《重印〈新刻金瓶梅词话〉大安本说明》,还在历数中土各印本的缺失之后强调大安本"为学术界与读书界所重"。

其实,日本两部都不"完全",且缺叶都比中土台藏本更多。台藏本缺 2 叶,而毛利本缺 3 叶:第 26 回第 9 叶、第 86 回第 15 叶,以及第 94 回第 5 叶。日光本我未能获见,而据当年翻过此书的长泽规矩也教授说:"慈眼堂所藏本缺五叶"①,可知缺叶更多。因此,大安本"例言"所说"吾邦所传明刊本《金瓶梅词话》"之"两部"是"完全者"的说法并不确切,更不能以此虚假的"完全"来与中土本的缺叶相对照,引导人们得出不正确的结论。

更重要的是,我目睹了毛利本与中土台藏本之后,深感到不论从当时刊印时所用的纸张、刷印的墨色、文字的清晰,以及后世的保存来看,毛利本的整体品相远不能与台藏本相比。

首先看当时的用纸。毛利本当初刊印这部小说时,显然不太重视,所用纸张,竟有不少是修补过的。经修补后的地方,纸面不平,印刷后的字迹往往出现斑驳、模糊的状况,如第 13 回第 2 叶 B 面第 1 至第 4 行的上面五六个字中有许多字是不完整的。原因是这地方的纸原来有许多漏洞,后经修补过再用的。而中土台藏本的这一叶是印得非常清楚的②:

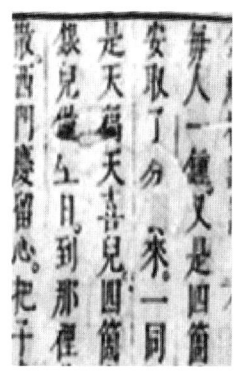
毛利本 13/2B

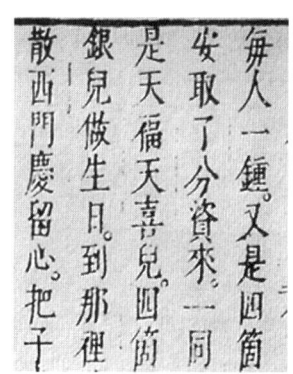
联经本 13/2B

---

① 长泽规矩也:《〈金瓶梅词话〉影印经过》,黄霖等编译:《日本研究〈金瓶梅〉论文集》,齐鲁书社 1989 年版,第 86 页。
② 由于台北"故宫博物院"目前尚不让复制任何一页,故本文只能用正文基本上能正确反映原本面貌的联经本的书影来进行比较。

这样的情况还不止一处,据我匆忙中翻到的,至少还在第11回第2叶反面、第12回第6叶反面、第25回第1叶反面、第30回第6叶反面、第39回第1叶反面、第49回第1叶反面、第49回第5叶反面、第67回第19叶反面、第68回第15叶正面、第71回第4叶正面、第75回第6叶正面、第75回第9叶反面、第80回第5页反面、第81回第5叶正面、第87回第6叶反面等处都是用的修补过的纸张。这种情况在古籍刊印中还是不太多见的,足见其出版商对刊印此书不求质量而只图赚钱而已。不但如此,毛利本有时竟直接用了破损而未经修补的纸来印刷,如第16回第6叶正面、第55回第2叶反面、第69回第17叶反面、第73回第5叶正面、第74回第8叶反面、第79回第11叶反面等等,都留有一个大窟窿,这真是到了匪夷所思的地步。此外,还不时可见用纸泥印的存在,也或多或少地影响了个别文字的清晰。这些情况,在台藏本中都是没有的,两书品质的高下,自可立见。

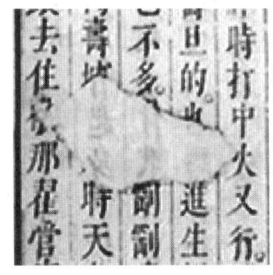

毛利本 55/2B 有窟窿

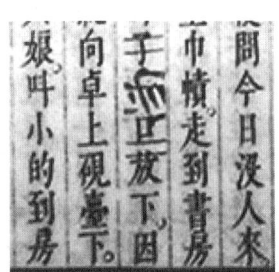

毛利本 34/11/8 有泥印

其次,看当时的印刷。毛利本的印刷,明显可见比较马虎,或操作不良,因而同用一块板子(甚至可能还是先用),却常常可见好多地方没有刷到,特别是边框或近边框的文字,例如,第67回第14叶A面最后一行的第1个字"服"。毛利本与日光本(大安本)①都是模糊缺损,而联经本则清晰完整:

毛利本 67/14

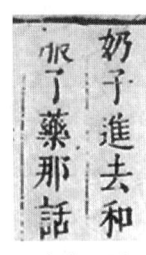

日光本 67/14

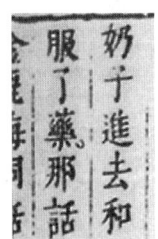

联经本 67/14

---

① 本文所用日光本的书影都是据大安本中所采用者,下文不再作注明。

比缺字更多见的是边框的缺损，如第 76 回第 16 叶 B 面的左上框，毛利本与日光本都有缺失，而联经本完全无缺：

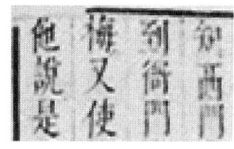 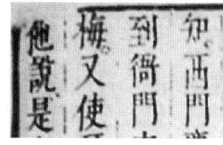 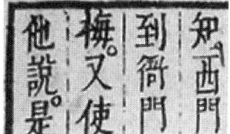

毛利本 76/16B　　　　日光本 76/16B　　　　联经本 76/16B

另外从行线来看也比较能说明问题。本书每一行之间原来都有一条细线分隔，板子新雕或印刷认真，此线一般都比较清晰，反之，则往往或明或缺、断断续续。今比较三本，台藏本的板子未必最新，但行线往往清楚，主要也在于刷印时比较认真或操作娴熟。今举一例：第 92 回第 12 叶反面，毛利本还稍留一点淡痕，日光本（大安本）已几乎全无，联经本则留有较多的黑线，三者相比，一目了然。

毛利本 92/12B　　　　日光本 92/12B　　　　联经本 92/12B

通过以上比较，清楚地说明了台藏本的印刷较之毛利本与日光本都比较完整与清晰。这里特别要说明的：一是这些例子并不是个例，而是触处可见，故没有必要一一例举；二是由于目前台北"故宫博物院"不让复制原件，故只能用联经本来比较。联经本及其所祖之古佚本的正文都是比较真实地反映了原刊的面貌的,所以三本相校,明显的以台藏本为上乘。

再次,看后世的保存。这三部《金瓶梅》辗转流传至今已有几百年,虽然现在我所见的毛利本与台藏本都得到了很好的收藏,但就这两部书的品相而论,一看就知台藏本为佳,毛利本显得陈旧。不但如此,毛利本还有若干叶纸遭到过虫蛀,如第60回第1叶:

毛利本 60/1B

至于日光本,当为更糟,据长泽规矩也教授说,此书曾遭鼠害①。受害到何种程度,他没有细说,但大安株式会社在影印大安本时,取毛利本作为底本,日光本仅选取若干可用之叶加以补配,其书之完好程度究竟如何,就可想而知了。

二、台藏本的朱墨批改利多弊少

台藏本上有朱墨批改,一直为人所诟病,如大安本的《例言》就指责其"随处见墨改补整"。所谓"墨改补整",即是在流传过程中有人或用朱笔,或用黑墨,将正文的文字进行批改。其批,有眉批,有旁批。其改,有正字在原文之旁,也有叠

---

① 长泽规矩也:《〈金瓶梅词话〉影印经过》,黄霖等编译:《日本研究〈金瓶梅〉论文集》,齐鲁书社1989年版,第86页。

改在原字之上。其色有深浓与浅淡之别,也有陈旧与略新之异。总的看来,可肯定不是成于同一时间,也有可能不是出于一人之手。这些墨改文字,从强调原板的整洁性的版本学家看来,无疑是有碍观瞻的。但从我比较关注文学批评与实际校字效果的角度看来,这些"墨改"文字不但不全是病,而且自有它的价值所在,应该予以珍视。

它的价值主要表现在两个方面:

(一)就批来讲,全书留下134条批语,虽然文字不多,但有的也颇精彩,对于理解《金瓶梅》的艺术奥秘是有帮助的。且看以下数例:

(1)第38回第8叶B面,写潘金莲等西门庆不回,弹了回琵琶后"和衣强睡倒",这时"猛听的房檐上铁马儿一片声响,只道西门庆来到,敲的门环儿响",此处批道:"模拟情境妙甚。"

(2)第38回第11叶B面,写潘金莲当着西门庆、李瓶儿叹苦说:"……比不得你们心宽闲散,我这两日,只有口游气儿,黄汤淡水,谁尝着来,我成日睁着脸儿过日子哩!"此处有旁批道:"说得苦,要打动其夫。"

(3)第62回第24叶B面,写李瓶儿死后,西门庆很伤心,吴月娘、李瓶儿、孟玉楼等从不同的角度劝说并流露了不满之意,此时潘金莲只是说了句:"他得过好日子,那个偏受用着甚么哩,都是一个跳板儿上人。"此处眉批曰:"金莲当此快意之时,话头都少了。"

(4)第76回第4叶B面,写孟玉楼拉着潘金莲到吴月娘那里道歉,翻来覆去,八面玲珑,说了好多话,在第7行那里对吴月娘说:"亲家,孩儿年幼不识好歹,冲撞亲家,高抬贵手,将就他罢,饶过这一遭儿,到明日再无礼,犯到亲家手里,随亲家打,我老身却不敢说了。"有眉批曰:"大抵玉楼做事,处处可人。"

(5)第91回第4叶第7—8行写孟玉楼嫁李衙内,"先辞拜西门庆灵位,然后拜月娘","两个携手,哭了一场",上有眉批曰:"瓶儿死的好,玉楼走的好。"

诸如此类的一些批语,虽然比较简略,但多数是批者的会心所谈,有助于读者的阅读与欣赏。

(二)就改来讲,不容讳言,也有一些地方改错了,但绝大部分是改得对,改得好,纠正了手民传抄与刊刻过程中的错误。特别是一些用朱笔圈改或改在旁边的文字,即使将原文圈掉了,甚至改错了,但仍能清楚地看到原文的真面目,让读者能判断孰是孰非。最不可取的无非是用黑色墨笔圈勾或直接涂改,因经此一涂或一改,原来的文字已不可辨认,这就有了"破坏"之嫌了。但好在这类直接用墨笔涂改的地方极少,所改之处多数是有道理的,比如第81回第7叶B面第3行,将"陈经济"改成"来保",第82回第1叶倒数第3行将"有人根前"改成"有人跟前",第9叶B面第2行将"才本叫了你吃酒"改成"崔本叫了你吃酒",第86回第11叶B面第8行,将"也长成一条大溪"改成了"也长成一条大汉",等等,这些校改都是有道理的。因此,我们对中土台藏本的"墨改补整"应该作实事求是的具体分析。或者说,这些"墨改补整"还是利大于弊的。

三、毛利本可能最先刷印

当年编印大安本时,发现毛利本第5回末叶与日光本(台藏本同)异版,于是就产生了"谁是兄长,谁是弟弟(即哪一本早些)"的问题。当时的倾向意见是:日光本先印,毛利本后刷。在这里,长泽规矩也教授的意见恐怕起了决定性的影响。长泽教授于1963年初次将两本的照片相校的时候,得出的结论就是:"大概毛利所藏本是稍稍早些印的本子。"[①]可是他后来受了大安本整理者发现第5回末叶异版的影响之后,又去日光匆匆地翻阅了一册六回,虽然承认未能作出真正的"解决谁是兄长,谁是弟弟"的问题,但仍然下了与以前完全相反的"结论":

> 作为结论是,慈眼堂所藏本第九叶框郭切去一角,而毛利所藏本完全没有。这是补刻的第一个证据。第二,如果考虑到回末的形式,因为其它回都整齐划一,修改得这样不整齐是不自然的。第三,在部分的不同方面,从详到略可以认为是自然的。或者,可以认为关于"何九"有一些考虑。就一个字的不同而言,考虑到容易懂,改成了"号";因为是死人的身体,改成了"尸",这也是自然的。如果这样考虑的话,日光山所藏大概是稍稍早印的版本吧。[②]

另外,由于毛利本这一叶的文字与《水浒传》基本相同,所以也有论者认为"毛利本第五回里,第九叶(AB两面全部)的内容因原板缺失而据《水浒传》补刻而成"[③],换

---

① 长泽规矩也:《〈金瓶梅词话〉影印经过》,黄霖等编译:《日本研究〈金瓶梅〉论文集》,齐鲁书社1989年版,第86页。
② 同上。
③ 饭田吉郎:《关于大安本〈金瓶梅词话〉的价值》,黄霖等编译:《日本研究〈金瓶梅〉论文集》,齐鲁书社1989年版,第100页。

言之，与《水浒传》文字相近的毛利本当为后来的补板。

对于这些意见笔者有不同的看法。首先，《金瓶梅》本来就是从《水浒》而来，所以它与《水浒》的文字相同是顺理成章的事，只有不同才是奇怪的，才当怀疑它是否是后来修改补刻的。比如，毛利本下面这句话本是十分通顺的："只有一件事要紧。地方上团头何九叔。他是个精细的人。只怕他看出破绽不肯殓。"而日光本、台藏本是："如今只有一件事要紧地方。天明就要入殓。只怕被忤作看出破绽来怎了。团头何九。他也是个精细的人。只怕他不肯殓。"它或许是为了说明"要紧"，就加了一句"天明就要入殓，只怕被忤作看出破绽来怎了"。岂知如果说这里上半句话加得还有道理的话，下半句根本就与下面的文字是重复的，且硬插在中间，将"地方"两字搁在前面，使整个句子读不通了。因此，日光本、台藏本的文字有后改补添的可疑。

其次，长泽教授后来的一些推理也是可以讨论的。第一，他所说的毛利本第5回末叶"完全没有"框郭，这似乎与事实不符。笔者目验毛利本时拍摄的照片与大安本所印的一样都是有框郭的，其左上角的框郭只是墨色稍淡而已，与日光本最后一叶左下角完全没有是不同的。

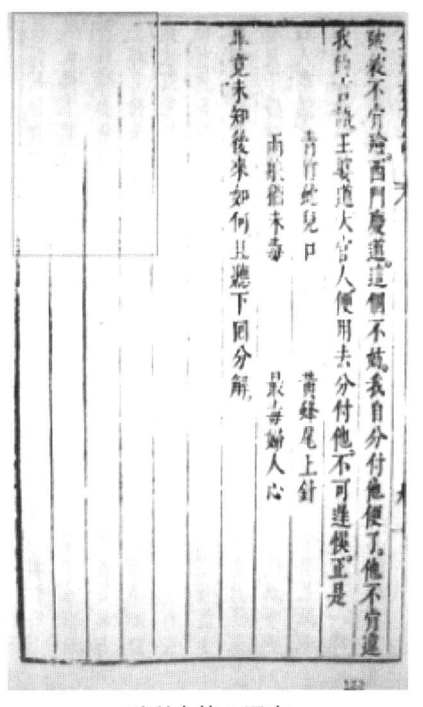

毛利本第5回末

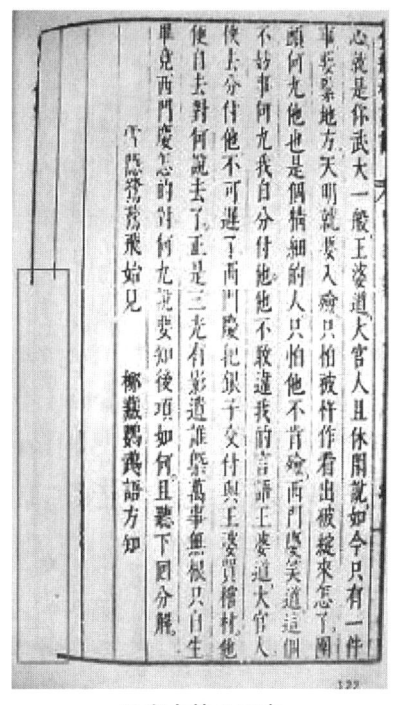

日光本第5回末

退一步说,即使认为毛利本左上角缺框,也与日光本缺左下角框不同,两者之间的这种不同也不能作为判断板子先后的依据。这似乎都是刷印所造成的问题。第二,第5回结尾的形式不整齐的是日光本,而不是毛利本,毛利本的结尾形式与全书其他各回是一致的。第三,在考虑日光本与毛利本两本文字的详略不同等问题时,不能一般地认为"从详到略可以认为是自然的",同时也有50%的可能是从略到详的。这一推理与上述第一个问题一样,即究竟是与《水浒传》相近的在先还是与《水浒传》相反的在先?其实两种可能都是存在的,可以相反逆推。在这里有价值的问题是第二点:第5回最后结束的形式与全书相一致是先,还是与全书不一致在先?笔者觉得,毫无疑问的是与全书一致的毛利本在先,这一回单独与全书不一致的日光本、台藏本当在后。

最后,笔者想揭示的或许是最重要的一点是,从这一叶的个别文字来看,日光本与同回所刻的同一字是不同的,而毛利本与同回所刻的是相合的。且看一个"说"字。日光本第5回第9叶A面的第5行第13字"看官听说"中的"说"、第8行第2字"王婆说了"的"说"、第9行第14字"和西门庆说道"中的"说"、第11行第3字"何须你说"的"说"、同叶B面第1行第18字"且休闲说"的"说",第6行第6字"对何说去了"的"说"、第7行第11字"怎的对何九说"的"说",共7个"说"字,其右边上部都是刻成"八"字状。与此不同,毛利本在这两叶上所刻的"说"字共有4个:第9叶A面第5行第13字"看官听说"中的"说"、第9行第2字"王婆说了"的"说"、第9叶第14字"和西门庆说道"中的"说"、第11行第17字"何须你说"中的"说"。这4个"说"字与日光本的不同,其右边上面不是"八"字状,而是倒过来的两点"ˇˇ":

毛利本的"说"　　日光本的"说"

我们再将这一不同与第5回中的其他"说"字相比,可以发现:毛利本的是与第5回中的其他"说"字一致的,而日光本是与前文不一致的。

毛利本5/8A 两个"说"

这就有理由说明毛利本第5回的末叶与前面所印是同板,而恰恰是日光本存在着"补刻"的嫌疑。

在这里,需要作补充说明的是,从《金瓶梅词话》的全书来看,"说"字共有三形,除上面所说的两种之外,另有一"说"右边中间部分不是"口",而是"厶"。由于全书是由不同的刻工分工刊刻的,所以会产生不同的"说"字,本来是十分正常的,但一般同一刻工是连续刊刻数块板子时,当用的是统一的字形,不大可能一会儿这样写,一会儿又那样刻,只有不同的刻工雕板时,才会出现不同的写法,所以我们有理由说毛利本第5回的末叶与第5回的其他板子是同一刻工同时下刀的,而日光本是另一刻工所刻,其"补刻"的嫌疑显而易见。

另看一个"违"字:在第5回的末叶中,毛利本写作"違",而日光本的"违"字于"辶"字里的部分的下面是一个"巾"字,两者明显不同。可惜第5回及其前后没有出现"违"字,无法与邻近的雕板联系起来加以考察。但在全书所用的"违"字中,绝大多数是同毛利本的,共有18处,另与日光本相同的只有5处。这一统计数字虽然不能作为判断第5回末叶孰为正版孰为补版的依据,但也可以作为一个参考。

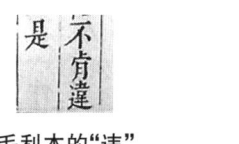

毛利本的"违"　　　　日光本的"违"

四、三种主要影印本都有问题

数十年来,三种刊本是"藏在深闺人不识"[①],在世间流传的只是一些影印本。影印本中最关键的是古佚本与大安本,另外联经本也有特殊的影响力。可惜的是,这三种影印本都存在着这样或那样的问题。

1933年,由马廉先生发起,用"古佚小说刊行会"的名义,集资影印了104部,自此使这部中土的词话本在社会上流传开来。可以说,在1963年日本大安本问世之前,世上所有的词话本,其源均出于此。平心而论,它对推动《金瓶梅》的研究是其功至伟。但令人从未想到的是,这一出于著名学者之手的影印本,却

---

① 中土台藏本自1933年经古佚小说刊行会影印后,未见有人读过原本;同样,自1963年大安本问世后,也未见有人读过毛利本与日光本的原刊本。

未恪守忠于原著的影印原则,而是在不声不响中动了手脚,从而蒙蔽了世人八十年!

古佚本最明显的手脚是刊落了大量的批点文字。今查原书上存有佚名批点者用深浅不同、朱墨杂陈的旁批、眉批134条,而印在古佚本上的仅存45条,只占所有批语的33%而已。如第1回,原书本有两条批语,古佚本却是留一删一,被删去的一条是在第18叶B面第6行,写潘金莲勾引武松时筛了一盏酒,自呷了一口,剩下大半盏酒,看着武松道:"你若有心,吃我这半杯儿。"批者在"心"至"儿"旁批曰:"显出淫情,怕不得羞了。"点出了潘金莲的当时神情。第2回原有批语八条,留四删四,如该回第5叶第3行,写潘金莲的容貌"轻袅袅花朵身儿,玉纤纤葱枝手儿"等等时,上有眉批:"描写模样真是动人。"说明了批者很注意人物的外貌描写,实有一定的价值,却被一笔删去。接下去,原本从第3回到第13回共有11条的批语全部被刊落。与此相反,有的批语因年代久远,当初批时本身就笔墨较淡,当时的照相技术又有限,故显得很模糊,如第51回第12叶B面第2行"想起来一百年不理你"旁有批"做张致"三字,第56回第10叶B面第7行"埋头有年"旁批有"当泪下"三字,都已十分难认,却倒被影印者都仍然留下,所以不知道古佚本存删批语的标准是什么,看起来有很大的随意性。而这一动作的直接后果是,八十年来使人感到古佚本上的那些批语既少又多无价值,从而无人去问津词话本上留下的这些早期的有关《金瓶梅》的批评文字,不能不使人感到十分遗憾。

不但是批语有大量的刊落,古佚本还将一些校改文字,乃至批点符号也作删削。例如第16回第9叶B面第5行"悄悄说道:娘请爹早些去罢"句,在"娘"字旁用朱笔加了"花二"两字,以明此"娘"乃是李瓶儿而不是其他的"娘",很有必要。然在古佚本中,"娘"旁仅见数点痕迹而已,后来联经本翻印古佚本时,连这数点痕迹也没有了。至于删去批点符号的,如第3回第7行至第8行"哥的事儿就是我的事,我的事就如哥的事"中的两个"我"字与后一个"哥"字旁,原都有紫色撇点,而在古佚本中都删而不见了。

古佚本　　　　　　　　联经本

古佚本的问题还有一些是由于当时条件的限制，未能将朱笔批改套印而留下了后患。原本上用朱笔校改的文字，特别是覆改的地方，读者本是可以清楚地看到原本被覆改的文字，而如今都用黑色来影印，就使读者看不清楚经涂抹的原字是什么了。如第3回第1叶第6行的"祸到头来撗不知"中的"撗"字，原本用朱笔改成"搕"字，下面的原字还是十分清楚的，而古佚本影印时，就显得模糊不清，使读者看不清楚究竟是何字了。

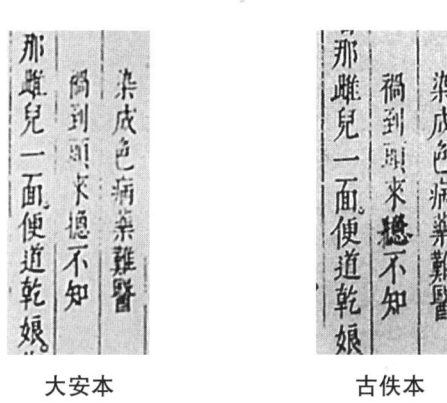

大安本　　　　　　古佚本

有的原用朱笔覆改，本也可以约略看清原本为何字，而古佚本改成墨色后，就不明原字是什么了。如第14回第6叶B面倒数第1行，原本将"浊不料"中的"不"字覆改成"坏"字，再用墨色一印，就完全看不清原本中的"不"字了。

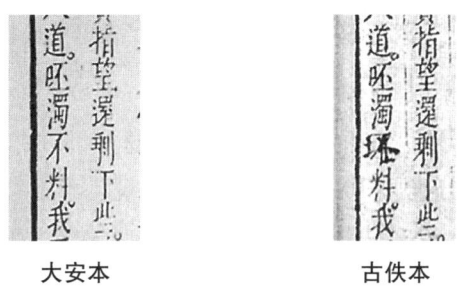

大安本　　　　　　古佚本

原本中用朱笔修改的地方经墨印后一般都能看清这里曾经修改过，但个别在某字中添加笔画的，就很难看出来已经修改的痕迹了。如第8回第9叶，在大安本中有这样一段话：

　　武松自从领了知县书礼，离了清河县，送礼物驮担到东京朱太尉处下了书礼，交割了箱驮，街上各处闲门了几日，讨了回书，领一行人，取路回山东大路而来。

记得1986年笔者在东京大学东洋文化研究所图书馆看书的时候,时任所长的尾上兼英教授正在指导研究生读《金瓶梅》。当他们用大安本读到这一段文字时,读不懂"各处闭门了几日"是什么意思,就叫我上去。我一看,也不懂其意。好在当时他们摊在台上有好几种版本的《金瓶梅》,我就拿起了一部香港覆印古佚本的词话本,一看这句话变成了"各处闲行了几日",这就完全通了。这里的"行"字是有墨笔点掉了原来的"门"字,在旁边加了个"行"字,显然是改过的,然而"闲"字未见丝毫修改的痕迹。前年在日本看毛利本时,笔者注意了这个字,确实是个"闭"字。后来又看了台藏本,才解开了我心中所藏近三十年的谜底:原来在原本上是用朱笔在"闭"字内加了一点,变成了一个"闲"字。经古佚本影印后,红点变成了黑点,当然就不见任何痕迹了。假如没有大安本(毛利本)的存在,世上就永远不知原本是一个"闭"字了。

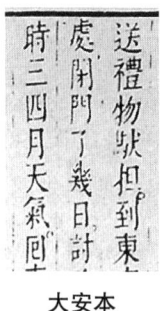
大安本

古佚本

以上所说古佚本影印的一些问题,应该说,这些都并非是影印者有意造假,因为印者本无牟利的意图,只是当时没有充分重视忠于原本的原则,且在主观上并不认识那些批语与校改文字的重要性,制作的技术也存在着一些问题,这就在客观上造成了不良的后果,给后来的翻印者带来了严重的隐患。

自古佚本后,在词话本的影印本中,1978年由台湾联经出版事业公司影印的联经本曾受到人们的高度重视,因为它不同于过去所有影印的词话本那样都是缩印的,而是放大至原本一样大小,且将批校文字与一些符号用红色加以套印,制造了一种酷似原本的假象,甚至连笔者也一度怀疑它是直接用台北"故宫博物院"藏本影印的。这次看了台北的原本之后,笔者大失所望,确认联经本的影印是一种商业行为,其作伪是完全出于自觉的。请看其卷首"出版说明"是作了这样的宣传：

> 这一部联经版的《金瓶梅词话》就是依据傅斯年先生所藏古佚小说刊行会影印本，并比对"故宫博物院"珍藏的万历丁巳本，整理后影印。

这里的问题是，后一句"比对'故宫博物院'珍藏的万历丁巳本"云云全是谎话，实际上压根儿没有"比对"过台北"故宫"所藏原本的一处地方。假如真的"比对"了"故宫"本，哪怕是走马看花式的浏览一下，怎么会遗漏了约67%的批语呢？就以开头不远的第2回来看，原本共有批语8条，而联经本只录了古佚本所留的4条。所以无法使人相信在整理影印时是真正"比对"了现藏"故宫"的原本。其余校改文字，也没有见到一例"比对"过原本的地方。看到的只是联经本中有的，在古佚本中都有；若是古佚本中没有的，联经本中也就没有；没有找到一条古佚本中遗漏的，而在联经本中出现的原本中的文字。这说明了联经本与台藏原本没有任何直接的关系，它完全是从古佚本而来。

再看联经本所用的颜色。原本的批校语所用的颜色是不一样的，除了朱墨两色之外，还有深红、淡红、紫色、淡墨与深墨等不同。今联经本只用朱墨两色，不加细别，这也罢了。问题是由于没有"比对"原本，所以究竟哪里当用朱色，哪里当用黑色，就完全处在瞎猜的状态中，往往是朱笔处却用了墨笔，该黑色的却成了红色，特别是将一些黑色的批评文字想当然地全部改成了红色。比如，第69回有2处墨批、第76回有8处墨批，都想当然地改成了朱批。

至于校改文字，量更大，问题也更多。比如第1回第3叶A面第5行"这情色二字"中的"二字"旁原有朱点，现联经本因未见原本而照抄古佚本用了黑点。同回第11叶A面第3行原本中的"攘"字，用墨圈掉了"扌"，再在下旁墨添"嚷"字，而联经本都想当然地改成了红色。

此外，不少批校文字是重新描摹而并非影印的，笔迹与原本、古佚本都明显不同。比如，第2回第8叶A面第6行"老身做了一世媒"处批有"牵合得好"四字，原批很淡，联经本则明显描摹加深，笔迹有所不同。第14回第9叶B面第4行"一来热孝在身，二者拙夫死了"处，原批"好做他小，那知热孝"数字是用紫色笔批的，今也改成红色，且笔迹也大异。

古佚本　　　　　　　　联经本

诸如此类，例不胜举，都说明了所谓"比对故宫博物院珍藏的万历丁巳本"云云完全是一句谎言。

再看联经本是否完全"依据傅斯年先生所藏古佚小说刊行会影印"呢？也没有。恰恰相反，它对古佚本作随意改动处比比皆是，如第1回第11叶A面第2行，据毛利本原文有"白日间只是打【酏】"一句，台藏本原用墨笔将"酉"覆改成了"目"，将"屯"字加粗，在古佚本中就直接印成了一个"盹"字，而联经本不但改用了朱笔，而且没有覆改在原字上，只是将原字朱点了一下，然后用朱笔将"盹"字写在旁边，不但与"故宫"藏原本不一样，而且也有异于古佚本。相同的情况再如第4回第6叶A面第3行，大安本原文是："等言战斗不开言"，台藏本将"言"字用墨笔直接覆改成"闲"字，联经本却用朱笔将"言"字点掉后，另在旁边添加一"闲"字，完全不同于古佚本了。

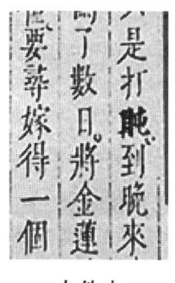
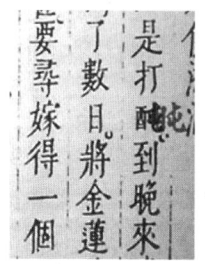

古佚本　　　　　　　　联经本

再如第12回第6叶反面倒数第1行，大安本中原文有"颇露出去用"一句，其中"去用"两字在台藏本中用墨笔覆改成"圭角"，被改后就根本看不清原字是什么了。在古佚本上，当然也只是印下了"圭角"两字，然联经本没有依照古佚本影印，而是参照了大安本后，在正文中印上了"去用"两字，然后用朱笔点掉，再在旁边添加了一个"圭角"（因此我颇怀疑联经本在有的地方是将大安本作为底本，然后将古佚本上的批校文字复制上去的),完全有别于古佚本了。这样的例子触处皆是,这怎么能说是依照了古佚本来影印的呢?

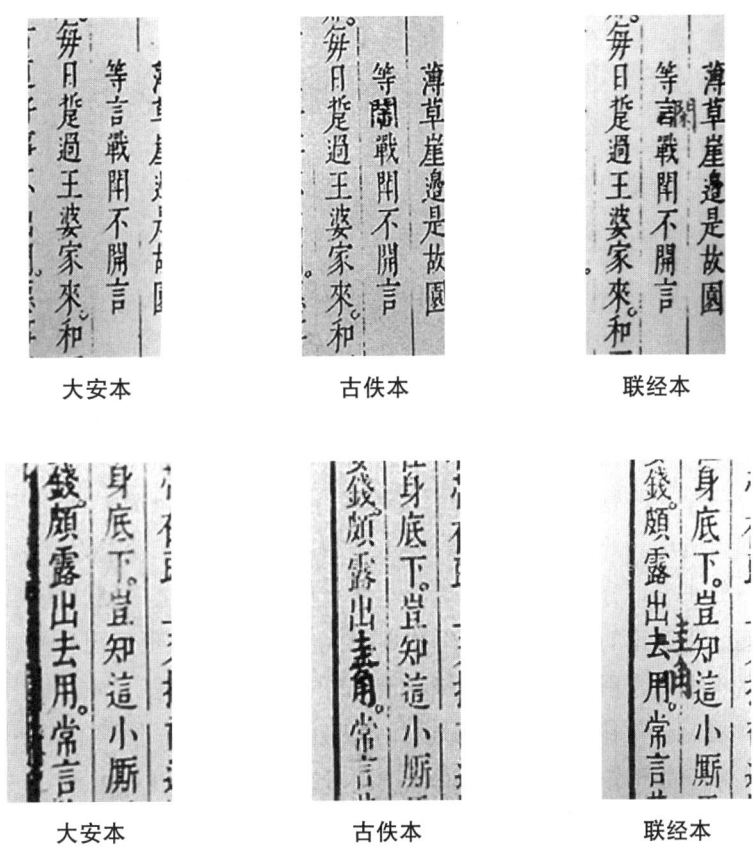

大安本　　　　　古佚本　　　　　联经本

大安本　　　　　古佚本　　　　　联经本

除此之外,联经本在一些地方套印批语时,与古佚本的原有位置相较,也有出入。如第 85 回第 10 叶 B 面的"梯"字,古佚本按台藏本影印,将原"扌"旁墨改成"木"旁,联经本改用朱笔,改笔又远离了原来的"扌"字:

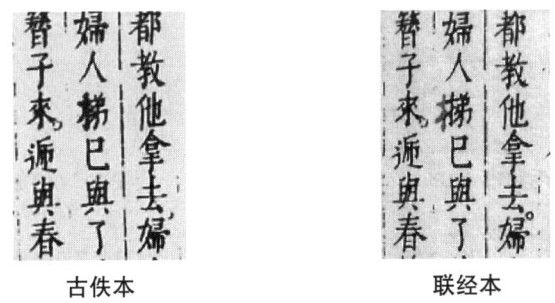

古佚本　　　　　联经本

又如第 92 回第 14 叶 B 面第 3 行中的"打死"两字,联经本与古佚本明显不同,不但在上面少添了一个"逼"字,且一点与"死"字都偏向了左边,覆在了原字的上面了。当然,这类错误,或许是印刷过程中产生的,但也不能不算是有异于古佚本了吧。

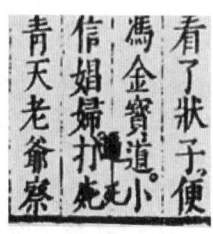
古佚本

联经本

总之,声名很大的联经本既未"比对"过"故宫"藏原本,也未忠实于古佚本,是欺人不能查阅原本与较难读到古佚本而向世人撒下了一个弥天大谎。

大安本的工作在主观上是想忠于原刊的。它以毛利本为底本,尽力汰去其纸张与印刷中有问题的叶面,择取日光本中完整而清晰的叶面来补全,从而影印出一部最接近原刊的本子。编辑们的工作细致之处还在于卷末附有《日光本采用表》与《修正表》,分别交代了将毛利本作为底本的基础上采用日光本的叶码,以及一些个别修正的文字。今将毛利本与大安本相校,发现其用日光本来取代的叶面基本上是合理的,因而它得到了较高的声誉,也是理所当然的。但是,他们的工作看来还是比较匆忙,因而也存在着不少选择有误、处理不当的问题,以下就略举数例并稍作说明。

以次换好,补配不当。《日光本采用表》所列第一例就有问题。此例是大安本第一卷第 56 叶第 2 回第 8 叶 B 面。此叶的毛利本完整、清晰,大安本却莫名其妙地弃之不用,选了于第 2 行缺了第 1 个字"便"的日光本,真是匪夷所思。这就造成了大安本于此叶缺了一个字①。

毛利本 2/8B

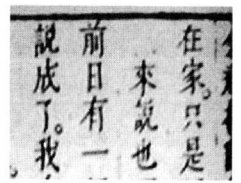
大安本 2/8B 缺字

---

① 本文所据大安本,是 1963 年 8 月的初印本,后来的盗印或翻印本多有添补,已背"一概据原刊本而不妄加臆改"的原则(《例言》)。

《修正表》的第一例同样也存在问题。此例见第1卷第5叶第1回第3叶的A面。此叶第1行的第23字是"着"字,毛利本十分清楚,日光本此字缺,大安本却选用了漏缺此字的日光本,再作"修正"说明,真是多此一举。

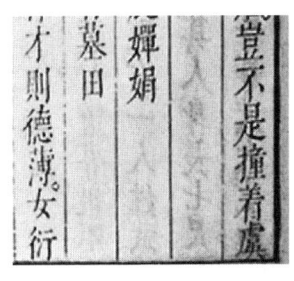
毛利本"着"字不缺

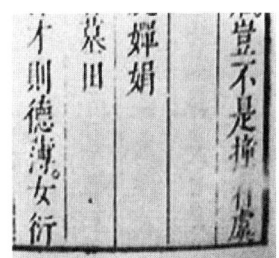
大安本缺"着"字

同一回第7叶正面第1行第23字,毛利本不缺字,而大安本则缺了一个"中"字,当为错选了日光本,然后再作"修正"。此类"修正"与"说明"显然都无必要,而是自找麻烦,故作多情,且直接导致大安本的正文留下了一些缺字空白,降低了印本的质量。

再有一类补配不当的是,尽管日光本没有缺损漏字,但字迹不清,结果就选用了不清楚的替代了本来清楚的毛利本。如第18回第1叶B面,其第10行首两字为"翟叔",毛利本很清楚,而大安本却模糊难辨,显然是误选了模糊不清的日光本所致。类似的如第28回第8叶A面第3行第10字"陞"、第100回第8叶第2行的第11字"炕",也是毛利本清楚而大安本难以辨认。其他如第8回第5叶反面、第31回第15叶反面、第49回第6叶正面,都存在着类似的情况。

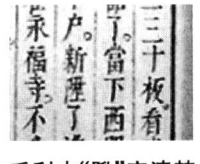
毛利本"陞"字清楚

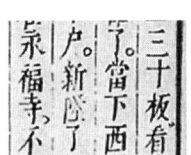
大安本"陞"字模糊

工作粗疏,列表有误。大安本所附两表,对于读者了解本书采用两本页面的具体情况是有帮助的,但其在制作过程中也有一些错误。如《修正表》第5叶最后一行到第6叶开头两行,连续三行分别记录了第37回第7行、第8行所修正的三个字,实际上这都不是在第37回,而是在第39回的。看来,这并非是排印时的误植，而是提供的底稿就已搞错了。

另有，实际上是采用了日光本，而在表上没有反映出来。如第53回第11叶正面最后两行，毛利本因用了补过的纸而有多字模糊不清，第13叶A面第4、5、6行第一字毛利本也未印好，大安本实际用的是日光本，这些在表上都未说明。

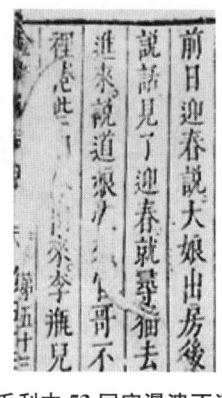 

毛利本53回实漫漶不清　　　　　　大安本实用清楚的日光本

以上这些，都是在匆忙阅读之中发现的大安本的疏误不善之处，假如有时间、有条件细细校读的话，或许会发现更多的问题。

今从大安本、古佚本、联经本三种影印本的问题来看：大安本是力图忠于原本的，所产生的一些问题主要是在拼凑两本的工作过程中的疏忽；古佚本的问题是忠于原本的意识不强，当时的技术条件也有限，在客观上留下了近一个世纪的隐患；而联经本的影印是一种商业行为，主要是为了牟利而故意造假。时至今日，明知现藏于台北"故宫"的词话本品相最佳，所批所校的文字也有价值，那么认真、忠实地将它影印面世而使"孤本不孤"，"以一化万"，促使《金瓶梅》的出版与研究跨上一个新的台阶，实为众人所盼①。

---

① 2012年，笔者于日本阅读了毛利本，曾写就《毛利本〈金瓶梅词话〉读后》一文，作为2013年台湾嘉义大学举办的"第五届中国小说与戏曲国际学术研讨会"的会议论文。会后，在台北"故宫博物院"读了台藏本《金瓶梅》，写了《台北"故宫博物院"藏〈金瓶梅词话〉读后》一文，作为"中国明代文学学会（筹）第九届年会暨2013年明代文学国际学术研讨会"的会议论文。后于11月再赴台北阅读台藏本之后，又写成《关于中土词话本影印失真的问题》，作为2014年"第十届（兰陵）国际《金瓶梅》学术研讨会"的会议论文。本文即在以上会议论文的基础上重新思考、精简、修正后写成。详细可参阅以上会议论文。

方法谈：

通俗文学也要重视版本的研究

我做这个题目并不是事先预设的,当时也根本没有想到有这样一个题目可做,只是在看书的过程中逐步发现了问题,才有了这个题目。

众所周知,《金瓶梅》一书的版本大致有词话本、崇祯本与张竹坡评本三个系统。最早的词话本理所当然地应当受到特别的重视,然而从清代康熙年间张评本问世并广为流传之后,到民国年间,不要说崇祯本已十分罕见,学界更不知还有一种早在明代万历年间就出现的词话本了。直到1932年,在山西省介休县发现了一部《新刻金瓶梅词话》,当时的学者就集资用"古佚小说刊行会"的名义影印了104部,人称"古佚本"。以后内地与台、港影印、排印的所有《金瓶梅》,基本上都源出于此。由于是影印的,谁都认为它是与原本一模一样的。

后来,日本于1941年与1962年相继在日光山轮王寺慈眼堂与德山藩主毛利氏家又各发现了一部词话本《金瓶梅》。于是在长泽规矩也、上村幸次等教授与一些编辑人员的努力下,大安株式会社以毛利本为底本,另配了若干慈眼堂本而出版了一部"大安本",针对介休本有缺页与页面上有后人批改涂抹的情况而声称大安本最完整,又最真实地保存了词话本的原貌,从而学界普遍认为大安本是最好的本子了。

上面所说的古佚本与大安本都是缩印的,页面不像原本那样大。到了1978年,台湾联经出版事业公司影印一套与原本一样大小的,且将介休本上一些批改文字用红色加以套印,制造了一种酷似原本的假象。记得1986年我在日本初次看到这个本子时十分震惊,一直相信联经本是一部接近介休本原本的本子了。

正因为有了这样几种看起来都是忠于原本的影印本,一般研究者就据此来研究,不大有兴趣再去看原本的究竟了,更何况在目前的情况下,看一般的一部《金瓶梅》也不那么容易,而这三部又分别藏在本来就不对外开放的博物馆,或者在寺庙里,乃至在私家,其私家主人的住处与藏书处又分隔在两地,怎么可能轻易地能看到呢?1986年我首次去日本,魏子云先生与我相约一起去看慈眼堂本与毛利本,但一打听,根本就没戏!自20世纪40年代、60年代两本发现时,只有个别几位学者看过原本,后来似乎没有一个学者再能看到这两部书。至于现藏在台北"故宫博物院"的介休本，当时也是不让看的，90年代曾经有一批国际著名的学者在台北开过一次小说讨论会，也只让他们隔着玻璃柜一睹其风貌而已。因此，我后来尽管多次去日本与我国台湾地区，却再也没有去看词话本原本的念头了。

想不到的是，2012年我在早稻田大学访学时，突然接到早年在复旦大学进修过的广岛大学川岛优子教授来信说，毛利本的主人近日已将词话本捐赠给了当地博物馆，她有办法让我去看到，这真是让我喜出望外！她怕我迷路，就专程到东京来接我去广岛，并在她的精心安排下，联系了我的几位金学朋友，一行七人，一起去看了这部书。书装在木匣里，再用包袱包着，显然保管得不错。但我翻了几页后，看到了从未见过的一种现象，即发现不少书页是用本来有窟窿的纸补过后再刷印的，这在照片或扫描件上是很难看出来的，这就引发了我对这部书的版印质量的怀疑。回家后，我根据半天时间内大家分头拍的一些照片，写成了一篇读后感，作为2013年台湾嘉义大学举办的一次学术会议上的论文。

真是好运来时常成双。差不多同时，台北的介休本终于也能让我一看究竟了。先是2012年台湾成功大学主办《金瓶梅》学术讨论会时，会议安排周日去参观台北"故宫博物院"，我与王汝梅先生都参观过，就一起去"博物院"图书馆看看能不能看这部书。一问，说现在可以看，但当天是周日，不能借。于是到了2013年去嘉义大学会议宣读《毛利本〈金瓶梅词话〉读后》论文后，我特别延长了一天通行证，带着联经版全部照片的电脑去看这部书。开始管理员说要事先预约，我向她说明了自己就这一天时间，希望能网开一面。后经有关领导批准，等书拿出来时已临近吃午饭了。我是吃文学批评史饭的，先关注它的批语，与联经本一对，立即发现比联经本多出了好多，这应该在古佚本中也是没有的。于是我就用一个下午的时间，拼命地将缺漏的180余条批语抄了下来。意犹未尽，接着又专门申请赴台一月，看这部书，再将前面写的读后感整合、精简与重新思考后写成了这篇论文，得出了三部影印本都有问题的结论：古佚本刊落了批文，大安本也有疏误，联经本是故意造假。这为《金瓶梅》研究中一个基本问题，扫清了一些迷障。

在这整个过程中，使我更清楚地认识了这样几个问题：

第一，版本问题是研究一部作品的基础。而研究版本一定要尽力找到原刊本过目，影印本未必全都可靠，如目前所见崇祯本《金瓶梅》的影印本，也有许多地方经影印者妄改了。

第二,研究版本一定要从文本实际出发,不能全听前人著录,甚至全凭自己臆断。

第三,研究版本的目的是求真,但求真一定要心细,要注意所有细微末节的地方,有时在一点一画之间,或许就牵动了全局。

第四,现在是研究版本的大好时期。前辈学者不可能做到的事,现在基本都能做到。过去不可能带着一大部抄写的或者复印的书到遥远的图书馆去对校,现在一台电脑可装着许多种版本去校读;过去没有经费到处读书,现在有较为充足的经费支撑你去研究;过去闭关自守,很难到国外图书馆去读书,即使国内的图书馆也常有奇货可居的心理,而现在一般都较为开放,甚至将一些善本都上网了;门户开放后,我们广交世界的学术朋友,相互帮助,促进了学术研究的开展。客观条件今非昔比了,希望有志于此的年轻人能抓住时机,肯坐冷板凳,在古代文学版本研究中开辟出一片灿烂的新天地来。

从诗史名实说到叙事传统

董乃斌

摘要： 世上万事万物皆有名实问题，"诗史"亦不例外。"诗史"之实，早在人文初始之时已然存在，其名亦非《本事诗》作者孟棨所创。孜孜如古人解经般索解孟棨所言之"本义"，其实不过是在古人理解之上再添一种理解而已。而在此前后，人们种种解说，或用"诗史"之名进行文学批评，或根本反对这个概念，皆各有其理由和贡献，厚此薄彼，似可不必。今日除梳理"诗史"漫长的理解史外，立足于中国文学史，特别是诗歌史之丰富实践，以研求"诗史"可能之义涵，试作现代的解释，并将诗史言说与叙事传统联系起来考察，从而较为深入地把握中国诗歌叙事传统的主要特征和内涵，也较清晰地勾勒出叙事与抒情两大传统对中国文学史的贯穿，以破解"抒情传统唯一"的执念，或亦不失为古典文学研究一个可行的方面。"诗史"字面简单而含义繁复，毕竟只是对一类好诗的评价，而好诗并非仅限于此。对"诗史"概念虽理解不一，大体其实相近，唯或赞或否，则应人各自便，无需强求一致。

关键词： 诗史；名实；叙事；叙事传统

一、辨"诗史"名实

笔者近年研究中国诗歌叙事传统，拟以"抒、叙两大传统贯穿文学史"之观点破解"抒情传统唯一"的说法，补正其偏颇，因而自然关注到诗史问题的讨论——

---

* 原载《文艺理论研究》2019年第1期。
** 董乃斌，上海大学终身教授、博士生导师，曾任《上海大学学报》（社会科学版）主编，兼任中国唐代文学学会副会长、中国李商隐研究会会长、中国闻一多研究会副会长、上海市古典文学学会副会长等职，主要从事唐代文学及文学史研究。

归根到底,"诗史"的核心乃是与抒情"对垒"的叙事,诗史传统实即与抒情传统共生并存的叙事传统。既如此,论说叙事传统又怎能离得了"诗史"?

关于"诗史"的言说,在中国诗歌史和诗学史上,可谓触目皆是。直至今日,相关言说和歧见仍然非常之多。在众多歧说中,劈面遇到的便是"诗史"的名实问题,故不能不先来稍加辨析①。

诗史二字组联成词,习惯的说法是起于晚唐孟棨的《本事诗》②,或更早一点沈约《宋书·谢灵运传》③。事实是否如此?我以为不妨打个问号。

按常识,任何事物总是先有其实,后有其名。"诗史"一名亦当在诗史的事实存在且逐渐被人认识之后才会产生。今知"诗史"常用之义有二,一是诗歌史的简称,一是对具有史性特征之诗歌作品(或诗人)的指称。前者事实清楚,名实相符,没有争议,故得通用。后者则须先有了颇具史性而堪称"诗史"的诗篇,从而显示出诗歌与历史的密切关系,才会使人的意识逐渐产生"诗史"的观念,并逐渐凝聚为"诗史"概念和名词,再后来这观念和名词才会进入文学批评领域。这是一个相当长的过程。在此过程中,人的认识和实际应用常处变动之中,情况复杂,导致"诗史"之实与名的契合难以稳定,更无从统一,而表现为对"诗史"解释之见仁见智、歧见纷纭,甚至于或拥护或否定乃至批判的状态。

沈约书中的"诗史"是诗与史的并列,可以勿论;孟棨其实也不是"诗史"概念的真正创造者。作为某些学人奉为"诗史"出处的《本事诗·高逸第三》之首条,大段讲述的是李白的高逸行为,多次引录的是李白的诗篇,在铺叙了七百多字之后,才终于提及杜甫的"赠李白二十韵"④,但仍未引其文,仅云"备叙其事,读其文,尽得其故迹"。这之后,才是我们在前面注文中所引那句含有"诗史"二字的话,总共不到三十个字。这个表述清晰显示了孟棨整个叙述的主次,显示他几乎

---

① 历代与当代言及"诗史"或讨论"诗史"问题的论著,包括博、硕士学位论文数量繁多。英年早逝的学者张晖《中国"诗史"传统》(生活·读书·新知三联书店 2012 年版)对此作了系统梳理。此书之后,有关论文仍多。本文涉及某些论文,将在后面相应处注出,这里就不罗列了。

② 据陈尚君考证,《本事诗》作者孟棨,应作孟启。我相信陈先生的考证,这里只为读者习惯,暂用旧名。

③ 请参张晖《中国"诗史"传统》,引言及第一章。孟棨《本事诗》:"杜(甫)逢禄山之难,流离陇蜀,毕陈于诗,推见至隐,殆无遗事,故当时号为'诗史'。"又沈约《宋书·谢灵运传》史臣曰:"至于先士茂制……并直举胸臆,非傍诗史。"或谓"诗史"指《诗》《史》二事,然王世贞则据此曰"然则少陵以前,人固有'诗史'之称矣。"参王世贞:《艺苑卮言》卷三,《历代诗话续编》(中),丁福保辑,中华书局 1983 年版,第 991 页。

④ 即《寄李十二白二十韵》。浦起龙云:"前十韵叙其才名宠渥,以及去官之后,文酒相从。后十韵,伤其蒙污被放。为之力雪其诬,诉天称枉。"见《读杜心解》卷五之二,中华书局 2015 年版,第 718 页。

只是顺便地提及、转述了"当时"对杜甫诗歌的议论①。当然,虽是简单一笔,却产生意想不到的效果。此种无心栽柳柳成荫的情况在人类历史上、在学术史上,并不罕见。但由此可知诗史的事实早已存在,诗与史的密切关系早为人们所关注,"诗史"概念早在潜滋暗长,"诗史"之名早晚要出现。这是一种必然性,至于它究竟见于今日留存的哪个文献,却有一定的偶然性。而这偶然性在杜甫身上得以落实,却又有深刻的必然之理。

《本事诗》对杜甫诗史的阐说反映了孟棨对当时已存在的"诗史"概念之理解,正如我们今日谈论"诗史",所谈的也只是我们的理解而已。谁的理解也不能成为"诗史"的标准定义,更不存在一个经典的不可违拗的所谓"本义"。事实上,"诗史"之名虽然产生,但在文学批评的运用中,"诗史"的含义又是在人们的理解中继续生成并演变着的。"诗史"概念具有某种开放性,"诗史"的实际运用受多种因素的制约因而又有相当的随机性。同时,"诗史"既可以是对诗歌事实的指称,也能够成为诗人自觉期许的目标,因此既可以是被称,也可以是自称。杜甫的许多诗篇无疑够格称为"诗史",但也不是说他的每一首诗都是"诗史",当然"诗史"亦非杜甫一人的专利。文学史和批评史的实际已经证明了这一点。正因为如此,窃以为既不能把"诗史"名称的发明权归诸孟棨,也不必奉孟棨《本事诗》为经典,而应实事求是地将《高逸第三》之首条看作一位唐人对"诗史"的理解,亦即"诗史理解史"上的一个环节。然后立足文学史实,斟酌古今,因应时变,参与到对"诗史理解史"的延续运动中去,探索今日能为更多人理解接受和运用的诗史概念,努力把研究推向深入。

说到"诗史"之名产生的必然性,当然首先应该注意到中国诗歌的历史事实,这才是问题的根本,也是研究的正路。我们只要认真阅读留存至今的古代诗歌原典,比如《诗经》,便不难发现许多诗篇的叙事性,发现它们的叙述咏叹与历史(历史事件和某些历史人物)的关系。《大雅》中的《生民》《公刘》《绵》《皇矣》《大明》等篇,《小雅》中的《六月》《采芑》《出车》《节南山》《十月之交》等篇,国风中的《新台》《载驰》《硕人》《清人》《南山》《黄鸟》《株林》等篇,古人早已反复证实其叙事内容的实在性、历史性,今人也认为它们与某个具体的历史事件或历史人物有关。说这些作品具有某种"史性",堪称"诗史",似乎没有什么不合适。如其不

---

① 方孝岳:《中国文学批评》,生活·读书·新知三联书店1986年版。认为孟棨《本事诗》所记"诗史""这种话本是当时流俗随便称赞的话,不足为典要"。既是流俗之语,早就存在的可能是存在的。

然，试问又该如何切合其内容的性质给它一个简洁准确的名称呢？倘若我们能够不因曾将西方的epic译为"史诗"，就非得以西方的epic奉为史诗的唯一标准，那么甚至不妨称它们为"史诗"也无不可。这些作品的存在就是"诗史"概念和名称产生的真正根源和依据。后人，特别是汉人对《诗经》作品的研究理路，如《毛诗》小序大序和许多汉唐人的注疏直至今人的注释所显示的，也充分表明他们确信诗歌与历史有着直接的关系①。

再进一步说，原来，在中国，从我们的人文初始时期，诗与史还曾有过一个浑融一体的阶段。那时文字尚未成熟，应用更很费劲而不普遍，人的认识水平低下，史识犹浅，有诗心而缺史德，以致诗、史皆已萌生滋长而却彼此不分，可以互代。诗（文）和史由浑沌不分到明确分开，是人类史发展到一定阶段才发生的事。而且，即使到有人认识到文史应该分家，并从各方面努力使它们得以分开之时，却仍很难彻底割断两者的关系。甚至直到今天，文史早已俨然为分庭抗礼的两大学科，文（也包括诗）史在某些方面依旧浑然难分，从而被认为是学术上的一个大问题。文与史似乎总有一部分是兼体的。不仅在中国是如此，在外国，也是如此②。所谓文和史，都是人类智力创造物，又都离不开文字的表述传达，两者本有许多内在的同一性。所以文史难分很可能是一个将要伴随人类存在之始终、人类自身所不可能完全解决的问题。

既然诗与史有过一段浑然不分的经历，"诗史"或"史诗"便是人类实践的一种产物，也就是一种历史事实，一种客观存在，一种无法漠视的现象，那就早晚会在人的思维、语言和文字中反映和表现出来。"诗史"这个词迟早是一定会在中国出现的，只不过在现存哪个朝代的文献中发现这个词，却有些偶然性而已。

中国人确实很早就发现并论说了诗史关系的密切——因为，在上古，文字产生并成熟之前，它们一度曾是两位一体的浑沌存在。产生于公元前4世纪左右（战国后期）的《孟子》，其《离娄下》有云：

孟子曰：王者之迹熄而《诗》亡，《诗》亡然后《春秋》作。晋之《乘》，楚之《梼杌》，鲁之《春秋》，一也。其事则齐桓、晋文，其文则史。孔子曰："其义则

---

① 参看彭敏：《诗史：源起与流变》，见《求索》2016年第1期。此文认为"诗史"观念的实践从先秦至明清一脉相承，诗史之实远早于其名，并概略而系统地论述了宋前"诗史"传统的流变。笔者赞赏其观点。

② 请参[波兰]埃娃·多曼斯卡编著：《邂逅——后现代主义之后的历史哲学》，彭刚译，北京大学出版社2007年版。

丘窃之矣。"

这是一句众所周知的名言。对这句话，历来有不同的理解和解释。"王者之迹"指什么？何谓"王者之迹熄"？"王者之迹熄而诗亡"应怎样理解？句中的"诗"字，是泛指的诗，还是作为专名的《诗》？"诗亡"又该如何解释？等等，都有不同说法①。但无论怎样理解，这句话涉及古人对于诗与史存在密切关系的看法，应该是清楚的②。

由此我们也许可以做些思考，引出几点认识：

第一，孟子所言涉及了我们所关注的诗史关系。他的意思似乎是"诗亡"之后，"史"才全面、正式地出现（没说此前是否有"史"，但事实上是有的）。这里的"诗"指《诗三百》的可能性较大，此前的诗歌肯定还有，但缺少可靠的文本依据。所以，我们今天要谈"诗史"，谈诗与史的关系，谈诗歌叙事传统，为此提出实证，如果鉴于种种困难暂不再向前追溯，那么，起码也应从《诗经》开始。

第二，孟子虽没有明说"诗亡"之前的诗是"诗史"或诗中有史，但从这话的语气来看，实乃隐含这层意思。即以为《诗三百》（应该还包括《诗经》成书时被删落以至后来逐步被遗忘的那些诗）都曾经是一种史述或至少含有史述的意味。在那时，虽然列国已有自己的史官、史记，但这些诗也是被当作"史"的一部分。其时，诗与史的区别主要不在其内容，而在其形式与表达。诗记政治大事，也记生活琐事，诗的语言（文字）允许夸张隐喻，还可有比兴手法，史文则更强调直笔和朴实（虽实难避免形容和虚饰），"其文则史"，这个"文"是和诗同时而相对地存在着的。诗与史，无论作为文体还是学科，在后世是被分开了，但"诗史"一词却仍

---

① 清皮锡瑞《经学通论》（中华书局1954年版）有"论迹熄诗亡说者各异"条，胪列"赵注以颂声不作为亡，朱注以《黍离》降为国风而雅正为亡"，"宋人说诗亡多兼风雅言之"等，谓"王迹当即车辙马迹之，天子不巡守，太师不陈诗，则虽有诗而若亡矣"。这就与认为"迹"乃"迹"之误，"迹"即古以木铎记诗言之遒人，"王者之迹熄"指遒人之官不设，下情不上达，与无由观风俗知得失而诗教亡的观点基本相合。

② 讨论孟子这段话含意的论文，至今不断，见解各有侧重，均有参考价值，这里不能一一引用。其中如刘怀荣《孟子"迹熄〈诗〉亡"说学术价值重诂》，《齐鲁学刊》1996年第1期：63—65；马银琴《孟子"诗亡然后春秋作"重诂》，《上海师范大学学报》2000年第3期，第74—79页；魏衍华《孟子"诗亡然后春秋作"发微》，《理论学刊》2010年第4期，第105—108页；蔡英俊《"诗史"概念再界定——兼论中国古典诗中"叙事"的问题》，《语言与意义》，武汉：华中师范大学出版社2011年版，第163—183页，对此皆有专论，观点基本与杨伯峻《孟子译注》一致。杨氏此节译文："孟子说：圣王采诗的事情废止了，《诗》也就没有了；《诗》没有了，孔子便创作了《春秋》。（各国都有叫作《春秋》的史书）晋国的又叫作《乘》，楚国的又叫作《梼杌》，鲁国的仍叫作《春秋》，都是一样的。所记载的事情不过如齐桓公、晋文公之类，所用的笔法不过一般史书的笔法（至于孔子的《春秋》就不然）。他说：'《诗》三百篇上寓褒善贬恶的大义，我在《春秋》上便借用了。'"录以备考。

把二者联为一体。这时"诗史"则是指文学性的诗歌与历史性的史述两种不同性质的文体存在着密切关系,"诗史"也好,"史诗"也好,其词的重心都是在于"诗",主要是指那种具有浓厚史性质地的诗歌(或其他类型的文学作品)。诗史或史诗都是指文学作品(而非历史著作);而所谓"史性",其内涵与实质,无非是以接近实录的态度和直笔的手法表现和记叙现实、时事、新闻——从社会的一般日常生活、各行各业、人际琐事到政治、军事、经济、文化,直至改朝换代、政权更替那样的重大事件等——经时间的淘洗而堪与史述相印证、媲美者。

第三,当《诗经》尚未成书之前,各国就已经存在"史",晋有《乘》,楚有《梼杌》,鲁有《春秋》。那时诗、史一家,两者并无严格区分。那时的诗也便是史,是史记、史料的一种,所以那时不需要"诗史"这个名称,而已存在"诗史"的现象或曰事实。既有其实,则"诗史"之名,便随时可以出现,至于究竟何时出现,何时被记录于文字,记录下来会丢失还是会流传等等,则有偶然性。今日我们在《本事诗》中初见"诗史",焉知将来不会有新的发现?

第四,《诗三百》有比兴隐喻、美刺讽谏,与之同时存在的各国春秋"其文则史",似乎在表述上还没有"诗"那么多花样而比较质朴简陋。孔子的贡献是把诗的表现手法借用到史的写作中,使一字褒贬这种"春秋笔法"成了著作史书的"大义",对后代产生了巨大影响。而诗与史分家的种子,也在一开始就埋下了;诗与史从最初的混沌不分到渐渐各显特色,有所区分,到基本分开了却又藕断丝连,保持难分难解的状态,在新的背景和不同层次上出现新的你中有我我中有你的情景,这个漫长而几乎无止境的过程,也就启动了。而所谓"诗史",其含义也就不仅是记录史事,还包括了对历史和历史人物的评价(赞美或批判乃至鞭挞),包括了对历史经验教训和规律的总结,对历史学的探索研讨等。"诗史"在发展中至少涉及了史述、史论、史学三个层次,故对"诗史"实亦不可一概而论。

要说明当孔孟之时,诗史不分实为一家,不须远求,就在《孟子》书中,便可以看到他把《诗经》原文当作史料运用的例证。

《梁惠王上》记载孟子和梁惠王关于"贤者之乐"的对话。王"立于沼上,顾鸿雁麋鹿",问孟子曰:"贤者亦乐此乎?"孟子巧妙地将话题引到贤不贤不在于是否因拥有池沼鸿雁而乐或不乐,关键是能否与民同乐。他指出,能够与民同乐,那么即使役使百姓修建池沼,百姓也会乐意,君王也才快乐;如果相反,百姓就会诅咒反对,君王拥有池沼鸿雁也不可能得到快乐。为了证明自己的论断,孟子引用了正反两条史料。正面的是《诗经·大雅·灵台》的"经始灵台,经之营之。庶民攻之,不日成之。经始勿亟,庶民子来。王在灵囿,麀鹿攸伏。麀鹿濯濯,白鸟翯翯。王在灵沼,於牣鱼跃"。用周文王修灵囿百姓踊跃从事的例子来阐说"古之人与民偕乐,故能乐也"的道理。反面例子则是夏桀,引用《尚书·汤誓》"时日害(曷)丧,予与女偕亡",发出"民欲与之偕亡,虽有台池鸟兽,岂能独乐哉"的警告。孟子在这里,完全是把《灵台》诗的描述当作史实看待的。在他看来,《灵台》就是《诗》亡而《春秋》作之前的历史记述。所以此节引用的文字较多,是十二句,四十八字,而不像在其他地方引《诗经》往往仅是两句八个字而已①。

这样的例子,《孟子》书中还有多处。如与梁惠王谈到"文王之勇",引用《诗经·大雅·皇矣》:"王赫斯怒,爰整其旅,以按(遏)徂莒,以笃周祜,以对于天下",这是《皇矣》篇描写"密人不恭,敢距大邦",周文王兴师问罪的一节。又如在回答齐宣王自称"好货""好色"时,引用《大雅·公刘》和《绵》,说明只要是"与百姓同之",好货好色都不成问题:

昔者公刘好货,《(公刘)诗》云:"……乃积乃仓,乃裹糇粮,于橐于囊,思戢用光,弓矢斯张,干戈戚扬,爰方启行。"故居者有积仓,行者有裹囊也,然后可以爰方启行。王如好货,与百姓同之,于王何有?

昔者太王好色,爱厥妃。《(绵)诗》云:"古公亶父,来朝走马,率西水浒,至于岐下,爰及姜女,聿来胥宇。"当是时也,内无怨女,外无旷夫。王如好色,与百姓同之,于王何有?②

这显然是把《公刘》和《绵》的诗文当作了叙述先王事迹的历史记载来使用的。

再如《滕文公上》记述滕文公向孟子问"为国",孟子引《豳风·七月》"昼尔于茅,宵尔索绹,亟其乘屋,其始播百谷"教以"民事不可缓"之理,接着引《小雅·大田》论历代田税制度的不同与优劣,最后引用"周虽旧邦,其命维新"(《大雅·文王》)的话,鼓励滕文公以周文王为榜样既继承传统不违旧制,又努力创造新气象。

---

① 即使仅引用两句八字,也是在运用史料,如"周虽旧邦,其命维新";但引得多,史料意义更明显。
② 以上两例均见《孟子·梁惠王下》。杨伯峻《孟子译注》,中华书局 1980 年版,第 31,36—37 页。

《孟子》又一处用《诗经》史料为借鉴论述现实政治的例子,是孟子引用《大雅·文王》篇"商之孙子,其丽不亿。上帝既命,侯于周服。侯服于周,天命靡常。殷士肤敏,裸将于京"来阐释服从天命与实施仁政的关系。《文王》的诗意是时运一过,殷商后代即使优秀也只能臣服于周。无论大国小国,只有实施仁政才能获得天佑,而不实施仁政,就犹如《大雅·桑柔》所云"谁能执热,逝不以濯"——大热天却偏不肯冲凉,完全是悖时而行,必然事与愿违。

从孟子对《诗经》的引用看,他的确是把《诗经》当作无可怀疑的可靠历史文献来利用的。在他的心目中,《诗》也就是"史",两者是可以通用的。从《孟子》可以看出,除《诗经》外,当时已有史书,这种史书孟子称之为"传",但《孟子》引传显然少于引《诗》[①]。也有的时候,孟子对他游说的君王论史,并不说明出处或根据,如他两次同梁惠王谈到"大王居邠"因狄人相侵而迁至岐下之事,所述与《大雅·绵》一致,也与后来的司马迁《史记》相合,但比《绵》的叙述具体详细。孟子的历史知识是从哪里来的呢?估计离不开当时已经存在的史籍。当然,生活于《诗》亡而《春秋》兴之际,史书还不很发达,阅读也可能颇为不便,故他在论述问题时,还是更习惯于从《诗经》摄取资料。

二、"诗史"的现代义涵

"诗史"一词流传下来,历代学人都有自己的理解,今天也同样。追溯梳理其演变过程,做学术史研究自有其必要与意义。但也不妨提出今人的看法,参与到学术的增进与变革中去。

在这里,我觉得闻一多《歌与诗》一文中对"诗史"的理解是一个重要里程碑,他对上古时代"《诗》即是史"的阐释,特别是他对诗歌史系统梳理中提出的几个主要观点,值得重视,不宜被轻易否定。

《歌与诗》,据当初《闻一多全集》的编者注释,"这是计划中的一部《中国上古文学史讲稿》的一章"[②],讲的是中国文学的源头。文末署"二十八年六月一日"。

---

① 《孟子·梁惠王下》中,齐宣王问:"文王之囿方七十里,有诸?"另一处,又问:"汤放桀,武王伐纣,有诸?"两次孟子皆曰:"于传有之。"这里的"传"就是当时的史籍,诸如晋之《乘》、楚之《梼杌》、鲁之《春秋》之类(参杨伯峻《孟子译注》)。

② 引自《闻一多全集》(第一册),生活·读书·新知三联书店1982年版。据云此小注系《全集》编者摘自闻一多发表此文时的自注,请参刘涛《字源谬见、诗史之辨与一桩学术公案》注7,见《文学评论》2018年第2期,第115页。

那么,应该是抗战期间在西南联大任教时所作。此文不长,却包含了有关诗史问题的重要论述。

该文共三节。第一节论歌,其末尾说:"以上我们反复的说明了感叹字确乎是歌的核心与原动力,而感叹字本身便是情绪的发泄,那么歌的本质是抒情的,也就是必然的结论了。"①

第二节论诗,从考订"诗"字本义入手。汉人将诗训为志,闻一多也认为诗与志"原来是一个字",而"志"则有记忆、记录、怀抱三义。他接着说:"无文字时专凭记忆,文字产生以后,则有文字记载以代记忆,故记忆之记又孳乳为记载之记。记忆谓之志,记载亦谓之志。古时几乎一切文字记载皆谓之志。""一切记载既皆谓之志,而韵文产生又必早于散文,那么最初的志(记载)就没有不是诗(韵语)的了。"于是引出歌以抒情为本质,诗以叙事为本质,指出歌与诗具有抒情与叙事的对垒性特点②。

"对垒性"这三个字把抒情、叙事的关系和性质鲜明而准确地标示出来,抓住这个主要区别,正如闻一多所说:"诗与歌根本不同之点,这来就完全明白了。"③随后引孟子"王者之迹熄而《诗》亡"这段名言和《诗大序》来说明古代"诗即史",说明国史与诗(以变风变雅代表)的密切关系。"古代诗所管领的乃是后世史的疆域""原来诗本是记事的,也是一种史""诗即史,当然史官也就是'诗人'""'繁于文采'正是诗的荣誉,这里(指《论语》《仪礼》《韩非子》等书对史文的批评)却算作史的罪名,这又分明坐实了诗史之间不可分离的关系",都是本节中的重要论点。

最近有人著文,引钱钟书《谈艺录》批评闻一多的《歌与诗》,认为闻一多该文犯了"字(词)源谬见"的错误,有"望文生义""穿凿附会之弊"等等。④ 笔者无意

---

① 刘熙载《艺概·诗概》论诗可分为歌、诵两种:"诵显而歌微,故长篇诵,短篇歌,叙事诵,抒情歌。"注意到诗歌之语言表现可分为抒情和叙事两大方面,对诗歌之研究具有重要意义,可以参看。

② 歌的本质抒情,诗的本质叙事,此乃就两者性质的主要(并非唯一)方面而言,未可视为"本质主义"。

③ 抒情和叙事是文学表现手法上的"对垒",其余种种修辞手段皆隶属其下,为其服务。抒情和叙事的分野又不仅关系诗歌的语言表达和艺术趣味,而且关乎作者的创作态度和审美取向,并由此延伸到对待生活、对待人我关系和对待历史的态度,实际上也就涉及作者的价值观、人生观和世界观。抒情叙事的分野和对垒到此就大大超出艺术表现的形而下范围而上升到思想境界的形而上层面。当然,分野也好,对垒也好,不等于没有互渗和交叉,抒、叙有时不易分清,但不易并非不能,基本是可以分清的,而且需要分清的。

④ 此指刘涛《字源谬见、诗史之辨与一桩学术公案——论钱钟书对闻一多〈歌与诗〉的批评》一文,《文学评论》2018年第2期,第108—116页。

涉入"公案",也不认为闻、钱之间有何公案,只因要借重闻一多先生的文章来言说"诗史",不得不转笔在此略说相关感想。

首先,闻先生的《歌与诗》要讲的是中国文学的源头部分,也是太初中国人文之始阶段的情况,那时岂但诗、史相混,恐怕整个文化(如礼法、宗教、祭祀、祷祝、音乐、舞蹈、神话、巫术、傩仪、诗歌、史述乃至文字、图画等等)都还混沌未凿。这些便是闻先生所说"诗即史"的大背景,脱离这个背景单揪"诗即史"三个字,当然就谈不到一起去了。不见钱先生虽反对"诗史"说,却也有这样的话:"先民草昧,词章未有专门。于是声歌雅颂,施之于祭祀、军旅、昏媾、宴会,以收兴观群怨之效。记事传人,特其一端,且成文每在抒情言志之后。赋事之诗,与记事之史,每混而难分。此士(指被他批评的人)古诗即史之说,若有符验。然诗体而具纪事作用,谓古诗即史,史之本质即是诗,亦何不可。"①只是在此之下又有另论,强调后来的诗史之分而已。如果我们对前人言论持同情之了解的态度,也许便会体贴各人发言的语境,欣赏其大体而不至于有所偏嗜或挑剔。愚见以为闻、钱二位先生所言有异,实乃因所指内容存在"时间差"所致,其实正是一个问题(诗史关系)的两个阶段和两个面向。

其次,从字词之源入手探讨,难道就那么要不得吗?王国维不是也用此法、善用此法吗?比如他的《释史》一文,开篇即引《说文解字》:"史,记事者也。从又持中。"以下一路从甲骨文说到金石之文,从《尚书》《周礼》追溯到殷和殷前之"史",将古文字与古文献联系、对照着分析解说"史"之古义②。似尚未见有人说他是"字源谬见"。当然,考察字源只是论证之一途,远非全部。闻先生认为"志"字原含记忆、记录、怀抱三义,举例甚夥,推论亦不失严谨。但他在文末还是说:"在上文我们大体上是凭着一两字的训诂,试测了一次《三百篇》以前诗歌发展的大势,我们知道《三百篇》有两个源头,一是歌,一是诗,而当时所谓诗在本质上乃是史",对字源考证的有效性持清醒的态度,没有宣布唯我独对,而是特意说明其文是在试测、试述上古诗歌史。今天我们即使完全不用这种方法,仍然能够充分论证"上古诗史曾经混而不分"的观点。我们钦佩闻先生,却没有闻先生的学力,只好不用字源考证之法,却并不认为此法一无是处,

---

① 钱锺书:《管锥篇》,中华书局1984年版,第38页。这段话说明钱先生很通达,但接下去他就论述了诗、史之分的观点,表现了对"诗史说"的"弃"。对此,刘锋杰《"诗史说":钱钟书的"弃"与王国维的"续"》(《社会科学辑刊》2018年第1期,第173—182页)一文分析得十分深刻到位,令人信服,请参阅。
② 王国维:《释史》,见周锡山编校《王国维集》(第四册),中国社会科学出版社2008年版,第27—32页。

甚至一涉此法便堕"谬见"。

说过感想，仍回正题。

闻先生讲得很清楚，他所说的"诗即史、史即诗"，那是遥远的古代之事，而且在那时二者也只是性质相通并非完全同一，否则哪还需要二名？人类发展到今天，情况已经变化。今日大家还在言说的"诗史"，早已不是"诗即史、史即诗"之意，也不是"诗即以史为本质"之意，而是在诗、史二分之后，有些诗歌作品中所叙述描写的生活之"事"、现实之"事"，在人们看来具备了一定的"史性"，可以印证、比照乃至丰富历史记载的某些方面，甚至触及某些历史的经验教训或某种历史规律，从而使这作品具有了史述（或史论、史学）的某些意味。"诗史"是诗歌（文学）创作中的一种现象，也可以说是诗歌（文学）的一个品种或类别，而在文学批评中，则不过是一种评语或概念而已。

闻一多的论证，在我们看来，还可以导出如下的观点：当歌、诗尚在二分的时候，歌主抒情，诗主叙事，但抒情叙事是表现手法的不同，并不绝然对立，甚且相互渗透，因而诗歌早晚是要合流的，抒情与叙事的对垒性也就早晚要化合为诗歌特质的统一性。而且进一步从根本上讲，诗歌中不会有毫无感情色彩的叙事，也不会有绝对无事、无来由的抒情，抒情叙事虽可分剖解析，有不同的侧重，却实难截然割裂。既然如此，一部诗歌史当然只能从头就由抒情和叙事来贯穿，从而形成并发展出抒叙对垒互动、融渗互竞的传统，而不可能是任何单一传统的贯穿史。

果然，闻一多在第三节中作出了更精彩的论述：

> 诗与歌的合流真是一件大事。它的结果乃是《三百篇》的诞生。一部最脍炙人口的《国风》与《小雅》，也是《三百篇》的最精彩部分，便是诗歌合作中最美满的成绩。一种如《氓》《谷风》等，以一个故事为蓝本，叙述方法也多少保持着故事的时间连续性，可说是史传的手法，一种如《斯干》《小戎》《大田》《无羊》等，平面式的纪物，与《顾命》《考工记》《内则》等性质相近，这些都是"诗"从它老家（史）带来的贡献。然而很明显的，上述各诗并非史传或史志，因为其中的"事"是经过"情"的泡制然后再写下来的。这情的部分便是"歌"的贡献。由《击鼓》《绿衣》以至《蒹葭》《月出》，是"事"的色彩由显而隐，"情"的韵味由短而长。那正象征歌的成分在比例上的递增。再进一步，"情"的成分愈加膨胀，而"事"则暗淡到不合再称为"事"，只可称为"境"，那便到达

《十九首》以后的阶段,而不足以代表《三百篇》了。同样,在相反的方向,《孔雀东南飞》也与《三百篇》不同,因为这里只忙着讲故事,是又回到前面诗的第二阶段去了,全不像《三百篇》主要作品之"事""情"配合得恰到好处。总之,歌诗的平等合作,"情""事"的平均发展是诗第三阶段的进展,也正是《三百篇》的特质。

这里最有价值,对我们的研究启发和支持最大最强的,是闻一多按照叙事、抒情成分的比重多寡将《诗经》作品做了举例性的排队,从《氓》《谷风》到《斯干》《小戎》《大田》《无羊》,再到《击鼓》《绿衣》以至《蒹葭》《月出》,是叙事性递减而抒情色彩渐增的队列,再往后,叙事性再减,抒情色彩愈浓,就会发展到《十九首》的境界。而在另一端,则是叙事性不断增强,直到"忙着讲故事"的《孔雀东南飞》模式。闻先生的这个队列法,与我们所拟试用的诗歌抒叙光谱分析法,虽在具体答案上可能有所差异,但在基本思路、分析的原则和标准方面,却是非常一致的①。即都认为诗歌内容的抒情、叙事是可以分析甚至某种程度量化(哪怕是比较模糊的),量化了以后是可以进行比较,比较的结果又是可以按抒叙比重的多少轻重而加以排列的,而这种排列则有助于对诗歌作品之美学特征、性质功能乃至意义价值的分析。对我们的思考和研究,闻先生是不折不扣地导夫先路!

闻先生重视诗的史性,但也没有忘记诗歌的抒情性审美性。他认为,"诗言志""诗传意""诗缘情",志、意、情实是一回事,而"'诗言志'的定义,无论以志为意或为情,这观念只有歌与诗合流才能产生"。"《三百篇》时代的诗,……是志情事并重的",后来人的观念中却"把事完全排出诗外"以至"诗后来专在《十九首》式的'羌无故实'空空洞洞的抒情诗道上发展,而叙事诗几乎完全绝迹了,这定义(指'诗言志')恐怕不能不负一部分责任"。闻先生把《诗三百》视为抒叙良好结合的典范,又认为出现《十九首》式的抒情诗,一部分的原因是因为在诗中排除"事"而过偏地强调情志意("诗言志"理解的狭隘化)的缘故。这个说法非常符合中国诗歌史的实际,而又极具启发性,对我们研究诗歌叙事传统,用抒叙两大传统贯穿全部诗歌史文学史,极具指导意义。

---

① 光谱是可见光、紫外线和红外线按波长排列出来的图谱,参《不列颠百科全书》(第三册),中国大百科全书出版社1986年版,第516页。赤橙黄绿青蓝紫各色光之间的过渡是渐变的,但到一定程度又会有明显界限。我们借以比喻按抒情叙事比重不同来排列诗歌的结果。

从主张抒叙结合的传统出发，闻一多先生对"诗言志"这个中国诗歌的开山纲领提出了批评，可谓洞若观火，即在今天看来，仍然振聋发聩。闻先生的敏锐与无畏，真是令我们钦佩之至①。关于"诗言志"说的内涵、实质、局限、在诗歌史上正负两方面的影响等问题，实在值得深细论之。本文暂不展开，只就我们的论题先做以上些许补充。

我们以为，可以把《诗经》时代视为抒情叙事两大传统的发端，以屈原《离骚》《天问》为代表的楚辞，抒叙融合，和谐共存，继承并发扬了两大传统；此后的诗歌史也一直是两大传统并肩发展。当然并肩不等于绝对平衡，它们既有互动也有互竞，有时并不完全同步。不妨说《十九首》是代表抒情传统发展的一个里程碑，或者说《十九首》的出现代表了抒情传统早期发展的一个阶段。《十九首》抒情成分重，此是公论；至于"羌无故实，空空洞洞"的评价，肯定会有不同意见。实际上，《十九首》的出现，原因也颇复杂。还应该看到，闻先生的批评，不仅是对《十九首》，主要还是对后世某些"《十九首》式"的诗歌（其特点就是羌无故实、空空洞洞），这批评无疑是有的放矢的。而汉末出现《十九首》这样的作品，固然可能与受"诗言志"纲领的引导与制约有关，但也是文人自我意识觉醒的结果，是所谓文学觉醒、在文体上要与史学分家的标志之一，与古来浑然一体的文史（诗和史）在发展过程中各自趋于独立的内在要求有关。而且，《十九首》虽总体抒情色彩浓重，反映社会生活内容有限，然而真正可算"纯抒情"的，却是极个别的（仅其十五《生年不满百》一首）。大部分都还是抒叙结合的产物，对它们仍能进行叙事分析，在上节所言的抒叙队列中，它们多数仍将排在当中，而并不尽在单纯抒情一端。一味强调抒情，企图完全割断与"事"的联系，走到极端，的确会造成"羌无故实，空空洞洞的抒情诗"，闻先生的这一批评尖利而深刻，并非无的放矢，几乎适用于整个诗歌史，对此我们深有同感。比起后代等而下之（因空洞抒情而堕为自说自话无病呻吟）之作，被历代文人激赏的《古诗十九首》应该还算是比较好的早期文人诗②。

---

① 事实上，认为"如果说中国文学从整体而言就是一个抒情传统，大体不算夸张"的陈世骧先生，也曾明确指出"抒情精神（lyricism）成就了中国文学的荣耀，也造成它的局限。"参陈世骧《论中国抒情传统》，张晖编《中国文学的抒情传统：陈世骧古典文学论集》，生活·读书·新知三联书店 2015 年版，第 5—6 页。虽然陈先生没有具体说明那局限究竟是什么，但闻先生对某些抒情诗走上"羌无故实空空洞洞"之道的批评，或许可与陈先生的话参看，而令我们悟出些什么吧。

② 《古诗十九首》表现了较强的自我生命意识和追求个体自由的精神，标志着文人主体意识的觉醒和文学的自觉，其诗抒情色彩浓郁，不少受陈世骧观点影响的台湾地区学者甚至认为，中国抒情传统并不是从《诗经》开始，而应该从《古诗十九首》出现算起。

三、"诗史"的核心是叙事,诗史传统即叙事传统

历代人们对"诗史"的内涵作过许多探讨,有过多方面的解说。张晖《中国"诗史"传统》一书在缕述了自宋至清的众多诗史言说后,在最后一章将其列为十七种说法,然后指出:"综观历代的'诗史'说,其间贯彻着一个最为基本的核心精神,那就是强调诗歌对现实生活的记录和描写。"又说:"宋代的'诗史'说虽然繁杂……实际上都指向同一个基本的文学理念:即诗歌的内容须记载、反映外在的客观世界。"应该说,张晖的这个概括是中肯的、实事求是的。他甚至已经论述到:"强调诗歌记载现实生活的'诗史'说,起源于晚唐,到明代就基本稳定下来,成为中国传统诗学中一贯要求诗歌描写现实、反映现实、记载现实的一种具有代表性的理论述(诉)求。"这里除了"起源于晚唐"的说法略显拘泥外,其他所概括的实际内容,已足以形成与"情志说""抒情传统"相对垒的另一个传统,即叙事传统了——事实上,张晖也把自己的书定名为《中国"诗史"传统》,用了比"理论诉求"更准确的"传统"二字。而"诗史传统"的核心、实质和要害,不就是叙事吗?所谓诗史传统,换言之,不就是叙事传统吗?抽掉叙事,哪里还有什么诗史传统?可惜的是,也许是"抒情传统"说势力实在太强大,或者还有别的什么原因,他虽然已经接近于发现并几乎道出与之"对垒"的叙事传统,甚至道出诗史传统即叙事传统,此传统恰与抒情传统"对垒"(即抗衡而互动)等等——这些观点几乎已到口边,呼之欲出,却终于未敢大胆突破框框,进行属于自己的理论创新,而是不无勉强地回头拿抒情传统来统率中国文学,把明明与之对垒抗衡的叙事传统硬是置于低一个层次的地位①。但即使如此,张晖理论思考的贡献仍是不可抹杀的。

的确,诗史言说虽然纷繁,但在众多说法中,最有价值、能对诸说起到提纲挈领作用的,正是叙事说。

史的本质和核心要义是事与记录事实,简言之即叙事。"史"从诞生伊始,无论是指人还是指此人之行为、活动或其产物,皆与书策记叙之事相关。王国维《释史》引《说文解字》:"史,记事者也。"引《书·顾命》:"大史秉书,由宾阶隮,御

---

① 因思考抒情传统是否唯一而想到叙事传统问题,台湾地区学者实着先鞭,但往往未能将叙事传统与之并列,仍将叙事传统置于抒情传统笼罩之下,如前举蔡英俊文即有此倾向,可参看。

王册命",《礼记·玉藻》:"动则左史书之。言则右史书之",引《周礼》:"大史掌建邦之六典""小史掌邦国之志","内史掌书王命""外史掌书外令""女史掌内令"等,谓"周六官之属,掌文书者亦皆谓之史,则史之职,专以藏书、读书、作书为事。"①而史官所作、所读、所藏之书,则皆与记叙史事、史言有关。史与事的关系不仅可从字源追寻,尤其可以事实证明,亦可从道理阐明。《四库全书总目提要·史部总叙》:"苟无事迹,虽圣人不能作《春秋》,苟不知其事迹,虽以圣人读《春秋》,不知所以褒贬。"②圣人如此,何况我辈?史既如此,诗又何尝不如此?"诗史"当然更不能不如此。叙事遂成为"诗史"与"史"发生关联的根本基础。

不过,"诗史"毕竟是诗而不是史,即使是具有史性的诗歌,也不能丢失抒情、言志和表意的功能。于是两相融和,则凡具"史性"之诗,即"诗史",其本质特征便该是富于感情色彩地叙述评说历史之人与事,此类诗之叙事成分必然较重,且所叙之事又当多与国族命运遭际相关,否则不够称"史",但也须不乏感情(包括议论)色彩和感人力量,如若质木无文味同嚼蜡,也就不足称"诗"。所谓"诗史"其义大抵如此,并无其他特异神秘之处。

再看得通达些,所谓历史乃是往日之现实,而今日之生活,过后也就成为历史。"诗史"也者,就内容言,号称反映或表现历史,换言之则是记述昔日现实生活点滴而已。而就艺术手法言之,"诗史"的写作是在抒情、叙事二法中,偏于叙事,多用客观素材,多关注与观察体会他人事迹境遇和心态情绪,甚至干脆化身为角色,代他人(尤其是向来极少话语权的人)发声,而不是仅仅以诗人自我为中心抒发感情。因而一般说来,"诗史"中摄入的具体生活事实乃至故事、画面、人物动态等比一般抒情诗皆较多较富,作者感情往往寓于叙事之中,较少直白呼喊,故艺术风格也往往较为沉实而不空泛虚浮。前人总结创作经验,有云:"诗者述事以寄情,事贵详,情贵隐,及乎感会于心,则情见于词,此所以入人深也。如将盛气直述,更无馀味,则感人也浅,乌能使其不知手舞足蹈?"③大概"诗史"就有这种好处。被称为"诗史"的作品,至少不会如闻一多批评的那样"羌无故实,空空洞洞"。

诗史须具"史性",也应具有诗性,已如上述。也许后者还须再作强调。"诗

---

① 王国维:《释史》,见周锡山编校《王国维集》(第四册),中国社会科学出版社2008年版,第28—32页。
② 《四库全书总目提要》(卷四五),中华书局1981年版。
③ 宋魏泰:《临汉隐居诗话》,《历代诗话》,中华书局1981年版,第322页。

史"是诗,毕竟与规范的史书不同,它带有更强烈的感情色彩,不但记什么不记什么、何事用浓墨何事用淡笔甚至略去,都是带着感情有意选择的,而且其表述(选词择字造句修辞等)必有倾向,往往在一字半句之微中透露爱憎,寓含褒贬,显示美刺,表达方式往往含蓄用晦,变化莫测,时而直赋,时而比兴,隐喻有之,影射有之,皮里阳秋有之。这就是史诗或诗史作者从主观出发的叙事干预,是其文学性之妙用和所在,也是其审美意味之所由来。"诗史"是史性、文学性和审美趣味的精巧结合或深度融合。后世人们重视"诗史",就是因为"诗史"犹如合金钢,兼有两者的优长,形成了更高的思想强度和美学价值。通过诗史的文学性去探索其隐含的史性,可以在尽享审美乐趣的同时收获认识价值,启发更深广的思考。

"诗史"以史性与叙事性强且与抒情相互交融为特征,成为诗歌的一个品种,在诗歌的源头就萌芽发生。《诗经》史诗,尽管不合西方 epic 的标准,但有鲜明中国特色,是对"诗史"存在的最好证明[①]。更重要的是自《诗经》起,中国诗歌就在叙事与抒情的双轨上并肩发展,既形成了抒情传统,也形成了叙事传统,尤其可贵的是形成了抒情叙事共存相融、互竞互促的传统。由于两大传统各具特色,在不同历史时期发展进度并不平衡,故文学史呈现出不同类型的文体、不同类型作家创作成就、文坛影响起伏升降、多姿多彩的变化,使一部中国文学史波澜壮阔,高潮迭起,美景不断,前程无限。

鉴于题旨,这里我们着重围绕诗歌叙事传统来谈。自《诗经》之后,历代堪称诗史的作品,乃是由《诗经》史诗孳乳而生。楚辞、汉诗、汉乐府、魏晋文人诗、南北朝乐府诗与文人诗,乃至唐宋元明清和近现代的文人诗和民间诗歌中,都有堪称史诗和诗史的好作品。直至今日,"诗史精神"仍是许多诗人作家自觉秉承和追求的良好传统。杜甫则是在漫长的中国诗歌史上一位杰出的代表,一个里程碑式的人物。尤其是在"诗史"之发展演变史上,杜甫因其创作特色与成就,因其承前启后的历史作用,而居于独特的高峰地位。"诗史"虽非由杜甫开创,非其独家专利,也不能说杜甫的任何一首诗都是"诗史",但杜甫作品中堪称"诗史"者确多,且创作成就特高,"诗圣"之誉与"诗史"之名相得益彰,相互增价,杜甫成为中国"诗史"的首席代表。若就这一点而言,孟棨《本事诗》倒是功不可没。

---

① 清人将《诗经》许多篇章评为"诗史",如方玉润《诗经原始》(中华书局1986年版)认为《丘中》《墓门》《采苓》《十月之交》《渐渐之石》皆属"诗史"。这虽属"追认",但方氏在总说《王风》十篇时特地声明:"此册诗皆乱离后作,故其音怨以怒,而又哀思无已……后世杜甫遭天宝大乱,故其中有《无家别》《垂老别》《哀江头》《哀王孙》等篇,与此先后如出一辙。杜作人称'诗史',而此册实开其先。读《王风》者能无俯仰慨叹于其际哉!"这至少说明"诗史"其名后出而事实早就存在。

《诗经》史诗之后,《诗》亡而《春秋》作的历史趋势之下,文史浑然不分的局面开始发生变化,文史要求剖分和各自独立,成为一种时代的潮流。发展到南朝齐梁,以《昭明文选》为代表,实际上宣示了文学对史学的分离。《文选》拒收史传之文,只收史书中少量"事出于沉思,义归乎翰藻"的序、赞,就是明证①。而后,史论家刘知幾则从史学角度强烈要求区分文史,反对文学向史学的渗透,宣布自己"耻以文士得名,期以述者自命"②,文人舞文弄墨,他不屑为,他愿做的是直笔实录的史家"述者"。史家是需要代表儒家正统和主流意识来执笔发言的,他们的工作政治性更强,往往自觉地掌握和行使"史权"③,而诗歌的写作则被视为个人的事。文史分家的趋势与文人主体意识日益增强相呼应,文学自觉的步伐加快,其具体表现便集中在作者个人的意向、情志、怀抱和心理状态渴望得到更自由无忌的表达乃至宣泄上。"诗言志""诗缘情""诗是抒情之具"的认识和言论,影响因而逐步扩大,逐步笼罩乃至统治了诗文创作的整个语境,而诗歌应该纪事述史、关怀外部世界的一面,则被逐步淡化、挤压、遮蔽、削弱乃至消解异化。文学在演变,抒叙两大传统在文学的发展中此起彼伏、不平衡地发展着,有一个阶段,抒情传统似乎占了上风。

杜甫的功绩正在于以优异的创作实绩抗衡了这个语境,扭转了积习甚深的诗坛风气,从而使诗歌重新回到抒情与叙事双线交融并进的健康道路上去。具体来说,是在安史之乱造成的国破家难的特殊历史条件下,以其一系列史性和文学性都很强的作品,使诗歌的叙事功能,诗歌的史性内涵,得到全面的发扬和提升,显示出巨大的思想力和美学能量,使诗歌关怀现实、记录历史的职能重新获得人们的注意和重视,使数百年来几乎渐被遗忘的《诗经》史诗叙事传统,重新成为人们关注和热爱的对象,不但使这一传统得以延续,而且在当时就产生很大的影响。以元稹、白居易、李绅诸人为代表的新乐府创作在中唐兴起绝非偶然,而杜甫的正面影响则更贯穿一千多年,至今未衰。杜甫所接续和弘扬的《诗经》史诗和乐府民歌的精神,也就是中国诗歌抒情和叙事并存互动的优秀传统。

---

① 萧统:《文选序》,《四部丛刊》影宋六臣注《文选》本。
② 刘知幾:《史通·自叙》,见浦起龙《史通通释》(卷十),上海古籍出版社2009年版。
③ 唐韦安石览史官朱敬则所书史稿,叹曰:"董狐何以加!世人不知史官权重宰相,宰相但能制生人,史官兼制生死,古之圣君贤臣所以畏惧者也。"见《新唐书·朱敬则传》,中华书局1975年版,第4220页。孙德谦《辨〈史记〉体例》:"孔子之作《春秋》,贬天子,退诸侯,讨大夫,以达王事。修史之权可谓大矣。"转引自《史通新校注》,赵吕甫校注,重庆出版社1990年版,第119页。修史比吟诗具有更重要的话语权。

以杜甫为典范和代表的叙事传统,其内容非常丰富,可以从多方面研究阐述。许多研究杜甫的论著都不同程度地涉足于此,可谓成果累累。在此基础上,我们对中国诗歌叙事传统的内涵要义,试作概说如下:

一、中国诗歌叙事传统往往更为关注历史,也更关注现实生活,把创作的视线和笔触更多地超越个人而投向客观世界:他人、社会(甚至底层)和国族之事,表现出对时事、政局、新闻、街谈巷议、民情风俗等的兴趣,且善于将其摄入笔下,作出多样的载录。而在种种复杂的社会矛盾面前,往往能以国族的安危利害作为关切的首要问题和判断是非、采取写作策略的根本依据。

本来,在诗歌创作上,偏爱抒情抑或叙事,纯属创作者的自由。但客观的时势环境会对创作者的主观世界起作用,在不知不觉中调整乃至支配他们的创作态度。杜甫早期创作已表现出他关注现实、同情人民、善于叙事、诗风实在的特点,写过《兵车行》《丽人行》等叙事名篇,但真正被称为"诗史"的作品,多数还是写在安史之乱爆发后。安史之乱是一场巨大的国族灾难。杜甫眼看朝廷播迁,百姓流离,自己一度也成了难民行列中的一员。此后,他的诗歌就更多地记录了战乱带来的人间苦难,题材有所扩大,眼界有所开阔,思考也更深沉。他的诗笔开始更多地向史笔倾斜靠拢,写出了《哀王孙》《悲陈陶》《悲青坂》《哀江头》《北征》《羌村三首》"三吏""三别"《秦州杂诗》《同谷七歌》等更切近而具体记述历史生活而堪称"诗史"的作品。这一系列作品所表现的诗史精神,又像一根红线似地把他此后的创作贯串了起来①。

这些作品充分体现了"一切以国族命运为重"的思想主题。"三吏""三别"可为典型代表,其中有对普通百姓苦难的深刻同情,也有对政府和官吏的严厉批判,但从国族大局出发,还是鼓励百姓子弟当兵赴战而不仅作消极的抱怨泄愤。如《新安吏》,前半已对县府抽选未成年的"中男"上前线发出"莫自使眼枯,收汝泪纵横。眼枯即见骨,天地终无情"的控诉之语,但权衡大局后,为了平定叛乱,

---

① 客观环境会产生把创作者推向叙事的作用,例证很多。明代作家杨慎在理论上反对"诗史"说,但后来流放云南,却创作了叙事性很强的诗篇《恶氛行》(记述云南土司叛乱事)和以乐府旧题写成的长篇叙事诗《邯郸才人嫁为厮养妇卒》。请参《升庵集》,影印文渊阁四库全书本,第1270册。抗日战争中,一批抒情诗人生活大变,诗风大变。《文艺报》2015年9月2日文学评论版在《世界反法西斯战争中的中国叙事》总标题下发表《抗战诗歌:思想的胜利美学的胜利》(作者霍俊明)一文,举出老舍、艾青、臧克家、穆旦、杜运燮等人创作的历史性长诗,论曰:"关于抗战的历史性长诗,我们必须强调修辞、想象和抒情主体与历史之间的对应关系。对于长诗写作而言,最大的难度不仅来自于空间和时间,更来自于抒情主体的历史的个人化想象能力,还在于抒情性和叙事性之间的平衡。"实际上指出了这些诗人创作叙事成分大增、抒情更多融入叙事的情况。当代诗人亦多有生活阅历深化促使创作向叙事倾斜的感悟和叙述。

仍压下心头的怨愤,劝慰被抓的壮丁及其家人:"送行勿泣血,仆射如父兄",因为这时的当兵出征已与《兵车行》所反对的扩边战争不同。《新婚别》则借新妇之口,勉励上前线的丈夫"勿为新婚念,努力事戎行!"其实,她明知丈夫此去,吉凶难卜,"人事多错迕,与君永相望",分手恐怕就是永别。诗歌所表现的这种矛盾心态,体现了杜甫既富正义感,又具大局观的精神高度。这正是中国诗歌叙事传统的一个重要方面。不因大局之需而无视统治者的丑行恶道,也不因对执政者不满而放弃国民的责任,这是杜甫诗所显示的意义。这个传统的力量深入人心,十分强大,在中华民族每次遇到重大灾难,处于国族危亡的关头时,我们的诗歌和文学创作就都会凸显这个传统。在宋元明清诸代末年,尤其在近代外敌入侵、政府腐败、国土沦丧、百姓生活悲惨的状况下,此类"诗史"之作就汹涌而出,以致在事后清理时可以整理出若干个"诗史群",成为其时文学的一个突出现象,也为历史的编纂提供了生动丰富的资料①。

传统的这个内涵也限制了"诗史"之称的运用范围。前文论到"诗史"之本质实即诗与生活的关系,故"诗史"既有其崇高性,又并非神秘稀奇得高不可攀。那时留下一个漏洞:那么是不是任何反映一点儿生活内容的诗都能称为"诗史"?"诗史"概念岂不过于宽泛?阐明了叙事传统的这一内涵,当可避免这个误解,等于打了一个补丁。

二、叙事传统不废个人为中心的抒情咏怀,但强调将家庭的悲欢离合、个人的喜怒哀乐与国族安危大事紧密结合,把小家的聚散苦乐放在大家乃至国家安危存亡的背景之下,形成崇高而感人的家国情怀。

杜甫在这方面表现最为突出,脍炙人口的作品亦多,如五古《北征》《羌村三首》,五律《春望》,又如被誉为"生平第一首快诗"的七律《闻官军收河南河北》等,均是史性很强的叙事与写怀言志的抒情和谐融合,标志着被称为"诗史"的杜甫作品在思想和艺术上能够登临怎样的高峰,也标志着诗歌叙事传统具有怎样的亲和力和情感容量,更标志着叙事传统与抒情传统虽有各自的侧重和专长,却具有天然的亲缘关系。

三、叙事传统强调明确的彰善瘅恶意识,爱憎鲜明,褒贬有力,赞美英雄仁人,讽刺丑恶宵小。或以为这是受到"史"的影响所致,其实正好相反,孟子那句

---

① 20世纪50年代,阿英编辑、中华书局出版的《鸦片战争文学集》《中法战争文学集》《甲午中日战争文学集》《庚子事变文学集》等就是这些"诗史群"的代表。其中不仅有诗,也有其他文艺样式的作品。

名言引孔子说:"其义则丘窃之矣。"这个"义"即指《诗三百》所寓含的褒善贬恶之义。诗具美刺,曾对史述产生过重要影响。孔子《春秋》能使乱臣贼子惧怕的"一字褒贬"法,就是从《诗经》的比兴美刺学过去的。而"彰善瘅恶,树之风声"的史学宗旨和撰写原则又长期反哺诗人,使中国诗歌,特别是那些贯彻了诗史意识和诗教精神的叙事性诗歌,大多是有为而作,有的放矢,对培育民族正气和儒家伦理精神发挥了巨大的作用。

四、表述朴实简洁,但不废反复咏唱,也不废议论抒情。史述对文字的要求是简洁,刘知幾《史通》从史家立场出发,对史述的叙事提出了明确要求,那就是信实简要,文约事丰。"夫国史之美者,以叙事为工,以简要为主。简之时义大矣哉!"如何才能简要?他提出了省句、省字、点烦、用晦等法①,并亲自做了"点烦"趋简的示范。一方面是这种理论的影响,一方面也是诗歌文体自身的要求,诗歌自然不能像文章那样细致状写、任意挥洒,而必须用有限的语词(律诗还须合律)来描述历史事件或概括历史现象,而这种简约的叙述还必须蕴含作者想诉说或想宣泄的深意。应该说,中国诗歌叙事传统的这一要求相当高而苛刻,也正是这种要求造就了中国诗歌内涵的深刻和艺术的优美,但也一定程度地限制了诗歌叙事、描写的舒展纵放。

五、风格温柔敦厚,符合"诗教"的原则,具体而言,是美刺褒贬均须合度有节,而不过分。这不但是中国诗歌的传统,也是儒家社会伦理的重要内容之一,实际上全面渗透贯彻在古今中国人的生活和理念、品格之中。这里不仅有掌握"度"的难题,实际上还存在着深刻的自相矛盾。刘知幾主张史必实录、痛恶曲笔,同时却又认可"避讳":"史氏有事涉君亲,必言多隐讳,虽直道不足,而名教存焉。""盖子为父隐,直在其中,《论语》之顺也;略外别内,掩恶扬善,《春秋》之义也。"②显然,当求真与避讳冲突时,让步的便只能是求真,否则便违背了诗教。上面提到刘知幾提倡史述含蓄用晦,也与此有关。

除上述外,中国诗歌叙事传统,即诗史传统、诗史精神,当然还有其他种种内容,只是这五点似乎比较明显而重要。

仅就此五点而言,这个传统自有许多值得肯定和继承的正面精神,如热爱国族而勇于奉献、甚至勇于舍弃个人的精神,其基本面无疑值得发扬光大,而且只

---

① 刘知幾:《史通·叙事》。
② 刘知幾:《史通·曲笔》。

要中华民族存在,这种精神就不能也不会泯灭。然而,即使正面之中亦不是不含负面,如因顾全大局而不得不对官府吏员的凶残暴行有所容忍,便是正面中所含的负面因素,然而明知其为负面因素,要在正面行为中剔除和避免之却还相当困难。至于诗风的温柔敦厚,固是中国诗歌的美学特征之一,也是中国人素质和品格的一种优美之点,有其值得肯定的一面,但也应结合历史和时代背景对之做具体分析,充分看到其负面作用和影响。这种矛盾现象既规定了中国诗歌的特点,也造成了它的弱点和缺陷。如果说掌握分寸、褒贬合度是必要的应该的,那么为尊者和亲者讳却必然使诗歌的史性和思想锐利深刻的程度大打折扣。而当其在国势屡弱的情景下,就更易与虚伪软弱、自欺欺人甚至与对强敌的奴颜媚骨相混,成为戕害和背叛国族的毒药。

中国诗歌叙事传统就是这样有其优秀卓越的一面,也有其不良落后的一面。我们实事求是地揭示它,为的是继承发扬前者而努力克服后者。尤其需要说明的是,中国诗歌传统可以而且应该从多角度多方面进行探讨总结。从艺术表现方法的不同入手,将其概括为抒情叙事两大传统,不过是许多角度中的一个而已。"诗史"固然可以是评价好诗的一个标准,但好诗并不一定非得"诗史"不可。文学是万紫千红百花争艳的世界,任何"唯一""独尊"的念头都是行不通的。

方法谈:

学术论文的写作步骤

一、立题。论文题目一般有几个来源,有时是读书所得,有时是有感而发,有时是研究所需。我这篇文章是这几个方面的综合,文章开头我就对此做了说明。诗史问题与诗歌叙事传统关系密切,诗史的核心是叙事,目前流行的某些观点又为我所不能同意,故特以此为题撰文,既发出自己的声音,又可作为项目的阶段性成果。

并不是只有文艺创作才需要有激情和创作冲动,写论文同样需要有激情,就是感到自己有话要说,骨鲠在喉不吐不快,为此而冥思苦想,而寻觅资料,而梳理论点,而设计结构布局,而埋头执笔,而反复修改,在整个过程中往往心里有着预期读者,似乎存在某种辩论对象。如果这种状态能够保持始终,那么这个过程就会总是精神饱满,充满兴奋和快乐。这是写作论文的比较理想的境界。

二、资料。巧妇难为无米之炊。有了题目,掌握材料的多少就是关键。古人一般强调先要不以写作为目的地大量阅读,读时勤做笔记,有所谓"不动笔墨不读书"之说。研究文史,有一系列基本典籍,必须系统读过,在阅读中思考,发现问题,获得体会,所谓"读书有间"。这样久而久之就自然地积累了许多资料,自然地产生了一些可写文章的题目。古人撰著比较慎重,没有自己独到的想法,就决不著述,宁可"述而不作"。

我们现在的情况有所不同。除个别人外,我们没有古人那样的童子功、基本功,没有系统精深地研读过文史基本典籍。何况中国古代典籍是那样丰富,可谓浩如烟海,无论哪一方面,要全部读完,谈何容易。另外,也可能尚未养成凡读书就必做笔记的良好习惯。我们还没有一个属于自己的资料库,但我们已经需要写文章,而且是写论文了。怎么办?

今天我们当然不可能等系统读完文史典籍,或像有些人宣称的那样"竭泽而渔"后才来写文章。工作程序只能从实际出发,从需要出发,具体落实就是从课题出发。有了题目,就有了一个方向和核心,然后围绕着这个核心去广泛搜集资料,加以整理利用。古人读书重视目录书,讲究目录学,看了目录才知道某种学问有哪些重要的书。除目录学外,还要懂版本、校勘以及小学。我们如果搞古籍整理,搞艰深的国学研究,那也必须如此。即使研究一般的古代文学课题,此点也须注意,也很重要。我们比古人有利的是除了古代流传下来的许多目录书,还可以利用今人新编的种种目录,直到当下著作和论文的目录,比如知网上的有关资料,乃至海内外学术机构编撰的各种目录。围绕自己研究的问题,广泛地了解近年至近百年的学术史,从已有研究成果中梳理出一些基本情况,用以校正自己的研究方向。然后沿着自己要搞的题目深入下去,寻找到丰富的相关资料。凡做博硕士学位论文首先要了解该问题的学术史,就是这个道理。今天还有一个有利条件,就是有了不少古籍整理本,我们可以通过比较,选择可以信赖的一个或几个整理本来用,节省不少时间。在这个过程中,也有勤懒、智愚两种做法。勤者智者是发现线索紧追不舍,不断扩大阅读范围与深度,努力把寻找原始(第一手)资料与系统补课结合起来,并且勤读勤做笔记,而不是浅尝辄止,只顾眼前,只限于一个小问题。

我在做"中国诗歌叙事传统研究"课题时,因多处需要谈到《诗经》,曾将《诗经》通读多次(利用不同本子),做了很多笔记。写《从诗史名实说到叙事传统》一文时,也要专门涉及《诗经》,涉及闻一多对《诗经》的论述,为此又不断翻阅《诗经》与相关笔记。这也是我在有意识地补课。

我在文学所工作时,听何其芳、钱锺书、余冠英等先生谈过写文章如何收集资料、占有资料和不断补课的问题。"补课"的概念是余冠英先生专门对我讲的。何、钱两位先生则强调掌握第一手资料的重要性,"占有"二字为何其芳所喜用。钱先生则强调搜罗资料竭泽而渔的辩证法。他本人贯通古今中外,自备的资料库满满,用起来游刃有余,其著述以资料丰盈广博著称,但对后学则提出掌握基本资料的要求。文史资料是没有穷尽的,新材料还在不断出现。但每个论题都有其最基本的资料(这是必须掌握的,否则根本没有发言权),而善读书善用资料者往往又能旁搜远绍,化腐朽为神奇,使看似无关的资料发挥意想不到的功效,以理论和逻辑的力量使它们都服务于你的论证过程。这是运用资料高级的艺术化的阶段。他们的教导,使我终身受益。今天我将他们谈话的基本精神和我的粗浅体会,与读者分享。

三、结构。当想清楚论点、准备好足够的资料后,就可以考虑文章的结构了。文章结构的实质是你观点的逻辑关系。我这篇文章,是从诗史名实谈起,一直谈到叙事传统,基本上想解决几个问题。第一,辨析"诗史名实"。现在谈"诗史"的人很多,但都把"诗史"之名的发明权归诸唐人孟棨《本事诗》。但我研究下来,觉得"诗史"之名虽见于孟棨此书,但诗史之实是早就存在的,《本事诗》只是目前能看到的较早记录,并不意味着这个词就是孟棨发明的。我从更根本的层次,即中国文化源头的层次上说明了诗与史的渊源。第二,对于诗史及其关系的现代涵义,闻一多先生的论述最为有力。但近年却有人对闻先生的观点和学术方法加以非难,并弄出一个所谓钱锺书批闻一多的"公案"。我的论述以重申闻先生观点为主要内容,顺便揭穿所谓"公案"的虚妄性,然后再深入一步。第三,论述史的本质是叙事,"诗史"实质上就是叙事性强的诗歌作品,充分尊重学界已有成果(如张晖的《中国的诗史传统》),并以公认的"诗史"杜诗作为论证依据。第四,概述中国诗歌叙事传统的基本内涵,完足题目显示的"从诗史名实到叙事传统"。

四、表达。写文章就是把自己的认识和观点对象化客观化,让别人了解。关键在于流畅清晰。只有自己真正想明白了,才能够写明白。要坚定地相信,凡想清楚了的,就一定能写明白,若觉没写明白,一定是因为没想清楚透彻。当然,表达好坏,还有技术问题。应注意向范文学习,善于学习一切好文章,并能够从正反两方面来吸取经验教训。同时多练多改,写后反复自读数遍,有可能的话,多请教师友。闭门造车,独学无友,都是不行的。

五、留白。一篇文章不可能把所有问题都解决,有的只能提示一下,不能展开。这就如绘画或书法中的留白。可以给自己持续发展的余地,也给读者留下念想,继续关注你以后的文章。本文对中国诗歌叙事传统基本内涵的论述,就只是初步的,留下了进一步深入的可能。当然,文章在发表之前,要努力尽量使其完善,但发表之后,仍会发现不免留有遗憾,发现一些不足之处。这也是很正常的,修改文章是无止境的。

以上所写,是个人的一点体会,不全面,也不一定对,供读者参考、商榷。

黄庭坚"夺胎换骨"辨*

莫砺锋**

摘要： 本文是一篇驳难之作。它针对历代在评价江西诗派开山祖师黄庭坚的"夺胎换骨、点铁成金"说所作的不公之论而发。黄氏此说，历来被许多人讥评为提倡"蹈袭剽窃"。本文作者对此说的含义、本旨以及在诗歌发展史上所产生的作用进行了辨析，认为黄氏此说乃是在有宋承唐的历史条件下，为了充分利用前人丰厚的文学遗产而采取的或师承前人之辞、或师承前人之意的一种方法，目的是为求在诗歌创作领域里"以故为新"。作者且以当时诗歌创作的实际效果证之，认为尽管这种方法有其局限、不无流弊，但仍基本上起到了"以故为新"的作用，因之，应该推倒千余年来在文学批评和文学史研究中对黄氏的这一谬评。

关键词： 宋诗；黄庭坚；夺胎换骨

北宋诗人黄庭坚所提出的"夺胎换骨，点铁成金"之说，曾经被很多人附会为提倡"蹈袭剽窃"；而他流传世间的某些诗歌作品，也使人产生"黄庭坚作诗好蹈袭剽窃"的误解。两者以讹证讹，形成一种恶性循环，遂致产生了不符合事实的结论，严重地影响了对黄庭坚及其所开创的江西诗派的正确评价。为了弄清事实真相，本文试从诗歌理论和诗歌创作实践两个角度对黄庭坚的"夺胎换骨"说进行粗浅的分析，并谈谈个人的看法。

---

* 原载《中国社会科学》1983年第5期。
** 莫砺锋，南京大学人文社会科学资深教授、博士生导师，南京大学中国诗学研究中心主任，兼任教育部社会科学委员会委员、中国教育部人文素质教育指导委员会委员、教育部中文学科教学指导委员会委员、中国宋代文学学会会长、中国杜甫研究会副会长、中国陆游研究会会长等职，主要从事中国古代文学研究。

一

黄庭坚的诗论,散见于他的书札、序文、题跋、诗歌以及别人的诗话、笔记之中,它涉及的面相当广泛,其中最受后人讥评的,是他的"夺胎换骨、点铁成金"之说。金人王若虚说:

> 鲁直论诗,有"夺胎换骨、点铁成金"之喻,世以为名言。以予观之,特剽窃之黠者耳。鲁直好胜,而耻其出于前人,故为此强辞而私立名字。①

直至今日,在许多批评家的心目中,"夺胎换骨"几乎成了"蹈袭剽窃"的代名词②。究竟黄庭坚何以提出此说?我认为有必要对它的实质及其来龙去脉进行深入的探究。

首先是"正名"的问题。"夺胎换骨、点铁成金"的含义是什么?宋人对此就不甚了然。现在让我先引几则宋人的诗话:

> 句法以一字为工,自然颖异不凡,如灵丹一粒,点铁成金也。浩然云:"微云淡河汉,疏雨滴梧桐",工在"淡""滴"字。③

这是把用字之工当作"点铁成金",显然不符合黄庭坚的原意。

> 潘邠老云:"陈三所谓'学诗如学仙,时至骨自换',此语为得。如'不知眼界开多少,白鸟去尽青天回',凡此之类,皆换骨法也。"④

陈师道以"换骨"比喻学诗日久自然悟入之理,也不同于黄庭坚所说的"夺胎换骨"。

> 曾纡云:"山谷用乐天语作《黔南》诗,白云:'霜降水返壑,风落木归山。

---

① 《滹南遗老集》卷四十,《诗话》。
② 见《黄庭坚的诗论》,《文学评论》1964年第1期。
③ 范温:《潜溪诗眼》。
④ 王直方:《王直方诗话》。

舟冉岁将晏,物皆复本原。'山谷云:'霜降水返壑,风落木归山。冉冉岁华晚,昆虫皆闭关。'白云:'渴人多梦饮,饥人多梦餐。春来梦何处?合眼到东川。'山谷云:'病人多梦医,囚人多梦赦。如何春来梦,合眼在乡社?'白云:'相去六千里,地绝天邈然。十书九不到,何以开忧颜?'山谷云:'相望六千里,天地隔江山。十书九不到,何用一开颜?'纡爱之,每对人口诵,谓是'点铁成金'也。"范寥云:"寥在宜州尝问山谷,山谷云:'庭坚少时诵熟,久而忘其为何人诗也。尝阻雨衡山厨厅,偶然无事,信笔戏书尔。'寥以纡'点铁'之语告之,山谷大笑曰,'乌有是理,便如此点铁!'"①

曾纡把戏书古诗当作"点铁成金",当然离黄庭坚的原意更远,所以黄说"乌有是理"了。那么,黄庭坚的本意究竟是什么呢?他曾在《答洪驹父书》中说:

> 自作语最难,老杜作诗,退之作文,无一字无来处。盖后人读书少,故谓韩、杜自作此语耳。古之能为文章者,真能陶冶万物,虽取古人之陈言入于翰墨,如灵丹一粒,点铁成金也。②

又惠洪《冷斋夜话》卷一记庭坚语云:

> 诗意无穷,而人之才有限。以有限之才,追无穷之意,虽渊明、少陵,不得工也。然不易其意而造其语,谓之换骨法;窥入其意而形容之,谓之夺胎法③。

细察庭坚之言,"点铁成金"主要是指师前人之辞,"夺胎换骨"主要是指师前人之意,本是有所区别的。但是后人往往把这二者当作一个概念来讨论。为了方便起见,现在我也沿用这种做法。

黄庭坚的这两段话中有一点共同的精神,即:在学习前人的创作经验时要

---

① 阙名:《道山清话》。
② 《豫章黄先生文集》卷十九(以下简称《文集》)。
③ 宋人吴曾怀疑此说非庭坚之言,他说:"予尝以觉范不学,故每为妄语。且山谷作诗,所谓'一洗万古凡马空',岂肯教人以蹈袭为能事乎?"(《能改斋漫录》卷十《议论》,按陈善亦云:"后读曾公所编《皇宋百家诗选》,乃云惠洪多诞,《夜话》中数事皆妄。"则惠洪之言确未可全信。但此处吴曾提出质疑的理由尚不充分,因为"夺胎换骨"说并不等于"教人以蹈袭为能事"。在没有证据证明惠洪所记失实时,我们仍把此说当作庭坚之言来处理。又"夺胎"一词,今人或引作"脱胎",但宋人中一般都作"夺胎",故从之。

有所发展变化。取古人之"陈言"要经过"陶冶",重新熔铸,然后为我所有。取古人之意要"造其语",即改换其言词;或"形容之",即有所引申发展①。反对此论的人往往只看到他有所因袭,而忽略了其中的求新精神。其实,求新求变的精神,是贯穿于黄庭坚的整个诗论的。所以,在讨论"夺胎换骨"说时,我们还应该注意到黄庭坚在论诗和论书法中的一些意见。

黄庭坚在诗歌、书法等方面都是以"自成一家"自期、自许的,这一点前人论之甚详。张耒《读鲁直诗》云:"不践前人旧行迹,独惊斯世擅风流。"②黄庭坚自己也说:"听它下虎口着,我不为牛后人。"③又说:"文章最忌随人后。"④他强调学习古人须"以识为主",而不能跟在古人后面一枝一节地亦步亦趋。《潜溪诗眼》"学诗贵识"条云:

> 山谷言学者若不见古人用意处,但得其皮毛,所以去之更远。如"风吹柳花满店香",若人复能为此句,亦未是太白。至于"吴姬压酒劝客尝","压酒"字他人亦难及。"金陵子弟来相送,欲行不行各尽觞",益不同。"请君试问东流水,别意与之谁短长",至此乃真太白妙处,当潜心焉。故学者要先以识为主,如禅家所谓"正法眼"者,直须具此眼目,方可入道。

黄庭坚论书法也有类似的意见:

> 士大夫多讥东坡用笔不合古法,彼盖不知古法从何出尔。杜周云:"三尺法安出哉?前王所是以为律,后王所是以为令。"予尝以此论书,而东坡绝倒也。⑤
>
> 兰亭虽是真行书之宗,然不必一笔一画以为准。⑥
>
> 随人作计终后人,自成一家始逼真。⑦

这些材料都证明庭坚的"夺胎换骨"说不可能是提倡"蹈袭剽窃",而是要从古人

---

① 明人郎瑛云:"山谷之言,但加数字,尤见明白,则觉范亦不错认。如'造'字上加'别'字.'形'字上加'复'字可矣。"(《七修类稿》卷二八"夺胎换骨"条)颇能帮助我们理解黄庭坚的这段话。
② 《柯山集》卷十八。
③ 《赠高子勉四首》之三,《山谷内集》卷十六。
④ 《赠谢敞、王博喻》,《山谷诗外集补》卷四。
⑤ 《跋东坡水陆赞》,《文集》卷二九。
⑥ 《又跋兰亭》,《文集》卷二八。
⑦ 《以右军书数种赠丘十四》,《山谷诗外集补》卷二。

那里"师意"和"师辞"。他所谓的"无一字无来处",也就是要求尽可能多地吸收、借鉴前人诗文中的语言技巧,如词汇、典故等修辞手段,充分利用前人的文学遗产,达到"以故为新"①。在这里,"以故"只是手段,"为新"才是目的。

  论者也许会诘难说:为什么要"以故为新"?自创新意、自铸新词不是更好吗?这个意见当然有道理,但我们却不能忽略了这样的事实:除了生民之初,任何一个时代的文学总是其前一个时代文学的继续和发展。诚然,生活之树是常青的,生活所提供的创作源泉是变化无穷的。但是,文学是语言的艺术,而语言是有"巨大的稳固性"的,"语言的语法构造和基本词汇,是许多时代的产物"②,所以,作家用来表现生活的文学手段,特别是某一种文学样式所运用的文学语言,也必然是相当稳固、有所从来的。它只能非常缓慢地发生变化,不可能有突如其来的飞跃。在我国的古典诗歌中,无论是意境、形象,还是用来表现这些意境、形象的词汇、典故等修辞手段,都有很强的传统性,它们的改变是相当缓慢的。所以,当古典诗歌发展到一定的历史阶段,各种艺术技巧(尤其是修辞手段)都已有了相当数量的积累之后,诗人们要想"一空依傍"地自创新意、自铸新词,就非常困难了。例如,杜甫是个"语不惊人死不休"③的富于独创精神的诗人,但他又何尝没有借鉴前人的瑰词丽句?杜诗有句云:"春水船如天上坐,老年花似雾中看。"④刘克庄评之曰:"此联如在目前,而古今人所未发。"⑤但事实上陈代的释惠标已有句云:"舟如空里泛,人似镜中行。"⑥初唐的沈佺期也有句云:"人疑天上坐,鱼似镜中悬。"⑦杜诗又有句云:"薄云岩际宿,孤月浪中翻。"⑧而梁代何逊诗中已有"薄云岩际出,初月波中上"之句⑨。"读书破万卷"的杜甫当然不会没有读过前人的这些诗句。显然,上述的前一例是师古人之意,后一例是师古人之辞。由于杜甫善于"以故为新",所以仇兆鳌赞扬他:"此用前人成句,只换转一二字间,便觉点睛欲飞。"⑩又如韩愈生于李、杜之后,他不甘心囿于前人之藩篱,

---

① 《再次韵(杨明叔)·引》,《山谷内集》卷十二。
② 斯大林:《马克思主义和语言学问题》,《斯大林选集》第517页。
③ 杜甫:《江上值水如海势聊短述》,《杜诗详注》卷十。
④ 《小寒食舟中作》,《杜诗详注》卷二三。
⑤ 《后村先生大全集》卷一八一,《诗话新集》。
⑥ 《咏水》,《全汉三国晋南北朝诗·全陈诗》卷四。
⑦ 《钓竿篇》,《全唐诗》卷九七。
⑧ 《宿江边阁》,《杜诗详注》卷十七。
⑨ 《入西塞示南府同僚》,《全汉三国晋南北朝诗·全梁诗》卷九。
⑩ 《杜诗详注》卷十七,《宿江边阁》诗注文。

就尽力往奇险的方向发展,并提出了"惟陈言之务去"的主张①,在诗歌创作中也大量运用奇字险韵。虽然由于他才大学富,在这方面仍有成就,但正如清人赵翼所言:"其实昌黎自有本色,仍在文从字顺中,自然雄厚博大,不可捉摸,不专以奇险见长。"②而且韩愈也并未能完全避开前人的文学语言遗产,李商隐称韩诗"点窜《尧典》《舜典》字,涂改《清庙》《生民》诗"③,宋人王楙还举了许多例子说明"韩诗亦自杜诗中来"④。这种例子在文学史上是举不胜举的。

对于这种文学现象,宋以前之文人已有所觉察。西晋陆机《文赋》中有"或袭故而弥新"之语,唐皎然《诗式》中还提出了"偷语""偷意""偷势"之说,但他们或语焉不详,或论而未精,都未能产生很大的影响。

到了宋代,前人诗歌艺术手段的积累更加丰厚了,唐代是古典诗歌的鼎盛时代,名家巨子如众星争辉,佳篇秀句似百花竞艳。唐诗的题材和意境几乎是无所不包,炼字、用典等修辞手段也已达到炉火纯青的程度。五七言古今体诗的领域,可以说已被唐人开拓殆尽。清人蒋士铨诗"宋人生唐后,开辟真难为"⑤,确是道出了宋人处境之艰难。所以他们只能在唐人开采过的矿井里再向深处发掘。黄庭坚生当其时,他很清楚地看到了这一点。因而他一方面继承了韩愈的"陈言务去"的精神,正如清人刘熙载所云,"陈言务去,杜诗与韩文同,黄山谷、陈后山学杜在此"⑥;另一方面,他转而对前人留下的丰厚遗产采取积极利用的态度,提出了"夺胎换骨、点铁成金"的方法。对于黄庭坚来说"夺胎换骨"和"陈言务去"是并不矛盾的。前者意谓继承前人的精华,后者意谓扬弃前人的糟粕。它们正是"怎样借鉴前人"这一问题的两个方面,它们之间的关系是相反相成的辩证关系。不过在黄庭坚所处的时代,"夺胎换骨"说比之"陈言务去"说是更为积极、更为行之有效的创作方法,因此也受到了人们更多的注意。

"夺胎换骨"说的提出,给那些在前人的丰厚遗产面前不知所措的诗人们指出了一条出路,这是黄庭坚受到赞扬、并成为江西诗派的开山祖师的原因之一。与此同时,"夺胎换骨"说也产生了较大的流弊。首先,这种对前人艺术技巧的借鉴方法容易被误解成从书本中去寻找创作源泉;其次,一些没有出息的诗人虽然

---

① 《答李翊书》,《昌黎先生集》卷十六。
② 《瓯北诗话》卷三。
③ 《韩碑》,《全唐诗》卷五三九。
④ 《野客丛书》卷七,"韩用杜格"条。
⑤ 《辨诗》,《忠雅堂诗集》卷十三。
⑥ 《艺概》卷二,《诗概》。

奉此为圭臬,却没有学到其中最重要的"求新"精神。久而久之,就出现了江西诗派中的末流,他们专以拾人牙慧为能事,自诩为"点铁成金",其实却是"点金作铁"①,陈陈相因。这又是黄庭坚此论受到后人讥评的原因之一。

如果江西诗派中人都只知"蹈袭剽窃",那么这个诗派早就会像西昆派一样,虽然风靡一时,旋即销声匿迹,绝对不可能对南宋诗坛产生那样巨大的影响。事实上,江西诗派中的几位健将,如陈师道、陈与义、徐俯、韩驹、吕本中等,都颇有自立的气概,而不是一些蹈袭剽窃之徒。这就证明"夺胎换骨"说在江西诗派中所产生的消极影响是有限的。而这种消极影响,理应由那些没出息的诗人自负其责,黄庭坚是不该任其咎的。至于后人把"夺胎换骨"说误解成提倡"蹈袭剽窃",那就更与黄庭坚的原意南辕北辙了。

二

黄庭坚的诗歌创作在艺术上的最大特色是"奇",其长处如"格韵高""用意深"等是"奇"的表现,其短处如用僻典、多次韵等也是"奇"的表现。赞成黄庭坚的人褒他"奇而有法"②,反对他的人责他"有奇而无妙"③,都从不同的角度看到了黄诗的这个特点。黄庭坚因力求自成一家,所以尚奇,而不肯"随人作计"。宋人陈岩肖、罗大经都有类似的看法④。但是到了现代,以黄庭坚作诗好"蹈袭剽窃"的说法逐渐占了上风,例如,很有代表性的一种文学史著作中说黄诗"且有不少是由于所谓'脱胎换骨'和'点铁成金'而来的模拟、剽窃之作"⑤。这两种完全相悖的看法,到底孰是孰非?我认为前一种看法基本上是符合事实的,而后者则可能是误解或偏见。产生误解的主要原因是黄诗的版本非常杂乱,流传至今的有宋人作注的《山谷内集》二十卷、《外集》十七卷、《别集》二卷,共收诗1 481首⑥;后人所辑的《山谷诗外集补》四卷、《山谷别集补》一卷,共收诗436首。此外,《豫章先生遗文》中有上述各本未收之诗8首,《宋黄文节公全集》中又多出31首。而已经亡佚的尚有《退听堂集》《南昌集》《豫章集》《山谷精华录》等多

---

① 见《艺苑卮言》卷四,王世贞语。
② 贝琼:《双井堂记》,《清江贝先生集》卷二四。
③ 王若虚:《滹南遗老集》卷三九,《诗话》。
④ 《庚溪诗话》卷下,《鹤林玉露》卷十五。
⑤ 《中国文学史》第603页,中国社会科学院文学研究所编。
⑥ 《豫章黄先生文集》卷二至卷十二共收诗675首,都已收入《内集》和《外集》。

种集子。在这些集子中曾窜入了许多伪作。下面,试对这一情况作点简单的说明。

宋人李彤于黄庭坚《外集》之后跋云:

> 彤曩闻先生自巴陵取道通城,入黄龙山,盘礴云窗,为清禅师遍阅《南昌集》,自有去取,仍改定旧句。彤后得此本于交游间,用以是正。其言"非予诗"者五十余篇,彤亦尝见于它人集中,辄已除去。①

可见在黄庭坚生前,他人之诗窜入黄集的情况已相当严重。到了后代,黄诗版本更杂,窜入之伪作也就更多。南宋胡仔云:"山谷亦有两三集行于世,惟大字《豫章集》并《外集》诗文最多,其间不无真伪。"②比如宋人刘昌诗《芦浦笔记》卷十"胡藏之诗"条中所载胡作《咏藕诗》,后来就窜入了黄庭坚集中③。又如在明人伪托的《山谷精华录》中,仅《四库提要》卷一七四所指出的窜入之伪作,即有陈师道《西湖徙鱼和苏公二首》、陆游《东湖新竹》等篇。又如《宋黄文节公全集·外集》卷九《双井敝庐之东,得胜地一区,长林巨麓,危峰四环,泉甘土肥,可以结茅庵居。是在寅山之颔,命曰"寅庵"。喜成四诗,远寄鲁直,可同魏都士人共和之》四诗,从题中即可看出非黄庭坚所作。而黄庭坚《外集》卷五《次韵寅庵四首》题注中也明言上述四诗乃元明所作。又《宋黄文节公全集·外集》卷十《元明留别》一诗,乃崇宁四年(1105)元明在宜州留别黄庭坚之诗,当时黄庭坚也作有一首《宜阳别元明用觞字韵》④。同卷中还有《奉寄子由》《奉答元明》二诗,今考后一首即苏辙(子由)的《次韵黄大临秀才见寄》⑤,而黄庭坚《外集》卷九中也另有《次元明韵寄子由》《再次韵奉答子由》等诗,可证《奉寄子由》一诗实乃元明所作。还有《山谷内集》卷十二的《题驴瘦岭马铺》等20首诗,编集者即注明乃知命所作:"当由山谷润色,因以成其弟之名,今不复删去。"

在这些窜入黄集的伪作之中,最容易引起人们误解的有下面两种情况:

第一种是黄庭坚曾书写过的他人之诗。黄庭坚是著名的书法家,求他作书

---

① 见黄𥬇《山谷年谱》卷一。
② 《苕溪渔隐丛话》后集卷二八。
③ 《四库提要》卷一一八"芦浦笔记"条云:"黄庭坚咏藕诗,实胡藏之作。"但此诗不见于今本黄集,或已为人删去。
④ 见《山谷内集》卷二十。
⑤ 见《栾城集》卷十二。

的人非常之多。惠洪曾云："山谷翰墨妙天下……殆可与连城、照乘争价也。"①甚至传说江神都喜爱他的墨迹②。而且黄庭坚又勤于作书，楼钥云："山谷真迹，中更禁绝，重以兵毁销铄，而四方得之者甚众，则知此老所书未易以千亿计。"③根据现存的黄庭坚题跋和别人在黄庭坚墨迹上的题跋来看，他所书写的诗文中既有古人及同时代人的作品④，也有他自己的作品⑤，有时还在同一份帖上杂书他人和自己的作品⑥，且不写明所书诗文的作者是谁⑦。黄庭坚诗名震世，对他的作品，"天下固已交口传诵"⑧，并互相传抄⑨。而后人替黄庭坚编集时，又是"悉收豫章文集、外集、别集、尺牍、遗文、家藏旧稿、故家所收墨迹与四方碑刻、他集议论之所及者"⑩，这样，就难免有一些黄庭坚所书写的别人的诗文窜入其集中。如杨万里就曾指出："而今集中至全载《丹书》诸铭，与山谷之文相乱。盖山谷嗜此铭，故每喜为人士书之耳。"⑪又如黄庭坚曾书写南朝梁元帝等三人的三首"百花亭怀荆楚"诗，他在跋文中已经清楚地说明："此诗出《英华集》，皆佳句也。……四顾徘徊，怅诗人之不可见，因大书三诗，遗寺僧宗素。"⑫可是后人竟

---

① 《跋山谷字》，《石门文字禅》卷二七。
② 见《冷斋夜话》卷一，"江神嗜黄鲁直书韦诗"条。
③ 《跋黄知命帖》，《攻媿集》卷七五。
④ 其中较著名的诗人有：嵇康（《书嵇叔夜诗与侄榎》，《山谷题跋》卷三）、陶渊明（《元祐间大书、渊明诗赠周元章》，《山谷题跋》卷四）、谢灵运（《跋与张载熙书卷尾》，《文集》卷二九）、庾信（清·何绍基《跋黄山谷书册》，《东洲草堂文钞》卷十一）、王梵志（《书梵志翻著袜诗》，《山谷题跋》卷三）、寒山（《跋寒山诗赠王正仲》，《宋黄文节公全集·别集》卷八）、李白（《书白草〈秋浦歌〉后》，《山谷题跋》卷四）、杜甫（《跋老杜〈病后遇王倚饮赠歌〉》，《宋黄文节公全集·别集》卷八）、韦应物（惠洪《冷斋夜话》卷一"江神嗜黄鲁直书韦诗"条）、王建（元·王恽《跋山谷所书王建宫词后》，《秋涧先生大全文集》卷七三）、韩愈（明·唐肃《跋山谷墨迹》，《皇明文衡》卷四六）、白居易（《书乐天忠州诗遗王圣徒》，《山谷题跋》卷四）、刘禹锡（《书刘禹锡〈浪淘沙〉〈竹枝歌〉〈杨柳枝词〉后九首，因跋其后》，《宋黄文节公全集·别集》卷七）、柳宗元（《跋书柳子厚诗》，《文集》卷二六）、苏舜钦（《王直方诗话》"山谷爱子美绝句"条）、苏轼（《跋自临东坡和陶渊明诗》，《山谷题跋》卷三）、秦观（《戏书秦少游〈好事近〉，因跋之》，《宋黄文节公全集·别集》卷七）等。
⑤ 例如：黄庭坚《书旧诗与洪龟父，跋其后》（《山谷题跋》卷三）、宋·周必大《跋黄鲁直〈昼寝呈李公择〉等四诗》（《周益国文忠公集·省斋文稿》卷十七）、《题聂侔周臣所藏黄鲁直〈送徐隐父宰余干〉诗稿》（同上《平园续稿》卷八）、元·袁桷《跋黄太史〈松风阁〉诗》（《清容居士集》卷四五）、明·王世贞《山谷老人〈此君轩〉诗》（《弇州山人四部稿》卷一三〇）、《山谷老人〈七祖山〉诗》（同上卷一三六）等。
⑥ 例如，明人王世贞跋《涪翁杂帖》云："涪翁草书自作语一通，又唐诗二首。"（《弇州山人四部稿》卷一三六）
⑦ 例如，惠洪《跋山谷笔古德二偈》云："此两诗唐知闲禅师所作也，世口脍炙之久矣，而莫知其主名，岂山谷未敢必谁所作耶？"（《石门文字禅》卷二七）又洪迈《容斋续笔》卷九"太公丹书"条云："《太公丹书》，今罕见于世。黄鲁直于《礼书》得其祖铭而书之，然不著其本始。"
⑧ 李之仪：《跋山谷二词》，《姑溪居士文集》卷三九。
⑨ 黄庭坚《答王观复》云，"有小儿辈杂抄猥稿，挹之尽抄去，不足观也。"（《山谷老人刀笔》卷十五）可以证实这一点。
⑩ 黄𥱥：《年谱序》，《宋黄文节公全集》卷首。
⑪ 《跋廖仲谦所藏山谷先生为石周卿书〈大戴礼·践阼篇〉〈太公丹书〉》，《诚斋集》卷一百。
⑫ 《跋〈登江州百花亭怀荆楚〉诗》，《豫章先生遗文》卷十一。

然还将其中的两首误作黄庭坚诗而收入《豫章先生遗文》卷一,把梁元帝的《登百花亭怀荆楚》一首题作《登江州百花亭怀荆楚梁元帝》,把朱超道的《奉和登百花亭怀荆楚》一首题作《奉和朱道》,其后也无人指出此误①。

据宋人记载,黄庭坚书写他人诗文常常是"默诵而书之"②,这样,或者由于他记错了数字③,或者由于原作本有异文,这些窜入黄集中的他人之作就可能与原作略有不同。例如今本《山谷诗别集补》中有《书王氏梦锡扇》一诗,楼钥就曾指出:

> 东坡、少游、参寥各赋春日诗十首,参寥第八首云:"梅梢青子大于钱,惭愧春光又一年。亭午无人初破睡,杜鹃声在柳花边。"《山谷别集》《书王氏梦锡扇》乃是此诗,但首句云"压枝梅子",末句云"杜鹃啼在柳梢边",岂山谷爱参寥诗,尝书之扇耶?④

后人很容易把这种情况误认为"夺胎换骨"或"蹈袭剽窃"。又如《山谷内集》卷十八有一首题为《题小景扇》的七绝,杨万里说:

> 山谷集中有绝句云:"草色青青柳色黄,桃花零落杏花香。春风不解吹愁却,春日偏能惹恨长。"此唐人贾至诗也,特改五字耳。贾云:"桃花历乱杏垂香",又:"不为吹愁",又:"惹梦长"。⑤

似乎这又是黄庭坚在搞"夺胎换骨"。到了现代,果然就有人认为这是黄庭坚"夺胎换骨"的好例⑥;又有人以此为据而指责黄庭坚说:"这种模拟,有时竟流为剽窃",并大为感叹:"这样的偷诗'伤事主矣'!"⑦可是事实并非如此。陆游云:"鲁

---

① 梁元帝、朱超道之诗均见《文苑英华》卷三一五,还有一首可能是阴铿的《追和百花亭怀荆楚》,亦见于同卷。《豫章先生遗文》为庭坚裔孙黄𨱇在南宋编成,清乾隆庚子年汪雪礓翻刻之,民国壬戌年祝稚农又翻刻之,但两次翻刻本的跋文中都未指出此误。
② 楼钥《跋余子寿所藏山谷书〈范孟博传〉》云:"山谷晚在宜州,或求作字,……山谷许以书《范孟博传》,或谓南方无《汉书》,山谷曰:'平日好读此传。'遂默诵而书之。"(《攻媿集》卷四)杨万里也有"山谷笔诵"的记载,见《跋山谷〈践阵篇〉法帖》,《诚斋集》卷一百。
③ 例如岳珂《范碑诗跋》云:庭坚"遂默诵大书,尽卷仅有二三字疑误。"(《桯史》卷十三)
④ 《跋豫章别集》,《攻魏集》卷七三。
⑤ 《诚斋诗话》。
⑥ 汝舟:《谈黄山谷诗》,《学风》第三卷第四期。
⑦ 阿娜:《黄山谷的标新立异》,《处女地》1957年2月号。

直诗有题扇'草色青青柳色黄'一首,唐人贾至、赵嘏诗中皆有之,山谷盖偶书扇上耳。"①陆游的说法是对的。黄庭坚不过将此诗书写了一遍,而编集者把它误入黄庭坚集中又不作任何说明,乃是编集者和注家的责任,对于黄庭坚本人有什么可以指责的呢?

第二种情况是黄庭坚把别人的诗稍改数字以示后学"作诗之法"的。如《山谷内集》卷七有《题画睡鸭》一诗:"山鸡照影空自爱,孤鸾舞镜不作双。天下真成长会合,两凫相倚睡秋江。"任渊注云:"徐陵《鸳鸯赋》曰:'山鸡映水那相得,孤鸾照镜不成双。天下真成长会合,无胜比翼两鸳鸯。'山谷非蹈袭者,以徐语弱,故为点窜,以示学者尔。"黄庭坚这样做的目的不过是借以表示他认为这首诗应该这样改才好,而决没有把此诗当作自己的创作的意思。而且这种做法在当时诗人中也是习以为常的。

上述两种诗本来就是别人的作品,黄庭坚并无意将它们据为己有。可是由于这些作品长期混在黄集之中,因之后人议论纷纷。褒之者美其名曰"夺胎换骨,点铁成金",贬之者讥其为"蹈袭剽窃",其实都近于无的放矢。

黄庭坚集中确有一些"夺胎换骨、点铁成金"之作,但即使在这些作品中,黄庭坚也是力求与古人异而不是求与古人同,因而不能看作是"蹈袭剽窃"。下面试举例说明。

第一,学习前人的构思方式。

宋人陈长方云:

> 古人作诗断句,辄旁入他意,最为警策。如老杜云:"鸡虫得失无了时,注目寒江倚山阁"是也。黄鲁直作《水仙花》诗,亦用此体,云:"坐对真成被花恼,出门一笑大江横。"②

又洪迈云:

> 杜子美《存殁绝句二首》云:"席谦不见近弹棋,毕曜仍传旧小诗。玉局他年无限笑,白杨今日几人悲?""郑公粉绘随长夜,曹霸丹青已白头。天下

---

① 《老学庵笔记》卷四。按此诗不见于《全唐诗》赵嘏诗中,《全唐诗》卷二三五贾至诗中有之,原诗如下:《春思二首》之一,"草色青青柳色黄,桃花历乱李花香。东风不为吹愁去。春日偏能惹恨长。"
② 《步里客谈》卷下。所引杜诗见《缚鸡行》,《杜诗详注》卷十八。

何曾有山水，人间不解重骅骝。"每篇一存一殁，盖席谦、曹霸存，毕、郑殁也。黄鲁直《荆江亭即事十首》，其一云："闭门觅句陈无己，对客挥毫秦少游。正字不知温饱未？西风吹泪古藤州。"乃用此体，时少游殁而无己存也。①

在这种情况下，庭坚只是学习了前人的诗歌结构，或者说是从构思方式上受了前人的启发，而在诗意、辞句上并不因袭，所以写出了可与杜甫诗媲美的好诗。

第二，模仿前人的诗意。

宋人曾季狸云：

> 山谷咏明皇时事云："扶风乔木夏阴合，斜谷铃声秋夜深。人到愁来无处会，不关情处亦伤心。"全用乐天诗意。乐天云："峡猿亦无意，陇水复何情？为入愁人耳，皆为断肠声。"此所谓"夺胎换骨"者是也。②

这两首诗的意思确有相似之处，黄庭坚很可能受到了白居易的启发（当然也有可能是不谋而合），但他在辞句上全不相袭，而且比白诗有所提高。诗中情理也与所咏之事（唐玄宗幸蜀）密切相合，毫无生搬硬套之病。

又如庭坚《寄家》一诗：

> 近别几日客愁生，固知远别难为情。梦回官烛不盈把，犹听娇儿索乳声。

史容注中引韩愈诗："娇女未绝乳，念之不能忘。忽如在我前，耳若闻啼声。"③黄庭坚此诗的确师韩诗之意，但他把韩诗的四句压缩成一句，前面三句又写了别情之难堪和残更梦回之情景，比韩诗的境界更为广阔，风格更为凝炼。这样模仿前人诗意，可以说是推陈出新。

第三，借用前人的辞句。

黄庭坚有一首《夜发分宁寄杜涧叟》：

---

① 《容斋续笔》卷二"存殁绝句"条。
② 《艇斋诗话》。所引黄诗见《山谷外集》卷七《和陈君仪读〈太真外传〉五首》之二，所引白诗见《全唐诗》卷四二五《和思归乐》。
③ 韩愈：《此日足可惜一首赠张籍》，《全唐诗》卷三三七。

阳关一曲水东流,灯火旌阳一钓舟。我自只如常日醉,满川风月替人愁。

这首诗的后两句是从欧阳修的"我亦只如常日醉,莫教弦管作离声"①翻出的。但欧公只是故作旷达之语,虽亦曲折地透露出一丝离愁,立意毕竟不深。黄庭坚则翻新出奇,出人意表。王若虚未解其妙,故讥评此二句说:"此复何理也!"②其实诗歌往往有"无理而妙"的情况,此诗就是一例。因为清风明月本来是使人感到舒畅开朗的景物,为什么会"替人愁"呢?毫无疑问,这个"愁"只可能是来自诗人心中的离愁别恨。诗人的本意是:离愁别恨使人黯然销魂,虽借酒浇愁,以求得一时的解脱,然终对景难排,满川清风明月亦似愁容不展。物尚如此,人何以堪?这种写法,不但文情跌宕,而且把深意化为弦外之音,很耐人寻味。这样地化用前人成句,确是显示了"点铁成金"的妙用。

借用前人成语典故的情况,在黄庭坚的集中相当普遍,下面仅举一例:

杜诗有句云:"别来头并白,相对眼终青。"③对仗十分工稳,黄庭坚学之有六例:"读书头愈白,见士眼终青"④;"江山千里俱头白,骨肉十年终眼青"⑤;"身更万事已头白,相对百年终眼青"⑥;"今日相看青眼旧,他年肯作白头新"⑦;"看镜白头知我老,平生青眼为君明"⑧;"青眼向来同醉醒,白头相望不缁磷"⑨;前三例尚稍嫌重复,后三例则变化较大,而下面一联则是变化愈奇:"眼中故旧青常在,鬓上光阴绿不回!"⑩可见,并不是简单相袭。

此外,庭坚或润饰前人之句,如"烦君便致苍玉束,明日风雨皆成竹"⑪,乃是润饰白居易的"且食勿踟蹰,南风吹作竹"⑫;或反用前人之意,如"林薄鸟迁巢,水寒鱼不聚"⑬反用杜甫的"林茂鸟有归,水深鱼知聚"⑭,都没有生吞活剥之弊。

---

① 《别滁》,《欧阳文忠公集》卷十一。
② 《滹南遗老集》卷三九,《诗话》。
③ 《秦州见敕目,薛三璩授司议郎,毕四曜除监察。与二子有故,远喜迁官,兼述索居,凡三十韵》,《杜诗详注》卷八。
④ 《寄忠玉提刑》,《山谷外集》卷十七。
⑤ 《送王郎》,《山谷内集》卷一。
⑥ 《南屏山》,《山谷诗外集补》卷四。
⑦ 《次韵奉答文少激纪赠二首》之一,《山谷内集》卷十三。
⑧ 《和答君庸见寄别时绝句》,《山谷别集》卷上。
⑨ 《再次韵杜仲观二绝》之二,《山谷外集》卷十二。
⑩ 《次韵清虚》,《山谷别集》卷上。
⑪ 《从斌老乞苦笋》,《山谷内集》卷十二。
⑫ 《食笋》,《全唐诗》卷四三〇。
⑬ 《次韵晁元忠西归十首》之二,《山谷外集》卷十二。
⑭ 《遣兴五首》之二,《杜诗详注》卷七。

所以尽管黄庭坚有这么多"点铁成金"之处,刘熙载仍说他"能于诗家因袭语潋涤务尽"①。

当然,黄庭坚偶尔也有弄巧成拙、"点金作铁"的例子,例如杜甫诗有句云:"落月满屋梁,犹疑照颜色"②,黄庭坚则有句云:"落日照江波,依稀比颜色"③,杨万里认为这是"以故为新,夺胎换骨"④,实际上黄诗远不如杜句之工,确是"点金作铁"⑤。但这种情况在黄诗中是极少的。

由此可见,黄庭坚诗歌创作中的"夺胎换骨,点铁成金",基本上起到了"以故为新"的作用,实际效果与他提出此说的目的是相一致的。尽管这种方法有其局限,不无流弊,但据此而指责他作诗好"蹈袭剽窃",那是不符合事实的。

根据以上分析,我认为黄庭坚的"夺胎换骨"说是一种在当时历史条件下可行的继承和发展前人文学遗产(主要是古典诗歌的语言技巧)的方法,对于继承了唐诗的丰厚遗产的宋代诗人来说,这种方法的提出,对他们的创作,并不是没有帮助的。黄庭坚及其他作者在他们的创作实践中也或多或少行之有效地运用了这种方法,取得了一定的成绩,对后代的诗人也有一定的启发作用。所以,无论他的诗歌理论还是诗歌创作,都不应该因"夺胎换骨"而得到"蹈袭剽窃"的恶谥。

方法谈:

我怎样学习写论文

1979年秋,我以安徽大学外语系二年级本科生的身份考进南京大学中文系,在程千帆教授指导下读中国古代文学专业的研究生。1982年年初,我获得硕士学位后继续跟着程先生攻博,程先生邀请周勋初、郭维森、吴新雷三位老师

---

① 《艺概》卷二《诗概》。
② 《梦李白二首》之一,《杜诗详注》卷七。
③ 《和李文伯暑时五首》之四,《山谷诗外集补》卷二。
④ 《诚斋诗话》。
⑤ 王世贞《艺苑卮言》卷四中云:"李太白有'人烟寒橘柚,秋色老梧桐'句,而黄鲁直更之曰:'人家围橘柚,秋色老梧桐。'晁无咎极称之,何也? 余谓中只改二字,而丑态毕具,真点金作铁手耳。"按李白此二句见于《秋登宣城谢朓北楼》,《全唐诗》卷一八〇,而庭坚之二句不见于今本黄集,惟叶梦得《石林诗话》卷上载有:"顷见晁无咎举鲁直诗'人家围橘柚,秋色老梧桐',……皆自以为莫能及。"这二句到底是否黄诗,尚需存疑。

为助手,组成了一个博士生指导小组,并制订了严格的培养计划。在将近三年的时期内,整个博士点只有我一个博士生,却有四位老师负责指导,于是我接受了非常全面、非常严格的学术训练。我没有在中文系读过本科,学习古代文学完全是半路出家,而且开始读博时年过而立。我能够在不到三年的时间内完成学业并获得文学博士学位,完全应归功于程先生和他领导的南京大学中国古代文学这个博士点。那时的博士生培养还处于刚起步的阶段,系里还没有制定学位课程体系。程先生与几位助手商量后,决定让我以专书研读的方式来进行课程学习。程先生为我开列了一份书目,规定我在论文选题之前必须研读以下经典:《论语》《孟子》《老子》《庄子》《左传》《诗经》《楚辞》《史记》《文心雕龙》《文选》。这些书全是先唐的典籍,与我将要研究的唐宋文学并无直接的关系。这可能是由于我学业基础比较薄弱,程先生必须让我"恶补"一番。于是,我就根据上述书单埋头苦读。我选择了较重要的版本,逐字逐句地细读文本。例如《诗经》,我读了孔颖达的《毛诗正义》和朱熹的《诗集传》。又如《楚辞》,我读了王逸、洪兴祖和朱熹的三种注本。总之,经过一年多的经典阅读以后,我对唐宋文学的学术源头有了较好的把握,这不但为我的博士学位论文的选题、撰写提供了较好的学术基础,而且对我日后从事唐宋文学的研究大有益处。当然,我在读博期间受到的最大训练还是撰写学位论文。在这方面,程先生的具体指导让我受用终身。首先,程先生鼓励我选题时要敢于知难而上,要选择学术意义较为重大的题目。其次,程先生要求我写论文一定要提出新的学术观点,要敢于挑战沿袭已久的学术定论。我最初的选题是《朱熹文学思想研究》,这个题目在20世纪80年代初期真是非常前沿的一个课题,因为朱熹其人一向被学术界视为轻视文学甚至反对文学的理学宗师,他的文学活动和文学思想几乎无人问津。可惜因当时看不到钱穆先生刚在台湾出版的《朱子新学案》,只好忍痛割爱,改选江西诗派作为论文题目。江西诗派是宋代最大的诗歌流派,但是长期以来受到学术界的种种误解。我经过细致的史实考索和文本分析,对江西诗派作出了比较实事求是的重新评价。我读博士生二年级时在《中国社会科学》1983年第5期发表了《黄庭坚夺胎换骨辨》,就是一篇针对黄庭坚诗歌理论的翻案文章。

"夺胎换骨、点铁成金",是黄庭坚诗歌理论中最引人注目的内容,后世论者对它的评价褒贬不一,反对者往往指其提倡"蹈袭剽窃",甚至据此得出黄庭坚诗也多蹈袭剽窃的结论。由于黄庭坚既是江西诗派的首领,又被后人认作宋诗的典型代表,因此,对黄氏的评价,从某种程度上代表着人们对江西诗派乃至整个宋诗的看法,不对这一问题作出合理的解释,就难以准确评价江西诗派乃至整个宋诗,所以这是我必须首先解决的一个问题。我读黄庭坚的诗歌,对其风格之独特有极深的感受。我觉得北宋后期的大诗人如苏轼、王安石等,艺术水平未必低于黄庭坚,但是要论个人风格之独特鲜明、自成一体,则无出黄诗之右者。我在观赏黄庭坚的书法时也有同样的感觉,在"苏、黄、米、蔡"四大家中,黄庭坚的字是最容易辨认的,无论间架还是笔画,黄体都是卓尔不群。可以说,在黄庭坚的艺术创作中,贯穿着求新求变的精神。既然如此,他怎会在理论上提倡"蹈袭剽窃"呢?这是我撰写此文的逻辑起点。我对朱熹读书善疑的精神一向非常钦佩,毫不夸张,正是这种精神鼓励我对此进行探索。有了"大胆的怀疑",接着便应有"小心的求证"。于是我先为"夺胎换骨、点铁成金"这一理论"正名",通过对宋人诗话的相关记载进行考辨,又结合黄庭坚的诗学思想,我指出其精神实质是"在学习前人的创作经验时要有所发展变化",其最终目标是要"以故为新",而绝非"蹈袭剽窃"。我还进一步申明在"宋人生唐后,开辟真难为"的历史情境下,"夺胎换骨"是学习唐诗的一种有效手段,也是一种合乎创作规律的文学理论。本文的重点是论证前人对"脱胎换骨"及黄庭坚作诗"蹈袭剽窃"的指摘,指出这些指摘大多出于误解或偏见。经过严谨细密的排查,我发现人们之所以对黄诗产生误解或偏见,主要是由于黄诗的版本非常杂乱,窜入了不少伪作,更严重的是,身为书法家与诗坛前辈的黄庭坚书写他人之诗或取他人诗稍改数字以示后学诗法的一些作品,也被当作是他的"原创"收入集中,编集者与评诗者往往未作考辨,故而导致"剽窃"之讥。文中举了大量例证,比如所谓黄庭坚"用乐天语作《黔南》诗",这本来是他"偶然无事,信笔戏书"的古人之诗,可是与他同时的惠洪误以为这是黄庭坚自己的作品,潘大临也同此误,后来李颀、阳枋等人沿之。而曾纡、葛立方、洪迈等人又以为这就是"点铁成金"。虽然南宋的吴曾已明确地指出这些诗"皆乐天诗,盖是编者之误,致令渠以为山谷所为",但直到明代,瞿佑仍把它们误认为黄庭坚之诗,郎瑛仍认为此乃"乐天多于敷衍,山谷巧于剪裁是也",甚至清代的考据名家梁玉绳还认为《黔南十绝》全用香山诸作实为"偷诗"。当代学者在指责黄庭坚"剽窃"时,也往往举此为例。在实际例证的基础上,我得出了黄庭坚"夺胎换骨、点铁成金"之说决非提倡"蹈袭剽窃"的结论。作为补充,文中还进一步从黄庭坚作诗学习前人构思方式、模仿前人诗意、借用前人辞句而能自出新意、以故为新的具体例子,申明"夺胎换骨"的实质正在于创新。总之,此文基本上实现了考证与批评的结合,得出了实事求是而又新颖独到的结论。

中国古典诗词的理解与误解*

钟振振**

无论多么宏观的文学研究,都植根于对具体作家作品的准确读解。因此,对于古典诗词的研究者来说,增进作品读解能力的训练是最基本的训练,亟须不断强化;而对于古典诗词的研究来说,扩大读解规模、提高读解精度的工作则是最基本的建设,亟待重点投入。

近三十年间,笔者仔细阅读了一大批诗词笺注本、选注本和鉴赏集,吃惊地发现此类图书中的知识性错误率之高,令人瞠目结舌。知识性错误条数近于、多于甚至倍于总页码的古诗词读物,比比皆是。这些错误中有些是文献性质的问题,对于读解古诗词的妨害不一定很大;但也有相当一部分属于误解,不同程度地影响到我们对原作的价值判断与审美把握。前一类错误,尚不可因其小而加以轻忽;后一类错误关系较大,就更不能等闲视之、漠然置之了!

古典诗词好比是古代诗人从遥远的星球上向我们发来的一封封无线电报。通过漫长的时间隧道到达生活在另一时空中的我们手里,原先是用明码拍发的电报,尚且有可能变成或局部变成密码,更何况那些用典用事较多、文字扑朔迷离、本来就有准密码性质的作品呢?解人难索,不独今日为然,古人也早有同样的感叹,而且说得更加绝对:"诗无达诂。"

这四字大可玩味!"达"者,到也。"达诂"若译成精确的现代汉语,窃以为当作"到位的解读"。所谓"到位",也就是恰到好处,既非"过",亦非"不及"。尽管"诗无达诂",可千百年来,历朝历代都有许许多多的学者在起劲地"诂",执著地"诂"。通过一代代学者的不懈努力,除了像李商隐《锦瑟》诗那一类难度近乎"哥

---

* 原载《文学遗产》1998年第2期。

** 钟振振,南京师范大学教授、博士生导师,清华大学特聘教授,中国韵文学会名誉会长(原会长),中华诗词学会顾问,国家图书馆特聘教授。曾应邀在美国耶鲁大学、斯坦福大学等海外三十多所名校讲学。主要从事中国古代文学研究。

德巴赫猜想"的作品,多数古诗词还是有可能获得为学术界所普遍认同的解读。

这就在特定的范围内提出了一个相反的命题——诗有达诂!

怎样才能做到"诗有达诂",即摆脱误解的干扰,比较准确地读解古诗词呢?笔者以为,最关键的有两条,一是"学人之拙",二是"诗人之慧"。

古代的诗人、词人,特别是那些著名的诗人、词人,往往不仅是才华横溢的作家,更是博览群书的学者。老杜所谓"读书破万卷,下笔如有神",正是他们的集体写照。要我们今天的学者把古人所读过的那"万卷"书一卷不漏地都通读一遍,或许是苛求了;但最起码的标准,经史子集四部中的名著和要籍,还是应当读一读的。此外,为了知人论世,有关古诗词作者的传记资料和历史、文化背景材料,也不能不留心披览。如果我们的阅读面积无法在大致程度上覆盖古诗词作者的阅读面积,对他们的生平和时代又不甚了了,那怎么能读懂他们的作品呢?当然,要完成上述阅读指标,至少也得在图书馆里坐上十年冷板凳。而这还只是一般性的浏览,属于打基础性质,解决一个碰到疑问知道到哪里去找答案的问题。至于为了真正判定古诗词的某些具体读解是否有误,为了解码破译古诗词的某些疑难篇章,带着明确目的作相机阅读,则更是学无止境。在这方面,没有捷径可走,亦无所恃于"聪明",只能立精卫填海之志,期愚公移山之功。此谓之"学人之拙"。

但古代的诗词作者,特别是那些著名的诗家、词家,又毕竟不是学究,而主要是诗人。以学问为诗词者固然不乏其例,然而纯任天籁、纯用白描、纯为直观而不掉书袋、不事獭祭、无复依傍的作品,亦所在多有。即便是那些广征博引的篇章,凡属佳作,也贵能以诗的艺术气韵统摄之、斡运之、蹂轹之。宋严羽《沧浪诗话》中说:"诗有别材,非关书也;诗有别趣,非关理也。"所强调的就是诗的艺术特质。诗之区别于书与理,在其特有的艺术灵魂;诗人之区别于学者,在其特有的艺术灵感。任何信号接收系统都必须将频率调整到与信号发射频率相一致的状态,才能清晰地接受。同样的原理,为了准确地读解古诗词,不致失之毫厘,谬以千里,我们也必须具备诗人的气质,拥有与古诗词作家相类似的艺术感官。诗人并非生而能诗,亦学习、实践有以致之;诗人的气质,诗人的艺术感官也不是与生俱来,完全可以通过后天的培养去获得。培养的方法当然很多,但最直接、最行之有效的方法恐怕莫过于亲自搞一点诗歌创作。最好是各种体裁、各种样式、各种题材、各种风格的诗词都能学着作一作。如果有过这样一番"脱靴搔痒"的体验,必能谙得个中甘苦,窥见其间诀窍,在读解古诗词时也就容易做到神交古人于百千载之上,不至于买椟还珠,郢书燕说,辜负作者的意匠经营了。在这方面,所强调的已非"博学",而是"多才";天平不是向学术积累的厚重,而是向艺术感官的聪敏那半边倾斜。此谓之"诗人之慧"。

为了更具体、更实在地说明上述两种素养在古诗词读解问题上的重要性,下面,我们选择了几篇具有"疑义相与析"价值的作品,作为个案来加以审视。

个案一　唐杜牧《泊秦淮》诗:"烟笼寒水月笼沙,夜泊秦淮近酒家。商女不知亡国恨,隔江犹唱《后庭花》。"

此诗言简意赅,篇短韵长,属于千古绝唱一类,为历来的唐诗选本所必收,且文字比较浅显,应该不难领会。然而事情并不那样简单,多少年来我们成功地破译了许多艰深的篇章,却偏偏把这首一般被认为是浅显的作品给误读了!

关键在"商女"二字。清徐增《而庵说唐诗》曰:"'夜泊秦淮'而与'酒家'相'近','酒家'临河故也。'商女',是以唱曲作生涯者。唱《后庭花》曲,唱而已矣,哪知陈后主以此'亡国',有'恨'于内哉!杜牧之'隔江'听去,有无限兴亡之感,故作是诗。"他认为"商女"即是在"酒家"卖唱的歌女。这种理解为当今的绝大多数学者所接受。《辞海》《辞源》《汉语大词典》等权威性辞书都把"商女"释为"歌女",且均引杜牧此诗为证。各种诗选和鉴赏集亦皆袭取此说,有些论者还作了进一步的推阐:歌女之所以唱《后庭花》,是应顾客的要求。因此,我们不能怪罪歌女,而应把账记在点歌的达官贵人们头上。诗人讽刺的矛头,实指向那些买唱享乐、醉生梦死的上层人物,云云。

略有不同意见的是陈寅恪先生。他在《元白诗笺证稿》中说:"牧之此诗所谓'隔江'者,指金陵与扬州二地而言。此'商女'当即扬州之歌女,而在秦淮商人舟中者。夫金陵,陈之国都也。《玉树后庭花》,陈后主亡国之音也。此来自江北扬州之歌女,不解陈亡之恨,在其江南故都之地,尚唱靡靡遗音。牧之闻其歌声,因为诗以咏之耳。此诗必作如是解,方有意义可寻。后人昧于金陵与扬州隔一江及商女为扬州歌女之义,模糊笼统,随声附和,推为绝唱,殊可笑也。"其与徐增之说的主要分歧,在"商女"非唱于"酒家",而唱于"商人舟中"。

哪一种说法比较接近事实呢?显然是陈寅恪先生说。宋王安石《金陵怀古》诗四首其二曰:"《后庭》馀唱落船窗。"已明点"船"字。宋贺铸《水调歌头·台城游》词曰:"楼外河横斗挂,淮上潮平霜下,樯影落寒沙。商女篷窗罅,犹唱《后庭花》。""樯""篷"亦皆就"船"言。北宋去晚唐未远,故王、贺二氏对小杜诗意的理解,自比清以后人的理解更有可能存真,也更值得重视①。

然而陈寅恪先生说也还未能视为定谳。其一,他对"隔江"二字的读解是有问题的。杜诗分明是说自己泊舟之处与商女唱曲之处"隔江",而非谓金陵与扬州"隔江"。其二,"隔江"既非指金陵、扬州之地理关系,则断言商女"来自江北扬州",也就不能成立。其三,他指出商女唱曲处为"商人舟中",虽较徐增前进了一步,但仍以"商女"为"歌女",并未切中肯綮。

其实,"商女"当释作"商妇"。五代孙光宪《竹枝词》曰:"门前春水白蘋花,岸上无人小艇斜。商女经过江欲暮,散抛残食饲神鸦。"宋王岩《残冬客次资阳江》诗曰:"淡云残雪簇江天,策蹇迟回客兴阑。持钵老僧来咒水,倚船商女待搬滩。"这两例的背景都是荒僻的水滨,都有船,却没有"酒家",亦无唱曲之事。认"商女"为"歌女",将何以自圆其说? 若以"商女"为商人之妻、妾,则随船迁徙,凡濒江河之处皆能到,扬子江、秦淮河也得,白蘋洲、资阳江也得,置之杜诗、孙词、王诗,岂不触处可通! 而最铁定的证据还有宋刘攽《中山诗话》所载宋叶桂女咏江州琵琶亭诗:"乐天当日最多情,泪滴青衫酒重倾。明月满船无处问,不闻商女琵琶声。"诗吟白居易《琵琶行》故事,此"商女"非彼"老大嫁作商人妇"者而何?②可见,释"商女"为"歌女"者,盖由小杜诗孤证引义,因其中有"酒家""唱《后庭花》"等语而目迷五色,误入了歧途。

弄清"商女"一词的确切定义,我们才算真正读懂了杜牧此诗:诗人生活在唐帝国晚期的飘摇风雨之中,忧国之心不能自已,因商妇歌《后庭花》而牵动幽思,念及国运,故发为咏叹。是所谓见一叶落而知天下秋。旧说以此诗旨在讽刺醉生梦死的达官贵人,陈义虽高,却实在是牵强附会。即便"商女"真是在"酒家"卖唱的歌女,此说也决不可通。唐代的"酒家"不是今天的五星级大饭店。当时可以称得上是"达官贵人"的人,哪个没有豪华的府第、园林? 哪个不蓄养歌儿、舞女? 哪个不享有支配官妓的特权? 他们一般都是在家里或官衙里饮宴、由家妓或官妓唱曲侑酒的,这只消看唐人集中"宴某附马宅""宴某将军山林"之类的诗题便可一目了然。还用得着降尊纡贵,到市井间的"酒家"去呼酒点歌么? 相反,"酒家"里真正的常客倒是像杜牧这样的中小官吏,他总不至于作诗来讽刺自

---

① 其实,清词中亦有"商女"在"船"的例证,如徐瑶《过秦楼·寒月》曰:"算只有、商女船边,征人马上,偏自看来亲切。"
② 清王开沃《相思引·晚从瓜洲渡江》词曰:"芦荻当风摇故垒,鱼龙挟浪卷前朝。更无商女,静夜掐檀槽。"亦用《琵琶行》为故实。"檀槽",即"琵琶"的代名词。此虽晚出,仍可参证。

已"醉生梦死"罢?

个案二 宋朱敦儒《水龙吟》词:"放船千里凌波去,略为吴山留顾。云屯水府,涛随神女,九江东注。北客翩然,壮心偏感,年华将暮。念伊嵩旧隐,巢由故友,南柯梦、遽如许!

回首妖氛未扫,问人间、英雄何处?奇谋报国,可怜无用,尘昏白羽。铁锁横江,锦帆冲浪,孙郎良苦。但愁敲桂棹,悲吟《梁父》,泪流如雨。"

较早将这篇佳作介绍给广大读者的,有胡云翼先生编注的《宋词选》。书中评论道:"这首词大约是1129年金人大举南侵以后的作品。当时艰危的局势深刻地影响了作者。在他的《樵歌》里,这是对国事最关怀,写得比较沉痛的篇章。"总体把握堪称允当,可惜的是具体注释中却颇多误解,一篇之要旨几乎全未道着。后出的各种选本和鉴赏集,又大抵沿袭胡氏而踵其误,故不可不辨。囿于篇幅,这里先拣最重要的两条说一说。

其一,胡注曰:"尘昏白羽——战争搞得天昏地暗。尘,尘土。白羽,箭名。又一解释:白羽指的白羽扇,用来指挥军事。"

按此四字实为用典,语出李白《北风行》诗:"别时提剑救边去,遗此虎文金鞞靫。中有一双白羽箭,蜘蛛结网生尘埃。箭空在,人今战死不复回。"朱词用此,着眼当在"救边人死"一义,似是悼念一位死于国事的抗金英雄。征之于史,此人非宗泽莫可当之。据《建炎以来系年要录》《宋史》《宋史纪事本末》《续资治通鉴》等史籍,宗泽自高宗建炎元年(1127)六月始任东京留守,为宋军的前线主帅,率所部屡挫金兵。金人惮其名,呼他为"宗爷爷"。他前后二十多次上书奏请高宗御驾还京,但都被奸相黄潜善、汪伯彦扣压遏止。黄、汪既忌其成功,又对他无端猜疑,竟至派员监察,致使他忧愤成疾,于建炎二年(1128)七月殁于任所。临终时,他借用杜诗叹曰:"出师未捷身先死,长使英雄泪满襟!"无一语涉及家事,连呼三声"渡河"而卒。朱词所谓"妖氛未扫""英雄何处",岂不正与宗泽临终所叹之语相合?朱词所谓"奇谋报国,可怜无用",岂非即指宗泽二十多封奏章皆为奸相所抑?宗泽一身系天下安危,其死震动一时,史载东京百姓号啕恸哭,三学之士千余人为文吊祭。想来朱敦儒不会不知此事,也不会对此无动于衷。又,宗泽死后,杜充继任,尽反宗泽所为,颇失人心,豪杰纷纷散去,故中原很快便落入金人之手。建炎三年(1129)十月,金兵大举渡江。次年正月,高宗仓皇航海,逃亡明州(今浙江宁波一带)。朱词中有"铁锁横江,锦帆冲浪,孙郎良苦"等语,料当作于此时或稍后,上距宗泽赍志以殁仅一年半,固应记忆犹新。值此国运岌岌可危之际,词人怀念抗金英雄宗泽,叹其恢复神州的奇谋不为朝廷所用,岂不是顺理成章的么?

其二,胡注曰:"愁敲桂棹两句——敲着桂树做的棹(打拍子),吟诵《梁父》诗,以发抒自己的悲愁。《三国志·诸葛亮传》载诸葛亮好为《梁父吟》。这里作者以隐居南阳、关心天下事的诸葛亮自比。"

按朱敦儒此前隐居洛阳,与诸葛亮早年隐居南阳确有现象上的相似之处。但据《宋史》本传,朱氏隐居洛阳时,是位纯粹的隐士,并无意于政治。钦宗召他至东京,欲授以官职,他固辞道:"麋鹿之性,自乐闲旷,爵禄非所愿也。"终究拂衣还山。从本质上看,他与诸葛亮还是有很大差别的。因此,说他的"悲吟《梁父》"是以诸葛亮自比,恐未必然。况且,其"泪流如雨"的情态,也与史传和人们心目中诸葛亮处变不惊、临危不惧、胸罗甲兵、镇静自若的形象相去太远。如硬说词人以诸葛亮自比,只好算作宋人谑语之所谓"带汁诸葛亮"[①],笑柄而已。或问:那么,诸葛亮好为《梁父吟》而朱敦儒"悲吟《梁父》",若非自比,又将何说? 答曰:这个问题须从《梁父吟》诗为何物说起。《梁父吟》,古乐府诗题。现存最早的一首《梁父吟》,旧题诸葛亮作,诗曰:"步出齐城门,遥望荡阴里。里中有三坟,累累正相似。问是谁家墓? 田疆古冶氏。力能排南山,又能绝地纪。一朝被谗言,二桃杀三士。谁能为此谋? 相国齐晏子!"所咏乃《晏子春秋》中齐相晏婴用阴谋手段除去公孙接、田开疆、古冶子等三勇士的故事。如果我们把注意力集中到这故事上来,就会领悟:词人之所以"悲吟《梁父》,泪流如雨",实与诸葛亮之好为《梁父吟》无关,而是有感于晏婴之"二桃杀三士"! 这几句词的意思仍从上文伤悼宗泽的话题贯通下来。晏婴是齐国的宰相,黄潜善、汪伯彦则是宋朝的宰相,二者拟比甚切。晏婴没有亲手去"杀三士",但三士之死,他是罪魁;黄、汪也没有亲手去杀宗泽,但宗泽之死,他们是祸首:两事性质相近,亦有可以联类而及的地方[②]。如此读解,则整个下片前后关照,钩锁紧密,一气沉灌,一意周旋,是不是

---

① 宋岳珂《桯史》卷十五载,南宋大将郭倪平素以诸葛亮自许,题扇曰"三顾频烦天下计,两朝开济老臣心"。后来在"开禧北伐"中被金人打得大败,自料局面无可挽回,对客泪流满面。彭传师为人好谑,当时在座,亲见其事,对人说道:"此带汁诸葛亮也。"

② 《晏子春秋》中"二桃杀三士"的故事,近于小说家言,未必是信史。但诗词中每用为典故。又晏婴是春秋时杰出的政治家,而黄潜善、汪伯彦则是奸臣,本不相侔。但比喻总是跛足的,不可能处处吻合。词人这里是站在与《梁父吟》诗作者同样的立场上,对"二桃杀三士"故事里的那个"晏婴"持否定态度。又,宋郭茂倩《乐府诗集》卷四一《梁甫吟》解题曰:"梁甫,山名,在泰山下。《梁甫吟》盖言人死葬此山,亦葬歌也。"("甫"同"父"。)从这乐府古题的本义来看,也可见朱词之"悲吟《梁父》,泪流如雨"是对死者的哀悼。

显得更有章法,也更符合词人的创作实际呢①?

个案三 宋杨万里《初入淮河四绝句》诗其四:"中原父老莫空谈,逢着王人诉不堪。却是归鸿不能语,一年一度到江南!"

笔者曾经以为,除了"王人"一词须稍加解释外,这首诗基本上可以算是明白如话的。然而在读了两位名家的注释并发现自己的理解与他们大相径庭时,才晓得此诗虽则"如话",却并不那么"明白"!

先看名家们怎么说。钱锺书先生《宋诗选注》论曰:"沦陷中的北方人民向南宋的使者诉苦也没有用,倒不如不会说话的鸿雁能够每年从北方回南一次。宋人对中原的怀念,常常借年年北去南来的鸿雁来抒写,总说'自恨不如云际雁,南来犹得过中原''何许中原惟雁见!'这一类的话。杨万里反过来写'中原父老'向往南宋。"周汝昌先生《杨万里选集》注云:"遗民父老,沦陷已久,好容易看到从故国来的人,偷偷诉说亡国生活之不堪惨痛——但有什么用呢?还不如大雁,倒能年年回故国一次,而父老们则永远沦陷于敌人了!"

二说似乎很圆满,但三复其言,却也还有可以商榷的地方。

"中原父老"之所以"逢着王人诉不堪",难道真的是"向往南宋",视南宋为"故国",希望"回故国"吗?非也②。设身处地,推己及人,我们不难想见,他们所盼望的是南宋朝廷能早日兴师北伐,恢复神州,使他们从金人的奴役下得到解放。正如范成大《州桥》诗所云:"州桥南北是天街,父老年年等驾回。忍泪失声询使者,几时真有六军来?"人同此心,心同此理,杨万里不会不了解这一点。因此,其诗旨别有所在。

从字面上看,此诗俨然是训斥的口吻:中原父老们哪,你们不要说废话了,不要一遇见南宋的使臣便诉苦,说自己不能忍受金人的奴役——既不能忍受,为什么不投奔南宋呢?倒是那不会说话的大雁,一声不吭,年年都到江南来哩!(诸位能说而不能做,和不能说而能做的大雁相比,羞也不羞?)

这逻辑是很荒唐的:中原父老们不像大雁那样有翅能飞,他们怎么过得了金人重兵把守的封锁线?但正是这荒唐的逻辑,使得此诗具有震撼人心的弦外

---

① 附带提一笔,在胡云翼先生之前,龙榆生先生于1956年至1958年间撰写了《试论朱敦儒〈樵歌〉》一文,说词"回首"以下云云,也持有类似的意见:"这关系整个民族的生死斗争,不是什么摇摇鹅毛扇所能办得了的,自己也正在追悔着为什么不早些尽点心力来图补救呢?"但这篇文章当时未发表,直至龙先生去世多年后,才于1993年在华东师范大学出版社出版的《词学》第十一辑上刊出。

② 准确地说,"南宋"也不能算"中原父老"的"故国"。这个表述是有语病的。

之音,辛辣异常的讽刺意味:朝廷偏安江南,与金人划淮而治,不思北伐以收复失地,拯救中原百姓于水火,如此辜负神州父老的期望,愧也不愧?

中国古代历来有"滑稽"一家,用指桑骂槐的办法来讽谏统治者,是他们的拿手好戏。《晏子春秋》载,齐景公因爱马暴死而大怒,下令将养马者处死。晏子乃当着景公的面历数养马者的"罪状":"公使汝养马,汝杀之,当死罪一! 又杀公之所爱马,当死罪二! 使公以一马之故杀人,百姓怨吾君,诸侯轻吾国,汝当死罪三!"景公闻言,只好收回成命。你说晏子到底是数落养马者呢还是数落景公?又《史记·滑稽列传》附褚少孙语,汉武帝的奶妈因子孙犯法而受株连,将被流放到边疆。倡优郭舍人教她在辞别武帝时频频回首,作有所企盼之态。奶妈如言照办,郭舍人乃在旁厉声骂道:"咄!老女子,何不疾行?陛下已壮矣,宁尚须汝乳而活耶?尚何还顾!"多亏这一骂,奶妈才得到了武帝的赦免。你说郭舍人之骂,到底是骂奶妈呢还是骂武帝?杨万里此诗,正是继承了滑稽家的这种传统,可谓渊源有自。

果如笔者之所见,那么此诗的主旨与范成大的《州桥》诗并无二致。不过范诗是正话正说,杨诗是正话反说,艺术手法不同罢了。这种手法恰是"诚斋体"的典型表现。陈衍曰:"宋诗人工于七言绝句而能不袭用唐人旧调者,以放翁、诚斋、后村为最,大抵浅意深一层说,直意曲一层说,正意反一层、侧一层说。"(《石遗室诗话》卷一六)又曰:"宋诗中如杨诚斋,非仅笔透纸背也。(言时折其衣襟,既向里摺,又反而向表折,因指示曰:)他人诗只一折,不过一曲折而已;诚斋则至少两曲折。他人一折向左,再折又向左;诚斋则一折向左,再折向左,三折总而向右矣。"(《陈石遗先生谈艺录》)此诗便是印证陈说的一个好例。仅以"人不如雁""向往南宋"为言,未免浅视之了。

个案四 宋邢俊臣《临江仙·咏梁师成诗》词残句:"用心勤苦是新诗。吟安一个字,捻断数茎髭。"

此词出处及本事见宋沈作喆《寓简》卷十:"汴京时,有戚里子邢俊臣者,涉猎文史,诵唐律五言数千言,多俚俗语。性滑稽,喜嘲咏。常出入禁中。善作《临江仙》词,末章必用唐律两句为谑,以调时人之一笑。……内侍梁师成位两府,甚尊显用事,以文学自命,尤自矜为诗。因进诗,上皇称善,顾谓俊臣曰:'汝可为好词,以咏师成诗句之美。'且命押'诗'字韵。俊臣口占,末云:'用心勤苦是新诗。吟安一个字,捻断数茎髭。'上皇大笑,师成愠见,谮俊臣漏泄禁中语,责为越州钤辖。"词语绝妙,可惜非完篇,因此不得跻身于各种词选,也很难获致词学评论家

的赏鉴。唯近代况周颐《历代词人考略》卷二二着眼论列,大加赞扬道:"邢俊臣……奉谕咏梁师成诗,一以俳谐出之,不但不涉谀词,其曰'吟安一个字,捻断数茎髭',直是诮其不能为诗,徒自苦耳。颇不为权阉气焰所慑。斯人风格,信非康伯可、曹元宠辈所可同日语!"①

遗憾的是,这几句词况氏并未读懂,因而其妙处也就无从窥见。按《寓简》所谓"上皇",即宋徽宗。徽宗是一个文化修养很高的君主,能得到他的"称善",想来梁师成的诗还说得过去,邢俊臣何至于"诮其不能为诗",又有何"俳谐"可言,竟能逗得徽宗"大笑"呢? 其实,邢词的要害在于字面上都是赞扬的好话,而由于所咏对象的身份很特殊,这些话却成了刻毒的嘲弄。梁师成是太监,太监哪来的胡须? 邢词正是扣住这一点在做文章:梁公公作诗可真下功夫啊,"吟安一个字,捻断数茎髭",作那么多诗,胡须还不全拔光了哇? 您看,难怪他下巴上没一根胡子呢! 徽宗、梁师成都不是笨伯,自然一听便懂,旁观者乐而"大笑",当事人羞极"愠见",效果何其显著! 像这样拿别人的生理缺陷来取笑逗乐,原本是不道德的;但梁师成是个大奸臣,徽宗朝臭名远扬的"六贼"之一,故而词人对他的戏谑,不啻是代一切痛恨此贼的大宋臣民出了口恶气,殊快人心,其性质又当别论。

说实在话,邢氏这几句词中并没有什么生字僻典。"吟安一个字,捻断数茎髭",虽是用唐人卢延让《苦吟》诗中的成句(原诗"髭"作"须",邢词为押韵而改),但由于这两句诗通俗晓畅,且广为人知,故不必作语典看。而梁师成也应算是知名度较高的历史人物;其为宦官,《寓简》中已作了提示("内侍梁师成");《考略》称他为"权阉",可见况氏也清楚地知道这一点。在没有碰到任何语言障碍的情况下,竟亦未能领悟词旨,失之交臂,是很可惜的。其故何在,耐人深思。

个案五 宋辛弃疾《木兰花慢·中秋饮酒将旦客谓前人诗词有赋待月无送月者因用天问体赋》词:"可怜今夕月,向何处、去悠悠? 是别有人间,那边才见,光影东头? 是天外,空汗漫,但长风浩浩送中秋? 飞镜无根谁系? 姮娥不嫁谁留? 谓经海底问无由。恍惚使人愁。怕万里长鲸,纵横触破,玉殿琼楼。虾蟆故堪浴水,问云何玉兔解沉浮? 若道都齐无恙,云何渐渐如钩?"

此词奇妙之极! 王国维《人间词话》对其起处尤加青睐,论曰:"'可怜今夜月,向何处、去悠悠? 是别有人间,那边才见,光影东头?'词人想象,直悟月轮绕

---

① 康与之字伯可,南宋高宗时人。曹组字元宠,北宋徽宗时人。两人多应制作词,然止于"谀"和"谐",故况周颐拿他们来和邢俊臣作对比,认为他们不及邢氏远甚。

地之理,与科学家密合,可谓神悟!"这评语也很新颖,向来为学人所津津乐道,以至后出的各种选本及鉴赏集,凡选此词,几乎无不引述其语或沿用其说,谁也没有去仔细推敲一下它是否能够成立。

实际上,王氏此说是不很贴切的。"是别有人间,那边才见,光影东头"三句,与下文"是天外,空汗漫,但长风浩浩送中秋"三句,必须连读,不能像王氏那样断取。因为它们从语意结构上来看是一组选择疑问,承上"月向何处去"的问题,进一步揣测道:是另有一个人间世界,那边的人们刚刚看到月亮的光影出现在东方呢?还是天外空荡荡无际无涯,只有一股大风在吹送着中秋的明月?弄清这两韵之间的对照关系,我们便很容易看出,所谓"别有人间",并不是说地球的另一面,而是说地球之外,亦即"天外"。由于下文点明了"天外"二字,上文也就不必重出了。这叫作"探后省略"。诗词中常有各种句子成分的省略,究其原因,除了句度的掣肘,最主要的一点便是篇幅有限。省去可有可无的成分,方能腾出空间来写必不可少的内容。这些省略掉了的成分,是需要我们在阅读时凭借语感和思维逻辑自行补足的。若不能补足,便会产生误解。王氏此说,即是一例。言归正传,如果大家同意笔者的看法,把"别有"三句补足为"是天外别有人间,那边才见,光影东头",那么我们似乎可以得出一个新的结论:与其说词人无意中悟得了月亮绕着地球转的道理,倒不如说他大胆地想到了宇宙间是否还有外星人类存在的问题!

个案六 宋辛弃疾《永遇乐·京口北固亭怀古》词:"千古江山,英雄无觅,孙仲谋处。舞榭歌台,风流总被,雨打风吹去。斜阳草树,寻常巷陌,人道寄奴曾住。想当年,金戈铁马,气吞万里如虎。 元嘉草草,封狼居胥,赢得仓皇北顾。四十三年,望中犹记,烽火扬州路。佛狸祠下,可堪回首,一片神鸦社鼓。凭谁问,廉颇老矣,尚能饭否?"

此词曾被明杨慎《词林万选》推许为稼轩集中第一。是否"第一",尽可以商量,但说它是稼轩词的代表作、上乘之作,恐怕不会有人反对。词中用典用事甚多,又密切关合当时的军国政事以及作者个人的经历,读解难度较大。经过前辈学者的不断探索,它已被破译了七八成——笔者之所以打这样一个折扣,是觉得还有两个重要的地方值得我们去作进一步的研讨。

其一,关于开头"千古江山"二韵六句。刘永济先生《唐五代两宋词简析》说:"起三句,言江山犹昔,而当时之英雄如孙权者,则已不见,言外有无人可御外侮之意。'舞榭'三句,言不但英雄无觅处,即其遗迹亦不可见,言外有江山寂寞、时势消沉之意。"胡云翼先生《宋词选》、朱东润先生主编的《中国历代文学作品选》注曰:"风流——指英雄事业的流风余韵。"林庚、冯沅君二先生主编的《中国历代诗歌选》注曰:"'舞榭'三句:申述前句,说明英雄遗迹难觅的原因。"中国社会科学院文学研究所编《唐宋词选》注"舞榭"三句曰:"过去英雄的流风余韵,舞榭歌台,都随着时代的风吹雨打而消逝了。"类似说法,陈陈相因,还可以举出很多。它们都认为,"风流"云云盖承上"英雄"而言。

笔者愚见,"风流"二字既紧接"舞榭歌台"四字而来,恐与"英雄"无涉。唐李山甫《上元怀古》诗二首其一云:"南朝天子爱风流,尽守江山不到头。总是战争收拾得,却因歌舞破除休。"又宋马令《南唐书》载,南唐中主李璟宴乐不辍,尝乘醉命歌者王感化唱《水调词》。感化唯歌"南朝天子爱风流"一句,如是者数四。中主辄悟,覆杯叹曰:"使孙、陈二主①得此一句,不当有衔璧之辱也!"辛词之所谓"风流",取义当与李山甫诗同,实指"南朝天子"的"歌舞""风流"。又宋刘一止《踏莎行·游凤凰台》词云:"六代豪华,一时燕乐。从教雨打风吹却。"刘一止比辛弃疾早生六十余年,又为显宦,在南宋初词名甚著。辛词之"雨打风吹去"似即套用刘词,虽因押韵不同,易"却"为"去",但都表示完成状态,意思是一样的。由此也可以清楚地看出,辛词之所谓"风流",实即刘词之所谓"六代豪华,一时燕乐"。要之,辛词"千古"三句,是慨叹江东自吴大帝孙权之后,英主已不复可寻;继以"舞榭"三句,则感喟厥后的六朝君主大多是征歌逐舞、梦死醉生、偷安苟且之辈,其政权都不克长久,或因内部政变而王朝更迭,或因外部战争而江山失守,作为他们"风流"生活之象征的"舞榭歌台",总被历史的风风雨雨摧为陈迹。

以上是从字面含义、语典出处的角度来考察的,接下去我们再从写作技巧的层面来作一番权衡。宋黄升《唐宋诸贤绝妙词选》卷二记载,苏轼曾批评秦观《水龙吟》词"小楼连苑横空,下窥绣毂雕鞍骤"二句道:"十三个字,只说得一个人骑马楼前过。"而晁补之则赞扬苏轼《永遇乐》词"燕子楼空,佳人何在?空锁楼中燕"数语曰:"三句说尽张建封燕子楼一段事,奇哉!"②准此以论上述两种对于辛词的不同读解,我们或许可以说,如认起三句为"英雄孙权已不可见",继三句为"即其遗迹亦不可见",那么,二十五字只说得一个孙权无觅处,却占用了全词约

---

① 孙,孙皓,三国吴的亡国之君。陈,陈叔宝,南朝陈的亡国之君。
② 诗歌有的地方应高度涵括,有的地方应细致刻画,须相题行文,不可一概而论。苏轼批评秦观语未必中肯,本文只是借用它的艺术观点。晁补之语中的"张建封",据史实应是"张愔"(建封之子)。

四分之一的篇幅,是不是太奢侈、太不经济了呢?稼轩如椽大笔,岂肯出此下策!而若采用笔者的解说,则仅此六句便说尽江东千年历史兴亡,作为全篇之导语,开宗明义,提纲挈领,何等的概括凝练!

鄙说的好处还不止这一点,请更从章法结构上认真揣摩。"舞榭"三句,将六朝一笔抹倒矣,宏观而言,原是不错的。然而咬钉嚼铁去计较,难道六朝那一塌糊涂的泥潭里,除了孙仲谋,就再也没有一点光辉了么?词人对此早有盘算,故下文旋即拈出一个刘裕来:"斜阳草树,寻常巷陌,人道寄奴曾住。想当年,金戈铁马,气吞万里如虎。"正由于"舞榭"三句一跌到底,坠入深渊,以下"斜阳"六句方能如潜龙腾起,一跃千尺,攫空而去,见出扛鼎的笔力。顾随先生《稼轩词说》有云:"武松景阳冈上打虎","虽是一片神威,千斤膂力,却只能打得活虎死去,不会救得死虎活来。辛老子则既有杀人刀,亦有活人剑,所以不但活虎可以打死,亦且死虎可以救活。"(《顾随文集》)独具只眼,的是妙论!即如本篇,"舞榭"三句,可谓"打得活虎死去";"斜阳"六句,则"一口气便呵得死虎活转来了也"。试想,如"风流"云云仍就"英雄"说,不将六朝一笔抹倒,是"活虎"既不曾"打",遑论"打死",更如何施展"一口气便呵得死虎活转来"的回天手段?章法结构之妙,亦无从显现了。

根据以上三重分析,敬请读者诸君评判:假如您是辛稼轩,您更乐于赞同哪一种"美学接受"呢?

其二,关于下片"四十三年"一韵三句。邓广铭先生《稼轩词编年笺注》曰:"稼轩于绍兴三十二年(1162)率众南归,至开禧元年(1205)之出守京口,恰为四十三年。"此说几乎为一切权威注本所认同,似已成了定论。如夏承焘、盛弢青二先生《唐宋词选》说是词人"回忆少年自北方起义南来时事"。刘永济先生《唐五代两宋词简析》说词人"四十三年之前率众南归,其时具有大志,思凭国力恢复中原,乃今老矣,登亭远望,山川如故而国事日非,能无感叹"!胡云翼先生《宋词选》注曰:"作者南归是四十三年前(1162)。南归之前,他正在战火弥漫的扬州以北地区参加对敌斗争。"此注后来又为朱东润先生主编的《中国历代文学作品选》所沿用。俞平伯先生《唐宋词选释》和林庚、冯沅君二先生主编的《中国历代诗歌选》,除"四十三年"句的注解因仍邓笺外,又各有申说。俞先生释"烽火扬州路"曰:"本篇每借六朝刘宋往迹,喻赵宋近事。固系纪实,而元嘉二十七年北魏南下,'焚烧广陵',亦见《宋书·索虏传》。将咏史与写实两种写法融合为一,意甚深厚。"林、冯二先生所编则注曰:"'烽火'句:指绍兴三十一年金大举南侵,破滁、庐、和、扬等州。"

名家们的这样一些说法，笔者实在不敢苟同。诚然，邓笺据宋岳珂《桯史》有关记述，定此词为宁宗开禧元年（1205）作，基点是确凿可靠的；由1205年逆推四十三年，落实到1162年，亦即高宗绍兴三十二年，辛弃疾南归的那一年，算法本身也不无道理。可是，用这一考据以及由此派生出来的种种解说，去对应辛词的文心与字眼，却并不十分榫合。

首先，让我们从文章脉络方面来斟酌。上片由江东一代英主孙权之无处寻觅，说到南朝天子之歌舞风流为历史风雨所摧残殆尽；复于南朝碌碌无能之辈中拈出一个气吞中原的刘寄奴，并顺势缅怀他当年北伐的赫赫声威；过片又由刘裕的"义熙北伐"，牵出其子刘义隆的"元嘉北伐"——一路迤逦而来，环环相扣，辗转关生，思绪非常清晰、连贯。倘若下文忽然跳到对自己年轻时从北方起义南归之往事的回忆，其与"元嘉北伐"有何关涉？如何接搭得上？似这般读解，岂不断了文气？

其次，我们再来仔细分辨一下这三句中至为关键的"烽火"一词。这个词的定义域在现代汉语里已有所扩大，可以泛指"战火"了；但在古汉语里，至少在宋代的书面语言里，它还只能专指用烟、火来传递紧急军事警报的一种信号。因此，"烽火扬州路"决不能像胡《选》、朱《选》那样解释为"战火弥漫的扬州以北地区"（顺便说一句，"扬州路"指南宋时以扬州为首府的淮南东路，亦不得言"扬州以北地区"）。也不能像俞《选》和林、冯二先生所编那样指为北魏军焚烧广陵（即扬州）或金军破扬州，因为扬州若被攻破、焚烧，就该言"兵火扬州路"才是。今乃言"烽火扬州路"，是汉族军队尚在扬州地区举烽火以报警，则淮南东路仍为汉族政权所掌握，自可不言而喻。

诸名家之说既不可从，那么这三句究竟应当作何解释呢？说穿了也很简单，"四十三年"其实还有另一种推算方法！如果作四十三个年头来理解，亦即头尾各占一年，而非掐头或去尾，那么实际上便只有四十二年！自1205年上数四十二年，则为1163年，即孝宗隆兴元年。当时词人南归已一年，在江阴军任签判。这种算法与邓笺相较，虽只后推了一年，但一切问题都迎刃而解了。

众所周知，1163年夏，宋孝宗即位还不满一年，便用枢密使张浚主持实施了对金人的"隆兴北伐"。由于事起仓促，没有充分的准备，加上前敌将帅不和，宋军全线溃败。这次北伐的结局及其失败的原因，与刘宋时期的"元嘉北伐"惊人地相似。因此，我们有理由相信，辛词之所谓"元嘉草草，封狼居胥，赢得仓皇北顾",字面上写的是"元嘉北伐",底蕴却是在影射"隆兴北伐"[①]!明修栈道,暗度陈仓,手法是十分高明的。

认识到这一点,下文的"四十三年,望中犹记,烽火扬州路"也就豁然贯通了。这三句紧承上文暗点"隆兴北伐"的脉络,转为明写,大意是说:"隆兴北伐"失败后,淮南东路亦即"扬州路"报警的"烽火",至今还历历在目,记忆犹新。"隆兴北伐"的主战场在淮北,距淮南东、西二路最近。北伐军溃败后,金人重兵压淮,声言欲渡淮南侵。淮南东、西二路当时正处在金人的直接威胁之下,是南宋的第一道防线,"烽火"之紧急,不难想见。而词人此刻供职所在的江阴军,即今江苏江阴,地处长江南岸,恰与"扬州路"隔江相望,淮东"烽火"也必然会给他留下深刻的印象。四十三年后的今天,他在镇江(京口)任职,而镇江的地理位置与江阴有不少共同点:亦在长江南岸,亦与"扬州路"隔江相望。此时此地,他登山远眺江北的"扬州路",情与境会,抚今追昔,脑海里浮现出四十三年前在江阴远眺江北"扬州路"时"烽火"满目的景象,不是很自然的么[②]?

以上六例中,个案一、个案二的读解,主要是依靠"学人之拙";个案三、个案四、个案五的读解,主要是依靠"诗人之慧";至于个案六的读解,则有赖于两者的结合。笔者不敢说自己这两方面的素养都很高,也不敢说自己对这几篇作品的读解一定都对。但可以肯定的是,如果我的读解有幸得到大家的认可,被判定为正确的话,那完全是得益于经过长期的努力,在这两方面都有了一定的素养;如果我的读解不能成立,得不到大家的赞同,那也是因为下的功夫还不够,这两方面的素养还很欠缺。无论属于哪种情况,它都或从正面、或从反面印证了笔者的论点。

本文所涉及的一些学者,都是我素所钦佩的专家,学术成就卓著,有目共睹。所提到的一些著述,也都是质量很高的制作。其所以没有"为尊者讳",偏偏选择他们来作商兑的对象,只是为了说明一个道理:智者千虑,或难免有一失;我辈愚者,"失"的概率必然要大得多,欲求在读解古诗词时少犯错误,非万虑不可!

[①] 除影射"隆兴北伐"外,还有对于韩侂胄即将发动的"开禧北伐"所怀有的忧虑。一笔贯通"元嘉""隆兴""开禧"三个北伐,可谓一石三鸟。鉴于此意前人已多论及,又与本文所讨论的问题无关,故略而不提。

[②] "望中",视野里。"望中犹记,烽火扬州路",按正常语序应是"犹记望中烽火扬州路",即还记得"望见的"那个"烽火扬州路",而非"身在的"或"身经的"那个"烽火扬州路"。这也是笔者与前人的一个重要分歧。金主完颜亮南侵时的"兵火扬州路",词人或尝身历之;而"隆兴北伐"失败后的"烽火扬州路",词人只能见之于"望中"!

古代文学研究论文写作：案例与方法

方法谈：

如何进行文本细读

上面这篇论文，写于1997年，投给《文学遗产》，蒙编辑部青睐，次年年初便予以发表。为什么写这篇论文？文中已作了交代，这里不再重复。仅就文中所探讨的一件个案，详叙其研究过程，总结经验教训，以供年轻的学者同行参考。

"烟笼寒水月笼沙，夜泊秦淮近酒家。商女不知亡国恨，隔江犹唱《后庭花》。"晚唐著名诗人杜牧的杰作《泊秦淮》，大家都熟知的。其中"商女"一词，各种权威性的工具书（如《辞海》《辞源》《汉语大词典》等）、权威性的唐诗选本（如中国社会科学院文学研究所编、人民文学出版社出版的《唐诗选》等）都释作"歌女"，近世第一流的唐代文史专家如陈寅恪等亦如是说（见其《元白诗笺证稿》）。乍一看来，似乎没什么问题：诗中既然提到了"酒家"，而这"商女"又能"唱《后庭花》"，非卖唱于酒楼之上的歌妓而何？于是，说此诗者曰：《后庭花》即是南朝陈后主时期流行的靡靡之音。陈后主沉湎酒色，纸醉金迷，唱《后庭花》唱亡了国。晚唐歌妓唱它，是为了谋生，适应消费者的需求。我们不能责怪歌者，而应把账记在点歌的那些达官贵人头上。因此，诗的主旨是抨击醉生梦死的封建统治阶级，云云。此说头头是道，似乎无懈可击。这诗我自小到大读过不知多少遍，从未有过疑问。但读硕士研究生时，养成了"钻牛角尖"的习惯，终有一天发现了可疑之处：把"商女"解释为"歌女"，从语源学的角度来看，有什么依据呢？"商"与"歌"是怎样扯上关系的？既有了疑惑，便想去解它，这就有文章可做了。孟子说："尽信书，则不如无书。"上了书的，不见得都对；即便对，我们也应该知其然而且知其所以然。读书过程中，倘能独立思考，多问几个"为什么"，则不免时时生疑。这"疑"无论大小，都有可能成为研究课题。有了课题而又实际地加以研究，那么便是由"学"而进展到"治学"了。

回到那个悬而未决的问题上来。起先我并不怀疑"商女"即是"歌女"的结论，只想对"歌女"何以称"商女"这一点作出合理说明，因此，思路仅固定在这一个方向。经过一段时间的思考，我得出了一个自以为有说服力的推论：

第一，唐代歌女多有以"秋娘"为名者，如白居易《琵琶行》曰"妆成每被秋娘妒"，宰相李德裕家有歌女谢秋娘，等等。

第二，古以五音配四季，春夏秋冬的"秋"与宫商角徵羽的"商"相对应。因此，"秋风"或称"商飙"，"秋令"或称"商素"，不一而足。

第三，近体绝句须调平仄，此诗所用体式，第三句次字须用仄声，而"娘"字平声，若作"秋娘不知亡国恨"，就不合格律了。

第四，基于以上三点，杜诗是以"商女"射指"秋娘"，而"秋娘"正是"歌女"的代名词。

当时我对此推论十分自信，以为天衣无缝，遂急乎乎结撰成文，投寄给一家影响甚大的语文杂志。过了几个月，稿子被打了回票，但有红笔删改的痕迹，可见是曾经得到编辑的赏识并差一点被录用了的。功亏一篑，心中的懊恼可想而知。现在看来，上述推论虽也运用了历史、文学、文化、语言等多方面的知识，作了综合思辨，算得上一项小小的学术研究，从锻炼、实践意义上来说不无益处，但一开始就犯了单向、线性思维的错误——没想到"商女"即"歌女"这结论本身就有可能是不成立的，于是，推理再合乎逻辑也无法改变结论的谬误。幸亏文章没变为铅字，否则真要贻笑大方，一辈子都会思之汗颜！由此得到一条教训：勇于立论，只有伴之以严于考证，才值得称道。若勇于立论而疏于考证，那"论"还是不"立"的好，因为它站不住脚。少年自负，急功近利，初治学者往往会犯这样的毛病。笔者是过来人，深知其害，望年轻的同行引以为戒。论文写成后宁可冷一段时间，莫急着当飞碟抛出去。"智者千虑"，尚且难免"一失"；我辈愚者，如仅十虑八虑，那么"失"的概率一定大得多。欲求少"失"，非"万虑"不可！

且说拙稿一投而退之后，我便把它搁在抽屉里"关"了一年多的"禁闭"。在此期间，凡读古诗词，遇有"商女"一词的书证，就做一张卡片。日积月累，书证渐多，最后摊开来加以排比，便轧出另一种释义。按五代孙光宪《竹枝》词："门前春水白蘋花，岸上无人小艇斜。商女经过江欲暮，散抛残食饲神鸦。"宋贺铸《水调歌头·台城游》词："楼外河横斗挂，淮上潮平霜下，樯影落寒沙。商女篷窗罅，犹唱《后庭花》。"宋王岩《残冬客次资阳江》诗："淡云残雪簇江天，策蹇迟回客兴阑。持钵老僧来呪水，倚船商女待搬滩。"诸例皆有船，有水，唯独没有"酒家"，可见前人认"商女"为酒楼卖唱之"歌女"，纯属错觉。"商女"真正的定义，应是随商船四处漂泊的商人的女眷。最有力的证据是宋人叶桂女咏江州琵琶亭诗："乐天当日最多情，泪滴青衫酒重倾。明月满船无处问，不闻商女琵琶声。"诗咏白居易《琵琶行》故事，所谓"商女"，不就是那位"门前冷落车马稀，老大嫁作商人妇"的"商人妇"吗？看到这条书证，一切都明白了。在此基础上，我又运用历史、社会、文

化知识考证了:

第一,唐代商人娶妓女为妻妾的现象甚为普遍,故"商女"能"唱《后庭花》"是顺理成章的事。

第二,唐代够得上被称作"达官贵人"的大官僚贵族,多半在自家府第、园林中宴饮作乐,由官妓、家妓唱曲侑酒。只有杜牧这样的中小官吏才是市井酒楼的常客。

第三,因此说此诗旨在抨击达官贵人云云,实为一种想当然的误解。其真正含蕴是:诗人生活在大唐帝国日薄西山、风雨飘摇的晚季,忧心忡忡,不能自已,因听商女歌《后庭花》而牵动忧思,念及国运,发为咏叹,是所谓见一叶落而知天下秋。

这最后一段实践庶几算是成功的经验,它说明,正确的知识有赖于对资料尽可能丰富的占有,尽可能全方位的审视,尽可能深入而透彻的分析。"论"应该出自上述诸项工作程序之后,决不能出在它们前头。如果先定下结论,然后才去寻找、挑拣有利于赞成其说的资料,岂不是主观主义吗?那样是很容易走入误区的。

《楚辞》中恋爱习俗描写及其文化阐释*

黄永林**

摘要：受当时楚国文化传统、政治制度、审美心理等多种因素的制约，《楚辞》中恋爱习俗描写打上了楚文化鲜明的时代印记。《楚辞》中的恋爱习俗具有楚地的独特文化渊源、内涵和时代精神。

关键词：楚辞；恋爱；习俗文化；内涵

饮食男女，人之大欲。人类从原始群婚的混沌迷蒙中走出来，发展到通过恋爱缔结婚姻和建立家庭，这是人类社会具有普同性的一种文化现象和进化轨迹。人类在两性关系中产生爱情，是性意识觉醒、人的个性及自我意识有了一定发展之后的事情，这个过程大约完成于原始社会末奴隶社会初。男女之间以何种方式谈情说爱、缔结良缘、进而组合出何种类型的家庭，却因民族或区域文化的不同而异态纷呈。围绕着恋爱、定情、婚姻及家庭关系所派生出的一系列相关婚恋习俗，往往最能显示出该民族或区域的文化特征。作为婚恋习俗重要组成部分的恋爱习俗，在一定程度上反映了某个民族或区域的文化特征和时代精神。《楚辞》中有很多反映了那个时代男女恋爱习俗的诗篇和诗句，其中有男女之间大胆表白爱慕之情的，有热恋中嬉戏打闹的，有互赠定情信物的，更有经常幽会或大胆私奔的，这些诗是男女之间互相爱慕、思念的心声，表现了那个时代男女婚恋的情感和心路历程。《楚辞》中恋爱习俗的描写受到楚国当时的文化传统、政治制度和审美心理等多种因素的制约，打上了楚文化鲜明的时代印记。本文将在

---

* 原载《民俗研究》2011年第1期。本文为国家教育部、发改委立项的211项目"中华民族文化保护、创意与数字化工程"和国家社会科学基金项目"乡村文化建设与社区认同研究"（项目批准号：08BSH018）的阶段性成果之一。

** 黄永林，华中师范大学教授、博士生导师，兼任国家文化产业研究中心主任、中国新文学学会会长、中国民俗学会副会长、中国民俗教育专业委员会主任，主要从事文化产业、民间文学、民俗文化、网络文化研究。

研究《楚辞》中恋爱习俗的主要表现形态和基本内容的基础上,进一步深入探讨其独特的文化内涵、渊源和时代精神。

一、大胆执着、深情浓爱,既是楚地原始古朴习尚的体现,又是楚人率真浪漫激情的表现

早期人类的婚姻行为没有过多的清规戒律,男女之间关系较为简单,但这绝不是说没有爱情。当人类脱离了单纯的动物本能,在生产劳动和生活中产生了人性的重要特征——男女之情,男女之间就可能开始出现爱情了,这可以从一些尚存的原始民族风俗中找到例证。《楚辞》中所描写的男女恋爱习俗充满着神秘古朴的意趣,包含着率真浪漫的激情,是合乎人性的一种自然状态,它使人的天性得到了淋漓尽致的宣泄。

屈原《九歌》中大部分诗歌尽管描写的是神神相恋与人神相恋的情感故事,但在一定程度上来说仍是当时楚地民间男女交往和求爱习俗的曲折反映。在《湘君》和《湘夫人》篇中,屈原极尽笔触描写两位恋人相约后,苦苦等待的情景,表现出至死不渝的深情浓爱。《湘君》开篇就描写道"君不行兮夷犹,蹇谁留兮中洲?"对恋人相思至深的湘夫人乘坐着桂舟,在烟波浩渺的洞庭水域等待心上人的到来。"望夫君兮未来,吹参差兮谁思?"她看着恋人的排箫,睹物思人,拿起来吹奏一曲,期望他闻声前来会合,却迟迟不见恋人的身影,怅然若失。"横流涕兮潺湲,隐思君兮陫侧。"于是她便乘船去追寻恋人的身影,深切的思念让她涕泪横流,伤心不已。追寻路上,她想象着湘君此时的行止所在,焦虑加上思念,她不禁抱怨湘君不守信约,发出了"心不同兮媒劳,恩不甚兮轻绝"的喷叹。最后,她的怨怨渐渐平息,以"捐袂"江中,"遗佩"醴浦的行为,希望恋人能由此得知她的信息。作品通过逐层深入的描写,把湘夫人对爱情热烈而执着的追求表现得淋漓尽致。《湘夫人》则描写了湘君对湘夫人的思念和迫切期望会面的心情。"帝子降兮北渚,目眇眇兮愁予""登白薠兮骋望,与佳期兮夕张""沅有茝兮澧有兰,思公子兮未敢言",表现湘君盼望心中的恋人前来赴晚宴的心情,可是望眼欲穿,心急如焚,却又羞于启齿,可谓饱受相思之苦。在等待未来的情形下,于是湘君毅然出行去寻找恋人,并以铺排的笔法,通过想象描写了湘君和湘夫人共同生活的华丽居室。然而令湘君失望的是,他最后还是没有见到湘夫人,于是他"捐袂"江中,"捐褋"醴浦,希望湘夫人得知自己的行踪而赶来相会。屈原在诗中不惜浓墨

重彩描绘恋人相约时的心境,是为了更好地表现忠贞不渝、刻骨铭心的爱情,这也是当时楚地男女自由恋爱、忠于爱情的真实写照。

《少司命》中的少司命是一位专司生育的女神,在篇首四句对居处环境的描写之后,作者便提出疑问:"夫人自有兮美子,荪何以兮愁苦?"人们都为得到了"美子"而喜悦,而为何这位专司生育的女神却愁苦不乐?紧接着作品以自叙的口吻,描写了少司命在爱情生活中的酸甜苦辣,虽则"满堂兮美人,忽独与余兮目成",在众多美人中,他却只看中了自己,真是情有独钟。然而这种快乐时光过于短暂,她的恋人是"人不言兮出不辞,乘回风兮载云旗""荷衣兮蕙带,倏而来兮忽而逝"的人物。这使她还未满足地享受"新相知"的快乐,便陷入"生别离"的痛苦。天庭云际,渺渺漫漫,因此,她发出了"君谁须兮云之际?"的疑问。这首诗中虽然有"乐莫乐兮新相知"这样欢快的词句,但只不过是对往昔的回忆,无法冲淡现实中"悲莫悲兮生别离"的"愁云",全诗充溢着离愁悲情。

《山鬼》中的山鬼更是一位多情的女神,诗一开始便这样描写恋人等待约会时的情景:"若有人兮山之阿""折芳馨兮遗所思",她独立山头,手里捧着刚自山中采摘来的芳香的花草,准备送给心中的"所思"者,可恋人却迟迟不来,她怀疑是不是因为"余处幽篁兮终不见天,路险难兮独后来"。于是她登上山顶,极目远望,而她看到的是白茫茫的云雾、阴沉沉的四野和冷风细雨,这使她备觉孤独凄凉。由此她开始思索恋人失约的原因:"留灵修兮憺忘归""怨公子兮怅忘归,君思我兮不得闲",这种开脱当然只是一种自我安慰之词,她终于"君思我兮然疑作",怀疑恋人是否真心爱自己。最后,在雷雨交加、古猿悲鸣、狂风飒飒、古木萧萧的恐怖深夜,山鬼伤心失望地发出"思公子兮徒离忧"的叹息。作品通过细致入微的心理描写,把山鬼异常丰富而炽烈的感情生动地展示在人们的面前,凄婉动人。

梁宗岱先生在《屈原》一文中曾这样动情地写道:"在《九歌》里流动着的正是一个朦胧的青春的梦;一个对于真挚、光明、芳菲,或忠勇的憧憬;一个在美丽和崇高的天空一空倚傍的飞翔。……一切都是最贞洁的性灵;都是挚爱、怅望、太息和激昂——就是悲哀,也只是轻烟似的,青春的悲哀。"[①]这对于我们理解《九歌》中所表现的爱情的深度与浓度是极富启发性的。

屈原的《楚辞》基本上是以长江流域的湖北和湖南两地为背景,将古代的神

[①] 梁启超、王国维等著,胡晓明选编:《楚辞二十讲》,华夏出版社2009年版,第24页。

话和传说结合在一起,用以抒发自己内心的情志。作品中男女爱情的描写为我们提供了那个时代男女婚恋中民风相当开放的范例。同时,我们也可以在古史文献、文学作品中找到许多表现同样民间风情的印证。如在《诗经》中我们可以发现各具特色的爱情习俗的展示,可以视为《楚辞》所描写的古朴率真的恋爱习俗存在的佐证。如《周南·关雎》是流传于先楚故地的作品,其中描写了这种男女恋爱的习俗,表现了一位男子对采集荇菜女子的爱慕之情:

> 关关雎鸠,在河之洲。窈窕淑女,君子好逑。
> 参差荇菜,左右流之。窈窕淑女,寤寐求之。
> 求之不得,寤寐思服。悠哉悠哉,辗转反侧。
> 参差荇菜,左右采之。窈窕淑女,琴瑟友之。
> 参差荇菜,左右芼之。窈窕淑女,钟鼓乐之。

前三章写男子对"窈窕淑女"的爱慕与追求,以及"求之不得"的痛苦。他日思夜想,以至"辗转反侧"。后两章是男子想象若能与这位"窈窕淑女"结成伴侣,将"琴瑟友之""钟鼓乐之",共享婚后幸福欢乐的生活。再如《周南·汉广》也是写男子爱悦女子:"南有乔木,不可休思。汉有游女,不可求思。汉之广矣,不可泳思。江之永矣,不可方思。"这位男子急于要娶汉水"游女",并表示"之子于归,言秣其马""言秣其驹"。但由于不能如愿以偿,因而男子内心非常痛苦。这两首诗中所描写的男女恋情与以上所分析《楚辞·九歌》中的有关篇章异曲同工、不谋而合。从这些来自作家和民间的男女之间相互悦慕的诗篇中,我们可以看到当时青年男女对爱情追求的那种古朴率真、坦率热烈以及忠贞不渝的民俗事象。

二、云梦狂欢、兰房幽会,既是楚地原始群婚遗风的体现,又是楚人本真狂放个性的表现

长江中下游的楚地青年男女除了平时自由交往、成双结对地密约幽会外,他们还有一个定时间、定地点的公开性社交节日——仲春之月的"云梦之会",这是一个青年男女纵情狂欢的节日。

《周礼·地官·媒氏》云:"仲春之月,令会男女,于是时也,奔者不禁。若无

故而不用令者,罚之,司男女之无夫家者而会之。"这是周王朝规定的男女约会的法定时间——仲春之月,青年男女可以暂时摆脱礼教束缚,尽情狂欢纵欲。上古时期,有一种神圣的祭祀仪式叫做"高禖"。人类学家认为,高禖仪式祭祀的是"媒神"女娲,因为女娲不仅创造了人类,还教会人类婚姻生殖之道。由于祭祀的神圣性,所以用富有神圣意味"禖"代替了"媒"。《礼记·月令》记:仲春之月"以太牢祀于高禖。天子亲往,后妃率九嫔御,乃礼天子所御,带以弓韣,授以弓矢,于高禖之前"。高禖,生育爱情之神,弓韣、弓矢均为求子之祥。先秦祀社和高禖时常以少女担任神尸,并伴有模拟或实施性交的行为,青年男女围观如堵。这样就使得春社日的嬉游具有讴歌生育、放纵性欲的狂欢节性质。当时周朝各国都有约定俗成的约会场所,齐国有社稷,宋国有桑林,郑国有溱洧,楚国有云梦。《墨子·明鬼》载:"燕之有祖,当齐之有社稷,宋之有桑林,楚之有云梦,此男女之所属而观也。"古汉语中"属"可指结伴或成群结队,"观"是先秦时期的性交隐语,其本字写作"灌",是以灌水或浇注酒液暗喻性交。宋桑林、楚云梦、郑溱洧之会的时节皆在夏正(农历)二月(仲春)。如《诗·郑风·溱洧》记云:

溱与洧,方涣涣兮。
士与女,方秉蕑兮。
女曰:"观乎?"
士曰:"既且。"
"且往观乎!"
洧之外,洵订且乐。
维士与女,伊其相谑,赠之以勺药。

这首诗用隐语写成,诗中描写一对陌路男女手持求媾标志——兰,相遇于溱、洧河畔,既欢之后男子赠女子以勺药草的经过。《郑笺》曰:"仲春之时,冰以释水,则涣涣然。"朱熹曰:"涣涣,春水盛貌。"《郑风·野有蔓草》云:"野有蔓草,零露漙兮。有美一人,清扬婉兮。邂逅相遇,适我愿兮。"更直白地写出了一对男女邂逅相遇便发生了性关系。显然这都是描写当时郑国青年男女热情奔放野合的抒情诗。另据《前汉书·地理志》载:郑"右洛左沛,食溱、洧焉。土狭而险,山居谷汲,男女亟聚会,故其俗淫"。所谓郑俗淫,"男女亟聚会",也是指的溱、洧之会,说明此风一直传延到两汉。

楚国云梦之会的情景与郑国溱洧之会基本相同。楚人所谓"梦",前人以为是"草泽"。其实,"梦"是荒野,并不是草泽,如史书有楚王经常到"梦"中去打猎的记载,可见"梦"是包括丛林、草泽、丘陵的极佳猎场,对一般的国人则是游玩的胜地。最好的"梦"在郧地,郧又可简作云。云地之"梦",便是"云梦"。云梦之观,又名"阳台","阳"与"春"通,阳台亦即春台。暮春时节,云地的男女到"梦"中郊游,甚至寻偶追欢。《老子》曰:"众人熙熙,如享太牢,如登春台。"这反映出仲春二月云梦之会的场面异常热闹,如梭的人流,载歌载舞的青年男女,山坳密林下隐隐低语的情侣和毫不避讳的即兴野合,构成了一幅幅高禖节的生动图景。《楚辞》中也有云梦之会青年男女以赠送花草以求交媾的记载。《离骚》云:"及荣华之未落兮,相下女之可诒。"《湘君》云:"采芳洲兮杜若,将以遗兮下女。"琼枝、杜若之类的香草在平时是男女定情的信物,然而在云梦之会的过程中则可能是应许和追求交媾的标志。又如《九歌》中还屡以"荪"作为爱情和生育女神的代称,《五臣注》云:"荪,香草,喻司命。"李陈玉《楚辞笺注》引陶宏景云:"荪,香草,似石菖蒲,而叶无脊,生溪涧中。古时男女相悦,以此相称谓。"由此可见,属于兰科植物的"荪"在楚国也被用作青年男女交媾和定情的表记。在仲春男女大会上不仅野合是被允许的,其所生子女均享有合法地位,如《史记·孔子世家》载:叔梁纥"与颜氏女野合而生孔子"。干宝《三日记》则谓:颜氏女"征在生孔子空桑之地",说明连圣人孔子都是桑林之会的产儿。

宋桑林、郑溱洧、楚云梦之会,男女间可以自由地宣泄情感,发生性关系,乃是人类由原始群婚向对偶婚、个体婚转化过程中,乃至这个过程完成后的相当一段时期内,存在的一种普同性文化现象。随着封建统治的加强,贞节观念的发展和个体婚制的稳定,春季男女大会这种原始遗俗,在中原和楚国的中心地区便逐渐销声匿迹了,仅在一些少数民族地区内保留下来,只有在他们那里才能看到古代这一地区的遗风。清朝赵翼《檐曝杂记·边郡风俗》云:"粤西土民及滇黔苗倮,……每春月趁墟唱歌,男女各坐一边,其歌皆男女相悦之词,……若两相悦,则歌毕辄携手就酒棚并坐而饮,彼此各赠物以定情,订期相会。甚有酒后即潜入山洞中,相昵者其视野田草露之事。"我国的西南少数民族地区的"赶表""放寮"、"三月三"、"绕三灵"、踩山节、跳花会、春月歌圩等节日就是这种古俗,其遗存直到近世。白族盛大的民间节日"绕三灵",既是农闲时的一种春游活动,也是栽种水稻前的祈祷仪式,更是青年男女寻求爱情的一个大型节日。这一活动相传已有一千多年的历史。节日一般持续三天,第一天,身着盛装的人们手执霸王鞭和八角鼓会于城隍庙,第二天便向苍山进发,一路上载歌载舞,到五台峰下的神都圣源寺会合后,就开始进行各种活动。到了晚上男女青年们便隐藏在树丛中,互相对歌,寻找知音,一直唱到黎明到来。直到第三天天亮后又开始向新的方向进发。从这些活动中,我们可约略推见到先秦华夏族和楚族仲春季节男女大会的狂欢情景。

与男女婚前自由交往的习俗相适应,楚国南方的一些地区或民族还建有专供适龄男女谈情说爱、游戏娱乐的"公房"(又称为"兰房"),这是青年男女合法的幽会乃至同居的场所。关于这一习俗《楚辞》中也有记载。《少司命》中有:"满堂兮美人,忽独与余兮目成""入不言兮出不辞,乘回风兮载云旗。"王逸注云:"言万民众多,美人并会,盈满于堂,而司命独与我睨而相视,成为亲亲也。"神话是现实生活的折光,在这凡夫神女目挑心许的厅堂后面无疑隐藏着一座座男女幽会言情的公房。《湘夫人》中更是对这种男女幽会的"公房"作了十分详细的描写:

  筑室兮水中,葺之兮荷盖。
  荪壁兮紫坛,采芳椒兮成堂。
  桂栋兮兰橑,辛夷楣兮药房。
  罔薜荔兮为帷,擗蕙櫋兮既张。
  白玉兮为镇,疏石兰兮为芳。
  芷葺兮荷屋,缭之兮杜衡。
  合百草兮实庭,建芳馨兮庑门。

这结庐于湖滨水畔的帷帐和药房荷屋,虽然指的是男巫约女神或女巫邀男神的斋宫、祭堂,但人神恋爱归根结蒂是对人间男女关系的摹仿,故帷帐和药房荷屋的原型可以说就是"公房"。除公房外,楚国南方显然还有无数专为及笄女子筑设的"女儿楼"。女儿楼是少女与情人幽会的场合。

值得一提的是,"公房制"、婚前同居以及"阿注婚"等婚恋形式,直至近世仍为我国南方的一些少数民族所传承,如佤族、怒族、布朗族、景颇族、哈尼族、彝族、撒尼族以及台湾高山族均有为未婚青年男女修筑的"公房"(景颇族每一户人家中还专门为儿女设有谈情说爱的火塘,俗称"赶脱总")或专为未婚少女修造的小屋(女儿楼),瑶族女儿楼为"吊楼"、纳西族为"毡棚",形制虽不一样,但性质相同。在公房和女儿楼中,未婚男女可以择伴同居,相处得好便正式结婚,相处得不好,则分手①。彝族地区在自由交往和恋爱的形式上还保留着"公房"制度,"公房"也叫"共房""草楼"。"公房"由一个村寨或几个村寨修建,是专门用于未婚男女交际聚会的场所。公房的地上铺着厚厚的松毛,中间有火塘。青年男女弹着乐器走进公房,围坐在火塘边纵情谈笑欢歌。若男女互相中意,就双双走出公房,寻找幽静的地方,通宵对歌,互诉衷肠。阿细地区的习俗是未婚男女都要到男女各自的公房去睡,以便进行自由交往。而已婚的男女进入公房,则要受到舆论的谴责。这种习俗既可称之为"试婚制",也可称为婚前性自由。"阿注婚"在近世仍存在于云南永宁纳西族中,它是比"公房制"与"试婚制"更古老的婚姻形态。除我国南方少数民族外,"试婚制"与"公房制",也是日本古代颇为盛行的婚恋习俗②,这在某种程度上是一种母系制的残余。

三、性爱自由、婚姻自主,既是楚地自由开放民风的反映,又是楚人大度宽容性格的体现

恩格斯在《家庭、私有制和国家的起源》一文中指出:

> 在有些民族中——在古代有色雷斯人、克尔特人等,在现代则有印度的许多土著居民、马来亚各民族、太平洋地区的岛民,和许多美洲印第安人——姑娘在出嫁以前,都享有极大的性的自由。③

我国先秦时期的情形基本上也是这样。先秦时期有一本关于礼法的重要典籍《周礼》,它对当时社会生活各个方面的各项行为进行了总结,并提出了一系列的礼法准则,约束人们的行为,对思想加以禁锢,对婚姻进行道德规范。然而自由开放的民风并不是那么轻易能够陡然禁止,所以周王朝的统治者仍然为当时的青年网开一面,给男女之间的自由交往留下余地。如《周礼》中这样规定:"仲春之月,令会男女,于是时也,奔者不禁。"《疏》云:"于是时,谓是仲春时,此月既是娶女之月,若有父母,不娶不嫁之者,自相奔就,亦不禁之。"④这一规定反映出

---

① 参见乌丙安:《民俗学丛话》,上海文艺出版社 1983 年版,第 147 页;林蔚文:《母系氏族向父系氏族过渡时期的产物——"不落夫家"等习俗剖析》,《史前研究》1984 年第 2 期。
② [日] 关敬吾编著:《民俗学》,王汝澜、龚益善译,中国民间文艺出版社 1986 年版,第 59、61 页。
③ 《马克思恩格斯选集》,第四卷上,人民出版社 1972 年版,第 46 页。
④ 贾公彦:《周礼注疏》,《十三经注疏》上册,第 733 页。

古代婚恋自由开放的强劲余风。在一向宽松而周礼又禁锢不严的长江流域,在"南蛮"之地楚国,除王室贵族阶层内实行较严格的婚前性禁忌和婚后男女大防外,其他社会阶层和非主体民族一般都没有什么性禁忌和男女大防,适龄男女可以自由交往和发生性关系。

《楚辞》中描写的男女约会,充满着自由、浪漫的情调。他们的约会地点大多选择在环境幽静的山野林间、湖滨江畔,以及能够更多地结识朋友的、人们聚会的闾社祭祀之地。《湘君》中"君不行兮夷犹,蹇谁留兮中洲",其约会之地在江中水洲;《湘夫人》中"帝子降兮北渚,目眇眇兮愁予""朝驰余马兮江皋,夕济兮西澨。闻佳人兮召予,将腾驾兮偕逝",在水中的小洲岛和江边高地和江岸;《少司命》中"夕宿兮帝郊,君谁须兮云之际?"在天国的郊外;《山鬼》中"采三秀兮于山间,石磊磊兮葛蔓蔓。怨公子兮怅忘归,君思我兮不得闲"则在山间草地等。透过这些诗句的神话色彩,我们便可看到楚国少男少女相约黄昏后自由谈情说爱的一幅幅生动图景。

南楚习俗不仅允许男女在婚前自由交往,而且对婚前性关系也相当宽容。如《少司命》中:

> 夕宿兮帝郊,君谁须兮云之际?
> 与女游兮九河,冲风至兮水扬波。
> 与女沐兮咸池,晞女发兮阳之阿。

这里写的是俊俏的男巫与美丽的女神一见钟情,暮宿于帝郊,朝浴于咸池的故事。

屈原《天问》中有"禹之力献功,降省下土四方,焉得彼涂山女,而通之于台桑?"台桑,既桑台两字,为押韵倒置。这里说的是大禹与涂山氏女邂逅后即在桑台之上发生性关系的事。《天问》发出"何环穿自闾社,爰出子文?"的疑问。姜亮夫说:"所谓环间穿社,以及丘陵,即追逐淫荡之事。言斗伯比追逐郧女,环绕间间,穿于社里,以及丘陵之中,而为淫荡之行,乃生子文也。"①这里说的是楚令尹子文之父斗伯比与郧公之女期约于闾门,私盟于社宫②,交媾于丘陵的故事。

---

① 姜亮夫:《楚辞通故》第二辑。
② 先秦时期男女私订终身,一般都要到社神所在的庙内盟誓,不独楚俗为然,如《左传·昭公十一年》记:鲁"泉丘人有女,梦以其帷幕孟子之庙,进奔(孟)僖子,其僚(女友)从之。盟于清丘之社,曰:'有子,无相弃也!'"

《左传·宣公四年》载：那年初，若敖娶郧子之女为妻，生斗伯比。若敖死，斗伯比从其母住在郧地。斗伯比"淫于郧子之女，生子文焉，郧夫人使弃诸梦中，虎乳之。郧子田，见之，惧而归，夫人以告，遂使收之。……以其妻伯比。实为令尹子文"①。实际情况是这样的：楚大夫斗伯比早年随母居于舅邦郧国，与表姐妹私通，生下了后来的令尹子文。郧夫人不胜愠怒，让人把子文扔到当初他父母幽会的场所——云梦，这是个野兽出没的荒野之地。谁都没指望这孩子还能活下去。一天，郧公带着随从打猎来到云梦之地，发现一只老虎的怀中躺着一个初生的婴儿，并且婴儿还在吃它的乳汁。一行人都大吃一惊，觉得此事非同寻常，回家后就把这件事讲给夫人听了。郧夫人一听大惊失色，于是派人到云梦泽中去救这个孩子，在大家七手八脚的帮助下，打跑老虎，抱回了这个孩子，同时郧夫人也应允了女儿与斗伯比的婚事。孩子被外祖父起名为斗谷於菟，就是老虎哺养的意思，后来才起大名为子文。子文长大后在楚国官至令尹（相当于后世的丞相），而且是楚国历史上非常有作为的一位令尹。屈原在《天问》中就此事提出过质疑，说明了这件事的真实性。

又据《左传·昭公十九年》记载："楚子之在蔡也，郹阳封人之女奔之，生太子建。"古时女子主动委身于男子，愿做他的配偶，称之为"奔"。事实是这样的，春秋中后期楚国有一位国君——楚平王，名叫弃疾，他在即位之前曾在楚国的属国——蔡国做大夫，后来与当地一位女子相好。该女子顾不得当时正流行的媒妁婚聘等形式，自作主张迫不及待地投到弃疾的怀抱里，形成事实上的婚姻，并为他生下一个儿子。弃疾成为楚王后，也无视当时的礼法，把这个没有明媒正娶的蔡女带回王宫，并将其生下的儿子立为太子，这就是后来的太子建。弃疾的恋爱完全是一种没有任何约束的自由的行动。这件事情反映的是春秋及其以前的礼防之网并不那么严密，婚姻在走向礼制规范之际，楚国上层社会的礼防之网也有疏漏，是一个由疏臻密的过程。楚国的下层人民在与礼法的较量中，民间风俗传统的力量仍然占据上风。

必须指出，楚国男女婚前性生活虽比较自由，但并非纵欲滥交。男女缔缘、交媾的唯一因素就是情爱，女子在选侣求偶上有很大的自主权，女子不愿意，男子决不能强求或以暴力相加；反之，男子不愿意，女子也不能勉强。正因如此，《楚辞》中既不乏忠贞不渝的爱情抒发，又充满了男子求女不成，女子期遇不至的

---

① 《左传·宣公四年》。

沉重叹息声。《河伯》中"与子交手兮东行,送美人兮南浦",《少司命》中"望美人兮未来,临风恍兮浩歌",《湘君》中"望夫君兮未来,吹参差兮谁思!"等诗句分别反映了男女发生性关系后挥手惜别的情景和对负心变意情侣的满腔愁绪。《楚辞》中有的只是失恋者哀婉悱恻的悲情,而没有爱情被父母兄弟扼杀后所发出的悲泣。《湘君》中"心不同兮媒劳,恩不甚兮轻绝。……交不忠兮怨长,期不信兮告余以不闲"这几句话表明楚国婚姻的当事双方在选偶上有着很大的自主权,如果一方不愿意,即使已经媒理说合,也可中道改悔。

楚国婚恋之所以能有如此开放的民风习俗,一方面与楚人大度开朗的性格有关,另一方面也可能与当时西南少数民族对楚族的影响有关。如樊绰《蛮书》记载了先秦濮族血统的云南南诏人"俗法,处子孀妇,出入不禁,少年子弟,暮夜游行,闾巷欢壶芦笙,或吹树叶,声韵之中,皆寄情言,用相呼召,嫁娶之夕,私夫悉来相送。既嫁,有犯男子,格杀无罪,妇人亦死"。旧《柳州府志》记:广西土著"婚姻不用媒妁"。清代康熙朝编《云南通志》记:彝族等"倮蛮","男女婚嫁,不问父母,彼此爱悦,遂相配合"。这种男女婚恋开放的民风,其余风一直延续到现在。在湖北、湖南的一些少数民族中我们还可以找到不少古代婚俗的痕迹。至于楚族中的下层人民,尤其是像濮、蛮等非主体民族则直到近世都保存着婚前性自由的习俗。《中华全国风俗志》上篇卷六记先秦南蛮的后裔、近世湖南的苗族"其处女有与人私通者,父母不禁,以为人爱其美,若犯其妻妾,则举刃相尚,必得钱折赎而后已"。此外,在融入了一部分楚人血统的近世彝族及其亲裔纳西族中,少女举行成年礼后,即可自由地享受性生活。透过这些晚世的遗风,我们或多或少地可以看到一些先秦楚族下层人民及非主体民族的婚前开放的自由恋爱与性生活的习俗。

四、草服花饰、赠物传情,既是楚地卉服结言古俗的遗存,又是楚人爱美重情品性的反映

在《楚辞》中还大量描写了相恋中的男女以鲜花香草装扮自己和约会之场地,用香草玉佩作为定情信物的习俗,表现楚人对美的一种向往与追求。

楚地恋爱中的男女约会时常常精心刻意装饰自己,以取悦对方,表达爱意。屈原在《九歌·云中君》中写道:"浴兰汤兮沐芳,华采衣兮若英。"《少司命》中少司命出场时,虽然作者没有正面描写少司命的容貌,但那"绿叶兮素

华,芳菲菲兮袭予""秋兰兮青青,绿叶兮紫茎""荷衣兮蕙带"的描写,使作品洋溢着高洁华美的气息,使人联想到少司命必然也像夏荷和秋兰那样高雅多姿,她那"孔盖兮翠旌"的乘舆,更增添了她天神的风采。"竦长剑兮拥幼艾,荪独宜兮为民正"的结句,表现了少司命那种女性特有的柔中有刚的奕奕英姿。《湘君》中主人公的出场则是另一番景象,她乘坐着以薜荔、蕙、荪、兰等装饰的桂舟,吹着排箫,在宽阔的水域中巡行。翩翩龙舟,幽幽愁思,隐隐哀怨,绘织成一幅情景交融的湘神出游图。《湘夫人》中所描写的幽会之所更是用香花美草装饰得富丽堂皇:浅绿的荪草,葱翠的薜荔,"白质如玉、紫点为文"的紫贝,红丽照眼的荷花,交汇着"花发如笔"的辛夷和白花、兰草、桂木、芳椒的芳菲之气,这简直就是芳香与色彩交织而成的美丽世界。诗中虽然没有直接描绘湘夫人的形象,但读者从这美好水室的装饰上,即可想象她该是怎样风姿绰约、美艳动人了。《九歌·山鬼》中的女子,为了取悦自己中意的男子,浑身披着花枝藤蔓,在那里脉脉含情地微笑,等待着爱人的到来:"若有人兮山之阿,被薜荔兮带女萝","被石兰兮带杜衡,折芳馨兮遗所思。"山鬼的装饰是山中的薜荔、女萝、石兰、杜衡,乘坐的是赤豹为御的辛夷车,后面跟随的是花狸,亦恰如其分。她在石磊磊而葛蔓蔓的山间"采三秀""饮石泉""荫松柏",更形象地衬托出她高洁的情操。屈原《离骚》中抒情主人公最喜欢用一些香花香草修饰自己:"纷吾既有此内美兮,又重之以修能。扈江离与辟芷兮,纫秋兰以为佩""朝饮木兰之坠露兮,夕餐秋菊之落英""揽木根以结茞兮,贯薜荔之落蕊。矫菌桂以纫蕙兮,索胡绳之纚纚。謇吾法夫前修兮,非世俗之所服""进不入以离尤兮,退将复修吾初服。制芰荷以为衣兮,集芙蓉以为裳""佩缤纷其繁饰兮,芳菲菲其弥章",体现了诗人对于"内美"与外美高度统一的追求。

香草美人是屈原作品中特有的意象,用以寄托作者美好的理想、高洁品质和执着追求。为什么《楚辞》中有如此多以香草为服的描写呢?笔者以为这可能与人类最早的"卉服"服饰习俗有关。《禹贡》云:"岛夷卉服。"孔安国传云:"南海岛夷。草服,葛越。"孔颖达疏:"上传:海曲谓之岛,知此岛夷是南海岛上之夷也。《释草》云:'卉,草。'舍人曰:'凡百草一名卉。'知卉服是草服葛越也。"[①]现在人们对孔安国传和孔颖达疏有不同的看法,但有一点人们的看法是相同的,即卉服就是草服。这种用于蔽身的草服当是最古老的服饰习俗。从文艺学角度看,它

---

① 孔颖达:《尚书正义》,《十三经注疏》上册,第148页。

之所以能在诗章里塑造出身着奇花异草服饰的艺术形象,应该是远古曾经存在过的卉服现实,经过千百代口头传承在作者头脑中的反映,是古老文化观念历史积淀的产物,从中透露出远古卉服习俗存在的信息。

另一个问题是屈原为什么偏偏采取以香草为服这种形式表现主人公高洁的品质呢?笔者以为这主要是因为受了楚地巫风的影响。古代祀神是尚洁的,除酒醴粢盛之外,祀者(特别是巫者)尤其要清洁,否则神是不屑降临的。如《九歌·云中君》描写道:"浴兰汤兮沐芳,华彩衣兮若英。"王逸注云:"使灵巫先浴兰汤,沐香芷,衣五彩华衣,饰以杜若之英,以自洁清也。"是巫事神首先清洁。巫的职责是经常祀神,因此还规定了所谓"时服"。《国语·楚语下》观射父答昭王问,说明什么人才有做巫、祝、宗的资格,以为"古者民神不杂。民之精爽不携贰者,而又能齐肃衷正,其智能上下比义,其圣能光远宣朗,其明能光照之,其聪能听彻之,如是则明神降之。在男曰觋,在女曰巫"。接着他就提到"为之牲器时服"(韦昭解:"时服,四时服色所宜")。据揣测,"时服"的样式当随着国度地区的不同而有差异,在楚国惯常是佩戴着各式各样的香花香草。《九歌》中保存了许多有关这方面的材料。《东皇太一》中曾提到:"灵偃蹇兮姣服",却没有描绘"姣服"是什么样子。《云中君》描写巫的服装:"华彩衣兮若英。"(参见前引王逸注)至于《少司命》《山鬼》所描写的鬼神的服装,实质上也就是巫觋"时服"的写照。可见《离骚》中的服饰描写深受楚地巫风的影响。

先秦时期男女之间定情有"待媒而结言"的风俗,即通过媒人订婚的习俗。但楚人可以不通过媒人,只要双方以自己钟爱的小礼物送给对方作为定情信物,就可以定下百年之好。如《离骚》中就描写了楚国"结言"的习俗:"解佩纕以结言兮,吾令蹇修以为理","初既与余成言兮,后悔遁而有他。"成言也是结言,朱熹《楚辞集注》说:"成言,谓成其要约之言也。"结言的质物与信物一般为随身佩饰或香草,如《湘君》云:"捐余玦兮江中,遗余佩兮醴浦。采芳洲兮杜若,将以遗兮下女。"描写的是湘夫人在久等湘君不至时,便把自己佩戴的美玉佩饰丢到水中,以表达自己对湘君的一片真情厚意。如《大司命》云:"折疏麻兮瑶华,将以遗兮离居。"讲述恋人折下一枝美丽的花枝疏麻,准备去送给意中人。如《山鬼》云"折芳馨兮遗所思",《离骚》云"折琼枝以继佩。及荣华之未落兮,相下女之可诒"都是这类描写。在楚国贴身亵衣也可作为男女间的信物。《湘夫人》云:"捐余袂兮江中,遗余褋兮醴浦。"王逸注曰:"袂,衣袖也。""褋,襜襦也。"襜襦即是贴身亵衣。以亵衣相赠,当是男女关系发展到相当亲密的程度之后的举动。可以说,袂、褉是定情的信物,而不是结言的质物。男女结言有时还须中间人转致意愿和质物,如前引《离骚》曰:"解佩纕以结言兮,吾令蹇修以为理。""理"在这里指的是信使、使者,而不是媒妁。如果男女中的一方不愿结言,自然也就可以不接受信物。结言的目的是确立情侣或伙伴的关系,不是谈婚论嫁。

向心爱的人赠送定情信物,是古已有之的习俗,《诗经》中就有大量的记载,如《郑风·女曰鸡鸣》:

知子之来之,杂佩以赠之!

知子之顺之,杂佩以问之!

知子之好之,杂佩以报之!

又如《卫风·木瓜》中"投我以木瓜,报之以琼琚","投我以木桃,报之以琼瑶",《王风·丘中有麻》中"丘中有李,彼留之子。彼留之子,贻我佩玖",杂佩、琼琚、琼瑶、佩玖等皆为玉饰。英国著名学者李约瑟曾在《中国科学技术史》中指出:"对玉的爱好,可以说是中国文化特色之一,3 000多年来,它的质地、形状和颜色,一直启发着雕刻家、画家和诗人的灵感。"①向情人赠送花草以结恋情也是当时重要的习俗。如《邶风·静女》中"静女其娈,贻我彤管""自牧归荑,洵美且异",讲述的是善良美丽的姑娘将红管草等初生的柔嫩花草等献给心爱的人。又如《郑风·溱洧》中"维士与女,伊其相谑,赠之以勺药",写的是溱洧河边,男女在相互调笑,还摘下芍药相赠的场景。

向情人赠花草、佩饰以表达心中的爱意是古代的风俗,《楚辞》中以赠花草、佩物作为信物表达爱情的描写,就是对这一古代风俗的再现,表现了楚人爱美重情的品格,且这种习俗与品格一直传承至今。

蔡靖泉在《楚文学史》中认为,屈骚中"这种审美情趣的形成,是楚人对自然美高度追求的结果,是楚人在从野蛮到文明的历史进程中发展其审美意识的结果,是楚人沉浸于以感官刺激为审美特征的巫文化活动的结果,也是楚人在其文化创造的鼎盛时期而审美欲求大为增强的结果"②。《楚辞》中恋爱习俗所体现的文化特征,也正是楚人这种审美理想和情趣在民俗文化中的反映。

---

① 转引自陈茂同:《中国历代衣冠服饰制》,新华出版社1988年版。

② 蔡靖泉:《楚文学史》,湖北教育出版社1996年版,第429—430页。

 方法谈：

如何进行多学科交叉研究

本研究以荆楚文学和民俗为对象。1991年12月由中国艺术研究院、《文艺研究》编辑部、湖北省文联、湖南省文联联合主办，湖北省文联承办的"首届中国楚文艺研讨会"在湖北省武汉市举行，我作为土生土长的荆州人和民间文学研究者，比较关注荆楚文学与民俗文化关系研究，向会议提交了《论楚辞与古江汉民歌的关系》一文，并被研讨会交流论文集《楚艺术论集》（湖北美术出版社1991年版）收录。其后，我又写了几篇相关研究论文，其中包括《论新时期小说创作中的民俗化倾向》和这篇《〈楚辞〉中恋爱习俗描写及其文化阐释》。

本研究受文艺民俗学方法影响。早在20世纪80年代末，陈勤建等教授所倡导的文艺民俗学对我的文学研究影响较大。文艺民俗学是文艺学和民俗学之间相互交叉所形成的一种新方法。文艺是文化的产物，而民俗是民众生活文化的具体表现，是一国传统文化的基础，它奠定和规范着一国文学艺术的发展和流向。文艺民俗学以挖掘文艺发生的民俗成因、分析文艺发展的民俗动力和世界文艺的民俗化走向为重点，为特定区域、特定民族的文学艺术研究开拓了新的视野。

本研究的主要特点：融文学、民俗、史实和文化于一炉，以文学为本体、以民俗为视阈、以史实为依据、以文化为重点，通过多学科交叉研究，达到透视文学作品的民俗文化意蕴、挖掘其历史文化内涵的目的。

其一，将文学置于民俗文化背景下进行分析。在文艺民俗学视野中，文艺是民俗文化的一种展现，对一个国家或民族的文艺和民俗的关系进行深入研究，对认清文化多元化语境下地域文艺的特征具有重要意义。本文选取中国文学史上第一部浪漫主义诗歌总集《楚辞》中关于恋爱、婚姻和性爱的内容为研究对象，深度挖掘其创作的社会土壤——民俗生活，阐释民俗生活是文学创作的基础、文学是民俗生活的表现、文学创作与民俗生活的相互关系。比如，通过对《楚辞》中许多天地神仙和人间男女通过草服花饰进行传情、赠送花草以求交媾的诗句的分析，发现这既是楚地卉服结言古俗遗存在诗歌中的体现，又是楚人爱美重情品性在诗歌中的反映，这种浪漫主义诗歌既是现实生活客观存在的反映，也是作者主观想象与情感的表达。

其二,将文学置于历史发展过程中进行考察。本文立足于文本细读,并从史实中找佐证,从历史发展过程中追寻其发展的逻辑。《楚辞》中有大量描写男女约会的诗句,充满神秘古朴的意趣,包含着率真浪漫的激情。在古老的荆楚大地有许多关于春季男女大会的原始遗俗的历史记载。这种春社日之会,男女间可以自由地宣泄情感、发生性关系,具有讴歌生育的狂欢节性质。这既是楚地自由开放民风的反映,又是楚人大度宽容性格的体现。饮食男女,人之大欲。人类从原始群婚的混沌迷蒙中走出来,发展到通过恋爱缔结婚姻和建立家庭,这是人类社会具有普同性的一种文化现象和进化轨迹。从人类婚姻发展历史来看,这率真浪漫、纵情狂欢的春社日之会,实际上是人类由原始群婚向对偶婚、个体婚转化过程中存在的一种普同性文化现象。

其三,将文学置于民族文化语境中进行研究。男女之间以何种方式谈情说爱、缔结良缘、进而组合出何种类型的家庭,因民族或区域文化的不同而异态纷呈。《楚辞》中有很多反映了那个时代男女恋爱习俗的诗篇和诗句,其中有男女之间大胆表白爱慕之情的,有热恋中嬉戏打闹的,有互赠定情信物的,更有经常幽会或大胆私奔的,这些诗是男女之间互相爱慕、思念的心声,既是楚地原始古朴风尚习俗的体现,又是楚人率真浪漫激情的表现。《楚辞》基本上是以长江流域的湖北和湖南两地为背景,将古代的神话和传说结合在一起,用以抒发作者内心的情愫。其中恋爱习俗的描写受到楚国当时的文化传统、政治制度和审美心理等多种因素的制约,打上了楚文化鲜明的时代印记,在一定程度上反映了古代荆楚区域的文化特征和民族精神。

佛教思想与文学性灵说[*]

普 慧[**]

摘要: 文学性灵说是中国文学思想史上一个极为重要的审美范畴。性灵说最早由南朝刘宋时期著名的崇佛文人范泰、谢灵运、颜延之、何尚之等提出。其思想渊源众多,先秦以来的本土思想以及佛教的佛性论思想和"识神"说,都对性灵说的提出产生了重要影响。其中,佛教思想或为主要源头。谢灵运等的性灵说,更多地在佛教意义下使用,但已蕴涵了丰富的文学审美意蕴。梁代刘勰、钟嵘等将其广泛运用于文学理论与诗学批评之中,北周庾信则将其贯穿于文学创作之中。刘勰、钟嵘、庾信等的文学性灵说,赋予了"性灵"崇高无上、能量无比、万有中心的地位和权力。"性灵"聚集了"天""地""人"的灵气,上通于天,下感于地,中集于人,是天地之核心、万物之根基。其表现于文学创作,即是指审美主体间性内在生命受感于社会历史所表现出的强大精神力量——原动力、创造力、洞察力、感悟力和表现力。

关键词: 佛教;文学思想史;性灵说

"性灵说"是中国古代文学思想史上一个极为重要的审美范畴。性灵说的系统化是由明、清的"公安三袁"和袁枚等人完成的。人们在探讨"性灵说"时多把着眼点放到了"公安三袁"和袁枚等明、清诗学家身上,而对于"性灵说"的思想渊源却明显地关注不够。充其量者不过是指出"性灵"运用于诗学,则最早本于钟

---

[*] 原载《文学评论》2012年第2期。系国家哲学社会科学基金项目"佛教与汉魏六朝文学思想研究"(批准号:04BZW008,免于鉴定证书号:20100580)/中国博士后科学基金会(一等)项目"中古文学理论范畴与佛教"(批准号:20060390168)的结项成果之一。

[**] 普慧,本名张弘,四川大学中国俗文化研究所(教育部人文社会科学重点研究基地)所长、教授、博士生导师,教育部"长江学者"特聘教授、国务院学位委员会学科评议组成员、兼任中国古代文学理论学会理事、中国中外文学理论学会理事等职,主要从事中国文学与佛教文化、宗教学研究。

嵘而已。仅就文学创作而言，如此溯源，即可使人们了解其原创脉络。就文学思想史而言，一个术语或范畴的提出、成熟，必然有其深刻的纵向或横向的思想渊源。就"性灵说"而言，其纵向渊源或与先秦以来的"神灵论"、孟子的"心性论"有关；其横向渊源，则与南北朝时期的社会风貌、宗教信仰、哲学流派、文学思想、审美观念、诗文创作等密切相关。因此，"性灵"之说的探源空间是十分广阔的，只有从多角度、多层次、多侧面等综合研究，才能准确地把握其理论与实践的形成与演进。

我们知道，南北朝是一个多元文化的时代，各种思想异彩纷呈。其中，佛教作为一种外来的宗教思想文化经过数百年的努力，已经成为其时的主流思想之一，成为人们不可或缺的精神食粮。南北朝文学性灵说从提出到不断演进，留下了佛教思想的诸多印记。本文不可能面面俱到地从整个思想史探讨南北朝文学性灵说的思想渊源及其演进历程，此处仅从佛教角度切入，或为一说，绝无排斥或否认本土思想之意。

一

从现存文献来看，"性灵"一词作为思想史的一个范畴，最早出现于南朝刘宋文帝刘义隆时期，由当时著名的文人士大夫范泰、谢灵运、颜延之、何尚之率先使用：

> 范泰、谢灵运每云："六经典文，本在济俗为治耳，必求性灵真奥，岂得不以佛经为指南邪？"……近世道俗较谈便尔。若当备举夷夏，爰逮汉魏，奇才异德，胡可胜言？宁当空失性灵，坐弃天属，沦惑于幻妄之说，自陷于无征之化哉。……慧远法师尝云："释氏之化，无所不可，适道固自教源，济俗亦为要务。"①
>
> 今所载咸其素蓄，本乎性灵，而致之心用。夫选言务一，不尚烦密，而至于备议者，盖以网诸情非。……含生之氓，同祖一气，等级相倾，遂成差品，遂使业习移其天识，世服没其性灵，至夫愿欲情嗜，宜无间殊，或役人而养给，然是非大意，不可侮也。②

---

① 僧祐：《弘明集》，上海古籍出版社1991年影印宋碛砂版《大藏经》，第70页下。
② 严可均：《全上古三代秦汉三国六朝文》，中华书局1995年版，第2634页下—2635页上。《庭诰二章》最早收入南朝梁僧祐《弘明集》卷十三。其主旨是玄化了的儒家思想，并夹有佛道思想。然其"性灵"一词明显由佛教而来，这从与"性灵"对举的"心用""天识"等词，即可看出。因为"心用""天识"皆为佛教色彩甚为浓厚的词语。

范泰、谢灵运、颜延之、何尚之四人皆为虔诚的佛教信仰者,他们频繁参与佛教活动,对佛教典籍非常熟悉,且著有佛学论文,表现出较高的佛学理论水平①。他们使用"性灵"一词,似乎不是信手拈来,随意而作。根据思想文化史的经验来看,一个概念或术语的提出,绝不会是凭空跳跃出来的,它必然与某种思想文化潜存着内在的联系:或汲取本土固有思想,或吸收外来因素,或将两者融会起来加以创新。早期"性灵说"的提出,似乎亦不例外。

考诸南北朝之前的中国本土文献,"性灵"一词尚无独立意义;而同时期的汉译佛典,亦无一例。那么,这里就出现了一系列的问题:率先使用"性灵"一词的范泰和谢灵运到底是从何处吸收来的这一语词?是他们吸收了中国本土文化呢,还是在阅读外来的佛典时总结、自创出来的呢?抑或是将两者结合起来的呢?这些问题都值得认真思考和探究。从当时思想史的背景以及他们个人的思想来看,最有可能的就是以印度佛教思想为主,又融汇了中土某些元素。原国立新加坡大学中文系教授王力坚博士②尝发文首次将南朝"性灵说"与佛教联系起来考察,颇有见地地指出"性灵说"得以产生于南朝,关键因素是因为此时佛教的盛行③。

从范泰、谢灵运使用"性灵"一词的语境来看,他们的"性灵"显然是与佛教密切相联系的④。"性灵"的"性",就其思想来源,很有可能是"佛性论"。佛性论是大乘佛教涅槃学的核心思想。它虽否定一切,但却大胆地承认佛性之有,提出了"一切众生悉有佛性"[《大般涅槃经》卷六《如来性品》,北凉昙无谶(Dharmaraksa)译]⑤的主张,把出离遁世的佛教拉回到了充满生气的世俗社会。所谓"佛性"(buddhatā;buddhatva),原指佛陀之本性。大乘兴起后,赋予了"佛性"为众生本具的成佛的根据、可能性、种子的定义。"佛"(Buddha)为觉悟,即自觉、觉

---

① 参见普慧《南朝佛教与文学》第一章,中华书局2002年版,第17—34页;高华平:《谢灵运佛教著述研究》,《中国文化研究》2006年冬之卷。
② 现为台湾"中央大学"中国文学系教授。
③ 王力坚:《南朝"性灵说"刍议》,东海大学中文系、中国古典文学研究会主编《第三届魏晋南北朝文学国际学术研讨会论文集》,台北:文史哲出版社1998年版,第381—401页;收入王力坚《中古文学的文化思考》,新加坡:新社2003年版。王氏又以《性灵·佛教·山水:南朝文学的新考察》为题,将全文发表在《海南师范学院学报》2000年第1期。有关这一问题,笔者在1995—1998年撰写的博士论文《南朝佛教与文学》第二章也注意到了,并有一定的论述。
④ "性灵"一词潜存着种种本土因素,但就其思想的主要来源而言,则是深受大乘佛教涅槃学说佛性论的启发和影响的。这一点,已得到多位学者的肯定。参见普慧《南朝性灵说与大乘涅槃学:文学"性灵说"探源之一》,《古代文学理论研究》第22辑,华东师范大学出版社2004年版;龚贤《性灵说溯源》,《衡阳师范学院学报》2008年第1期;曾明《"性灵"语源探》,《文学评论》2009年第3期。
⑤ 《中华大藏经》,第14册,第64页下。

他、觉行圆满三者。"性"（prakrti）为本性、本质，即本来具有，又不受外在影响而改变的根本。《大智度论》说："性名自有，不待因缘。若待因缘，则是作法，不名为性。"①"性"，又是不因因缘而起的东西，是先于事物而自有存在的一种非实体性。因此，"性"即是带有某种神秘的、具有强大能量的成分。大乘佛性论所指的众生具有佛性，就是说众生都具有这种成为觉悟者的内在的、强大的神秘力量——自力。但是，众生虽具佛性的自力，却未必皆能成佛。这需要通过修行实践，在他力的引导下，获得般若智慧，觉悟成佛。

"性灵"的"灵"，则与早期佛教所说的"十二因缘"中的"识"（vijñana）有关。早期佛教以"十二因缘"②巧妙地解释了"灵魂"与"轮回"之间存在的不可调和的矛盾③。其中的"识"似乎可以被视为"性灵说"之"灵"的思想渊源。所谓"识"是指承担一切精神活动的主要机能④，即"一念"（eka-citta）之间的精神作用，为精神的主体⑤。与"识"直接联系的是"行"（samskara）和"名色"（nama-rupa）。"行"是"识"的因，"名色"是"识"的缘。就是说，有情众生的生活经验（行）的活动积蓄而形成个人精神的主体（识），由这个精神主体引起而构成身体的精神（名）和肉体（色）⑥。在行、识、名色三者中，行和名色都是可视、可感的，唯有识是不可视、不可感的，是完全精神的和神秘的、刹那（ksana）间的。在因果轮回和报应的循环过程中，不管"行"的善、恶如何积聚，它转化为"名色"的关键和决定作用则在于"识"。而"业"就像催化剂一样，以不达目的誓不罢休的气势，催促着"识"的转化⑦。这样，"识"仅仅是一念，特别是最初一念，就有了巨大的潜能或超能。

于是，来华译僧和中国僧人把"识"神化为"识神"：所谓"识神造三界"[《法句经》卷二《生死品》，东吴维祇难（Vighna）等译]⑧，"是其宿命，识神使然"⑨，"汝

---

① 《中华大藏经》，第25册，第625页上。
② "十二因缘"（dvada angapratitya-samutpada）：早期佛教解释人生本质及其流转过程的基本理论。具体有：老死、生、有、取、爱、受、触、六入、名色、识、行、痴。这十二因缘可以正转，亦可以逆流。参见杜继文主编《佛教史》，江苏人民出版社2006年版，第14—19页。
③ 郭良鋆：《佛陀和原始佛教思想》，中国社会科学出版社1987年版，第190页。
④ 杜继文：《汉译佛教经典哲学》上卷，江苏人民出版社2008年版，第50页。
⑤ 识：犹似灵魂，但绝不等同于灵魂。识也是可灭的，而灵魂则是不灭的。《中阴经·道树品》："识神无形法，起灭无常定（后秦竺佛念译，《中华大藏经》第23册，第165页中）。"
⑥ 黄心川：《印度佛教哲学》，任继愈主编《中国佛教史》第一卷附录，中国社会科学出版社1981年版，第505页。
⑦ 业（karma）：音译"羯磨"，意指造作或行为。佛教为反对婆罗门世袭的种姓制，加大了业的善恶道德的力度，使其具备了一种强大的神秘力量，配合着"行"的实践活动。
⑧ 《中华大藏经》，第52册，第284页上。
⑨ 《中华大藏经》，第24册，第96页上。

今生存,识神出入……求其识神,而都不见"①,"识神性空,明言处少;存神之文,其处甚多"②,"(慧)远乃著《沙门不敬王者论》,凡有五篇:……五曰形尽神不灭;谓识神驰骛,随行东西也"③,"夫亿等之情,皆相缘成识,识感成形……情识之构,既新故妙续。……人之神理,有类于此。伪有累神,成精粗之识,识附于神,故虽死不灭"④。

晋末宋初,识神说与佛性论皆有巨大影响。慧远、宗炳等掀起的"神不灭"运动,即是识神说的进一步发挥。佛性论则在竺道生那里得到了创造性的解释:"阿(一)阐提人皆得成佛。"(慧皎《高僧传》卷七《道生传》)⑤谢灵运的《辩宗论》支持道生的佛性论,认为"物有佛性,其道有归"(谢灵运《辨宗论·答琳公难》,道宣《广弘明集》卷十八)⑥:"有情"(sattva)众生(人和有情识的动物)皆有佛性,即使"无情"(ansattva)的物(草木、山河、大地、土石等)也有佛性,它们各有其道而归于佛理。这实际上是把宇宙本体与佛性主体相统一,彻底贯彻了"一切众生皆有佛性"的佛性论思想。在此情形下,范泰、谢灵运、颜延之、何尚之等完全有可能将"识神"与"佛性"结合起来,构成一个全新的范畴——"性灵"。从"性灵"的内涵渊源来看,它既是指一切众生(有情)内在具有的恒常不变的精神体和强大无比的神秘力量,又是指充盈宇宙、泯灭差别的根源能量。所以,范泰、谢灵运等认为,要想洞察、揭示、焕发这个"性灵",就必须依靠佛经为指南,通过修习、体悟,以般若智慧来实现。

二

"性灵说"一开始并不具有审美意义。范泰、谢灵运所论的"性灵",是就佛而言的,应该说与文学审美并无直接关系。但是,他们的"性灵说"所依赖的佛性论思想却构成了谢灵运山水文学创作深邃的思想基础和认知根源。所谓"物有佛性,其道有归",不管是有情众生,还是无情山水,都是佛之神明、神性、神灵的具

---

① 《中华大藏经》,第31册,第83页下。
② 严可均:《全上古三代秦汉三国六朝文》,中华书局1995年版,第2387页上。
③ 慧皎:《高僧传》,汤用彤校注,第220—221页。僧祐《弘明集》所收慧远《沙门不敬王者论》一文,无后一句,严可均认为是《弘明集》有删节。
④ 慧皎:《高僧传》,汤用彤校注,中华书局1992年版,第256页。
⑤ 道宣:《广弘明集》,上海古籍出版社1991年影印宋碛砂版《大藏经》,第233页下。
⑥ 魏庆之:《诗人玉屑》,上海古籍出版社1978年版,第8页。

体体现:"情"与"佛"密不可分。这样,不管是生命体还是非生命体,都具有了生的意义。不管是人化自然或是自然人化,无非是将所有的生命体或非生命体(人与自然生命)赋予了一种情感、朝气、凝练、潜力。因此,当谢灵运、颜延之等以审美的眼光面对自然山水时,就不再把山水看作是一个孤立的、无生命的物体,而是把自然的生命与人的生命紧密相连。如:《池上楼》中的"春草""园柳",《游南亭》中的"泽兰""芙蓉",《登上戍石鼓山》中的"白芷""绿蘋",《石壁精舍还湖中作》中的"菰荷""蒲稗"等物色,虽渺小却无不显示出一股股活生生的气息,荡漾着一缕缕生命的光彩,充塞着一幅幅动态的"神气"。这些绚丽缤纷的形象背后,则无不体现着佛性的常在、识神的永存。所以,自然山水的生命就是人的生命,人的生命意识则是自然山水性情的精彩反射。宋代诗论家吴可颇为精到地指出谢灵运的山水诗往往在看似平淡、凡小的生命中,突见其圆融、崇高、伟岸:"学诗浑似学参禅,自古圆成有几联?'春草池塘'一句子,惊天动地至今传。"①清代诗评家朱庭珍评谢诗则将自然山水与文学山水合为一体,凸显性灵的内在精神:"夫文贵有内心,诗家亦然,而山水诗尤要。盖有内心,则不惟写山水之形胜,并传山水之性情,兼得山水之精神。"②谢灵运与谢惠连及法勖、僧维、慧骈、僧镜、昙隆、法流等远离尘嚣的"山泽之游"③,即是体验着自然山水的灵性,感受着超越世俗现实的生活境界,领悟着宇宙万有的奥秘和真谛。所以,谢灵运的十世孙、唐代著名僧人皎然(本名谢清昼)十分深刻地指出:"康乐公早岁能文,性颖神澈,及通内典,心地更精。故所作诗,发皆造极,得非空王之道助邪?"④这一论见,把谢诗与佛教联系在一起,显然不是无稽之谈。应该说,谢灵运等的山水文学活动,已经具有了自然山水独立的审美意识、审美经验以及美感的再创造⑤。他的时代,才是中国真正的山水文学开创的时代。谢灵运等在创作实践中对"性灵"的发挥和贯彻,不仅丰富和增强了"性灵"原本作为佛教哲学范畴的审美意蕴和审美概括的特性,即一切生命体的强大生命力和生生不息的灵气,亦为"性灵说"进入文学审美领域奠定了雄厚的基础。从此,文学"性灵说"便开始了它在文

---

① 郭绍虞选编:《清诗话续编》下,上海古籍出版社1983年版,第2344页。
② 沈约:《宋书》,中华书局1974年版,第6册,第1774页。
③ 李壮鹰:《诗式校注》,齐鲁书社1987年版,第90页。
④ Eugene Eoyang. Moments in Chinese Poetry: Naturein the World and Nature in the Mind, in Ronald C. Miao(ed.). *Studies in Chinese Poetry and Poetics*, Vol.1, SanFrancisco: Chinese Materials Center, Inc., 1987, pp.111-112.
⑤ 逯钦立:《先秦汉魏晋南北朝诗》中册,中华书局1995年版,第1460页。

学审美领域的不断演进。

范泰、谢灵运等之后,"性灵"这一术语,深受士人们的喜爱。文人们普遍感到这一术语的语义之丰厚广袤、深幽玄冥,故用它来揭示文人的审美心理活动最为贴切。这样,"性灵"这一重要术语便在齐梁时期的文学创作园地里被广泛播种:

> 龙图升曜,龟籍流芳。俗资儒从,化以学昌。葳蕤四代,昭晰三王。挥发性灵,财成教方。①
>
> 故学不常师,而心镜群籍;理不启问,而情昭诸密。采图辨纬,游机访历;潜志百氏,沉神六经;冥析义象,该洽性灵;儒不隐迹,墨无遁形。既含道润,亦发才华;采耀秋月,文丽冬霞;有体有艳,光国光家。识包上仁,义兼高行;如彼清波,可挹可镜;又象冲室,惟清惟净。气拟北海,情方中散;风流未辍,盛名犹纂。②
>
> 诘旦钟声罢,隐隐禁门通。輦车响北阙,郑履入南宫。宿雾开驰道,初日照相风。胥徒纷络绎,骖御或西东。暂喧耳目外,还保性灵中。方厌游朝市,此说不为空。③
>
> 爰初敬业,离经断句。莫爵崇师,卑躬待傅。宁资导习,匪劳审谕。博约是司,时敏斯务。辨究空微,思探几赜。驰神图纬,研精爻画。沉吟典礼,优游方册。餍饫膏腴,含咀肴核。括囊流略,包举艺文。遍该缃素,殚极丘坟。腾帙充积,儒墨区分。瞻河阐训,望鲁扬芬。吟咏性灵,岂惟薄伎。属词婉约,缘情绮靡,字无点窜,笔不停纸。壮思泉流,清章云委。④
>
> 夫圣人之言,显而晦,微而婉,幽远而难闻,河汉而不极。或立教以进庸惰,或言命以穷性灵。积善馀庆,立教也;凤鸟不至,言命也。⑤
>
> 陈吏部尚书姚察曰:魏文帝称古之文人,鲜能以名节自全,何哉?夫文者,妙发性灵,独拔怀抱,易邈等夷,必兴矜露。⑥

所谓"发挥性灵""该洽性灵""还保性灵""吟咏性灵""以穷性灵""妙发性灵"等,

---

① 逯钦立:《先秦汉魏晋南北朝诗》中册,中华书局1995年版,第1460页。
② 胡之骥:《江文通集汇注》,李长路、赵威点校,中华书局1984年版,第89页。
③ 李伯齐:《何逊集校注》,齐鲁书社1989年版,第147页。
④ 姚思廉:《梁书》,中华书局1973年版,第1册,第170页。
⑤ 《梁书》,第3册,第706页。
⑥ 《梁书》,第3册,第727页。

在一定程度上揭示了文学审美活动过程之中主体精神内在旺盛的生命力量。其突出的收获便是在文学理论与批评的实践过程中,被凝练成为一个极具审美内蕴的美学思想范畴。这一点,在《文心雕龙》里得到了集中的反映:

> 文之为德也,大矣!与天地并生者,何哉?夫玄黄色杂,方圆体分,日月叠璧,以垂丽天之象;山川焕绮,以铺理地之形:此盖道之文也。仰观吐曜,俯察含章;高卑定位,故两仪既生矣。惟人参之,性灵所钟,是谓三才。为五行之秀,实天地之心。心生而言立,言立而文明,自然之道也。①
>
> 三极彝训,其书言经。经也者,恒久之至道,不刊之鸿教也。故象天地,效鬼神,参物序,制人纪,洞性灵之奥区,极文章之骨髓者也。……性灵镕匠,文章奥府。渊哉铄乎,群言之祖。②
>
> 夫水性虚而沦漪结,木体实而花萼振,文附质也。虎豹无文,则鞹同犬羊;犀兕有皮,而色资丹漆,质待文也。若乃综述性灵,敷写器象,镂心鸟迹之中,织辞鱼网之上,其为彪炳,缛采名矣。③
>
> 夫宇宙绵邈,黎献纷杂,拔萃出类,智术而已。岁月飘忽,性灵不居,腾声飞实,制作而已。夫有肖貌天地,禀性五才,拟耳目于日月,方声气乎风雷,其超出万物,亦已灵矣。形同草木之脆,名逾金石之坚,是以君子处世,树德建言。④

范泰、谢灵运等倡导性灵,其理论内涵基本上还是立足于现实世界的生命体。与范泰、谢灵运等不同的是,刘勰一开始就赋予了"性灵"崇高无上、能量无比、万有中心的地位和权力。"性灵"是聚集了"天""地""人"的灵气,上通于天,下感于地,中集于人,所以,是天地之核心、万物之根基。在刘勰看来,此心既生,语言就会产生,语言产生了,人类的一切文章就会形成、表现出来。刘勰的性灵说,颇类瑜伽行派之"三界唯心""万法唯识"的主张,也颇似基督教的"道成肉身"(The word became flesh)⑤。就是说,语言是人创生文明的基础。德国现象学家海德

---

① 范文澜:《文心雕龙注》,第 1 页。
② 《文心雕龙注》,第 21—23 页。
③ 《文心雕龙注》,第 357 页。
④ 《文心雕龙注》,第 725 页。
⑤ 《圣经·新约·约翰福音》:"太初有道,道与神同在,道就是神。"(In the beginning was the Word, and the Word was with God, and the Word was God.)(中国基督教三自爱国运动委员会、中国基督教协会出版,第 161 页)。

格尔(Martin Heidegger)就认为,"语言就是道说"①。刘勰虽未把语言与性灵直接挂钩,但在强调性灵潜能的同时,也触及了语言的强大功能。用语言来说明天、地、人三极内涵、体现人类高度精神文明的书籍——经书,不仅取法于天地、征验于鬼神,参究宇宙秩序,制订人伦纲纪,洞察性灵之奥秘,穷尽文章之精髓。他认为,儒教经典不仅有陶冶人的性灵(即主体精神)的作用,也是文章(即广义的杂文学)的奥秘宝库,范泰、谢灵运尝谓:"六经典文,本在济俗为治耳;必求性灵真奥,岂得不以佛经为指南邪?"②显然,刘勰的"洞性灵之奥区",是从范泰、谢灵运的"必求性灵真奥"而来的。但是,与范、谢不同的是,刘勰站在"济俗"的文章角度,而范、谢是站在"求真"的角度。两者不过是"俗谛"(samvrti-satya)和"真谛"(paramartha-satya)的关系。所以,刘勰是在"俗"言儒,而范泰、谢灵运则是在"真"言佛。刘勰本人还谈到了儒与佛、俗与真的关系:"异经同归,经典由权。故孔、释教殊而道契;解同由妙,故梵、汉语隔而化通。但感有精粗,故教分道俗。"③应该说,刘勰与范泰,谢灵运关于"性灵"说的认识,在本质上并无不同。因此,不能因为刘勰在《宗经篇》里谈性灵,就简单地认为刘勰的性灵说与佛教无关。那么,刘勰的性灵说具体到文学创作上,就是要求"综述性灵,敷写器象"的文学,具有文采。形、声、情浑为一体,才是神圣、神秘、神妙的理数——即"神理"④的体现。历代文人的智慧就是靠其文章而得以流传,因为时光荏苒,人的性灵才情不可能永远长存,所以,必须要树德建言,方能流传后世。刘勰就是抱着这样的大文学观念,来撰写其《文心雕龙》的。从刘勰谈"性灵"的五处来看,其用法和含义是有层次、有区别的。《原道篇》里的"性灵"与佛教的"佛性论""识神说"最为接近;《宗经篇》里的则已有儒家色彩;《情采篇》完全是作家主体之性情;《序志篇》又以为无常不居,与"佛性论""识神说"又不同。但总体而言,不同层次的性灵说,均统摄于《原道篇》之性灵,其表现于文学,即是指主体内在生命的强大精神力量——原动力和创造力。

---

① [德]莱茵哈德·梅依(Reinhard May):《海德格尔与东亚思想》,张志强译,中国社会科学出版社2003年版,第81页。
② 《弘明集》,第70页下。
③ 《弘明集》,第52页中。
④ 刘勰《文心雕龙·情采》:"故立文之道,其理有三:一曰形文,五色是也;二曰声文,五音是也;三曰情文,五性是也。五色杂而成黼黻,五音比而成韶夏,五性发而为辞章,神理之数也(范文澜《文心雕龙注》,第537页)。"

三

刘勰稍后的钟嵘正是在这一意义上将"性灵说"引入于诗歌,使其成为专论诗歌理论的审美范畴。钟嵘在评论阮籍时,谓:"《咏怀》之作,可以陶性灵,发幽思。言在耳目之内,情寄八荒之表。"①阮籍的《咏怀诗》八十二首,虽非一时一地而作,但可以看作是一组内容连贯的政治处境和人生态度的抒情诗。阮籍"本有济世志,属魏晋之际,天下多故,名士少有全者,籍由是不与世事,遂酣饮为常"②。李善《文选注》说:"嗣宗身仕乱朝,常恐罹谤遇祸,因兹发咏,故每有忧生之嗟。虽志在刺讥,而文多隐避,百代之下,难以情测。"③一方面是司马氏的拉拢和高压,另一方面是个体理想自由精神被禁锢在思想的牢笼之中而得不到伸展。在济世理想与严酷现实的激烈冲突下,整个自然、社会、人事都充满了苦难。个体人生的自由遭到了两方面的压迫:一是个体生存环境的污浊、社会矛盾的凶险,个体智慧难以应对、化解罹难的降临,即使个体的小心翼翼、如履薄冰,依然无法面对阴沉、凶险的社会织网;二是人生生命的短暂是永恒而无法改变的铁的事实。不管是帝王将相,还是草民百姓,都会在自然面前显示出"青山依旧在,几度夕阳红"④的历史痕迹。就是自然山水,也会沧海桑田,变迁无数,依旧逃不了成、住、坏、空⑤的必然过程。因此,从宇宙、社会、人生的合一来看,阮籍《咏怀诗》中充满的苦闷、孤独情绪——悲哀、凄怆、涕下、咨嗟、辛酸、蹉跎、忧伤、愤懑、怨尤、悲悼等,就不是一般的现实感发,而是超越了具体事象,推衍而为人生、人性的根本问题:即个体意志与群体力量,个性自由与社会伦理,自然生命与精神价值等的冲突,由此构成了"人"——存在(being)的核心主题。正是这种经验与超验,现实与理想,困境与自由等的交织、浑一,使得阮籍的《咏怀诗》"言在耳目之内,情寄八荒之表。……自致远大,颇多感慨之词。厥旨渊放,归趣难求。"⑥

---

① 陈延杰:《诗品注》,人民文学出版社1980年版,第23页。
② 房玄龄等:《晋书》,中华书局1974年版,第5册,第1360页。
③ 萧统:《文选》,李善注,中华书局1977年版,中册,第322页。
④ 罗贯中:《三国演义》卷首曲《临江仙》。
⑤ 成、住、坏、空:又称四劫(catvari-kalpa),为佛教重要的宇宙构成观。成(vivarta),指世界的成立期;住(vivarta-sthayin),指世界的存续期;坏(samvarta),指住劫之后世界坏灭期间;空(samvarta-sthayin),指世界的空虚期。
⑥ 《诗品注》,第23页。

故刘勰所谓的"阮旨遥深"①,绝不仅仅是就其风格而言,而是深层地确指了它所揭示的"人"之存在的普遍意义,严羽所谓的"黄初以后,惟阮籍《咏怀》之作,极为高古,有建安风骨。"②生活于刘勰同时代稍晚的钟嵘,与刘勰不同的是,他的"性灵",更注重于诗人主体情感精神的陶冶、凝练。这种陶冶和凝练,不只是一般意义上的审美鉴赏和审美教育,更为重要的是,它是对人性、人情极其丰富的能量开掘。故清人刘熙载认为,"钟嵘谓阮步兵诗可以陶写性灵,此为以性灵论诗者所本"③。当代学者也多承刘熙载之说,如吴宏一说:"性灵一词,始见于六朝,例如钟嵘诗品评阮籍云'咏怀之作,可以陶性灵、发幽思'者是"④,司仲敖认为:"随园诗论之真正渊源,且对其有莫大影响者,可溯自钟嵘"⑤,吴兆路也认为:"钟嵘实已开明清之际性灵文学思潮之先河。"⑥

四

钟嵘之后,由南而北的庾信,从文学创作的实践上集此前之大成,把审美性灵说推向了极致。庾信在诗文创作中运用"性灵"一词凡七处,是整个南北朝时期使用"性灵"一词最多的诗人作家。历代评价庾信的文学创作均着眼于其文风:正史家从文学经世致用的功利主义出发批评庾信文风的"淫放""轻险":

> 时(庾)肩吾为梁太子中庶子,掌管记。东海徐摛为左卫率。摛子陵及信,并为抄撰学士。父子在东宫,出入禁闼,恩礼莫与比隆。既有盛才,文并绮艳,故世号为"徐庾体"焉。当时后进,竞相模范。每有一文,京都莫不传诵。⑦
>
> 子山之文,发源于宋末,盛行于梁季。其体以淫放为本,其词以轻险为宗。故能夸目侈于红紫,荡心逾于郑、卫。昔扬子云有言:"诗人之赋,丽以则,词人之赋,丽以淫。"若以庾氏方之,斯又词赋之罪人也。⑧

---

① 《文心雕龙注》,第67页。
② 郭绍虞:《沧浪诗话校释》,人民文学出版社1983年版,第155页。
③ 刘熙载:《艺概》卷二《诗概》,上海古籍出版社1978年版,第84页。
④ 吴宏一:《清代诗学初探》,台北牧童出版社1977年版,第234页。
⑤ 司仲敖:《随园及其性灵说之研究》,台北文史哲出版社1988年版,第89页。
⑥ 吴兆路:《中国性灵文学思想研究》,台北文津出版社1995年版,第49—50页。
⑦ 令狐德棻等:《周书》,中华书局1971年版,第3册,第733页。
⑧ 《周书》,第3册,第744页。

简文、湘东,启其淫放,徐陵、庾信,分路扬镳。其意浅而繁,其文匿而彩,词尚轻险,情多哀思。格以延陵之听,盖亦亡国之音乎!周氏吞并梁、荆,此风扇于关右,狂简斐然成俗,流宕忘反,无所取裁。高祖初统万机,每念斫雕为朴,发号施令,咸去浮华。然时俗词藻,犹多淫丽,故宪台执法,屡飞霜简。①

隋唐正史家的着眼点放在文学与政治的关系上,在他们看来,提倡文学创作形式的过分华美("丽淫"),则会成为文学的"罪人"。更为重要的是,文学上的淫逸、轻放,往往是"亡国之音"的体现。显然,隋唐正史家只看到了庾信诗文的一贯文风②,而未察其文风的转型。杜甫等诗人则注意到了庾信文风由南入北后的深刻变化,所谓"庾信文章老更成,凌云健笔意纵横"③"庾信生平最萧瑟,暮年诗赋动江关"④;庾信自称其《哀江南赋》是"不无危苦之辞,惟以悲哀为主"⑤。倪璠为其诗文作注:"子山入关而后,其文篇篇有哀。"⑥所谓"萧瑟""危苦""悲哀"与"凌云健笔""意气纵横",实为一个因果关系:即因为由南入北后乡关之思的"萧瑟""危苦""悲哀",才改变了前期"浮华""淫丽""轻险"的文风,有了"老更成"的"凌云健笔"和"意气纵横"。而这一转型,除了国破家亡、羁旅北方的原因外,还在于庾信对审美性灵说的一种自觉理解。

根据对庾信诗文的考察,他的文学审美性灵说,源于两个方面:其一,是与佛教僧侣的交往而从佛教教义理解的"性灵"⑦,譬如,《送灵法师葬》诗:

龙泉今日掩,石洞即时封。玉匣摧谈柄,悬河落辩锋。香炉犹是柏,尘

---

① 魏徵等:《隋书》,中华书局1973年版,第6册,第1730页。
② 令狐德棻:《周书》卷十三《文闵明武宣诸子·宇文招传》:"赵僭王招,字豆卢突。幼聪颖,博涉群书,好属文。学庾信体,词多轻艳。"(第1册,第202页)
③ 仇兆鳌:《杜诗详注》,中华书局1979年版,第2册,第898页。
④ 《杜诗详注》,第4册,第1499页。
⑤ 倪璠:《庾子山集注》上册,许逸民校点,中华书局1980年版,第95页。
⑥ 《庾子山集注》上册,第4页。
⑦ 庾信在思想上对佛、道二教皆有所钟。其《奉和阐弘二教应诏》诗:"五明教已设,三元法复开。鱼山将鹤岭,清梵两边来。香烟聚为塔,花雨积成台。空心论佛性,贞气辨仙才。露盘高掌滴,风乌平翅回。无劳问待诏,自识昆明灰。"(倪璠《庾子山集注》卷二,上册,第213页)由此,可见他的佛道二教皆会、儒释道三教会通的基本思想,但其"性灵说"则明显由佛教而来。从现存庾信的诗文来看,庾信入北后的作品直接涉及佛教的仅有诗3首、铭碑2篇,显然与他曾生活于梁朝时期的崇佛不相称。合理的理由是,庾信在北周时,周武帝宇文邕于建德二年(573)下令废佛、道二教,毁坏经像,并令沙门、道士还俗,仅选名德者120人安置于通道观。一系列灭佛道活动,致使他不敢再创作涉佛诗文,甚至在编订自己集子时很有可能将其中大量涉佛诗文删去。

尾更成松。郭门未十里,山回已数重。尚闻香阁梵,犹听竹林钟。送客风尘拥,寒郊霜露浓。性灵如不灭,神理定何从。①

由此诗看,灵法师当为庾信之良师益友。二人曾一起游长安西南郊昆明池,泛舟平湖,策马高堰。落花催酒,栖乌送弦②。灵法师迁化,庾信以诗送葬,表达自己依依送别之情。所以,他所用的"性灵",即指"灵魂"。与"性灵"一词对举的是"神理",该词也有"灵魂"之意。如南朝宋刘义庆《世说新语·伤逝》:"戴公见林法师墓,曰:'德音未远,而拱木已积,冀神理绵绵,不与气运俱尽耳。'"③但庾信此处所用"神理"则指精神理致。故其诗句"性灵如不灭,神理定何从",即谓灵魂如果不灭,精神理致定能有所相从。谓"性灵"为灵魂,与此前佛教神不灭论一脉相承。其二,是承继了钟嵘的诗歌"性灵说",即强调诗人由社会历史境遇、遭际而引发主体内在心灵、性情的澎湃激荡而外射的强烈、巨大的能量和能力,所谓"嘉会寄诗以亲,离群托诗以怨。……感荡心灵,非陈诗何以展其义,非长歌何以骋其情?"④庾信的北羁和故国的亡国之变,使他有了切身的叹恨、嗟忧、感伤、悲悯乃至切肤之痛。个体命运与家国兴亡之间形成了强劲的张力,主体性灵与社会变迁构筑了巨大的网阈,这一切让庾信的历史感叹和主体咏怀融入了更多的生命脆弱的无奈,世事变迁的难料和沧海桑田的无序,使之成为一种审美共通感⑤。所谓"天下有情人,居然性灵夭"⑥"正是古来歌舞处,今日看时无地行"⑦"丘杨一摇落,山火即时燃。昔为人所羡,今为人所怜。世途旦复旦,人情玄又玄。……惟有山阳笛,凄余《思旧》篇"⑧。庾信所处的时代,不存在现代化缺失的人际沟通,它的审美共通感更多地体现在司马迁"究天人之际,通古今之变,成

---

① 《庾子山集注》上册,第316页。
② 庾信:《和灵法师游昆明池二首》,《庾子山集注》上册,第320页。
③ 余嘉锡:《世说新语笺疏》,上海古籍出版社1993年版,第643页。
④ 《诗品注》,第2—3页。
⑤ 审美共通感(ästhetisch Gemeinsinn; aesthetic commonsense),为社会共通感的一种,原由亚里士多德提出,经康德、维科、伽达默尔等阐发,语义不断深化和扩展。这里借用这一术语,主要是指社会历史积淀而形成的族群认同感被浓缩而为审美一域所体现出的个体超越自我界限而与他者(宇宙自然、社会历史、世事人生)沟通理解的审美感觉。尤西林站在现代西方美学的立场上,从现代性出发认为,"审美共通感可以将个体带入现代化缺失的共同体存在感(尤西林:《心体与时间:20世纪中国美学与现代性》,人民出版社2009年版,第61页)。"
⑥ 《庾子山集注》上册,第243页。
⑦ 《庾子山集注》上册,第385页。
⑧ 《庾子山集注》上册,第308页。

一家之言"①所形成的文化认同感之后,东汉《古诗》以来"人的觉醒"和"美的自觉"所呈现的个体与社会、主体与物色、心灵与外境、情感与肉身等的感怀和喟叹。时间的易逝,生命的短暂、人生的无常、世事的易变、心灵的苦闷,成为汉末以来文学审美的咏叹调和主旋律。庾信模拟阮籍《咏怀》的二十七首组诗《拟咏怀》与阮籍的一样,正是其历史感怀和主体咏叹的集中体现。如,他时常以荆轲、李陵、苏武等自喻(二十七之十、之二十六),又以燕客、秦人自况(二十七之三),他更以神话中的精卫鸟来自比(二十七之七、之十三),形成"自我形象与历史上悲壮人物的形象的叠合"②,呈现出"不无危苦之辞,惟以悲哀为主"③的文学审美的性灵精神特质。按照钟嵘对阮籍《咏怀》诗是"陶性灵,发幽思"的评价,那么,庾信的《拟咏怀》同样具有这样的特点。

从以上两个渊源来看,庾信的文学审美性灵说融佛教性灵与文学性灵于一炉,既强调了它的心灵精神永恒常驻的超验性,又发挥了它的感于境遇所表现的主体内在涌动的强大悲情的经验性。这就使得文学具有了双向度乃至多向度互动的审美自觉④。这样,我们就可总结出庾信"性灵说"的四个特点:其一,庾信的"性灵说",从文学实践方面来讲,比此前的文学"性情说"更具有审美的能动性、原创性:

性灵造化,高风自然。雅琴虽古,独有鸣弦。⑤

窃闻平阳击石,山谷为之调,大禹吹筠,风云为之动。与夫含吐性灵,抑扬词气,曲变阳春,光回白日,岂得同年而语哉?⑥

在庾信看来,"性灵"具有造化自然的能量和作用,它犹如一把优雅之琴,虽然古旧,却独有奇特之弦,一鸣震惊人寰。古者圣贤,帝舜命夔击石,百兽率舞⑦,山

---

① 《文选》,第581页。
② 罗宗强:《魏晋南北朝文学思想史》,中华书局1996年版,第449页。
③ 《庾子山集注》上册,第95页。
④ 林怡:《庾信"性灵说":中国个体诗学与"文的自觉"的成熟标志——兼议"性灵说"与中国诗学的主体间性》,《苏州大学学报》2006年第2期。
⑤ 倪璠:《庾子山集注》中册,许逸民校点,第641页。
⑥ 《庾子山集注》中册,第656页。
⑦ 《尚书·虞书·舜典》:"帝曰:'夔!命汝典乐,教胄子,直而温,宽而栗,刚而无虐,简而无傲。诗言志,歌永言,声依永,律和声。八音克谐,无相夺伦,神人以和。'夔曰:'於!予击石拊石,百兽率舞。'"(阮元校刻《十三经注疏》上册,中华书局1980年版,第131页)平阳,为帝舜之都。

谷为之而调；大禹治水，吹笛而送食，风云为之而动。而文学只要"含吐性灵，抑扬词气"，即可使低俗之曲变为"阳春白雪"。其二，庾信的"性灵说"深入社会历史境遇，将个体的遭际与社会的变化融为一体，凸显出深刻的超时代的精神气息。

> 盖闻性灵屈折，抑郁不扬，乍感无情，或伤非类。是以嗟怨之水，特结愤泉；感哀之云，偏含愁气。①

审美主体的心性灵智被折压、抑郁，不能弘扬，就会情感结郁，嗟怨如愤泉，感哀含愁气。如他自己一样，身处北地，屈于魏、周，虽官位显赫，却内心盈满穷困愁苦，所谓"情纠纷而繁会，意杂集以无端"②。所以，倪璠注曰："少卿（李陵）有云：'终日无睹，但见异类，举目言笑，谁与为欢。'是以嗟怨成水，哀感生云也。"③正是这种性灵的屈折，使庾信的文学创作一改南朝那种纤弱细腻、精巧美艳的一人风格，而具有了文人普适性的审美历史通感，体现了超时代的精神风貌。其三，庾信的文学"性灵说"，还对审美载体即语言文体等形式工具和由载体所表现出的意义，提出了一系列具体的审美要求，即文学的表现力和操作性：

> 八体六文，足惊毫翰；四始六义，实动性灵。落落词高，飘飘意运。文异水而涌泉，笔非秋而垂露。④

"八体六文""四始六义"的文学实能感动"性灵"，故其表征（token）为"落落词高，飘飘意远"。所谓"词高""意远"，融汇了文学审美的形式与内容的有机统一，即文学语言带来的高度美感所蕴涵的丰富无限的表现力，亦即钟嵘所说的"文已尽而意有余"⑤。所以，纪昀等称赞庾信北迁以后的作品是"华实相扶，情文兼至，抽黄对白之中，灏气舒卷，变化自如"⑥。其四，"性灵说"还触发了文学审美思维的活动。"性灵"的触动，即可激发灵感，就能使审美主体进入最佳创作

---

① 《庾子山集注》中册，第608页。
② 《续修四库全书》第1591册，上海古籍出版社2004年版，第383页。
③ 《庾子山集注》中册，第608页。
④ 《庾子山集注》中册，第562页。
⑤ 《诗品注》，第2页。
⑥ 纪昀等：《四库全书总目》卷一四八，中华书局1965年版，第1276页。

状态：文思泉涌，不择地而出；笔端垂露，不依时而降。据此可说，庾信的"性灵说"集南北朝性灵思想之大成，它既包含有佛教的语义，又在文学审美领域不断扩充、延伸，完成了从主体性审美活动向主体间性审美活动的飞跃，即个体审美主体与自身以外的诸审美主体之间的沟通、交流、共鸣、互射所呈现出的非凡的洞察力、感受力、领悟力和表现力。

与庾信同为由南入北且稍晚于庾信的颜之推也论述到了"性灵"：

> 至于陶冶性灵，从容讽谏，入其滋味，亦乐事也。行有余力，则可习之。……每尝思之，原其所积，文章之体，标举兴会，发引性灵，使人矜伐，故忽于持操，果于进取。①

颜氏所论"性灵"本于刘勰，故创新性方面远较钟嵘、庾信而为下。

综上所述，早期"性灵说"的提出及其在南北朝文学审美领域的演进，经历了一个长期而复杂的过程：从刘宋到北齐，从南朝到北朝；从佛教到文学，从理论到实践，既有时间、地域上的旅程，又有跨领域的引进，还有知识体系的转型。这每一步都伴随着崇佛文人的积极参与和创造性的阐发：谢灵运等的"性灵说"注重审美对象的自然生命力和生生不息的灵气，刘勰的"性灵说"强调的是审美主体（宇宙本体与审美主体的合一，所谓"三才"）的原动力和创造力；钟嵘和庾信则把"性灵说"应用于社会历史变迁与人生命运遭际的"感慨"，强调了审美主体间性的美学活动。文学性灵说的不断演进，标志着它的日臻成熟。应该说，刘勰、钟嵘、庾信所倡导的审美性灵说，内涵富绰，指涉深邃，无论深度和广度，在其后相当长的时期内，都让人难以企及和逾越。即使是明清时期的性灵说，似乎也未能出其右矣。

方法谈：

如何用现代思维研究传统材料

审美范畴在中国文学批评史和古代文学理论中就像一座大厦的柱、梁、栋、椽，把它们搭建好了，大厦的基本框架就成了。因此，在我开始学习中国文学批

---

① 王利器：《颜氏家训集解》（增补本），中华书局1993年版，第237—238页。

评史时，就注意到了审美范畴研究的重要性。其中，"性灵"就是我长期关注的重要内容。"性灵说"在中国文学批评史和文学理论上的系统化是由明清时期"公安三袁"及袁枚等文人完成的，故而对于这一范畴的探讨也主要集中于明清时期的诸多诗学家身上，而对于其思想渊源的发掘显得很不够，以致大多数讨论都是将其溯源至钟嵘《诗品》评论阮籍《咏怀诗》时所说的"陶性灵，发幽思"。诚然，这种溯源方法可以满足人们对这一范畴脉络的基本把握，但这种方法背后所蕴含的线性思维方式仅仅限于提供一种解释，而非还原其背后的复杂的历史真实。任何一个范畴的提出、成熟，必然有横向与纵向的思想渊源。纵向来看，"性灵说"如果进一步向前追溯，其与先秦以来本土的"神灵论"、孟子的"心性论"有关；横向来看，这一范畴则与南北朝时期的社会、宗教、思想、文学等领域密切相关。因此，"性灵说"的探源就有了进一步深入的空间，在单一叙事基础上进行多角度、多层次、多侧面的综合研究，将有利于进一步把握其形成与演进的过程。然而论文的写作，必然要有所侧重，很难面面俱到地从整体上讨论问题。结合前人已有的成果及我个人的研究积累，遂选取佛教的角度来分析这一问题。

我对"性灵说"的研究，源于语文学（philology）和文化人类学（cultural anthropology）的路径。在20世纪90年代中后期，我在攻读博士学位期间，就受到了欧洲传统语文学和美国文化人类学的深刻影响，便有意识地向这两个方面靠拢。语文学的特点之一就是注重对语词、概念、范畴的排查，将其置于历史语境中考察语义的发生、变化、延伸。文化人类学中有两个术语特别重要，即濡化（enculuration）和涵化（acculturation）。前者是指文化的纵向传承，后者是指文化的横向交汇。因此，我在考虑"性灵说"这个选题时，力图暗自运用这两种方法。为了避免牵强附会的硬性对比，我尝试着不在文章中出现语文学和文化人类学的理论，只是借鉴它们的视角和方法。首先就是对语词进行梳理，这需要对"性灵"一词的纵向与横向渊源做逐一的排查和检索。那个时候电子化的古籍非常少，更不要提一键检索了，所有的资料都是靠人工阅读，这耗费了我很多的时间和精力。经过艰辛的文献耙梳，我发现了"性灵"不是华夏传统固有的语词，它最早出现于南朝刘宋文帝刘义隆（424—453年在位）时期。再经过认真比对，我还发现了"性灵"一词在语义上与此前本土的"神灵论"和孟子的"心性论"仅有某些表面上的联系，但总体上来说关联不大。考察当时使用这一词语的几位文人（范泰、谢灵运、颜延之、何尚之），他们都是极为尊崇和虔信佛教的。而此时，正是佛教入华400年后第一次名正言顺地跻身于华夏思想文化的主流行列。因此,我立即把目光转向佛教典籍,在卷帙浩繁的佛典中寻找"性灵"一词,令人遗憾和沮丧的是,在汉译佛典中我未能发现该词。这说明"性灵"一词不是古代印度宗教的专有词语。于是我改变思路,从佛教思想史的角度寻绎。经过细致的思索和耐心的梳理,我发现了"性灵"的来源与佛教的"识神说"和"佛性论"有密切的关系,后者可能是"性"的源泉,前者可能是"灵"的源泉。这让我喜出望外。然后,我又认真广泛阅读了晋宋时期华夏僧人的著述,我发现这两个思想在晋宋时期的佛教颇为盛行。例如,慧远、宗炳等对"识神"有过专门的论述,法显、道生则对"佛性"大加倡导。而谢灵运既是慧远的门徒,又是道生的挚友,因而他完全有识见、有能力把"识神说"和"佛性论"结合起来而创造出一个新的专有语词。这个语词一经使用,立即引起僧俗人士的极大关注和兴趣,使用者频频不断。同时,我觉得这个术语有直指无处不在的人的心灵、情性以及判别、创造的原动力。较之华夏本土,这一语义是此前不曾有的。

我还注意到了晋宋山水文学兴起的主要原因是谢灵运等把带有佛性论特点的"性灵说"自觉地贯穿于山水文学的创作之中,他提出的"物有佛性,其道有归"的思想,赋予了一切生命都具有灵性的特点,甚至连自然山水都具有了佛的神性、神明和佛的运思。这就为山水文学的生命审美意识奠定了深厚的理论基础和认知根源。我发现谢灵运这样将自然山水与人的生命融入一体,使得自然山水在缤纷的形象背后蕴藏着独立审美意识、审美经验,因而成为真正独立的审美对象。元嘉山水文学的崛起,把性灵说从佛教哲学导入了文学审美之中,并获得了独立的审美意义,因而为当时的文人广泛接受。

刘勰则在此基础上更进一步,赋予了"性灵"崇高无上的地位,并在《文心雕龙》中数次使用。稍晚的钟嵘正是在这一意义上将其引入诗歌,使其成为专论诗歌理论的审美范畴。与刘勰相比,钟嵘更注重于诗人主体情感的陶冶和凝练,其"性灵说"是对人性、人情极其丰富的能量开掘,也因此成为明清时期"性灵说"的滥觞。此后,庾信通过文学实践将审美性灵说推向极致。其同时受到了佛教与钟嵘在"性灵说"不同渊源的影响,并深入历史境遇,更具审美的能动性、原创性,对审美载体提出了一定的要求,进一步触发了文学审美的思维活动,标志着这一范畴的日臻成熟。

在本文中,我所使用的材料相较于传统的文史研究,主要特色在于对汉译佛典文学与西方文学理论的引入和运用。在辨析早期"性灵说"与南朝佛教的关系时,我力图熟览佛典并准确把握佛教思想史的脉络和特征。

本文以"性灵说"为主要研究对象,但在具体探讨中,我尽可能地融入一些行之有效的西方现代学术方法。除了运用语文学和文化人类学的方法外,我还充分运用文学思想史、文学思潮史的观念,深入文学作品之中,从中抽绎理论批评的思想内容,如谢灵运的性灵说、庾信的性灵说等。我在阐发庾信性灵说时,还运用了主体间性理论和审美共通感理论等。在运用西方现代学术方法时,我力求融会贯通,做到以我为主,羚羊挂角,臻于化境,避免以中国的思想材料为西方现代学术方法做注脚。

还应该提醒的是,撰写文学研究类学术论文,语言表达也是一个非常重要的问题,即文学研究类论文的语言,既要富有文学语言的律动感,又要具有逻辑论证的严谨性,还要渗透学术情怀。这也是我这篇文章在语言表达上所追求的目标和理想。

苏、黄的书法与诗法*

张 毅**

摘要：苏轼、黄庭坚倡导的"尚意"书法，追求"出新意"和"生新奇"，其笔意的纵横曲折与"以文为诗"而重气格的宋诗章法相通。他们的书体或端庄杂流丽、刚健含婀娜，或雄健奇崛、丰筋多骨，一如其诗体而风格独特；且具有"一笔书"的气韵，讲究"字中有笔"和"句中有眼"，这些与他们诗歌的句法和字法也都有关系。苏、黄的书法和诗学，往往由技艺间事转入治心养气的品格修养，不仅求妙于笔，更求妙于心。才高者"心法"无轨，信手自然而超轶绝尘；学深者技进于道，抖擞俗气而痛快沉著，达到"至法无法"的境界。

关键词：苏轼；黄庭坚；尚意；一笔书；句法；至法无法

苏轼和黄庭坚是宋代最具影响力的书法名家，同时也是宋诗的代表人物。他们所倡导的"尚意"书风，在行草书艺术中得到了充分的体现，纵横跌宕的笔势和曲折成章的笔意，可与其"以文为诗"而姿态横生的诗歌章法相媲美。其"一笔书"的意脉和气韵，"字中有笔"和"句中有眼"的书法艺术，与诗歌创作的句法和字法也是相通的。在苏、黄引领风骚的时代，书画同法而又向诗靠拢，或自出新意，或古意翻新，不仅书法与诗法相互渗透，更在作品风格和神采方面完全一致。天资解书的用笔与清旷心胸相契合，出奇制胜的笔法与抖擞俗气的品格修养相映衬，超轶绝尘，痛快沉著，由道技两进到心手两忘，完成了由有意到无意、由有法到无法的内在超越。追求不烦绳削而自合，以达到"至法无法"的老成境界。

---

* 原载《文学遗产》2010 年第 2 期。
** 张毅，南开大学文学院教授、博士生导师，教育部"长江学者"特聘教授、国务院政府特殊津贴获得者，2000 年入选国家教委"跨世纪优秀人才资助培养计划"，2001 年入选天津市"131 人才工程第一层次"，主要从事中国古代文学、中国文学批评史研究。

一

唐代就有"书画用笔同法"的说法,但直到宋代文人"墨戏"兴盛之后,书、画、诗之间的界限才被完全打破。苏轼题吴道子画所说的"出新意于法度之中"[1],黄庭坚论李公麟画讲的"领略古法生新奇"[2],成为宋代书法"尚意"的创作纲领。苏轼行书的随意变态,黄庭坚草书的笔走龙蛇,与苏、黄各自的作诗风格完全一致,其纵横起伏的笔势和命意曲折的布局,与其"以文为诗"而重气格的宋诗章法有着神理相通的联系。

提倡自出新意是苏轼文艺理论的主旨,他称赞晁君成的诗"每篇辄出新意奇语,宜为人所共爱"[3];又表扬画家孙位"始出新意,画奔湍巨浪,与山石曲折,随物赋形,画水之变,号称神逸"[4]。对于用人们熟习的汉字书写来表达情意的书法而言,如何在熟悉法度的基础上勇于创新,更是作者必须考虑的了。苏轼说"我书意造本无法,点画信手烦推求"[5],强调不践古人而自出新意的重要。他常将诗歌与书法相提并论,其《书黄子思诗集后》属于诗论,却以论钟繇和王羲之等书法家的笔法来开篇。而他评论隋唐书法名家又每以诗为喻,说智永禅师作书"精能之至,反造疏淡。如观陶彭泽诗,初若散缓不收,反覆不已,乃识其奇趣",又说颜真卿的书法"如杜子美诗,格力天纵,奄有汉、魏、晋、宋以来风流"[6]。在他看来,书法与诗文的界限是可以打破的。他用点画的布置和行笔的轻重缓疾等方式,来表现视觉上线条流转造成的美感,抒写丰富的内心情感,使书法艺术具有行文的气势和诗的意境。他贬谪黄州后写的《寒食雨二首》堪称诗书合璧的佳作,诗云:

> 自我来黄州,已过三寒食。年年欲惜春,春去不容惜。今年又苦雨,两月秋萧瑟。卧闻海棠花,泥污燕脂雪。暗中偷负去,夜半真有力。何殊病少

---

[1] 《书吴道子画后》,《苏轼文集》第5册,中华书局1986年版,第2210页。
[2] 《次韵子瞻和子由观韩干马因论伯时画天马》,《黄庭坚全集》第1册,四川大学出版社2001年版,第82页。
[3] 《晁君成诗集引》,《苏轼文集》第1册,第320页。
[4] 《画水记》,《苏轼文集》第2册,第408页。
[5] 《石苍舒醉墨堂》,《苏轼诗集》第1册,中华书局1982年版,第236页。
[6] 《书唐氏六家书后》,《苏轼文集》第5册,第2206页。

年,病起头已白。

　　春江欲入户,雨势来不已。小屋如渔舟,濛濛水云里。空庖煮寒菜,破灶烧湿苇。那知是寒食,但见乌衔纸。君门深九重,坟墓在万里。也拟哭途穷,死灰吹不起。①

　　诗人采用"以文为诗"的夹叙夹议笔法,抒写寒食节遭遇"苦雨"的生活境遇和郁闷心情,看似平铺直叙,但在平直中有奇变,琐细中见凝练,苦闷之情随江雨弥漫而溢于言表。这种漫兴式的写法,含有气盛言宜的古文章法,凡意之所到,则笔力曲折,而无不尽意。如刘熙载所言:"滔滔汨汨说去,一转便见主意,《南华》《华严》最长于此。东坡古诗惯用其法。"②苏轼手书的这两首诗的墨宝《黄州寒食诗帖》(简称《寒食帖》),将心境和情感的起伏,寄寓于点画线条的缓疾和字形变化之中。开始的心境比较平和,笔势舒缓,结体中规中矩;但随着情感趋于激越,笔势也奔放起来,纵横挥洒而意态横生。如"乌衔纸"的最后一笔拉得很长,"坟墓"的"墓"字和"哭途穷"三个字突然变大,造成很强的视觉冲击力。整幅书法一气呵成,运笔由凝重到飞动,字小者行密,字大者气阔,心手相应而变态无穷。诗情融入笔墨,心境与书境浑然一体,诗与书法珠联璧合。黄庭坚说:"东坡此书(墨迹为"此诗")似李太白,犹恐太白未有到处。此书兼颜鲁公、杨少师、李西台笔意,诚使东坡复为之,未必及此。"③既表扬苏轼此诗或许胜过李白,也肯定其书法的艺术成就超越了前人。

　　苏轼主张自出新意,不是无法度可言,他认为"书法备于正书,溢而为行、草,未能正书而能行、草,犹未尝庄语而辄放言,无是道也"④。他学书初临"二王"(王羲之、王献之),后又师法颜真卿、杨凝式等人,其《题二王书》云:"笔成冢,墨成池,不及羲之即献之。笔秃千管,墨磨万铤,不作张芝作索靖。"⑤苏轼长于正书和行书,其《寒食帖》继王羲之的《兰亭序》、颜真卿《祭侄稿》之后,被称为"天下第三行书"。他的行书擅于由文字本身的点画成其变化,用线条组成有意味的形式,给人以新鲜的美感,写得情驰神纵,如行云流水,但又暗合古人,有规矩法度在。如果说苏轼的行书是情与法的结合,那么黄庭坚的草书则是情、理、法的

---

① 《苏轼诗集》第4册,第1112—1113页。
② 《艺概》,上海古籍出版社1982年版,第67页。
③ 《跋东坡书寒食诗》,《黄庭坚全集》第3册,第1608页。
④ 《跋陈隐居书》,《苏轼文集》第5册,第2185页。
⑤ 《苏轼文集》第5册,第2170页。

交融,他以领略"古法""古意"求新奇,运笔龙飞凤舞却章法井然。但这是有一个过程的,黄庭坚坦言:"少时喜作草书,初不师承古人,但管中窥豹,稍稍推类为之。方事急时,便以意成,久之或不自识也。比来更自知所作韵俗,下笔不浏离,如禅家'黏皮带骨'语,因此不复作。"①禅家的"黏皮带骨"语,指的是世俗的妄言绮语,但真正的草书决非鬼画符般的妄语。与苏轼一样,黄庭坚主张草书应从正书中来,他认为"凡作字,须熟观魏晋人书,会之于心,自得古人笔法也。欲学草书,须精真书,知下笔向背,则识草书法,草书不难工矣"②。他强调:"然要须以古人为师,笔法虽欲清劲,必以质厚为本。……凡书之害,姿媚是其小疵,轻佻是其大病,直须落笔一一端正。至于放笔,自然成行,草则虽草,而笔意端正,最忌用意装缀,便不成书。"③倘若正书如坐立,行书如走,草书如跑,那么绝无不能坐立而会走跑之人。

在熟悉前人法度的基础上开拓创新,是黄庭坚论书画诗文的一贯宗旨。他主张:"欲下笔,略体古人致意曲折处。久之乃能自铸伟词,虽屈、宋亦不能超此步骤也。"④他在指导后学时说:"少加意读书,古人不难到也。诸文亦皆好,但少古人绳墨耳。可更熟读司马子长、韩退之文章。凡作一文,皆须有宗有趣,终始关键,有开有阖。"⑤诗文的章法与命意分不开,黄庭坚在《论作诗文》里说:

> 词意高胜,要从学问中来尔。……但始学诗,要须每作一篇,辄须立一大意,长篇须曲折三致焉,乃成章耳。⑥

诗文的章法布置,讲究纵横曲折而意脉贯通,率然开阖而奇正相生,与行草书的笔势相仿佛。范温《潜溪诗眼》说:"古人律诗亦是一片文章,语或似无伦次,而意若贯珠。……非唯文章,书亦如是。……故唐文皇称右军书云:'烟霏云敛,状若断而还连;凤翥龙盘,势如斜而反直。'与文章真一理也。"⑦王羲之曾说:"若欲学草书,又有别法。须缓前急后,字体形势,状如龙蛇,相钩连不断,仍须棱侧起伏,

---

① 《钟离跋尾》,《黄庭坚全集》第3册,第1603页。
② 《跋与张载熙书卷尾》,《黄庭坚全集》第2册,第678页。
③ 《与宜春朱和叔》,《黄庭坚全集》第2册,第499页。
④ 《书枯木道士赋后》,《黄庭坚全集》第4册,第2287页。
⑤ 《答洪驹父书》,《黄庭坚全集》第2册,第474页。
⑥ 《黄庭坚全集》第3册,第1684页。
⑦ 《宋诗话辑佚》,中华书局1980年版,第318—320页。

用笔亦不得使齐平大小一等。"①较早用"状如龙蛇"来形容草书形势。后来李白这样描写对怀素狂草的观感:"怳怳如闻神鬼惊,时时只见龙蛇走。左盘右蹙如惊电,状同楚汉相攻战。"②草书笔走龙蛇的阵势,可以让人感受到澎湃激情,并联想到文章的层次曲折。黄庭坚称赞陈师道:"至于作文,深知古人之关键,其论事救首救尾,如常山之蛇,时辈未见其比。"③用常山蛇阵来形容文章布置。《孙子兵法》曰:"善用兵,譬如率然。率然者,常山之蛇也,击其首则尾至,击其尾则首至,击其中则首尾俱至。"④以蛇喻阵,重在首尾相应,前后一体贯通,这也是章法布置所要考虑的。

书法的笔势纵横与意脉曲折,运笔的左右映衬和前后呼应,与诗文章法的相通甚为明显。黄庭坚说:"右军笔法,如孟子言性、庄周谈自然,纵说横说,无不如意,非复可以常理待之。"⑤他还说:"余尝以右军父子草书比之文章,右军似左氏,大令似庄周也。"⑥在黄庭坚的一首论书诗里,言及草圣的诗句"仲将伯英无后尘,迩来此公下笔亲",别本为:"纵横浑脱若有神,意匠直与真宰亲。"⑦这别本的诗句提示了作草书的真髓。黄庭坚作诗也讲究纵横曲折,所谓"诗到随州更老成,江山为助笔纵横"⑧,这种诗法来源于杜甫《戏为六绝句》里的"庾信文章老更成,凌云健笔意纵横"⑨。方东树说:"杜公所以冠绝古今诸家,只是沉郁顿挫,奇横姿肆,起结承转,曲折变化,穷极笔势,迥不由人。山谷专于此苦用心。"⑩黄庭坚的山谷体诗,即便是短章也多层次变化,命意曲折而有远势,如"坐对真成对花恼,出门一笑大江横"⑪,一两句即相当于大段文章,有咫尺万里之势。

二

苏轼说:"唐人以身言书判取士,故人人能书。"⑫因用书判取士,故端正劲直

---

① 王羲之《题卫夫人〈笔阵图〉后》,《中国书法理论经典》,河北人民出版社1998年版,第15页。
② 《草书歌行》,《李太白全集》上册,中华书局1977年版,第456页。
③ 《答王子飞书》,《黄庭坚全集》第2册,第467页。
④ 《孙子十家注》,《诸子集成》六,中华书局1986年版,第199页。
⑤ 《题绛本法帖》,《黄庭坚全集》第2册,第748页。
⑥ 《跋法帖》,《黄庭坚全集》第2册,第720页。
⑦ 《李君贶借示其祖西台学士草圣并书帖一编二轴以诗还之》,《黄庭坚全集》第3册,第1250页。
⑧ 《忆邢惇夫》,《黄庭坚全集》第1册,第255页。
⑨ 《杜诗镜铨》上册,上海古籍出版社1980年版,第397页。
⑩ 《昭昧詹言》,人民文学出版社1984年版,第379页。
⑪ 《王充道送水仙花五十枝欣赏会心为之作咏》,《黄庭坚全集》第1册,第114页。
⑫ 《跋咸通湖州刺史牒》,《苏轼文集》第5册,第2179页。

而法度谨严的真书成为唐人"尚法"的代表性书体,欧、褚、颜、柳等书法家都以精于真楷著名;而宋代士人中流行的则是"尚意"而带文人气息的行草书。苏、黄以擅长行书和草书享誉士林,他们的书体,或端庄杂流丽、刚健含婀娜,或清劲奇崛、丰筋多骨,一如其诗体而个性色彩相当鲜明,具有"一笔书"的气韵,而且笔力遒劲雄健,讲究"字中有笔"和"句中有眼"。这些与他们作诗的句法和字法也都有联系,体制虽异而意同神通。

　　行书是介于正书与草书之间的一种书体。张怀瓘《书仪》说:"夫行书,非草非真,离方遁圆,在乎季孟之间。兼真者,谓之真行;带草者,谓之行草。"①苏轼行书的笔画略有钩连,当属于行草。他虽然以行书为擅长,但对落笔如风的草书十分喜爱,常于酒后作草,谓"仆醉后,乘兴辄作草书十数行,觉酒气拂拂,从十指间出也"②。对有真书《郎官柱记》传世的草书名家张旭,苏轼极为欣赏,称"张长史草书,颓然天放,略有点画处而意态自足,号称神逸"③。张旭作草有真书的底子,虽奇怪百出,而无一点画不该规矩,他尝言"初见担夫争道,又闻鼓吹,而知笔意,及观公孙大娘舞剑,然后得其神"④,又自谓"吾书不大不小,得其中道,若飞鸟出林,惊蛇入草"⑤。张旭的草书在唐代就很有名,杜甫《殿中杨监见示张旭草书图》说:"斯人已云亡,草圣秘难得。及兹烦见示,满目一凄恻。悲风生微绡,万里起古色。锵锵鸣玉动,落落群松直。连山蟠其间,溟涨与笔力。"⑥以苍劲浩瀚言张旭草书用笔的神妙。苏轼诗云:"剑舞有神通草圣,海山无事化琴工。"⑦又说:"我本三生人,畴昔一念差。前身或草圣,习气余惊蛇。"⑧他心目中的草圣非张旭莫属。

　　草圣的桂冠最初戴在张芝头上,他是今草"一笔书"的创始人。张芝字伯英,张怀瓘《书断》说:"伯英学崔、杜之法,温故知新,因而变之以成今草,转精其妙。字之体势,一笔而成,偶有不连,而血脉不断,及其连者,气候相通。惟王子敬(即王献之)明其深指,故行首之字,往往继前行之末。世称'一笔书'者,起自张伯英,即此也。"⑨在由杜度、崔瑗等人的"章草"向"今草"的过渡中,张芝起了关键

---

① 张怀瓘:《书仪》,《中国书法理论经典》,第96页。
② 《跋草书后》,《苏轼文集》第5册,第2191页。
③ 《书唐氏六家书后》,《苏轼文集》第5册,第2206页。
④ 《宣和书谱》,上海书画出版社1984年版,第139页。
⑤ 《宣和书谱》,"释亚栖"条,第148页。
⑥ 《杜诗镜铨》下册,第629页。
⑦ 《授经台》,《苏轼诗集》第1册,第193页。
⑧ 《次韵致政张朝奉仍招晚饮》,《苏轼诗集》第6册,第1830—1831页。
⑨ 张怀瓘:《书断》,《中国书法理论经典》,第110页。

的作用，但今草艺术的日趋成熟，以至出现新的草圣，"二王"功莫大焉。苏轼在《题王逸少帖》诗里说：

> 天门荡荡惊跳龙，出林飞鸟一扫空。为君草书续其终，待我他日不匆匆。①

所谓"匆匆"，指张芝每作楷字则曰："匆匆不暇草书。"②逸少即王羲之，宋人看到的"二王"书帖以草书居多，故《宣和书谱》把他们都归入"以草书得名者"加以论列。其中有前人论"二王"书的精妙之语，如以为王羲之的字体"飘若游云，矫若惊龙"，"势如龙跃天门，虎卧凤阁"；又说王献之的笔法"如丹穴凤舞，清泉龙跃"。③ 龙飞凤舞，笔走龙蛇，遂成为草书体势的形象说明，而飘、飞、舞、跃一类的动词，乃连绵起伏的"一笔书"的笔法提示：状若断而还连，势如斜而反直，要在笔断意连而气脉贯通。相对于真书较为规矩的楷法而言，草书激情膨胀的线条运动，一笔书写一行的连绵气势，似乎更符合苏轼的创作个性。类似草书的用笔之神妙，在苏轼歌行体的七言古诗创作中得到了充分体现，他的题画诗和论书诗，颇多气势不凡的神来之笔。如《王维吴道子画》《次韵吴传正枯木歌》《次韵滕兴公大夫雪浪石》《石苍舒醉墨堂》等，其笔法之奇纵，笔势之灵动，如骤雨狂风、电闪雷鸣，可谓"笔所未到气已吞"。但一气奔赴之中又有顿挫，草蛇灰线，神化不测，若寻绎其意脉，则又无不生气贯注，几与造化者为友。

虽然都是以文字为媒介，书法用笔与诗歌语言还是有所不同的。张怀瓘说："文则数言乃成其意，书则一字已见其心。"④书法艺术把文字所具有的点、横、竖、捺等笔画拆开来欣赏，一个字的结体即能表达自己的意思，故一字一句，而诗文要数言组成一句或两句才能见意，这也是黄庭坚要多次将"字中有笔"与"句中有眼"连起来讲的原因。书法的"字中有笔"，等于诗文的"句中有眼"，故书法的结体、笔法与诗歌的句法、字法可以相互印证。以书法而言，字中有笔、有意、有势、有力，气韵生动，方可谓"有眼"的活句。黄庭坚《论写字法》说："盖字中无笔，如禅句中无眼，非深解宗理者未易及此。"⑤所谓"宗理"，又称"宗趣"，是禅门里

---

① 《苏轼诗集》第4册，第1342页。
② 《宣和书谱》，第101页。
③ 《宣和书谱》，第116—117页，第124页。
④ 张怀瓘：《文字论》，《中国书法理论经典》，第142页。
⑤ 《黄庭坚全集》第3册，第1433页。

的第一义,不立文字,故不可思议言说。如果非言说不可,则须"但参活句,莫参死句。活句下荐得,永劫无滞"①。"句中有眼"方为活句,活句须有生气贯注。书家行笔的生气贯注,既表现为整篇线条的错综连绵和虚实映带,也体现在一字之结体的疏密有致和八面流通。黄庭坚说:"东坡云:'大字难于结密而无间,小字难于宽绰而有余。'此确论也。余尝申之曰:结密而无间,《瘗鹤铭》近之;宽绰而有余,《兰亭》近之。若以篆文说之,大字如李斯《绎山碑》,小字如先秦古器科斗文字。"②以其所例举的碑帖言,《瘗鹤铭》的大字密不透风,用笔欹侧而气势磅礴;《兰亭序》的小字结体无一相同,行款忽密忽疏,变幻无穷而自然生动。至于黄庭坚自己作字,采用中宫收紧、长笔展开的结体方式加强疏密对比,又常以欹侧取势,横画略显斜倾,竖画虬曲反直,形态雄放奇倔而极具气魄,动感很强烈。这与山谷体诗那种意必新奇、语多生造的作风完全一致,追求文字的奇伟精彩,笔墨间透露出英气和奇气。

书法结体的内气充盈,奠定了"字中有笔"的基础,加之运笔的虚实映发、气势连贯,即可形成线条飞舞流动的通篇气韵。在行笔雄快飘逸之际,为防止出现气骨轻滑的弊端,还须知"擒纵",济之以顿挫之法。黄庭坚说:"盖用笔不知禽(擒)纵,故字中无笔耳。字中有笔,如禅家句中有眼,非深解宗趣,岂易言哉!"③擒为收,纵即放,有往必收,无垂不缩,不能一往无余。如何才能做到用笔收放自如呢? 黄庭坚认为须知古意、懂古法,关键是用笔要工拙参半。他说:"数十年来,士大夫作字尚华藻而笔不实,以风樯阵马为痛快,以插花舞女为姿媚,殊不知古人用笔也。"④他强调:"凡书要拙多于巧,近世少年作字,如新妇子妆梳,百种点缀,终无烈妇态也。"⑤提倡素面朝天、质朴无华的烈女态,反对矫揉造作的浮华。他以为:

>近时士大夫罕得古法,但弄笔左右缠绕,遂号为草书耳,不知与科斗、篆、隶同法同意,数百年来,惟张长史、永州狂僧怀素及余三人悟此法耳。苏才翁有悟处,而不能尽其宗趣,其余碌碌耳。⑥

---

① 《五灯会元》,中华书局1984年版,第935页。
② 《书王周彦东坡帖》,《黄庭坚全集》第3册,第1629页。
③ 《自评元祐间字》,《黄庭坚全集》第2册,第677页。
④ 《书十棕心扇因自评之》,《黄庭坚全集》第3册,第1401页。
⑤ 《李致尧乞书书卷后》,《黄庭坚全集》第3册,第1407页。
⑥ 《跋此君轩诗》,《黄庭坚全集》第3册,第1604页。

所谓"古法""古意",相对于当时行草书"姿媚"而"轻佻"的流丽笔法而言,指篆隶碑刻那种古朴苍劲的凝重笔法。黄庭坚说:"晚瘖籀篆,下笔自可意,直木曲铁,得之自然。秦丞相斯、唐少监阳冰,不知去乐道远近也,当是传其家学。观乐道字中有笔,故为乐道发前论。"①主张于秦汉的石刻篆隶领会笔法,从中观古人的行笔意思。他认为:"王右军初学卫夫人小楷,不能造微入妙。其后见李斯、曹喜篆,蔡邕隶八分,于是楷法妙天下。张长史观古钟鼎铭科斗篆,而草圣不愧右军父子。"②因为不同书体的线条形态不一样,笔法也不同,在行草书里融入篆隶古法,用笔就可以做到工拙参半,使纠缠追逐而婀娜多姿的线条具有筋骨,如绵里裹铁,拙处见奇。草情中含有篆意,不仅可使飞动的笔势显得凝重,笔法也因有变化产生顿挫而更显遒劲,如落花回风,将飞更舞。

用笔工拙参半也是黄庭坚山谷诗及江西诗法的要诀,他在《题意可诗后》里说:"宁律不谐,而不使句弱;用字不工,不使语俗。"③陈师道《后山诗话》强调:"宁拙毋巧,宁朴毋华,宁粗毋弱,宁僻毋俗,诗文皆然。"④这一作诗原则据说源自杜甫,范温《潜溪诗眼》云:"老杜诗凡一篇皆工拙相半,古人文章类如此。"⑤杜甫是作今体七律的高手,而且"晚节渐于诗律细",但他也有不合平仄的拗律,以及有意打破正常语序的拗句。如《秋兴八首》中的"香稻啄余鹦鹉粒,碧梧栖老凤凰枝。"⑥老杜诗的"拙"笔体现在拗律和拗句上,这在他只是偶尔为之,黄庭坚则是专意于此。据方回《瀛奎律髓》统计,黄庭坚的三百多首七律里,有一多半为拗体。如《再次韵兼简履中南玉三首》其一:

李侯诗律严且清,诸生赓载笔纵横。(仄平平仄平仄平,平平平仄仄仄平)
句中稍觉道战胜,胸次不使俗尘生。(仄平平平仄仄仄,平仄仄仄平平平)
山绕楼台钟鼓晚,江触石矶砧杵鸣。(平仄平平平仄仄,平仄平平仄仄平)
锁江主人能致酒,愿渠久住莫终更。(仄平仄平平仄仄,仄平仄仄仄平平)⑦

---

① 《跋李康年篆》,《黄庭坚全集》第 2 册,第 687 页。
② 《跋为王圣予作字》,《黄庭坚全集》第 2 册,第 674 页。
③ 《黄庭坚全集》第 2 册,第 665 页。
④ 《历代诗话》上册,中华书局 1981 年版,第 311 页。
⑤ 《宋诗话辑佚》,第 322 页。
⑥ 《杜诗镜铨》下册,第 648 页。
⑦ 《黄庭坚全集》第 1 册,第 173 页。

这一首今体七律,除二、五、八三句外,其他的都不太符合平仄律,于音节上别创一种兀傲奇崛之响,造成声调的拗折。除这种拗律外,还有拗句,即通过变更诗语的正常秩序使句意曲折,文气跌宕。如《病起荆江亭即事十首》中的"闭门觅句陈无己,对客挥毫秦少游"①,正常的语序当为"陈无己闭门觅句,秦少游对客挥毫"。再如《次韵清虚》里的"眼中故旧青常在,鬓上光阴绿不回"②,将"眼青""鬓绿"的成语在一句里拆开来用。山谷诗的这些反常作法,与其于行草中参用古法同出一辙,目的在于用类似古体诗的声调和古拙的语句,打破今体诗音律和谐圆润与词采华美的流行格调,以不使句弱的沉郁顿挫,避免无气骨的轻浮俗语出现在句中笔下。对于黄庭坚有意于今体律诗里追求古雅拙朴的努力,历来有褒有贬,批评者看到的是瘦硬生新,哂其点金为铁,誉之者谓雄健奇峭,为宋诗别开生面。

再说山谷诗的"句中有眼"。惠洪《冷斋夜话》记载:"东坡《海棠》诗曰:'只恐夜深花睡去,高烧银烛照红妆。'又曰:'我携此石归,袖中有东海。'山谷曰:'此皆谓之句中眼,学者不知此妙语,韵终不胜。'"③以句中有眼论诗而重意韵,所引东坡诗句的特点是意在言外,即言在此而意在彼,这也是禅门"活句"的机趣。追求"句中眼"是山谷诗法的核心,黄庭坚说:"请读老杜诗,精其句法,每作一篇,必使有意为一篇之主,乃能成一家,不徒老笔砚、玩岁月矣。"④句法是山谷诗学的入口,也是他翻新出奇的着眼点,所谓"诗来清吹拂衣巾,句法词锋觉有神。今日相看青眼旧,他年肯作白头新"⑤。他论诗讲的"句法俊逸清新,词源广大精神"⑥,与其评书说的"字法清劲,笔意皆到"⑦是一个意思。诗歌的句法相当于作书的字法,而且也要落实到用字上,字不工则害句,句不通则无完篇。梅尧臣是宋调的开创者,黄庭坚这样评价他的诗:"其用字稳实,句法刻厉而有和气,他人无此功也。"⑧黄庭坚的诗歌创作,借鉴梅尧臣覃思精微而笔力遒劲的句法,讲究意新语工,用字奇警而出之自然,有于句上求远的特色。如"寒虫催织月笼秋,独雁叫

---

① 《黄庭坚全集》第1册,第227页。
② 《黄庭坚全集》第3册,第1462页。
③ 《稀见本宋人诗话四种》,江苏古籍出版社2002年版,第49页。
④ 《与孙克秀才》,《黄庭坚全集》第3册,第1925页。
⑤ 《次韵奉答文少激纪赠二首》,《黄庭坚全集》第1册,第164页。
⑥ 《再用前韵赠子勉四首》,《黄庭坚全集》第1册,第202页。
⑦ 《书十棕扇因自评之》,《黄庭坚全集》第3册,第1401页。
⑧ 《跋雷太简梅圣俞诗》,《黄庭坚全集》第2册,第662页。

群天拍水"①"落木千山天远大,澄江一道月分明"②"梦幻百年随逝水,劳歌一曲对青山"③这些诗句立意规摹远大,又精于炼字炼句,做到了"覆却万方无准,安排一字有神"④。杰句高境里有健笔奇气,可谓"句中有眼"。

三

宋代书法散发文人趣味,宋诗亦多为文人之诗,苏、黄在这两方面都具有代表性。卓越的天资和才华,深厚的人文学养及悟性,使他们的书法和诗歌创作没有停留在技艺层面,而深入治心养气的品格修养领域,以为求妙于笔,不如求妙于心。才高者"心法"无轨,信手自然而超轶绝尘,妙在笔墨之外;学深者道技两进,抖擞俗气而痛快沉著,达到不烦绳削而无斧凿痕的"至法无法"之境。

宋代书法"四大家"谁排第一,当时和后世都有不同说法。苏轼推举蔡襄,他说"独蔡君谟书,天资既高,积学深至,心手相应,变态无穷,遂为本朝第一"⑤。但黄庭坚以为"本朝善书,自当推为第一"的是苏轼,他说"蜀人极不能书,而东坡独以翰墨妙天下,盖其天资所发耳"⑥。他们推选的人虽不同,所持的标准是一样的,看重天资与学问。若论天赋才华,苏轼自然远在蔡襄之上,其学问亦非常人可比。黄庭坚《东坡居士墨戏赋》说:

> 夫惟天才逸群,心法无轨,笔与心机,释冰为水。立之南荣,视其胸中,无有畦畛,八窗玲珑者也。⑦

天才者文成法立,随心所欲而不逾矩,其"心法"乃"无法之法"。所谓"笔与心机",指神采生于用笔,而气韵本乎游心。受庄学和禅学的影响,宋人评文论艺常追溯心源,如郭若虚谈到"一笔书"和"一笔画"时说:"乃是自始及终,笔有朝揖,

---

① 《听宋宗儒摘阮歌》,《黄庭坚全集》第1册,第99页。
② 《登快阁》,《黄庭坚全集》第2册,第1100页。
③ 《光山道中》,《黄庭坚全集》第3册,第1270页。
④ 《荆南签判向和卿用予六言见惠次韵奉酬四首》其三,《黄庭坚全集》第1册,第203页。
⑤ 《评杨氏所藏欧蔡书》,《苏轼文集》第5册,第2187页。
⑥ 《论子瞻书体》,《黄庭坚全集》第3册,第1433页。
⑦ 《东坡居士墨戏赋》,《黄庭坚全集》第1册,第299页。

连绵相属,气脉不断。所以意存笔先,笔周意内,画尽意在,像应神全。夫内自足,然后神闲意定,神闲意定则思不竭而笔不困也。"①内心做到神闲意定,则心能转腕,手能转笔,书画便如人意。苏轼说:"我书意造本无法,点画信手烦推求。"②新意出自吾心,而非古人法度,所以在与黄庭坚谈论书法时,他引张融语表明自己的心志:"不恨臣无二王法,恨二王无臣法。"③"二王"中的王羲之,素有"书圣"之称,可苏轼认为自己的"臣法"未必不如"王法",言下不乏庖丁解牛游刃有余而提刀四顾的踌躇。

对于苏轼书法意造天成而不受古人法度拘束,黄庭坚持充分肯定的态度,他说:"余尝评东坡善书,乃其天性。"④针对某些士大夫讥东坡用笔不合古法的言论,他强调指出:"二王以来,书艺超轶绝尘,惟颜鲁公、杨少师相望数百年,若亲见逸少,又知得于手而应于心,乃轮扁不传之妙。……晚识子瞻,评子瞻行书,当在颜、杨鸿雁行,子瞻极辞谢不敢。"⑤黄庭坚将超轶绝尘视为用笔的最高境界,认为自东晋以来能达此境者不过数人而已。他说:"东坡先生常自比于颜鲁公。以余考之,绝长补短,两公皆一代伟人也。至于行草正书,风气皆略相似。"⑥也就是说,苏轼的书法像颜真卿一样,已达到了可与"二王"比肩的超轶绝尘的入圣之境。"绝尘"指无俗气,"超轶"谓用笔已出于绳墨之外,属于"无法之法"。苏轼《评草书》云:"书初无意于佳,乃佳尔。"⑦他表扬释智永的千字文:"非不能出新意求变态也,然其意已逸于绳墨之外矣。"⑧苏轼本人的书法和诗歌创作,信手点画,脱口快语,如不经意而出之,却纵横洒脱自成一家,字里行间带有英风逸气,将不受绳墨拘束的超轶绝尘表现得淋漓尽致。

苏轼对诗僧思聪说:"古之学道,无自虚空入者。轮扁斫轮,伛偻承蜩,苟可以发其巧智,物无陋者。聪若得道,琴与书皆与有力,诗其尤也。聪能如水镜以一含万,则书与诗当益奇。"⑨用水镜喻心体的空明,心可蕴含万物,故于诗和书艺也可以得道。他在《跋秦少游书》里说:"少游近日草书,便有东晋风味,作诗增

---

① 《图画见闻志》,人民美术出版社1964年版,第16页。
② 《石苍舒醉墨堂》,《苏轼诗集》第1册,第236页。
③ 《跋山谷草书》,《苏轼文集》第5册,第2202—2203页。
④ 《跋东坡叙英皇事帖》,《黄庭坚全集》第2册,第773页。
⑤ 《跋李康年篆》,《黄庭坚全集》第2册,第686—687页。
⑥ 《题欧阳佃夫所收东坡大字卷尾》,《黄庭坚全集》第2册,第775页。
⑦ 《苏轼文集》第5册,第2183页。
⑧ 《跋叶致远所藏永禅师千文》,《苏轼文集》第5册,第2176页。
⑨ 《送钱塘僧思聪归孤山叙》,《苏轼文集》第1册,第326页。

奇丽。乃知此人不可使闲,遂兼百技矣。技进而道不进,则不可,少游乃技道两进也。"①其实,作草书过程中的技道两进,黄庭坚的表现更为突出,他说:"予学草书三十余年,初以周越为师,故二十年抖擞俗气不脱。晚得苏才翁、子美书观之,乃得古人笔意。其后又得张长史、僧怀素、高闲墨迹,乃窥笔法之妙。"②将"抖擞俗气"作为窥"笔法之妙"的前提条件。他以为"若夫燕荆南之无俗气,庖丁之解牛,进技以道者也。文湖州之得成竹于胸中,王会稽之用笔如印印泥者也。……妙万物以成象,必其胸中洞然,好学者天不能掣其肘"③。苏轼称吴道子为画圣、张旭为草圣,而黄庭坚认为:"夫吴生之超其师,得之于心也,故无不妙;张长史之不治它技,用智不分也,故能入于神。夫心能不牵于外物,则其天守全,万物森然出于一镜,岂待含墨吮笔槃礴而后为之哉。故余谓臻:欲得妙于笔,当得妙于心。"④在黄庭坚看来,书画中的禅就是心之妙。如果说技进于道是庄学的意境,那么"得妙于心"则与禅学相关联。

苏、黄对"心法"都很重视,有意将"得心应手"的技艺与"治心养气"的品格修养融会贯通,具有由庄入禅的时代特点。作为反映禅门宗趣的"句中有眼"说,不仅可以喻指"字中有笔"的书法作品,也与作者的"法眼""道眼"有关系。黄庭坚说:"余尝评书云'字中有笔,如禅家句中有眼',直须具此眼者,乃能知之。"⑤所谓"具此眼者"指作者或观书者而言。他以为世间之事,"若以法眼观,无俗不真;若以世眼观,无真不俗"⑥。法眼与世眼的区别,则在于心源的清净与否。黄庭坚有诗云:

  江津道人心源清,不系虚舟尽日横。道机禅观转万物,文彩风流被诸生。⑦

本心澄明的禅观,亦可称"正法眼藏",不仅有利于"抖擞俗气"的品格修养,亦可使人于艺术修炼中产生相当于灵感的顿悟。黄庭坚说:"钱穆父、苏子瞻皆病予草书多俗笔。盖予少时学周膳部书,初不自寤,以故久不作草。数年来犹觉湔祓

---

① 《跋秦少游书》,《苏轼文集》第5册,第2194页。
② 《书草老杜诗后与黄斌老》,《黄庭坚全集》第3册,第1406页。
③ 《刘明仲墨竹赋》,《黄庭坚全集》第3册,第1362页。
④ 《道臻师画墨竹序》,《黄庭坚全集》第1册,第416。
⑤ 《跋法帖》,《黄庭坚全集》第2册,第719页。
⑥ 《题意可诗后》,《黄庭坚全集》第2册,第665页。
⑦ 《再次韵兼简履中南玉三首》其二,《黄庭坚全集》第1册,第173页。

尘埃气未尽,故不欲为人书。"①俗气就是尘埃气,亦可称为俗尘,而俗尘在释典里多喻烦恼。心如澄江秋月,自可抖擞俗气,消除烦恼,所谓"无人知句法,秋月自澄江"②。心性澄明的修养功夫,让黄庭坚能坦然面对人生的磨难,也使他的书艺不断进步,于是"乃知世间法,非有悟处,亦不能妙"③。黄庭坚的"乃窥书法之妙",除了取法古人和得江山之助外,还与他晚年的"顿悟草法"有关,一是"绍圣甲戌,在黄龙山中,忽得草书三昧,觉前所作太露芒角"④;再就是元符三年,他在成都为李致尧作行草时,"耳热眼花,忽然龙蛇入笔,学书数十年,今夕所谓鳌山悟道书也"⑤。在"得草书三昧"并"悟道"之后,黄庭坚的书艺突飞猛进,以至"想初槃礴落笔时,毫端已与心机化"⑥。如本分衲子参禅,一旦悟入感觉就是不一样。他"书老杜巴中十诗,颇觉驱笔成字,都不为笔所使,亦是心不知手、手不知笔,恨不及二父时耳。下笔痛快沉著,最是古人妙处"⑦。黄庭坚多草书长卷精品传世,如《诸上座帖》《廉颇蔺相如传》《李白忆旧游诗卷》等。他晚年的草书技艺炉火纯青,以圆劲流转的线条分割创造神奇美妙的视觉空间,体势纵横开阖,擒纵收放自如,达到随心所欲而不逾矩的境界,其落笔如龙蛇腾雾,似挥云转石,痛快沉著而若有神助。

与苏轼天才逸群的"意造本无法"不同,黄庭坚是通过长期的学习实践,才达到"心不知手,手不知笔"的"无法"境界的。他说:"张长史折钗股,颜太师屋漏法,王右军锥画沙、印印泥,怀素飞鸟出林、惊蛇入草,索靖银钩虿尾,同是一笔,心不知手,手不知心法耳。"⑧将古人的种种笔法,归结为"同是一笔"的任运自然之法,以心、手两忘为旨归,这是"至法无法"的境界。有别于以前对古法、古意的执着,黄庭坚晚年这么说:

> 老夫之书本无法也,但观世间万缘如蚊蚋聚散,未尝一事横于胸中,故不择笔墨,遇纸则书,纸尽则已,亦不计较工拙与人之品藻讥弹。譬如木人,

---

① 《跋与徐德修草书后》,《黄庭坚全集》第2册,第676页。
② 《奉答谢公静与荣子邕论狄元规孙少述诗长韵》,《黄庭坚全集》第1册,第12页。按:"秋月自澄江"出自寒山诗"吾心似秋月,碧潭清皎洁"。
③ 《笔说》,《黄庭坚全集》第3册,第1689—1690页。
④ 《书自作草后》,《黄庭坚全集》第2册,第676页。
⑤ 《李致尧乞书卷后》,《黄庭坚全集》第3册,第1407页。
⑥ 《观王熙叔唐本草书歌》,《黄庭坚全集》第3册,第1243页。
⑦ 《书十棕心扇因自评之》,《黄庭坚全集》第3册,第1401页。
⑧ 《论黔州时字》,《黄庭坚全集》第2册,第680页。

舞中节拍,人叹其工,舞罢则又萧然矣。①

这是受禅学影响所形成的认识,一切随缘自适,要以"无心""无意"除去"我执",以"无法"除去"法执",不计工拙而任自然。参禅工夫以"治心"为本,黄庭坚说:"无心万事禅,一月千江水。"②又说:"今夫学至于无心,而近道矣。"③所谓"无心",指心体的空明澄静。"无心"才能悟道,才能"虚心观万物,险易极变态。皮毛剥落尽,惟有真实在"④。黄庭坚《跋翟公巽所藏石刻》说:"禅家云:'法不孤起,仗境方生。'悬想而书,不得一二。"⑤"法"指"心法","境"指世间万缘,心生则种种法生,心寂则尘缘尽,如木人舞罢萧然,无法可言。在空明寂静的"无心"状态下,方能做到心手两忘、言意两忘,达到无意为文和无斧凿痕的自然天成之境。黄庭坚《大雅堂记》说:"子美诗妙处,乃在无意于文,夫无意而意已至。"⑥其《与王观复书》云:"所寄诗多佳句,犹恨雕琢功多耳。但熟观杜子美到夔州后古律诗,便得句法。简易而大巧出焉,平淡如山高水深,似欲不可企及,文章成就,更无斧凿痕,乃为佳作耳。"⑦无斧凿痕者不烦绳削而自合。从得心应手的"道技两进",到心手两忘的"至法无法"境界,在书法和诗歌创作领域实现了禅学对庄学的超越。黄庭坚晚年的《观化》诗云:"身前身后与谁同?花落花开毕竟空。千里追奔两蜗角,百年得意大槐宫。"⑧已近于彻悟了。若依照禅门宗趣,心外无法,平常心是道,一切笔墨文字不过是"戏论"而已。

方法谈:

如何进行综合研究

由于读研究生选择的专业方向是中国文学批评史,我的研究兴趣一度集中在古代文学理论批评的范畴研究上,试图对中国古文论里一些重要概念和范畴

---

① 《书家弟幼安作草后》,《黄庭坚全集》第 2 册,第 687 页。
② 《五祖演禅师真赞》,《黄庭坚全集》第 2 册,第 583 页。
③ 《杨概字说》,《黄庭坚全集》第 2 册,第 583 页。
④ 《次韵杨明叔见饯十首》其八,《黄庭坚全集》第 1 册,第 57 页。
⑤ 《跋翟公巽所藏石刻》,《黄庭坚全集》第 2 册,第 767 页。
⑥ 《大雅堂记》,《黄庭坚全集》第 2 册,第 437 页。
⑦ 《与王观复书》,《黄庭坚全集》第 2 册,第 471 页。
⑧ 《观化十五首》其十三,《黄庭坚全集》第 3 册,第 1321 页。

作系统的诠释,探讨古文论的民族特色和演变规律,建设有中国特色的文艺理论。想法很好,但做起来就不容易了。事实上我所能做的,只是将不同时期的文论命题或范畴的资料收集起来,进行分类排比;然后再根据自己的理解作归纳总结,上升到理论的层面。这样做的好处是易于操作,仅从字面意义有关联,就可以对资料作出分析并形成自己的看法。如果接受语义哲学的说法,承认思想与语言存在着相互影响和制约的关系,是可以从古文论里找出能称为"范畴"的语汇资料,用排比材料的归纳方法来总结思想内容,再由内容与内容的比较,探索某种文艺观念的演变过程。但问题在于:同一概念范畴,即使是在同一时代,人们也会因思想的不同而赋予它不同的内容,何况是不同时代的人呢!比如同一"风骨"范畴,盛唐人讲的"风骨"的含义,就与魏晋时期的"风骨"有所不同。再说,仅就某人某家常用的重要语汇作归纳,总结演绎出其思想体系的内在理路,已难免有推论太过之虞,更不必说仅"就其字义,疏为理论"的做法,极易流于简单、粗率和附会。

很长一段时间,我跟随罗宗强先生进行中国古代文学思想史研究。从事这方面的研究,不但要注意那些前人在文学理论批评中明确表述出来的观念性内容,更需要从作家创作的具体追求乃至风格特色等方面,如修辞技巧的运用、体裁的选择、情趣韵味的改变等,总结那些未曾明确表述出来的原生态的文学思想,与当时的理论批评相互印证。这样做不仅扩大了研究的取材范围,也使文学思想的研究更具历史感,不仅属于理论史、观念史,而且属于创作史和更全面意义上的文艺活动史。在文学思想的研究中秉持理论联系实际的原则,注重从一个时期具体文学创作活动中所形成的共同的创作倾向和审美追求入手,概括作家在创作方法、审美情趣、艺术风格和表现技巧等方面体现出来的观念的变化。只有对文学自身有真切的了解,具备敏锐的审美感悟力,才能从作家和流派的具体创作活动中,察觉引发某种文学思潮的审美风尚。由此反省古文论的范畴研究,要求对产生这些理论范畴的创作实际和社会思潮有清楚的了解,要知道前人是在什么具体情况下,针对何种文艺现象而提出和使用这些概念范畴的,这样才能确切把握某一理论范畴的具体含义,避免流于表面化的无根游谈。在考察某一时期文学思潮的演变时,社会政局、士人心态和学术文化思潮的影响是不可忽视的重要方面,须打通文、史、哲作较为全面的综合研究。

从事学术研究,除了认真的态度、求实的精神之外,还需要根据研究对象的实际情况、自己的知识储备和认识水平,不断调整和凝练研究方向,才能形成有

序列、可持续和不断精进的局面。在研究宋代文学思想的过程中,我感受到宋代文人不仅诗文写得好,于音乐和书画艺术也造诣颇深。苏轼、黄庭坚不仅是宋诗的代表人物,也是宋代书法"四家"中杰出的两家;苏轼以"清新"作为诗美的标准,也以此评论书法、绘画,以为诗书画是相通的。根据研究对象的这种实际情况,本人不断凝练和调整研究方向,把注意力集中在诗学与书画艺术的融合会通上。在这个研究方向的系列论文中,《苏、黄的书法与诗法》是写作时间较早的一篇,于《文学遗产》发表后,专业杂志《中国书法》曾予以转载。诗文、书法和绘画原为彼此独立的文艺形式,可宋元时期的士大夫文人在创作实践中把这几种文艺形式有机融为一体,使它们相互辉映,相互补充——用诗歌抒发情感,在书法中感受风骨,于绘画里获得气韵生动的生命体验。宋元时期的文人进行书法创作时,习惯于以诗文为书写内容,让人感到诗歌与书法的结合完全是非常自然的过程,但书与画的联系比诗与画的关系显得更为密切。以诗情和书法的笔意入画,使中国绘画完成了一次脱胎换骨的蜕变,树立了文人"墨戏"和士人画创作的新范式。从前人的书画文学创作里,可以提炼出与其诗论、画论和书法理论相映证的文艺观与审美观,对涉及诗歌与书画艺术的出位之思、诗法与书法的关系、以诗意和书法入画等一系列文艺现象,做实事求是的现象分析和理论阐释。在长时间对从宋元至明清的近世书画文学加以关注后,我认为进行这方面的系列研究,可扩展古代文学研究和文学理论批评研究的视野和思想空间。

  研究中国古代文史的学者,多就个人的禀性和兴趣爱好决定自己的学问路数:有的偏重于史料的收集考辨,以竭泽而渔的方式整理文献;有的擅长理论思辨,每借助现代观念来结构著作;还有的倾向于审美感悟,以灵心慧性感知文学的妙趣真谛。我追求的是三者的有机结合,即文、史、哲的融会贯通,力求在学术研究中既体现科学的实证精神,又兼备思辨睿智和敏锐的审美鉴赏力,在重视一手文献材料的同时,不忽视理论与方法。古人言学问讲究"义理、辞章、考据",在文史哲这样的人文社会科学研究领域,要做到三者的融会贯通,方有可能产生有分量的成果。以本人的学识和才力而言,是无法达到三个方面的完满结合的,但取法乎上,或能得其中,虽不能至,而心向往之。

数字人文在古代文学研究中的
初步实践及学术意义*

王兆鹏　邵大为**

摘要：古代文学研究的资料离散和时空分离这两大难题，人工较难解决。运用数字人文技术开发的文学编年地图平台，可实现浏览检索、关联生成、数据统计、时空定位和可视化呈现五大功能，为解决资料离散和时空分离两大难题提供了可能。数字人文研究将改变古代文学资料查询检索方式，实现从电子文献的分词定位检索到结构化数据库的分类提取，从点状检索到网状关联，从逐条拷贝到分类打包；能把传统的静态文本变为可随意组合的动态文本；能改变文学史的认知角度和方法，时间上细化文学史的时间粒度，空间上深化文学的空间层次。由数字人文激发的编年系地并重的理念，将改变作家年谱和文学编年史的书写范式。数字人文技术，还可以自动对比识别作品间的互文关系，重建古代文学的历史现场，提供古代文学阅读欣赏的崭新体验。

关键词：数字人文；唐宋文学；编年地图；结构化数据库

数字人文（digital humanities），是以多学科交叉的学术团队为研究主体，以数据为基础、平台为支撑，运用数字技术方法来研究人文科学。近年来，数字人文在理论探讨、应用研究、技术支持三个层面，取得了长足进步[①]。而中国古代文学研究，以问题为导向，以内需为动力，积极运用数字人文技术方法来探索新

---

* 原载《中国社会科学》2020 年第 8 期。本文为国家社会科学基金重大招标项目"汉魏六朝文学编年地图平台建设"（批准号：19ZDA253）阶段性研究成果。

** 王兆鹏，中南民族大学文学与新闻传播学院教授、博士生导师，中国词学研究会会长、中国李清照辛弃疾学会会长、中国韵文学会副会长、中国宋代文学学会副会长、湖北省古代文学学会会长，主要从事中国古代诗词研究；邵大为，中南民族大学数字人文资源研究中心讲师。

① 参见王军、张力元：《国际数字人文进展研究》，《数字人文》（创刊号），中华书局 2020 年版。

途径、拓展新空间,在平台建设、文本分析、可视化研究方面,也有了可观的实绩①。但中国古代文学的数字人文研究,目前还处在起步阶段,倡导性呼吁、可行性论证和案例性分析较多,数字人文对古代文学研究究竟有什么作用、能解决哪些传统方法较难解决的问题、能在研究观念上有什么更新,尚未见系统思考和具体答案。我们数字人文资源研究团队,在十多年的探索过程中,有一些甘苦和体会。兹以唐宋文学编年地图平台的实践为中心,侧重谈谈数字人文的地理信息系统和可视化技术在古代文学研究中的学术意义。

一、实践的目的:探讨解决资料离散、时空分离的可能性

古代文学研究,目前至少存在着资料离散和时空分离两大难题,不借助数字人文技术就较难突破和解决。

文献资料的离散,有"同类异处"和"异类分隔"两种状态。"同类异处"是指,同一专题、同一领域、同一学科的材料,往往分散在不同的文献里。纸本文献如此,电子文献亦然。加之载体和藏所的分散,同类同领域的文献常常处在离散状态。"异类分隔",是知识分类造成的资料分隔。由于人类知识的广泛性、丰富性和复杂性,不同性质、不同领域的文献资料总是分门别类收藏和存储。比如,书写梅花的文学作品,收藏在文学领域的总集、别集里,而介绍梅花生物特性、栽培技术的知识,则在植物学著作里。同一事物的相关文献,因知识的分类不同,而隔绝在不同的知识领域。无论是"同类异处"还是"异类分隔"的文献资料,人力都难以改变其离散状态。

古代文学研究的时空分离,体现在两个层面。在观念意识层面,是时间意识强烈,而空间意识淡薄。文学史研究,注重时间的变化进程,而忽视空间的离合分布;时间进程的描述多,作家活动、作品创作的地理空间分布的考察相对少。作家年谱、别集编年笺注和文学编年史之类的著作,注重时间编年而不注重空间

---

① 如2005年北京大学中文系李铎开发的《全宋诗分析系统》,2017年上线的中南民族大学王兆鹏团队开发的《唐宋文学编年地图平台》,2018年4月上线的浙江大学徐永明团队开发的"学术地图发布平台"等。另参见郑永晓:《加快"数字化"向"数据化"转变——"大数据""云计算"理论与古典文学研究》,《文学遗产》2014年第6期;刘京臣:《大数据时代的古典文学研究——以数据分析、数据挖掘与图像检索为中心》,《文学遗产》2015年第3期;刘京臣:《大数据视阈中的文学地理学研究——以〈入蜀记〉〈北行日录〉等行录笔记为中心》,《文学评论》2017年第1期;毛建军、张三夕:《历史地图GIS与古典文学研究》,《华中学术》2017年第3期。

系地,时间信息具体而空间信息模糊,时间感强而空间感弱。

在实践操作层面,受思维方式和纸本载体功能的限制,文学史和文学编年史的呈现,只能是单向呈现,而不能多向呈现。按照时间序列呈现文学史的发展历程,就难以兼顾空间序列的分布和变化。如果按照空间序列来呈现各地文学图景,又难以从时间序列上观察和呈现一代文学的发展进程。简言之,以时间为轴心,空间秩序就被割裂;以空间为轴心,时间的序列就被打断。传统的年谱著作和文学编年史,还有一个难以突破的障碍,就是无法超越时空的局限,只能呈现同一时空里的作家活动和创作,而无法呈现不同时空中作家的活动和创作。在一本作家年谱里,我们通常只能了解一个作家的活动,而难以了解同一时间里多个作家在不同空间里的活动。比如,我们从《杜甫年谱》知道,安史之乱前夕的天宝十三载(754),杜甫在长安,过着"朝扣富儿门,暮随肥马尘"的窘迫生活,但我们无法从《杜甫年谱》里知道,这一年,李白在哪里,岑参在哪里,高适在哪里,王维在哪里。有时,我们知道一个作家在一个地方的活动状况,而难以知晓更难以呈现不同时间里不同作家在同一地方的活动情况。比如,我们知道,苏轼曾谪居黄州五年,写有《念奴娇·赤壁怀古》和前后《赤壁赋》等名作,可在苏轼之前和之后,哪些作家在黄州寓居过、写有哪些作品,我们并不熟悉。苏轼年谱,只包含苏轼一生的活动情况,而不可能囊括苏轼同代作家的活动详情。《苏轼年谱》可以告诉我们,苏轼一生到过凤翔、开封、杭州、密州、徐州、湖州、黄州、惠州、儋州等地,但不能告诉我们,在苏轼生前和身后,还有哪些作家到过这些地方、写有什么作品。

数字人文技术,怎样解决资料离散和时空分离这两大难题呢?运用数字人文技术开发的唐宋文学编年地图平台,就试图实现文献资料的集成化和文学编年史的时空一体化。

唐宋文学编年地图平台,旨在集成性地囊括历年来有关唐宋作家作品编年的成果信息,包括年谱、别集笺注、考订论文等。要让计算机能够识别处理这些编年文献资料,并在地图中可视化呈现,需要经过数据建模、数据转化、数据关联和呈现三个阶段。

数据建模,是为数据挖掘、信息提取建立模板。而建立什么样的模板,取决于平台的要素和功能。文学编年地图平台,包含时间、地点、人物(作家)、事件(活动和创作)、作品这五大要素,需要实现浏览检索、关联生成、数据统计、时空定位和可视化呈现这五大功能。不同要素只有形成一定的结构之后才能产生功能。因而，数据模板需要围绕时、地、人、事、文这五大要素来设计，使之成为关系型结构化数据库。

数据转化，是根据数据模板，挖掘提取文献资料中时间、地点、人物、事件和作品等有效信息，转化为计算机系统可以识别、关联和统计的数据。数据转化，不是简单机械地将来源文献转换为数据信息，而是从大量芜杂的信息中进行挖掘提取。为保障底层数据的可靠性，首先要确保数据来源的可靠性，尽可能选择那些获得学界普遍认可的学术含量高的优质成果作为数据录入的依据；其次要确保数据来源的真实性，要充分考虑文献来源信息的规范性和完整性。由于来源文献著述的目的不同，体例各异，难以满足数据模板所需各类信息，因而，数据录入转化时，需要补阙、正误和标引，以提升数据的可靠性和完整性。

补阙，主要补时和补地。补时，是补充来源文献缺失的编年信息；补地，是增补来源文献缺失或不详的系地信息。正误，主要订正来源文献的编年系地错误。

古今年谱，考订作家的生平行事和作品的编年系地，讹误在所难免。比如，《黄庭坚年谱新编》载述，徽宗建中靖国元年(1101)春天，黄庭坚离蜀出川，沿长江东下。正月初离江安，过泸州，三十日抵合江；二月三日，到达汉东(今湖北随州)；二月二十六日，到万州；三月，至峡州。此行程不合常理。然年谱是依据黄庭坚《题校书图后》所言："建中靖国元年二月甲午，江西黄庭坚自戎州来，将下荆州，泊舟汉东市。"①原来问题出在"汉东市"的理解和空间定位上。随州，又名汉东郡，故宋人多用汉东指随州，于是年谱作者很自然地想到这个汉东就是随州，而没有考虑到行程距离的可能性和空间的合理性。我们怀疑这个"汉东市"应是四川境内长江边上的一个市镇。经向年谱作者请教，作者在《大清一统志》里查到江津县西南一百五十里的江边有"汉东市"。② 重新确定"汉东市"在江津县，黄庭坚的行程就豁然贯通。类似问题，在作家年谱和别集笺注中所在多有，因此数据录入和复核时，要时刻关注数据来源中有关作家作品所考时间的正确性和空间定位的合理性，否则容易出现编年系地数据的次生性错误，从而影响地图定位的准确性。

遇有异说，需取正弃误。作家活动和作品编年版，往往有不同的意见。或两

---

① 郑永晓：《黄庭坚年谱新编》，社会科学文献出版社1997年版，第342页。
② 参见穆彰阿：《嘉庆重修一统志》卷三八七《重庆府一》，《四部丛刊续编》，商务印书馆1934年版，第10页。

种年谱的编年结论相左,或年谱与别集笺注的看法不同。遇到这种情况,数据录入或复核时需要查找第三方文献予以认定。比如,陆游《送梁谏议》诗,《陆游年谱》系于绍兴三十二年五月①,《剑南诗稿校注》系于是年冬②。梁谏议,即梁仲敏,其请宫祠返里的时间,李心传《建炎以来系年要录》有明确记载:"(绍兴三十二年五月)丁未,右谏议大夫梁仲敏充敷文阁待制、提举江州太平兴国宫,从所请也。"③因而《陆游年谱》的系年更合理,数据复核时依年谱订正。

标引,是对数据的性质、类型进行标注,以便计算机自动识别。客观数据的标引,可以由计算机来操作,但主观数据的标引,则需人力完成,至少需要人工干预。由于大量的基础数据还不完备,比如中国古代的人名库、地名库、官名库、物名库、篇名库等还没有完全建立,计算机无法自动比对识别原始文献资料中哪些是人名、地名、官名、物名和篇名,也就难以全面系统地挖掘提取相关数据。而年谱、别集笺注、论文、编年史等来源文献中有关作家活动和作品编年系地信息,不仅仅是体现在专有名词里,也隐含在不同语境的语句里,必须由人工来提取和标引。因此,数据的标引者、提取者和复核者,必须是有中国古代文学专业背景的、熟悉中国历史地理的专业人员,这样才能保障所标引、提取数据的准确性和可靠性。

数据关联及呈现,是将各类数据进行融合,开发成关系型结构化数据库。作家作品的数据通过编年和系地两个属性,可形成关联数据。结合 GIS(Geographic Information System,地理信息系统)地图技术及软件编程技术,将数据融合成一体,在地图上按时间、地点、作家、作品等维度可视化呈现作家的活动行迹,既可按需展示某个时空局部的细节,又可纵横概览数百年的文学图景。

数据关联融合后,文学编年地图平台就能可视化呈现作家行迹。既可以呈现一时一地一个作家一生的行迹,也可以展现不同时间多个地方多位作家的活动行迹。时空一体,在这里得到初步实现。

文学编年地图平台,按时间、地点、人物、事件、作品五个要素,将历来分散的作家作品研究资料有机集成为数据库,在一定程度上解决了文献资料分散的难题,也在一定范围内解决了时空分离的难题。时间和空间合而为一,时间被空间化,空间被地图化。

---

① 参见于北山:《陆游年谱》,上海古籍出版社 2006 年版,第 91 页。
② 参见钱仲联:《剑南诗稿校注》,上海古籍出版社 2005 年版,第 60 页。
③ 李心传:《建炎以来系年要录》卷一九九,上海古籍出版社 2018 年版,第 8 册,第 3618 页。

二、实践的基础:"系地"理念的发掘与确立

　　数字人文技术在古代文学研究中的实践,不单纯是技术操作问题,而需要古代文学研究观念上的主动对接和双向融合。二者的融合,是互补性的而不是替代性的。文学研究原本就有对接融合数字人文技术的学理基础。就像一种植物能"嫁接"到另一种植物上,是由于二者具有相似或共同的机体机能。古代文学研究与数字人文技术能够对接融合,是因为二者学理上具有共通性。只是这种共通性,长期没有得到足够的重视。

　　以 GIS 技术为核心的数字人文,注重地理空间和人地关系。古代文学与数字人文结合的地图平台,想要在地图上可视化呈现作家活动和文坛图景,必须对作家活动和作品创作地点进行地理空间定位。这就需要古代文学研究,特别关注和落实人地关系,改变重时轻地的思维定式,确立时地并重、时空一体的观念,以便文学研究与数字人文技术有效对接和深度融合。

　　其实,时地并重、时空一体的观念,早就存在于中国古代文学的创作和研究实践中,只是没有受到应有的重视。中唐时期,就已产生文学作品既编年又系地的意识。白居易赠元稹诗《十年三月三十日,别微之于澧上。十四年三月十一日夜,遇微之于峡中。停舟夷陵,三宿而别。言不尽者以诗终之。因赋七言十七韵以赠,且欲记所遇之地与相见之时,为他年会话张本也》①,所言"记所遇之地与相见之时",就体现出一种比较自觉的系地编年意识。记所遇之地,即系地;记相见之时,即编年,目的是作为人生历程的记忆,"他年会话"时有所依凭。虽然他是就创作而言,但对后来作家年谱的编撰和诗文别集的编纂有着直接启发和实质性影响。

　　到了北宋,人们也意识到编辑诗文集应该编年又系地。苏轼就有这样的编年系地意识。元丰四年(1081),陈传道为苏轼编次《超然》《黄楼》二集,苏轼回信时特地叮嘱他,编诗集,不必分古体律诗,而应以时间为先后,"以日月次之,异日观之,便是行记"②。行记,即旅行日记。诗集按年月先后编次,多年之后,就可以当作行记来看。苏轼虽然只是说按时间月日编次,但其中也隐含空间定位之意。因为诗人行迹所至,自然包含所至的地点区域,只是没有特别强调系地而

---

　　① 白居易著,顾学颉点校:《白居易集》,中华书局 1979 年版,第 376 页。
　　② 苏轼:《答陈师仲主簿书》,苏轼撰,孔凡礼点校:《苏轼文集》卷 49,中华书局 1986 年版,第 1429 页。

已。从诗集题作《超然集》《黄楼集》来看，实已隐含系地的意思。《超然集》当是辑录苏轼在密州时所作诗，而《黄楼集》是收录在徐州所作诗。后来南宋杨万里自编诗集，分别题为《江湖集》《荆溪集》《西归集》《南海集》《江西道院集》《朝天续集》等[1]，一地一集，就是继承苏轼的依地分集法。在苏轼的观念里，诗歌，可以当作"行记"来阅读，编年系地之后，能反映诗人特定阶段的活动轨迹和心路历程。这与白居易"欲记所遇之地与相见之时，为他年会话张本"的编年系地意识是一脉相承的。

苏轼早年自编《南行集》，其实已体现出这种意识。嘉祐四年己亥(1059)，苏轼将乃父和他兄弟俩在出蜀赴京途中写的诗文编为《南行集》，其《南行前集叙》中既交代创作的时间和地点(己亥岁自蜀适楚的舟中)，也具体记录了结集的时间和地点(己亥岁十二月八日江陵驿)，目的是"识一时之事"，以便"他日"能够据此"寻绎"人生行迹[2]。这与其后元丰四年所说诗集可当作"行记"的意识是一以贯之的。

如果说苏轼还只是隐隐然有编年系地的意识，那么，贺铸在整理编次自己的诗集时，就表现出明确而自觉的编年与系地并重的观念。绍圣三年(1096)，45岁的贺铸"哀拾"平生所为诗歌自编成《庆湖遗老诗集》，特地为每首诗加上题注，标明创作时地，以记录人生轨迹、留下生命印记。他在自序中强调：

> 随篇叙其岁月与所赋之地者，异时开卷，回想陈迹，喟然而叹，莞尔而笑，犹足以起予狂也。[3]

"随篇叙其岁月与所赋之地"，就是在每篇诗歌题下标注创作时间和地点，如《黄楼歌》题注：

> 熙宁丁巳，河决白马，东注齐宋之野。彭城南控吕梁，水汇城下，深二丈七尺。太守眉山苏公轼先诏调禁旅，发公廪，完城堞，具舟楫，拯溺疗饥，民不告病。增筑子城之东门，楼冠其上，名之曰黄，取土胜水之义。楼成水退，因合宴以落。坐客三十人，皆文武知名士。明年春，苏公移守吴兴。是冬，

---

[1] 参见杨万里著，辛更儒笺校：《杨万里集笺校》卷首《凡例》，中华书局2007年版，第1页。
[2] 参见苏轼撰，孔凡礼点校：《苏轼文集》卷三四，第1册，第323页。
[3] 贺铸：《庆湖遗老诗集序》，《庆湖遗老诗集》卷首，《宋集珍本丛刊》，线装书局2004年版，第28册，第2页。

谪居黄冈。后五年,转徙汝海。余因赋此以道徙人之思。甲子仲冬彭城作。①

诗作的时间、地点、缘由、背景,叙述得清清楚楚。贺铸编诗集时"随篇叙其岁月与所赋之地"与白居易的"记所遇之地与相见之时"的观念,也是一脉相承、前后呼应。

到了南宋初,正式出现了为空间定位的"系地"概念。郑樵就著有《集古系时录》十卷、《系地录》十一卷,首次将"系时"(编年)与"系地"并举。陈振孙《直斋书录解题》说此二书"大抵因《集古》之旧,详考其时与地而系之,二书相为表里"②。郑樵将欧阳修《集古录》里的金石目录,分别按时间先后和地区分布编成《系时录》《系地录》二书,相互参证,体现出明确的编年与系地并重观念。虽然郑氏是编次金石目录,但与诗文别集的编次是相通的。《系地录》详载前代石碑所存地点方位③,便于读者寻访。这与苏轼编诗文集时所说"将以识一时之事,为他日之所寻绎"的目的相近。

中国古代文学文献中蕴藏着比较丰富的编年系地并重的学理资源。然而,自北宋以来形成的作家年谱撰述观念,却忽略了系地。现存最早的中国古代作家年谱,是北宋神宗元丰七年(1084)吕大防所撰《杜工部年谱》和《韩吏部文公集年谱》。吕大防开宗明义地说:"予苦韩文杜诗之多误,既雠正之,又各为年谱,以次第其出处之岁月,而略见其为文之时。则其歌时伤世幽忧切叹之意,粲然可观。"④所谓"次第其出处之岁月",是为作家事迹编年;"为文之时",是为作品编年,并没有考虑系地。南宋绍兴五年,文安礼撰《柳文年谱》,也是说:"予以先生文集与唐史参考,为时年谱,庶可知其出处与夫作文之岁月,得以究其辞力之如何也。"⑤关注的也是谱主的行事编年。虽然这些年谱并非完全忽视谱主活动的

---

① 贺铸著,王梦隐、张家顺校注:《庆湖遗老诗集校注》,河南大学出版社2008年版,第3页。
② 陈振孙:《直斋书录解题》,上海古籍出版社1987年版,第237页。
③ 按,《系地录》原书已佚,施宿《嘉泰会稽志》卷十六保存有几则佚文,具载前代石碑所存地点方位。如:"桐柏山《金庭馆碑》,沈约造,兒琁之正书。永元三年三月。石已亡。《系地》云:'在嵊县东七十二里本观内。'"唐虞世南碑:"《系地》云:贞观二年立,在会稽南二十里。龟趺犹存,碑已亡矣。"王右军祠堂记:"《系地》云:范的书,碑无书人姓名岁月。赵德父《金石录》附唐末,在府城蕺山戒珠寺。"(《宋元方志丛刊》,中华书局1990年影印本,第7册,第7018、7019、7023页)
④ 吕大防:《杜工部年谱后记》,《分门集注杜工部诗》卷首《年谱》,《四部丛刊》本,商务印书馆1926年影印本,第9页。
⑤ 文安礼:《柳文年谱后序》,《增广注释音辨唐柳先生集》附录,《四部丛刊》本,第13页。

地点,但编年意识自觉强烈,系地意识比较淡薄。加之年谱作者,大多不熟悉历史地理,连翁方纲这样的大学者,"于史学地理,实非所长",以至所著《元遗山年谱》对元好问活动和创作的地理缺乏应有的系地考订,并时有疏误①。一般学者对历史地理就更加生疏。清代地理学家顾祖禹曾感慨:《大明一统志》一向称为善本,然"于山川条列,又复割裂失伦,源流不备。夫以一代之全力,聚诸名臣为之讨论,而所存仅仅若此。何怪今人学者语以封疆形势,则惘惘莫知"②。编撰一代地理志的学者对山川地理、封疆形势尚且莫知其详,那一般学者对地理的陌生就更不用说了。受知识结构的局限,多数年谱作者不免重编年而轻系地。

在古代文学与数字人文初步结合,受地理信息系统的人地关系观念冲击和碰撞之后,我们更加强烈意识到时空并重、编年与系地并重在古代文学研究中的必要性和可能性,更加注意从中国古代文学传统中发掘梳理出"系地"概念,确立编年系地并重的理念。

有了编年系地并重的理念,我们在数据建模时,才能在实践上将时间信息和空间地理信息放在同等重要的位置考量,注重挖掘提取来源文献中的编年信息和系地信息。由于受重编年轻系地观念的影响,年谱、别集笺注和相关考订论文等来源文献时常缺失系地信息,我们在数据挖掘时,就尽可能补充完善作家活动和作品系地信息,特别是作家的任职地、经行地、出生地和创作地信息。

作家的任职地信息,过去的年谱,时常缺乏应有的交代和考订。古人做官,如果是朝官,任职地自然是在京城;如果是在地方州县做官,任职地当然就在本州本县。久而久之,形成习惯,任职地可以默认职官所在地。但是,有些路级官司,如宋代的安抚司、常平司、提刑司、转运司等治所,并不在同一地方。如南宋江南西路安抚司在隆兴府(今江西南昌),而提刑司在赣州(今属江西);南宋荆湖北路安抚司在江陵府(今湖北荆州),转运司则在鄂州(今湖北武汉),而常平司在鼎州(今湖南常德)。后人所撰古代作家年谱,有时没有注明这些官司所在地,挖掘提取这些信息数据时,就需要查询有关文献予以补充。

---

① 与翁方纲相反,李光廷因为精通地理,在翁方纲《元遗山年谱》基础上撰《广元遗山年谱》,特别注重为元好问诗系地。陈澧《广元遗山年谱叙》说:"李君明地理,故于元兵伐金所至之地,了如指掌。由是遗山奔走流寓之地,皆了如指掌。而凡遗山之诗文,皆可因其地而知其时。遗山诗千三百六十一首,李君考得时地者,千二百七十九首。其不可知者,八十二首而已。""翁氏于史学地理,实非所长。其书疏误实多。李君书实胜翁氏。"(李光廷《广元遗山年谱》卷首,《辽金元名人年谱》,北京图书馆出版社 2005 年影印本,第 7—8 页)但像李光廷这样长于地理的年谱作者毕竟少见。

② 顾祖禹:《读史方舆纪要》卷首《总叙》,中华书局 2005 年版,第 12 页。

古代文学研究论文写作：案例与方法

作家的经行地信息，诸如途经的山村驿馆、湖泊桥梁等非行政区划地名，因查考不易，有些年谱时或阙如。如孝宗乾道八年(1172)五月，周必大在返乡途中过邬子湖，作有《过邬子湖》诗。然邬子湖在何州何县地界，地图平台的来源文献《周必大年谱》未予考证①。而数据录入者据周必大《文忠集》卷171《乾道壬辰南归录》的记载，知周必大同时经过邬子寨，再检《舆地纪胜》卷26："邬子寨，在进贤县东北一百二十里。徐师川尝有《邬子值风雨》诗云：'重湖浪四起，支川舟不行。急雨夜卧听，颠风昼眠惊。'"②据知邬子湖在隆兴府进贤县（今属江西），进而将《过邬子湖》诗系地于进贤。

作家的出生地信息，一般年谱都不太在意。有些作家的出生地，确实不可考，有些则是可考而未考，这需要利用相关文献予以考明。比如北宋葛胜仲的出生地，《葛胜仲年谱》就阙而未考。因史无明载，原书作者没有特别留意葛胜仲的出生地。这次录入葛胜仲编年系地数据，重新检阅有关文献，发现葛胜仲的出生地其实可考。葛胜仲之父葛书思进士及第前，居家乡江阴（今属江苏），熙宁六年(1073)进士及第后，为侍养父母，也未曾出仕，居乡养亲③。而葛胜仲是在乃父进士及第前一年出生，自当生于家乡江阴。数据录入时，便将葛胜仲出生地定位在江阴。

作家的创作地信息，时或不详。古人撰作家年谱，往往重作家活动编年，而轻作品编年系地。今人所撰年谱，也有这种情形。比如，赵效宣《李纲年谱长编》，注重谱主的活动编年，李纲的活动行止细化到每月每日，但对李纲作品的编年系地则不太在意。李纲《梁溪先生文集》中的诗文，基本上是按年编次，而《李纲年谱长编》就把李纲同一年所作诗文篇目编列在一起，至于每篇作品写于何地、作于何月，不再细考。比如建炎二年(1128)，李纲贬鄂州（今湖北武汉）居住。他从无锡梁溪出发，经江苏宜兴，过溧阳，历安徽宁国，越歙县，寓休宁，宿黟县，至江西九江，登琵琶亭，访陶渊明故居，过南康军，越星子县，上庐山，下德安，由武宁，出分宁，入湖北通城，寓崇阳。未到鄂州，就命移澧阳，于是经湖北蒲圻，趋湖南岳阳，渡洞庭湖，过华容，至澧州。沿途所作诗文，有一百多篇，《李纲年谱长编》原来只是列目一处，不分先后，不分地域。而李纲编年系地数据的录入者，广泛查阅方志，一一考证每篇诗文所涉地名的具体方位，结合谱主的交游唱和，确

---

① 参见李仁生、丁功谊：《周必大年谱》，江西人民出版社2014年版，第135页。
② 王象之：《舆地纪胜》卷二六，中华书局1992年影印本，第2册，第1167页。
③ 葛胜仲《丹阳集》卷十五《朝奉郎累赠少师特谥清孝葛公行状》谓，乃父葛书思中熙宁"六年进士第，调睦州建德县主簿。方是时，通议公（引者按，葛胜仲祖父葛密）以清节高尚，退老于家""遂投劾侍养，自尔居亲侧积十余年"（《宋集珍本丛刊》，第32册，第641页）。

156

定每篇诗文的写作时日与地点,从而完整地呈现出李纲建炎二年的行程路线和创作历程。

只有全面细致地为作家活动和创作进行空间定位的系地,文学编年地图才能完整呈现作家的行迹和作品创作地的空间分布。地图凸显的是空间,文学史注重的是时间,文学史与地图融合,也就使时间与空间在文学编年地图中实现立体的融合,使时间空间化,空间地图化。借用清人顾祖禹的说法是:"以古今之方舆,衷之于史,即以古今之史,质之于方舆。史其方舆之向导乎,方舆其史之图籍乎?"[①]历史与地理交相为用,时间与空间互为表里。古代文学研究,既编年又系地,编年与系地并举,作家活动创作的时间和空间地理信息双重融合,中国文学的发展图景得到完整立体的呈现,既可纵向观察历时性的文学发展进程,又可横向了解共时性的文学地域分布。

三、实践的意义:更新古代文学研究的观念和方法

数字人文技术不仅可以解决以往文学研究中的具体问题,也可以促进古代文学研究更新观念,改变方法,转换范式。仅就文学编年地图平台的学术实践而言,数字人文技术对于古代文学研究至少有五个方面的意义。

其一,改变文献资料的查询方式:从分词检索到分类获取。

数字人文技术的发展,将大大改变文献检索的理念和方法,目前通用的关键词定位检索将迈向智能化的主题检索和语义检索。文献资料的分散状态,可望逐步得到改善。同类异处的资料,将由同类聚合的方式解决;异类分隔的资料,则用异类关联的方式来解决。

所谓"同类聚合",是将相同或相近学科、领域的文献资料进行集成式分类整理,开发成关系型结构化数据库。不仅分散的资料能集成一处,而且能进行智能化检索和统计分析。比如,正在建设的汉魏六朝文学编年地图平台,就力图将汉魏六朝时期所有经史子集文献、出土文献及后世评论、研究文献进行分门别类的集成式聚合,开发成关系型结构化文学数据库。数据库所收诗、赋、散文、小说等各体文学作品,都标引有写作时间、地点、文体、分类等信息,可以检索浏览、关联生成、统计分析和可视化呈现。文学编年地图平台所含古代文学数据库,旨在

[①] 顾祖禹:《读史方舆纪要》卷首《凡例》,第1页。

"同类聚合",逐步解决"同类异处"的难题,也试图通过"异类关联"的方式,解决"异类分隔"的难题。

所谓"异类关联",是指不同学科、不同领域的文献资料,通过技术手段进行关联。比如,要了解梅花的属性和栽培技术,就可以通过文学编年地图平台的API接口,链接到其他平台的生物学、植物学数据库,搜罗并关联到有关梅花的栽培技术、生物特性等文字信息和图片音像文献。如此,异类文献也就变为同类文献,可以随时调用。

数字人文技术,不仅能够逐步解决文献资料分散存储的状态,还能根本改变资料检索浏览方式:从分词检索到分类提取,从点状检索到网状关联,从逐条拷贝到分类打包、一键下载。

先说分类提取。以往的电子文献检索,都是按关键字词定位检索,检索到的结果是零散的,需要逐条辨识后再下载拷贝。相较纸本文献的查询而言,这无疑是大大提高了效率,但一条条下载,还是相当费时费力。例如,我们在《文渊阁四库全书》电子版中,以"(陶)渊明"为关键词检索,一次可以检索到4 404条结果。每条检索结果,从打开查看原文到拷贝粘贴至自己的文档里,再添注每条文献的来源版本信息,平均每条结果拷贝1分钟,至少要耗费73个小时才能把4 400多条结果全部拷贝下来。拷贝的这些资料,是零乱的,需要重新进行归类整理。而关系型结构化文学数据库,不仅可以按关键词检索浏览所需资料,更能分题分类检索下载。比如,在文学数据库里查询陶渊明的资料和数据,输入名字后,可以一键下载全部与陶渊明有关的传记史料、评论资料、接受资料、研究资料,因为数据库已按人名将经史子集四部文献和后世评论文献、研究文献资料分类提取并打包。以前需要数十小时才能获得的电子文献资料,今后数秒钟就可以解决。

再说网状关联。目前我们从电子文献里查阅到的资料,是各自孤立的一句话或一段话,是分散的知识点,彼此之间无法形成有机联系,也无法自动建立联系。而在关系型结构化文学数据库里,知识点可以相互关联,建立1+N的关系,形成网状结构。比如,输入一个地名,可以查询并关联到与这个地名有关的人物、作品、事件,历史上曾经在这个地方活动过的作家,在这个地方创作的作品和描写这个地方的作品,都可以一次性出现,无需一条条地下载拷贝。输入一个作家名字,可以关联他所有的生平传记资料,他到过哪些地方,写过哪些作品,哪些作家的作品提到他,当时和后世对他有哪些评论,有哪些研究成果,都可以分门别类地、一目了然地呈现出来。输入一篇作品名称,不仅可以了解它的编年系地信息,还可以看到历代有关它的评论,知悉后世有哪些和作、拟作或引用、化用。输入一个官名,不仅可以知晓它的职掌、品级,还可以关联出一个时代有哪些人做过这官职,再由人名关联到相关事件、作品、地点。数据库里时间、地点、人名、篇名、官名、物名、事件可以任意组合,形成网状知识结构。当下流行的检索型文献资源库,随着数字人文技术的发展,今后会逐渐转型开发成关系型结构化的智能数据库。

其二,改变作品文本形态:从静态固定到动态可变。

纸质作品文本和通过纸质文本转换的电子文献,如《文渊阁四库全书》电子版、《四部丛刊》电子版、《中国基本古籍库》、中华书局《经典古籍库》内的文献,都是静态固定、不可变动的。用数字人文技术,将作品文本开发成关系型结构化数据库后,作品文本就转换成能随意组合的动态可变的文本。由于作品文本被有机分解成一个个的碎片化组件,诸如一个词、一句话、一个段落或一篇完整的作品,用户可以按照自己的需求进行个性化的重新编配,以便对作品进行分类比较研究。

比如,关系型结构化的《全宋词》数据库,就可以按研究的需要进行不同角度的重编,可以分人、分时、分地、分调、分体、分题、分类来重编,而且是一键生成,同类作品瞬间就被编排一处。

分人,是按词人来分类重编。《全宋词》原本是以词人为中心,但词人是按时间先后顺序编排,而结构化的《全宋词》数据库,可以将同一群体、同一流派的词人词作编排在一起,比如将苏辛派的词人词作编排一处,以便比较同一词派内词作词艺、词心、词境的异同;还可以按词人身份来编,如将宰相的词作合编一处,状元词人的词作汇为一类,以比较分析同类词人词作的异同。

分时,是按时间来编排。可以将同一年或同一时段或同一季节所作词编排一处,以便比较同一时段、季节内的词作与词人生活境遇、时代背景、地理环境的关联性,看一年之内,哪个季节产出的作品最多,哪个季节写的作品较少;不同季节的作品,季节感受和生命体验有何不同。

分地,是按地域来重编。如宋代词人的籍贯,依照宋代的行政区划,分路州县三级,将各路州县的作品编排在一起,便于了解各路州县有哪些词人词作;也可以按今天的行政区划,分省市县三级地名编排,以了解各省市县曾有哪些词人词作;还可以按词作的创作地来分,将写于同一地点的词作编排在一起,看哪些地方产出的词作较多,进而分析词作内容与创作地的地理环境有何关系,是跟人文地理关系紧密还是跟自然地理关系更密切,同一地区的作品,是否有相近的地域特色,是否具有比较统一的情感基调或地理标志。

分调,是按词调重编。将同一词调的作品编排在一起,如将《浣溪沙》《水调歌头》调的词作汇编一处,以比较分析词调的声情,考察词调的演变。

分体,是按风格体式来编。宋词有福唐独木桥体、花间体、白乐天体、南唐体、柳体、易安体、樵歌体、稼轩体、白石体等,将那些效仿某一体式的作品编列一起,便于比较其风格体式的特征和形成衍变的过程。

分题,是分主题、题材来重编。如将唱和词、祝寿词、怀古词、咏物词、情爱相思词、田园乡村词、日常生活词等编排在一起,以寻绎归纳同一主题词作的艺术范式。

总集型作品文本可以动态变化,研究型文本也可以动态变化。比如,纸本文学编年史,是单向一维的,只能按时间序列来呈现一个时代的文学活动和文坛面貌;作家个体的活动,被分散在不同的年度之中,看不到作家活动的连续性;每个地域的文学活动,也同样被割裂和分散,不便了解一个地区文学场景的完整性。而数据库形态的文学编年系地史,则是动态可变的,并且能在地图上进行时空定位和可视化呈现。它的编排和呈现方式,既能以时间为轴心组合,也能以空间为轴心组合,还能以作者为轴心组合,至于分文体组合、分专题组合也比较方便。

比如,以空间为轴心,可按行政区划来排列,借此了解全国各地有多少作家活动,哪个地方作家活动频次较高。根据唐宋文学编年地图平台已录入校定的数据统计,宋代开封府和临安府两地作家活动频次最高,分别为13 120人次和9 170人次。这两地原为北宋和南宋的都城,作家活动频次最高,自在情理之中。而开封、临安之外,作家活动人次较高的州府,依次是吉州(今江西吉安,3 452人次)、建宁府(今福建建瓯,1 731人次)、潭州(今湖南长沙,1 393人次)、建康(今江苏南京,1 078人次)、黄州(今湖北黄冈,1 068人次)等地,就不免让人感到意外。吉州、建宁、潭州、黄州等地,居然一度是文学重镇,这跟哪些因素有关,是社会政治气候造成,还是特定的地理环境、交通位置使然,值得深入探讨。还可以按作品的空间类型来排列,如按作家的籍贯地、作家的活动地、作品的写作地和作品的表现地点来排列,以比较分析哪些地方出产的作家较多,哪些地方来此活动的作家较多,静态的文学版图(占籍地分布)和动态的文学版图(活动地分布)有何异同,形成的原因何在。

以时间为轴心的排列,是纵向历时性的呈现;以空间为轴心的排列,是横向共时性的呈现,二者构成纵横交织、时空一体的文学图景。陈寅恪先生曾提出:"苟今世之编著文学史者,能尽取当时诸文人之作品,考定时间先后、空间离合,而总汇于一书,如史家长编之所为,则其间必有启发,而得以知当时诸文士之各竭其才智,竞造胜境,为不可及也。"①陈先生所说的愿景,如今初步变为现实。数据库形态的《唐宋文学编年系地史》,既能呈现作家活动和创作的时间先后,也能显示作家活动和创作的空间离合,多维立体地展现一代文学的发展图景。传统文学编年史的时空分离难题,在这里得到破解。

其三,改变文学史观:从选择性分析到整体性还原。

数字人文,将从三个层面改变文学史观念。

一是从选择性关注转向整体性考察。传统文学史和文学编年史,受纸本容量和价值观念的双重制约,总是选择部分大作家、著名作家进入文学史场域,大量中小作家及其作品被忽略,只见少数作家的活动创作,看不到每个时期文坛的整体面貌。丰富繁茂的文学生态丛林,只剩下一些孤零零的大树和名贵树种,文学原生态的多样性、层次性、连续性、整体性被遮蔽割裂。

而文学编年地图平台,力图整体性呈现一个时代的文学场景。无论大作家小作家、不管是著名作家还是普通作家,只要有文学活动和创作,都一视同仁地呈现。每个作家进场、退场和在场的时间和空间,都完整无间断地表述。每个时段每个地方的文学生态丛林,不仅挺拔着参天大树,也点缀着各具生命情调的山花小草。大作家有大作家的意义,小作家有小作家的作用。究竟是大作家引领着小作家进步,还是小作家推动着大作家前行,只有对文坛的整体态势进行深度分析后,才可能得出切近历史真实的结论。

文学生态图景的整体性复原,目的是更细致地观察文学的发展进程。既可以从微观角度,探讨一个个经典作家是怎样在高手如林的文学竞技场中脱颖而出,也可以从宏观角度探索一个时期的文学是怎样逐步走向高峰状态、又是怎样从高峰状态逐渐跌落低谷的,是什么原因导致了高峰状态的回落。比如,学界常以"诗国高潮"来描述盛唐诗坛②,但盛唐诗坛是沿着怎样的路线图一步步走向诗国高潮的?什么时候达到高潮,什么时候退潮?当时公认的高峰状态的标杆性诗人究竟是谁、标杆性作品又是哪些?至今没有答案。

这促使我们改变文学史观念,从整体上考察盛唐诗坛发展的时间进程和空间格局的变化,而不仅仅是探讨李白、杜甫、王维等少数几位经典作家的经典化

---

① 陈寅恪:《元白诗笺证稿》,生活·读书·新知三联书店2001年版,第9页。
② 参见葛晓音:《诗国高潮与盛唐文化》,北京大学出版社1998年版。

过程。把李白、杜甫作为盛唐诗坛的经典诗人、标杆诗人,这是后人的看法。盛唐人心目中标杆性诗人究竟是哪几位、标杆性诗歌作品究竟是哪几篇?需要我们回到历史现场进行动态的考察与还原,而这需要盛唐诗歌充分的编年系地数据作支撑。但目前文学编年地图平台的数据,受文献来源的制约,还不足以全面反映盛唐诗坛的演进轨迹。这就需要我们做更多的基础性文献考订工作,从而使文学编年系地数据更充分完备。充分完备的数据才能从时间维度全程展示文学的发展进程,从空间维度全景呈现文学的空间变化。文学史观的变化,既能带来理论视野的转换,也会促进基础研究的深入。

二是从单向交往考察转向复杂网络建构。文学活动,不是孤立个体的行为,而是群体的互动。传统的文学研究关注作家的交往活动,往往是个体作家之间单向的交往,如盛唐诗坛李白与杜甫、杜甫与王维、王维与孟浩然、高适与岑参的点对点的线性交往关系。但李白与杜甫、王维、孟浩然、高适、岑参之间有着怎样的双向互动、复杂交往,就不太为人注意。而据唐宋文学编年地图平台数据显示,诗人的交往关系,比我们想象的更复杂,往往是重叠交叉、复杂多向的。比如,李白跟贾至、李邕、杜甫、王昌龄、孟浩然、贺知章、颜真卿、张旭、张说等143人有诗歌交往,杜甫和高适、岑参、李白、贾至、裴迪、李邕、元结、郑虔、储光羲、王维等167人有诗文往还,王维跟裴迪、祖咏、张九龄、钱起、杜甫、孟浩然、綦毋潜、高适、王昌龄、李颀等91人有活动交集,孟浩然与李白、张九龄、王昌龄、王维、包融、储光羲、张说、刘慎虚、綦毋潜等46人来往密切,高适跟李白、李邕、杜甫、王昌龄、王之涣、储光羲、颜真卿、崔颢等76人有交谊,岑参与杜甫、颜真卿、王维、贾至、储光羲、高适、王昌龄等234人有交游。李、杜、王、孟、高、岑这六大诗人的交往圈,互有重叠交叉。他们之间复杂的网状关系,在传统的文学史观念里,根本没有留意过它的存在及其文学史意义,也很少有人做过系统梳理。其实用传统的方法也根本无法理顺这么复杂的关系网络。

现在运用数字人文技术,很容易理清这些诗人复杂的交往关系。只要将他们的交往活动数据导入 Gephi 软件,诗人复杂多元的社会交往关系网络图就可以清晰地可视化呈现[①]。一位诗人跟哪些诗人有直接交往或间接交往、交往的频次、交往的时空节点都一目了然。哪些诗人是单向交往、哪些是双向互动且频

[①] 徐永明曾以汤显祖为例,展示过汤显祖、屠隆和汪道昆三人的社会关系网络图。参见徐永明:《中国古典文学研究的几种可视化途径——以汤显祖研究为例》,《浙江大学学报》2018年第2期。

繁交往、谁是交往关系网络中活跃的中心人物、谁是几大交往圈中的连接点,都能清晰呈现。

仅仅是这些诗人作家的社网图(social networking graph)呈现的文学史图景,就比我们在文学史、文学编年史著作里看到的少数经典作家孤零零的身影要丰富、有意味得多。依据作家社网图,可以动态地考察不同年份、不同时期诗坛文苑诗人作家的互动过程和空间地域分布,观察这些交往活动是点状分布(集中在某几个地区)、还是线性分布(流动分布在某条驿路要道沿线)、抑或是扇面分布(相对集中在一个或几个区域、流域),这些交往活动给文学版图的移动变化带来什么样的影响。利用作家社网图,可以考察一个作家怎样在动态交往过程中不断走向成熟的创作历程,接受过哪些名家的指教,得到过哪些前辈的鼓励认可,受到过哪些同道的激发。这将改变我们的文学史观念,使我们更加注重从文学交往关系中动态探讨个体作家的成长史、每个时期的文坛发展史、文学空间版图的变迁史。

三是从宏观社会分析转向具体现场还原。传统的文学研究,重视宏观层面的社会文化环境分析,而常常忽略对作家生活地、创作地具体现场环境的关注。特定的作家生活地、创作地的现场环境,包括地形地貌等自然环境和风俗习尚社会事件等人文环境,会更直接地影响作家创作时的心态,与作品的创作空间、表现空间有着更直接的关联。而数字人文则为文学历史现场的还原与建构提供了理念引导和技术支持。比如,要研究范仲淹仁宗庆历年间在西北边塞所作《渔家傲》(塞外秋来风景异)词,传统的文学史观念是引导我们去关注当时宋夏战争局势和范仲淹的战争决策,而不会去关注范仲淹是在什么样的生活生境、地理环境中写这首词的,也不会关注此词创作地的地理环境与词的表现空间有什么深层关系。而基于数字人文的文学编年地图平台,首先要追问和解决的是作品创作具体地点的空间定位。根据相关研究成果确定此词的创作地点是在庆州之后,将当下地图和历史地图图层进行交叉对比,就可以发现庆州当时是与西夏接壤的位于宋夏战争前线的边塞"孤城"。正因为是边塞孤城,"四面边声"才让将士们闻之凄然伤感。再切换卫星地图,观察庆州的地形地貌,结合当地的地景图片,又可以真切地感受范仲淹词中所写"千嶂里""孤城"的荒凉、逼仄和压抑。还原范仲淹词的历史现场,才能透切理解词中表达的深层意蕴是述边塞之劳苦,而非建功立业之豪情[①]。

---

① 参见王兆鹏、肖鹏:《范仲淹边塞词的现场勘查与词意新释》,《文艺研究》2017年第2期。

回归和还原作家的生活现场、作品的创作现场,是文学研究的必然需求。王夫之曾说创作必须有亲身经历和现场感受:"身之所历,目之所见,是铁门限。即极写大景,如'阴晴众壑殊''乾坤日夜浮',亦必不逾此限。非按舆地图便可云'平野入青徐'也,抑登楼所得见者耳。隔垣听演杂剧,可闻其歌,不见其舞,更远则但闻鼓声,而可云所演何出乎?"①研究文学作品,同样需要回到作家的创作现场、表现现场去切身感受作家"身之所历,目之所见",才能深得作者之用心、作品之奥妙。与王夫之同时的贺裳也说过相同的感受:"余以柳诗自佳,亦于东坡有同病之怜,亲历其境,故益觉其立言之妙。"②亲历其境后,更能体悟柳宗元、苏轼诗之精妙。回归和还原作家的生活现场和作品的创作现场,应该成为文学研究的"铁门限",而数字人文技术为还原文学现场提供了极大的便利。

其四,改变文学时空的认知角度和方法:从一维转向多维。

基于文学编年地图平台的文学研究,将从时间和空间两个维度改变我们的文学史认知。

时间上,能细化文学史的时间粒度。传统的文学史研究,多为长时段的观察,很难进行短时段的探究,因为没有系统翔实的作家作品编年为依据。长时段的研究,可以将具体的时间进程模糊处理。而短时段的研究,比如一年、三年、五年、十年的文学史研究,当无法确定这些年度产出过哪些作品时,就无法进行具体分析。而地图平台的编年系地数据,能翔实呈现每年文坛上有哪些作家在哪里活动,每年产生了哪些文学作品。比如,据目前上线的唐宋文学编年地图平台数据统计,北宋元祐元年至元祐六年(1086—1091),每年在各地活动的作家,分别有1 178、1 332、871、718、725、856人次,每年产生的作品都在150篇以上,其中元祐元年有206篇,元祐六年有226篇。有了这些数据,观察文学史的发展变化,就可以细化到一年、两年或几年之间。今后研究或撰写文学史,不再只有断代文学史,还会有年度文学史,可以书写一年、三年、五年、十年的文学史。"年度文学史""时段文学史"研究,将会成为新的有待探索的学术领域。

时段文学研究,可以不再依据社会政治史的分期来分段,而是按年度作品量的涨落变化进行分期观察,重新审视和思考文学史的阶段性变化。比如,唐诗,有分三期、四期的,有分五期、六期的。我们可以利用唐诗编年数据来观察唐诗

---

① 王夫之:《姜斋诗话》卷下,丁福保编:《清诗话》上册,上海古籍出版社1978年版,第9页。
② 贺裳:《载酒园诗话》又编,郭绍虞编选:《清诗话续编》第1册,上海古籍出版社1983年版,第346页。

作品量的年度变化曲线,对已有的各种分期进行检验,看哪一种分期更切合历史发展的实际。以往研究只是感性认知,有了诗歌编年数据的支撑,就能更客观地看出各个时期的变化曲线。哪个年份是文学变化的关键节点,哪个地方是文学变化的核心场域,今后都会有新的发现,从而有可能改写诗歌史、文学史的发展进程。

空间上,能深化文学的空间层次。编年地图平台,不仅强化了文学史的空间意识,更能深化对文学空间的认识:从静态空间拓展到动态空间,从平面空间拓展到立体空间。

静态空间,是按作家籍贯划分的空间①。动态空间,是指作家的活动空间,包括作家的游历地和寓居地。以往的文学地理空间,多依据作家籍贯来划分,是单一的、不变的、有限的。而动态空间是丰富的、多变的、广阔的。比如,苏轼青少年时期在家乡眉山生活了20多年,只留下38首作品;进士及第后,离开故乡到外地生活40多年,在92个州府创作了8058篇(首)作品。其中在黄州、惠州、儋州三个贬谪地分别创作了868篇、648篇、345篇作品②,占一生作品总量的23%。贬谪地的生活环境较之出生地和寓居地对苏轼创作的影响更深更大。不同谪居地的地域文化环境对苏轼的心态和创作有何影响,作家的出生地、寓居地、贬谪地与其创作量的阶段性变化有何关系,作家在各地逗留时间的长短与其创作量的涨落变化有何规律性关联,唐宋时期作家的文学创作与其活动地理环境的关系有何变化,依据比较翔实的编年系地数据,就可以追问和探索这些问题。

以往研究多从作家籍贯一个维度平面观察文学空间,现在,我们可以从点、面、线三个维度立体探讨文学空间。点,是对一州一县或一省一市的文学状况、文学活动进行考察;面,是探究一个较大的区域或流域③,如长江流域、汉水流域、黄河流域、淮河流域、环太湖流域的文学图景和发展进程;线,是通过一条条交通要道(驿路)来观察不同时代、不同时期的文学风会及其变化。比如,唐代从长安经蓝田、商洛过襄阳再到岭南的这条南北走向的驿路上,王维、杜甫、皇甫冉、钱起、李嘉佑、张籍、韩愈、柳宗元、元稹、白居易、吴融等人都创作有诗篇,表现了各自不同的经历和命运④。考察这条驿路上往来的诗人诗作,既可以借此

---

① 参见曾大兴:《文学地理学概论》,商务印书馆2017年版,第90—91页。
② 参见郭红欣:《苏轼作品量的时空分布》,《中南民族大学学报》2020年第1期。
③ 参见梅新林、葛永海:《文学地理学原理》,中国社会科学出版社2017年版,第599—624页。
④ 参见简锦松:《山川为证:东亚古典文学现地研究举隅》,台北:台湾大学出版中心2018年版,第229—283页。

考察唐代的交通路线、交通状况,也可以深入探讨交通条件、交通状况对诗人生活和心态的影响。以前我们不知道有哪些诗人走过这条路,什么时候、什么环境下走过这条路,现在拥有文学编年地图平台的大数据,就可以通盘掌握唐代诗人在这条艰难崎岖驿路上留下的生命印记和人生体验。又如杜甫《闻官军收河南河北》所说的"即从巴峡穿巫峡,便下襄阳向洛阳",是从蜀中到洛阳、长安的交通路线:先沿长江出峡,走水路到湖北江陵上岸后,再走陆路过襄阳,然后到洛阳、长安。杜甫所说的这条路线,宋代苏轼也曾经走过。唐宋两代交通条件和交通状况有哪些变化,诗人在这条路上各留下哪些作品,途中的生活体验、沿途所见自然风光和社会风气有何异同,都值得我们去关注和探讨。点、线、面的结合,可以开拓出文学研究的多重空间。

可以预期,过去以时间为轴心的研究范式,将会逐渐转向时空结合为轴心的研究范式。时间序列的文学史书写范式和空间序列的文学史书写范式将会携手并进①,从而建构文学史研究的新格局。

其五,改变作家年谱和文学编年史的书写范式。

自北宋以来,作家年谱形成了重时轻地的基本理念和以时间为中心的"时间+人物+事件(活动)+作品"的四要素范式。受数字人文空间观念的影响,重新确立编年系地并重的理念之后,年谱的撰述也应该改变传统的观念和范式,将四要素扩展为时地并重的"时间+地点+人物+事件(活动)+作品"五要素范式。作家活动和作品写作的时间、地点信息要一并考实。而且,地点信息,不能满足于落实到州县级行政区,还要细化到具体的地点场所,以便重返历史现场,深入勘查创作地点、场所的自然地理环境和人文环境,考察不同地理环境对作者创作心态的影响,分析地理环境与作品表现空间的关系,从而拓展文学研究的广度和深度。

确立编年系地并重的理念和年谱的书写新范式之后,将为古代文学提供新的研究课题。我们用"时间+地点+人物+事件(活动)+作品"五要素来评量宋代以来的作家年谱,就可以发现,历年来的年谱,都或多或少地缺失系地信息。套用前些年"重写文学史"的说法,有必要"重修年谱",或借用清人李光廷《广元遗山年谱》的说法,需要全面"增广"年谱、增订年谱的系地信息。

---

① 蒋寅《清代诗学史》第1卷(中国社会科学出版社2012年版)已用空间为序的结构方式,梳理清代初期江南、关中、湖湘、浙江、山东等地域的诗学理论和诗学思潮。在考察清初诗学地域特征的同时,也注意从时间维度考察其发展演变的历程,为文学的空间序列研究提供了可行性范例。

跟重修年谱相关的,是增广别集的编年笺注。一般的别集编年笺注,也是编年意识明确而系地意识模糊,主要致力于作品创作时间的推考,有些作品创作地点可考而未考,写作场所能细化而未细化。比如,欧阳修《朝中措·送刘仲原甫出守维扬》词,《欧阳修词校注》考定它作于至和三年(1056),却没有考实其写作地点。其实,此词"辑评"中已引录傅干《注坡词》的记载:"公在翰林,金华刘原父出守维扬,公出家乐饮饯,亲作《朝中措》词。"①这段记载,明确说明《朝中措》是欧阳修至和三年任翰林学士时在汴京的家宴上所作。弄清此词是在家中私宴所作,对理解词人的创作心态和词作主旨大有助益②。欧阳修此词本可系地而未系地,与史料文献不足无关,史料原本就在眼前,更与笺注者的学识无关,而与笺注时重编年轻系地的传统观念有关、与编年校注的固有范式有关。这不是《欧阳修词校注》一书的遗憾,而是历来别集笺注的普遍情况。如果一一梳理并增广订补宋代以来别集笺注的系地信息,来一次"重订别集"或"广别集校注",该有多少工作要做。今后的别集注释体例,除了传统的"编年""校勘""笺注"等项之外,还应加上"系地"一项,以完善注释体系,增加注释容量,拓展文献视野。

文学编年史著作,跟年谱和别集编年笺注一样,需要更新传统的重编年而轻系地的观念,需要改变唯有编年、罕有系地信息的固有范式。文学编年史,需要增订系地信息,以满足和适应新时代古代文学研究的需求。重写文学编年史,不止是增补已知的文学活动和作品创作的系地信息,还要考订未知的文学活动和作品创作的系地信息,以完整呈现一个时代文学发展历程的时间先后与空间离合。技术的进步促进学术观念的更新,学术观念的变革又带来研究范式的转换和研究领域的拓展。技术进步推动着学术变革与发展。

四、展望和反思:自动识别作品的互文关系与重建文学历史现场

本文的主要目的,是讨论数字人文解决古代文学研究中资料分散和时空分离两大难题及其学术意义。但数字人文对于古代文学研究的作用和意义远不止此,下面再作两点展望:一是数字人文技术可以自动比对识别作品之间的互文关系,从而为古代文学接受史研究带来新的突破;二是可以重建古代文学的历史

---

① 欧阳修著,胡可先、徐迈校注:《欧阳修词校注》,上海古籍出版社2015年版,第36页。
② 参见肖鹏、王兆鹏:《欧阳修〈朝中措〉词的现场勘查与词意新释》,《北京大学学报》2018年第1期。

现场,提供古代文学阅读欣赏的崭新体验,拓展古代文学研究的全新领域。

自动比对识别作品之间的互文关系,也就是寻找原作和后续作品之间的渊源性、传承性和相似性关系,这可以从一个侧面考察前代作家对后世作家的影响、后世作家对前代作家的接受。近年来的中国古代文学接受史研究,主要是依据已有的理论文献,诸如诗话、词话、文话、赋话等,来考察后代作家对前代作家的接受,而很难从创作实践、具体作品中寻绎出完整的资料数据,来定量分析和定性描述前辈作家对后世作家的影响、后辈作家对前辈作家的接受。比如,黄庭坚和江西诗派诗人学杜甫是文学史常识,可要全面找出黄庭坚有哪些诗句是学杜甫的却难以措手。欧阳修熟读韩愈文章,文章作法也多学韩文。他的友人刘敞曾经开玩笑说:"永叔于韩文,有公取,有窃取,窃取者无数,公取者粗可数。"① 但欧阳修究竟哪些文章、哪些语句是学韩愈,找一两个例证不难,难的是找出明学("公取")特别是暗学("窃取")的"无数"例证。杜诗、韩文,是宋代作家的入门读物,但宋代作家究竟怎样学杜学韩,哪些诗句文句是出自杜诗韩文,人力难以一一找出。创作层面的接受史研究无法推进,整个古代文学接受史的研究也就难以深入。

而数字人文技术可以在一定程度上逐步解决这个问题。那就是用模糊检索技术和编辑距离算法,把两个以上的文本放在一起比对,寻找出彼此相似的诗句或文句。比如,在搜韵网站的历代诗词数据库里,就可以自动分析、呈现并统计每首诗词被后代诗人词家引用、化用、仿作的语句及次韵的诗篇。以杜甫《登高》为例,在数据库检索到此诗后,点开"相似句子"和"同韵作品"两个按钮,就可发现 14 位明清诗人有次韵之作,多位后代诗人词家仿作和化用诗中语句。其中"无边落木萧萧下"一句,就有 17 人引用、化用。化用的诗句有"无边落木响萧萧""人间落木萧萧下""天空落木萧萧下""萧萧落木下寒溪""萧萧落木下河干""天空落木下江滨""天空落木下孤洲""天空落木下秋畇""天空落木下亭皋""荒亭落木下亭皋""风高落木无边下""无边落木气萧骚"等。② 如果再加上题材的相似性、句法的趋同性和意境的近似性等条件,所得数据会更多更全。如黄庭坚《登快阁》诗中的"落木千山天远大"就与"无边落木萧萧下"意境相近,可以补入。当然,目前的技术还只能寻绎比对出显性的语词相似关系,隐性的语义关系、句

---

① 邵博:《邵氏闻见后录》,中华书局 1983 年版,第 140 页。
② 参见搜韵网:https://sou-yun.cn/Query.aspx?type=poem1&id=31190,2020 年 4 月 15 日。

法关系(字面不同而句法相同)识别率还比较低。随着数字人文技术的日益进步,对不同作品之间的语义关系和句法关系的识别率将逐步提升。

如果对这些引用、化用、追和、次韵的数据进行全面统计分析,就可以深入了解杜诗乃至唐诗的影响力及其在后世的接受度与变异性,从而突破接受史难以全面采集创作层面接受数据的瓶颈,为接受史研究提供系列性的新资料、新数据。有了新资料、新数据,当然就会有新发现、新观点,突破接受史研究的困境。

重建古代文学的历史现场,是用虚拟现实技术(Virtual Reality),还原建构古代文学作品的创作现场或表现现场。VR 技术飞速发展,早已走进考古、博物、档案、建筑、医疗、机械制造、刑侦、军事等领域,而古代文学研究至今还没有出现让人满意的 VR 产品和真正实景的 AR 产品。VR 技术中,沉浸式 VR 系统、桌面式 VR 系统和体感式 VR 系统,在重建文学历史现场、深度解读古典诗词意境方面,具有独特的身临其境的优势。尤其是沉浸式 VR 技术,能够让读者逼真感受和体验到千百年前诗人所处的生活环境、创作环境及其情感心态。在当今读屏、读图时代,我们尤其应该让 VR 技术、AR 技术与古代文学特别是古典诗词结合起来,给读者带来全新的阅读体验。

试举一例,韩愈《左迁至蓝关示侄孙湘》的"云横秦岭家何在,雪拥蓝关马不前"两句诗,字面上似乎不难理解,但为什么马到雪拥的蓝关就不肯前行、不能前行了,仅凭阅读经验、日常生活经验是很难想象的。我们用数据库同类聚合的材料,看看韩愈另一首《南山诗》的回忆:"初从蓝田入,顾眄劳颈脰。时天晦大雪,泪目苦矇瞀。峻途拖长冰,直上若悬溜。褰衣步推马,颠蹶退且复。"[1]再看白居易《初出蓝田路作》的描写:"停骖问前路,路在秋云里。苍苍县南道,去途从此始。绝顶忽盘上,众山皆下视。下视千万峰,峰头如浪起。"[2]白居易是秋天经过蓝田驿路,韩愈两次都是深冬下大雪时走过。综合韩、白诗可知,这蓝田驿路,是蜿蜒起伏在重峦叠嶂之间。大雪后,陡峭的山路都结冰了,如冻住的垂直瀑布("悬溜")。人下来推马,好不容易推进一步,旋即就下滑倒退几步。简锦松教授曾经三次实地勘查蓝田驿路,证实白居易和韩愈的诗完全是写实。登上白居易所说"绝顶"七盘岭,要攀爬三重绝顶棱线,山路极其陡峭险峻[3]。如果运用 VR 技术,根据多幅实景照片,结合卫星地图,参照唐人相关诗作,重建、再现韩

---

[1] 韩愈著,钱仲联集释:《韩昌黎诗系年集释》,上海古籍出版社 1984 年版,第 433 页。
[2] 白居易著,顾学颉点校:《白居易集》,第 197—198 页。
[3] 参见简锦松:《山川为证:东亚古典文学现地研究举隅》,第 247—249 页。

愈"云横秦岭家何在,雪拥蓝关马不前"的历史现场,读者更能真切体会韩愈受政治迫害后在冰天雪地里翻越崇山峻岭时的极度悲伤、极端无助的心情①。那种现场感、亲历感,会带给读者与文字阅读不同的浸入式阅读体验。

把真实世界的场景和电脑图形逼真地重合,利用大量的现场实景照片和全景照片以及考古成果、博物图片、历史地图等,重建古代诗词乃至散文、小说、戏曲作品中的历史现场,让读者沉浸其中,获得身历其境的感受。在仿真场景中,读者可以化身古代的作者或作品的主人公,以强烈的代入感体验历史情境。随着VR技术的日益成熟和门槛降低,古代文学历史现场的重建,不久将成为现实。

我们也必须清醒地认识到,数字人文技术不可能解决古代文学研究的所有问题。仅就数据挖掘而言,有些问题,再好的技术也难以解决。比如,数据需求的海量化、完整性与数据来源的有限性之间的矛盾,就是技术无法解决的。文学编年地图平台,要求编年系地的数据越多越好、越完备越好。但是,编年系地的数据依赖于已有作家作品编年系地的研究成果,而作家作品的编年系地研究成果却是有限的。唐宋两代作家作品编年系地的研究成果,虽然相较其他时代而言还算丰富,但成果总量还是难以满足数据完整性的实际需求。唐代作家有编年系地研究成果的仅一百余家,宋代作家有编年系地研究成果的也不超过四百家。要解决这个供需矛盾,有待古代文学研究者的共同努力,推出更多编年系地研究的新成果。技术可以帮助我们古代文学研究者提高研究的效率,突破研究的局限,但不能替代我们应该做的基础性工作。

技术可以部分解决大数据的体量,但难以保障数据的质量。文学大数据,要求量大而质精。数据的精度,更需要人力来把关掌控。数据开发者,学术追求指数越高,对数据的精度要求也就越高。我们开发的文学编年地图平台,为保障数据的精确性和可靠性,虽然采取了精选优质文献来源、由专业人员提取数据、数据提取时订补来源文献的缺失和错误、数据提取后实行复核制等举措,但数据精度还有待提升。技术的不断进步和突破,可以提升数据挖掘的精度,但最终还是要依靠人力来保障和把关。

技术是被动的,需要我们研究者发挥主观能动性,创造性地使用它。再好的

---

① 参尚永亮、甘晓雯:《云横秦岭家何在——商於之路与唐代逐臣》,《光明日报》2020年3月2日,第13版。

VR技术,没有古代文学研究者的参与设计,没有对文学创作现场的深入勘查、没有对作家创作心态的深刻理解,是无法准确完美地建构文学的历史现场、复原作家的创作心境的。数字人文技术,需要人文学者的创造性运用,才能推动学术的进步。

还有必要指出,数字人文不会影响或替代我们文学研究主体的文本解读、审美感知。技术可以帮助我们"发现"隐含潜藏在海量资料和数据底下的文学史事实,帮助我们做出事实判断,但不能代替我们做审美判断和价值判断。技术可以减少、"解放"我们在学术研究过程所需要的"体力",但不能代替我们的"脑力""智力",不能代替我们思想和感悟。技术永远是工具,是按照人的主观意愿而发挥作用。

陈寅恪先生曾说:"一时代之学术,必有其新材料与新问题。取用此材料,以研求问题,则为此时代学术之新潮流。"① 数字人文为文学研究提供新方法和新实践,发掘新材料,研究新问题,开拓新范式,将成为我们这个时代学术的新潮流②。

 方法谈:

如何运用现代科技研究传统文学

《数字人文在古代文学研究中的初步实践及学术意义》,是我和我的数字人文团队骨干邵大为博士合作,基于国家社会科学基金重大项目"唐宋文学编年系地信息平台建设"结项成果"唐宋文学编年地图平台"的实践而撰写的,主要目的是想从学理上阐明数字人文在古典文学研究中的作用与意义。

本文着重考虑的是,怎样谋篇布局,才能以唐宋文学地图平台为中心,阐述清楚数字人文技术在古典文学研究中的应用前景和学术意义,不至于停留在事实层面,只是介绍项目成果和研发过程。

论文,要摆事实,更要讲道理。论文主要是讲道理,摆事实是为讲道理服务的,事实和史料只是所讲道理的依据、论据。初学写论文,容易以摆事实为主,摆了事实之后,解释几句或归纳几句就完事,导致论点被事实、史料所遮蔽湮没。写论文,要以观点带材料,而不是用材料带观点,最好是观点放在材料之前。论

---

① 陈寅恪:《陈垣〈敦煌劫余录〉序》,《陈寅恪史学论文选集》,上海古籍出版社1992年版,第503页。
② 参见张耀铭:《数字人文的价值与悖论》,《澳门理工学报》2019年第4期。

述时,要先提出观点,再列举事实并加以阐述论证,这样才能观点突出、层次清楚。

观点需要概括、提炼。无论是主观点还是次观点,最好能用一个概念、一个关键词来概括,然后再阐述。尽量避免用长句子或一大段话来陈说一个观点,而没有概括,使读者一时弄不清楚作者的核心要点。拙文在论述资料离散的现象时,不是列举一大堆事例来说明资料的离散,而是用"同类异处"和"异类分隔"两个自创的概念来概括资料离散的两种状态,读者一看就明白。

怎样层层深入地论述文章的主要观点?初学者经常遇到的尴尬是,有时好不容易想到一个观点,可说几句就说完了,深入不下去。这是因为思路没有打开。那怎样打开论文写作的思路?我们习惯于用 3W+思维模式。3W 是 what、how、why。一个论题,要不断地追问是什么、有什么;是怎样的过程、怎样的途径、用怎样的方式方法;为什么会是这样、什么原因、什么背景、什么目的、什么动机?3W+,包含两层意思:一是有时要进一步追问 when、where、who,即追问何时、何地、何人;二是每个问题的层次、每个问题的侧面,都要追问什么、如何、为何,从而不断深化细化。

本文主要论述数字人文在古典文学研究中的应用实践和作用意义。为此,我们从三个层次追问:先追问和回答为什么要应用和如何实践;其次追问和回答能不能应用,有没有应用的基础和可能;然后追问和回答应用数字人文有什么学术意义,能给古代文学研究的理念、方法、范式带来什么启示和变革。

据此思路,将文章的结构安排为三大层次:

一、实践的目的:探讨解决资料离散、时空分离的可能性;

二、实践的基础:"系地"理念的发掘与确立;

三、实践的意义:更新古代文学研究的观念和方法。

论文最后一节"展望和反思:自动识别作品的互文关系与重建文学历史现场",是文章写成后据评审专家和责任编辑的建议增加的。由于前三部分主要是就唐宋文学编年地图平台来探讨数字人文与古代文学研究的关系,而编年地图只是数字人文在古代文学研究中的一种尝试和可能,数字人文在古代文学研究中还能做什么、有什么用,专家和责编建议再展开一点论述,于是就增加了这一节。

每节的小标题,要注意准确概括出本节的内容,使读者见到标题,就能了然每节讲什么内容、全文是怎样的思路。这样会亮点突出,引人注目。各节小标题如能做到整齐对称、有美感,就更好。

论文开头,一般都有引言。引言怎样写为好?我们觉得,最好的引言是突出问题意识,让读者一看就明白,本文要研究什么问题,为什么要研究这些问题,怎样研究,要不要研究。这些问题不一定都同时提出或回答,但至少要让读者明白文章是研究什么问题的。基于此,本文的引言,虽只有300余字,但说了三层意思。第一层是给数字人文下定义,说明数字人文是什么,因为有些读者对数字人文比较陌生。数字人文的定义有多种,这是我们自己的理解和概括。第二层意思是概说数字人文研究的进展、中国古代文学研究应用数字人文的现状,旨在说明有必要开展古代文学的数字人文研究。第三层着重说明本文要研究什么问题。要注意的是,引言提出的问题,一定与要正文实际讨论的问题相一致,否则会答非所问。

文章的论述要深入。怎样才算深入?我们的体会是,每个问题,要有几个层次,不能只是举几个例子证明。显性的表征是,二级标题之下,要能分出三级标题、四级标题。也就是说,论述最好要有三四个层次。

本文第一节"实践的目的",是第一层次的问题。为充分说明这个问题,我们分三个方面来论述:为何实践、怎样实践、实践结果。这三个方面属于第二层次。为何实践,主要论述要解决的两大问题:资料离散、时空分离。这构成第三层次。资料离散有何表现,文章又从"同类异处"和"异类分隔"两大现象来论述。这是第四层次。至于怎样实践,也就是用怎样的方法、经过哪些过程来实践,文章从数据建模、数据转化、数据关联三个过程来介绍。数据建模又怎么做,建模要包含哪几大要素?于是又层层分析和回答。

层次越多,越能体现出思考和论述的深入。但每个层次,不一定要用序数词"一二三、123、(1)(2)(3)"来划分和体现。文学论文毕竟不是科学论文,要讲究内在的层次感、逻辑性,要在论述中体现出层次。这体现出文字的表达功夫。论文高手,往往不多用"一二三"等序数词来表示,文字的叙述中却能体现出清晰的层次感。

为了引导自己的思考能层层深入,我们推荐使用思维导图软件。思维导图会引导我们一步步、一层层地思考。我们写作此文,事先就做了思维导图,理清和确定写作思路。写作过程中,随着思考的深入和材料的不断发现,有时会调整事先拟定的思路,反复修正,最终确定最佳方案。

本文的思维导图如下:

古代文学研究论文写作：案例与方法

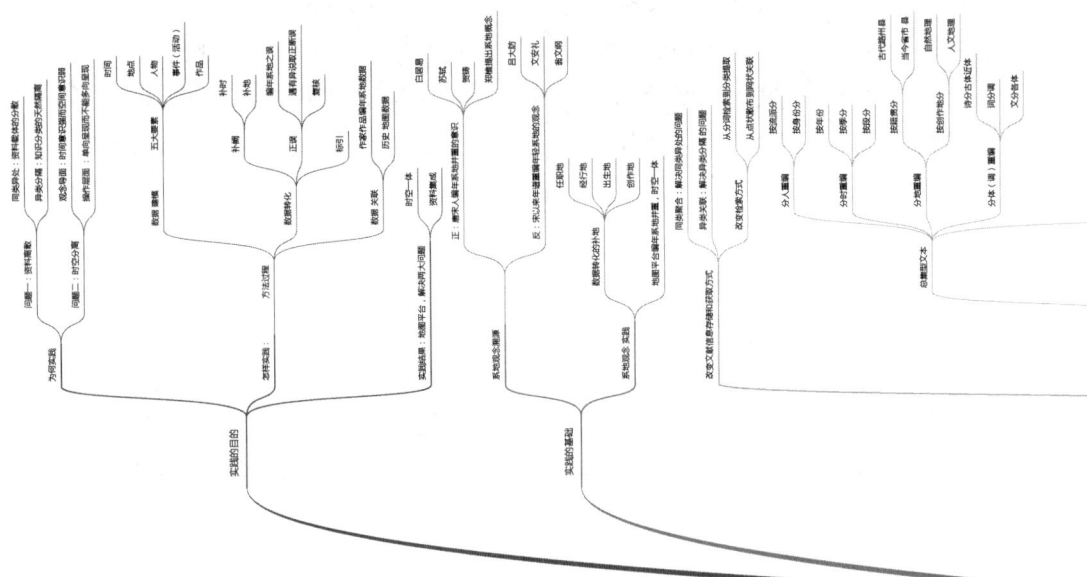

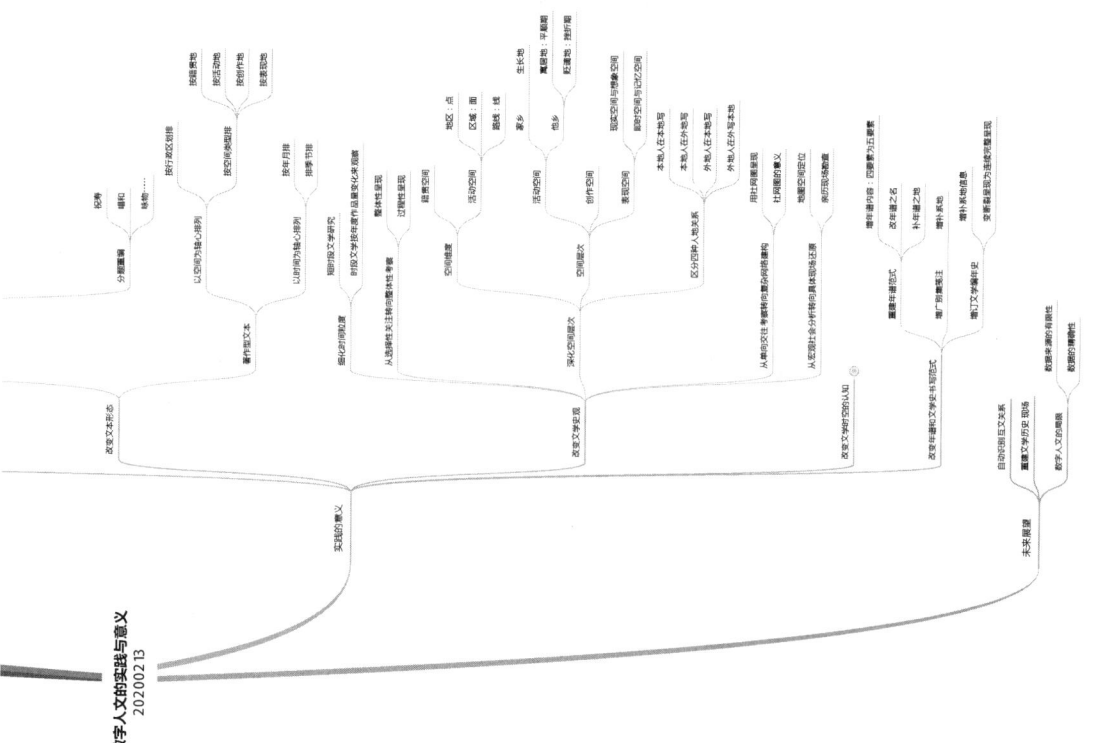

"叙事"语义源流考

——兼论中国古代小说的叙事传统[*]

谭 帆[**]

摘要："叙事"经由《周礼》、史学和文学的语义流变，构成了完整的语义内涵，而在小说领域得以融合和发展。在中国古代，"叙事"内涵丰富，绝非单一的"讲故事"可以涵盖，这种丰富性既得自"事"的多义性，也来自"叙"的多样化。就"事"而言，包括"事物""事件""事情""事由""事类""故事"等多种内涵；而"叙"也包含"记录""叙述""解释"等多重理解。对"叙事"的狭隘理解是 20 世纪以来形成的，并不符合"叙事"的传统内涵，故"叙事"与"narrative"的对译实际"遮蔽"了"叙事"的丰富内涵，而厘清"叙事"的古今差异正是为了更好地把握古代文学尤其是古代小说的自身特性。

关键词：叙事；语义源流；narrative；小说叙事传统

"叙事"一词乃中国固有之术语，语出《周礼》，后在史学、文学领域广泛使用，成为中国古代史学和文学的重要术语之一，尤其在小说等叙事文学发达的明清时期，有关叙事的讨论更是创作者和批评者的常规话语。近年来，随着西方叙事理论的引进，以叙事理论观照中国古代文学（尤其是小说）的现象非常普遍，已然成了研究方法之"新贵"，对推进中国古代文学（尤其是小说）的研究起到了积极的作用。但无可否认，一种理论方法的引进必然要有一个"适应"和"转化"的过程，它所能产生的实际效果取决于两个基点的支撑：一是理论方法本身的精妙

---

[*] 原载《文学遗产》2018 年第 3 期。
[**] 谭帆，华东师范大学中文系教授、博士生导师，教育部"长江学者"特聘教授。兼任国务院学科评议组成员、全国大学语文研究会会长、上海市古典文学研究会会长、上海市社联副主席、《文艺理论研究》主编等。主要从事中国文学批评史、中国小说史和戏曲史的教学与研究。主要著作有《中国古典戏剧理论史》《中国小说评点研究》《中国古代小说文体文法术语考释》《中国小说史研究之检讨》等。

程度及其普适性,二是与研究对象的契合程度及其本土化。本文无意对近年来的叙事理论研究和运用叙事理论探究中国古代文学(尤其是小说)的现状作出评价,我们仅关注以下问题:作为一种理论学说标志的经典术语的对译要充分考虑各自的内涵及其相互之间的关联,否则难免圆凿而方枘,而难以达到实际的效果,或者对研究对象有所遮蔽和贬损。相关例证在20世纪的中国文学研究中不胜枚举,典型者如"小说"与"novel"的对译,"novel"的"虚构之叙事散文"的内涵与"小说"在传统中国的所指之间存在着很大的差异,故"小说"与"novel"的对译实际缩小了古代"小说"之外延,而外延的缩小所带来的是对古代小说史的"遮蔽",而作为术语的"小说"自身也被部分"遮蔽"了,这或许是20世纪中国小说史研究的最大弊端。其实,在叙事理论研究和运用叙事理论探索中国古代文学(尤其是小说)的研究领域,"叙事"与"narrative"的对译同样存在这一问题。杰拉德·普林斯认为叙事"可以把它界定为:对于一个时间序列中的真实或虚构的事件或状态的讲述"[①]。浦安迪谓:"'叙事'又称'叙述',是中国文论里早就有的术语,近年来用来翻译英文'narrative'一词。""当我们涉及'叙事文学'这一概念时,所遇到的第一个问题就是:什么是叙事?简而言之,叙事就是'讲故事'。""叙事就是作者通过讲故事的方式把人生经验的本质和意义传示给他人。"[②]然则这一符合"narrative"的解释是否完全适合传统中国语境中的"叙事"?或者说,"叙事"在传统中国语境中是否真的仅是"讲故事"?更为值得注意的是,在"叙事"与"narrative"的语词对译中,起支配地位和作用的明显是后者,如浦安迪所云:"我们在这里所研究的'叙事',与其说是指它在《康熙字典》里的古文,毋宁说是探索西方的'narrative'观念在中国古典文学中的运用。"[③]这种语词对译中的"霸权"无疑会损害语词各自的准确性,进而影响研究的深入开展和合理把握。由此,对传统中国语境中"叙事"的研究诚是一个有益且亟需的课题。对于这一问题的研究,近年来有所开展,且取得了不俗的成绩,产生了不少有价值的研究成果[④]。本文拟

[①] [美]杰拉德·普林斯(Gerald Prince)著,徐强译:《叙事学——叙事的形式与功能》,中国人民大学出版社2013年版,第2页。
[②] [美]浦安迪:《中国叙事学》,北京大学出版社1996年版,第4—6页。
[③] [美]浦安迪:《中国叙事学》,北京大学出版社1996年版,第4页。
[④] 如董乃斌《中国古典小说的文体独立》(中国社会科学出版社1994年版)、杨义《中国叙事学》(人民出版社1996年版)、傅修延《先秦叙事研究——关于中国叙事传统的形成》(东方出版社1999年版)、王平《中国古代小说叙事研究》(河北人民出版社2001年版)、王靖宇《中国早期叙事文研究》(上海古籍出版社2003年版)、高小康《中国古代叙事观念与意识形态》(北京大学出版社2005年版)等。尤其是董乃斌先生主编的《中国文学叙事传统研究》(中华书局2012年版),分别从汉字构型、古文论、历史纪传、诗词赋乐府、散文、戏剧和章回小说等方面颇为深入地梳理和分析了中国古代的叙事传统。

从术语语义变迁的视角梳理"叙事"在中国古代的源流,也涉及相关叙事文本和叙事学内涵。我们的拟想思路为:"叙事"原始,分析"叙事"作为术语的产生发展及其相关语词;解析"事"在传统叙事领域的多重内涵;作为史学的"叙事"和作为文学的"叙事",分别阐释"叙事"在中国传统文史两大领域各自的思想内核;进而引出本文的归结:中国古代小说的叙事传统。

一、"叙事"原始

"叙事"作为语词由"叙"和"事"二词素构成①。"叙"之本意为次第,即顺序。《说文解字》:"叙,次弟也。"②"叙"之表叙述之意较早见于《国语·晋语三》:"纪言以叙之,述意以导之。"③而"事"之最初含义既指职官,如《战国策·赵策》:"赵太后新用事,秦急攻之。"④《韩非子·五蠹》:"无功而受事,无爵而显荣。"⑤故《说文解字》云:"事,职也。"⑥亦表事件,如《礼记·大学》:"物有本末,事有始终。"⑦在中国古代,将"叙"("序")与"事"连缀成"叙事"或"序事"者较早出现在《周礼》,凡六见,其指称内涵虽与后世之"叙事"有一定差异,但也可以明显感到其中所蕴含的关联。这是"叙事"("序事")最早的集中出现,其内涵在"叙事"语义流变中具有重要意义。其中值得注意者主要有三:

首先,《周礼》中有关"叙事"("序事")的材料,其内涵非常丰富,涉及祭祀、乐舞、天文、政事等多个领域和"小宗伯""乐师""大史""冯相氏""保章氏""内史"等多种职官;而就"叙事"("序事")所指涉的行为而言,则主要包括两个内涵:一是所谓"叙事"就是安排、安顿某种事情。如"小宗伯之职,掌建国之神位……掌衣服、车旗、宫室之赏赐,掌四时祭祀之序事与其礼"⑧。何为"序事"?郑玄注曰:"序事,卜日、省牲、视涤、濯饔爨之事,次序之时。"⑨则所谓"序事"者,乃有序安

---

① 以下对"叙"与"事"的解释可参阅杨义《中国叙事学》、傅修延《先秦叙事研究——关于中国叙事传统的形成》、周建渝《"叙事"概念在史传与文学批评中的运用》(李贞慧主编:《中国叙事学——历史叙事诗文》,台湾清华大学出版社2016年版)等相关论述。
② 段玉裁:《说文解字注》,上海古籍出版社1981年版,第126页下栏。
③ 韦昭注:《国语》,王云五主编《国学基本丛书》,商务印书馆1935年版,第114页。
④ 程夔初:《战国策集注》,上海古籍出版社2013年版,第198页。
⑤ 王先慎:《韩非子集解》,《诸子集成》第5册,中华书局1954年版,第345页。
⑥ 段玉裁:《说文解字注》,上海古籍出版社1981年版,第116页下栏。
⑦ 孙希旦撰,沈啸寰、王星贤点校:《礼记集解》卷二十四,中华书局1989年版,第658页。
⑧ 郑玄注,贾公彦疏:《周礼注疏·春官·大宗伯》,上海古籍出版社2010年版,第704页。
⑨ 郑玄注,贾公彦疏:《周礼注疏·春官·大宗伯》,上海古籍出版社2010年版,第704页。

排四时祭祀之事,包括卜取吉日("卜日")、省视烹牲之镬("省牲")、检查祭器洗涤及祭品烹煮("视涤、濯饔爨")等相关工作。又如"大史掌建邦之六典,以逆邦国之治……正岁年以序事。颁之于官府及都鄙,颁告朔于邦国"①。何为"正岁年"?郑玄注:"中数曰岁,朔数曰年。"贾公彦疏:"云'正岁年'者,谓造历正岁年以闰,则四时有次序,依历授民以事,故云以序事也。"②通俗讲,所谓"序事"是指大史要调整岁和年的误差,按季节安排民众应做的事,并把这种安排颁给各官府及采邑。二是所谓"叙事"明显蕴含"叙述"某种"事件"的成分,如"保章氏掌天星,以志星辰日月之变动,以观天下之迁,辨其吉凶……以诏救政,访序事"。郑玄注:"访,谋也。见其象则当豫为之备,以诏王救其政,且谋今岁天时占相所宜,次序其事。"贾公彦疏:"云'诏'者,诏,告也,告王改修德政。""云'访序事'者,谓事未至者,预告王,访设今年天时也相所宜,次叙其事,使不失所也。"③此处所谓"序事"即据天文向王陈说吉凶并预先布置相关政事或农事。再如"内史掌王之八枋之法,以诏王治……掌叙事之法,受纳访,以诏王听治"。郑玄注:"叙,六叙也。纳访,纳谋于王也。"贾公彦疏:"云'叙,六叙也'者,案:《小宰职》有六序。六序之内云'六曰以序听其情',是其听治之法也。"④则所谓"叙事"者,谓内史掌奏事之法,依次序接纳群臣的谋议向王进献。而其中对灾异的辨析、"以诏王听治"所接纳的谋议,叙述事件的成分可谓无处不在。

第二,在《周礼》中,"叙事"("序事")所涉及的行为具有明显的空间性和时间性,强调以"时空"之秩序安排事物或安顿事件⑤。如"乐师掌国学之政……凡乐,掌其序事,治其乐政"。郑玄注:"序事,次序用乐之事。"贾公彦说得更为明

---

① 郑玄注,贾公彦疏:《周礼注疏·春官·大史》,上海古籍出版社 2010 年版,第 997—1000 页。柳诒征《国史要义》云:"《周官》太史之职,赅之曰正岁年以叙事。此叙事二字,固广指行政,而史书之以日系月,以月系时,以时系年,所以纪远近别同异者,亦赅括于其内矣。"柳诒征:《国史要义》,上海古籍出版社 2007 年版,第 12 页。
② 郑玄注,贾公彦疏:《周礼注疏·春官·大史》,上海古籍出版社 2010 年版,第 999 页。
③ 郑玄注,贾公彦疏:《周礼注疏·春官·保章氏》,上海古籍出版社 2010 年版,第 1019—1024 页。
④ 郑玄注,贾公彦疏:《周礼注疏·春官·内史》,上海古籍出版社 2010 年版,第 1024—1025 页。
⑤ 杨义《中国叙事学》:"在语义学上,叙与序、绪相通,这就赋予叙事之叙以丰富的内涵,不仅字面上有讲述的意思,而且也暗示了时间、空间的顺序以及故事线索的头绪。"(杨义:《中国叙事学》,人民出版社 1996 年版,第 11 页)周建渝《"叙事"概念在史传与文学批评中的运用》:"'叙'乃次叙之一种,'次叙'乃依次而叙,或按照所叙对象之顺序进行叙述。这个顺序,或指先后顺序,此涉及时间性质;或指方位、等级、层次顺序,此涉及空间性质。"见李贞慧主编:《中国叙事学——历史叙事诗文》,第 67 页。

曰:"云'掌其序事'者,谓陈列乐器,及作之次第,皆序之,使不错谬。"①故所谓"序事"者,是谓"乐师"在用乐之时,负责在空间上陈列乐器和在时间上确定作乐之次第。又如"冯相氏,掌十有二岁、十有二月、十月二辰、十日、二十有八星之位,辨其叙事,以会天位"。郑玄注曰:"辨其叙事,谓若仲春辨秩东作,仲夏辨秩南讹,仲秋辨秩西成,仲冬辨在朔易。会天位者,合此岁月日辰星宿五者,以为时事之候。"②"东作""南讹""西成""朔易"均指春夏秋冬相应之政事或农事,其中所体现的时间性清晰可见。同时,无论"叙"还是"序",都包含了浓重的"秩序""规范"之意,而这正是后世"叙事"和"叙事学"最为基本的要求。且看《周礼·天官·小宰》的一段表述:

> 以官府之六叙正群吏。一曰以叙正其位,二曰以叙进其治,三曰以叙作其事,四曰以叙制其食,五曰以叙受其会,六曰以叙听其情。

郑玄注:"叙,秩次也,谓先尊后卑也。"贾公彦疏:"凡言'叙'者,皆是次叙。先尊后卑,各依秩次,则群吏得正,故云正群吏也。"③可见,所谓"次叙"虽然以"尊卑之常"为基础,但强调"秩序"和"次叙"是一致的。还需注意的是,在《周礼》中,涉及"叙事"("序事")的史料均在《春官宗伯第三》,如此集中恐怕并非无因,《周礼》分天、地、春、夏、秋、冬(冬官缺)六官,分掌治、教、礼、政、刑、事六典,春官是"礼官",《叙官》云:"惟王建国,辨方正位,体国经野,设官分职,以为民极。乃立春官宗伯,使帅其属而掌邦礼,以佐王和邦国。"④主要执掌"吉、凶、宾、军、嘉"等五礼,而"秩序"正是"礼"最为重要的内涵和追求。

第三,在《周礼》涉及"叙事"("序事")的六条材料中,有关"事"的内涵已呈现多样化的特色。其中包括:事物(如陈列之乐器)、事情(如安排作乐之次序、检查祭祀之工作)、事件(如灾异吉凶之事)等。

二、作为史学的"叙事"

《周礼》之后,"叙事"("序事")作为一般用语的使用基本消失,代之而起的是

---

① 郑玄注,贾公彦疏:《周礼注疏·春官·乐师》,上海古籍出版社 2010 年版,第 863—867 页。
② 郑玄注,贾公彦疏:《周礼注疏·春官·冯相氏》,上海古籍出版社 2010 年版,第 1007 页。
③ 郑玄注,贾公彦疏:《周礼注疏·天官·小宰》,上海古籍出版社 2010 年版,第 76 页。
④ 郑玄注,贾公彦疏:《周礼注疏·春官·大宗伯》,上海古籍出版社 2010 年版,第 619 页。

"叙事"进入"文本"领域,用作"文本"写作和评价的术语,这最初出现在史学领域,并伴生出"记事""纪事"等语词。

"史"与"叙事"关系密切。"史""事"在《说文解字》中均隶"史部",《说文》云:"史,记事者也。"①可见"史"的最初含义即指史官,而其职责就是"记事"。当然,史官之职不限于"记事",刘知幾《史通·史官建置》云:"寻自古太史之职,虽以著述为宗,而兼掌历象、日月、阴阳、管数。"②王国维《释史》云:"史为掌书之官,自古为要职。"③可见,记载史事、掌管天文和管理文献是"史"("史官")的三重职能。而落实到"文本","史"既以"著述为宗",则"记事"当然是其首务,故宋代真德秀直接将"叙事"之源头引向"古史官",其云:

> 按叙事起于古史官,其体有二:有纪一代之始终者,《书》之《尧典》《舜典》与《春秋》之经是也,后世本纪似之。有纪一事之始终者,《禹贡》《武成》《金縢》《顾命》是也,后世志记之属似之。又有纪一人之始终者,则先秦盖未之有,而昉于汉司马氏,后之碑志事状之属似之。④

以"叙事""序事"与"记事""纪事"两组语词评价史著文本最早大多出现在汉代,"纪事"出现于《史记·秦本纪》:"十三年,初有史以纪事,民多化者。"⑤"叙事"见于扬雄《法言》:"文丽用寡,长卿也;多爱不忍,子长也。"注曰:"《史记》叙事,但美其长,不贬其短,故曰多爱。"⑥"记事"语出《汉书·艺文志》"小说家"注《青史子》:"古史官记事也。"⑦"序事"则见于《后汉书》:"若固之序事,不激诡,不抑抗,赡而不秽,详而有体,使读之者亹亹而不厌,信哉其能成名也。"⑧汉以来,"叙事"("序事")、"记事"("纪事")在史著文本中广为运用,成为史学批评的重要

---

① 段玉裁:《说文解字注》,上海古籍出版社1981年版,第116页下栏。
② 刘知幾著,浦起龙通释:《史通通释》,上海古籍出版社2009年版,第284页。
③ 王国维:《观堂集林》卷六《释史》,谢维扬、房鑫亮主编:《王国维全集》第八卷,浙江教育出版社2009年版,第175页。又《周礼》:"府六人,史十有二人。"郑注云:"史,掌书者。"见(汉)郑玄注,(唐)贾公彦疏:《周礼注疏·天官·序官》,上海古籍出版社2010年版,第9页。
④ 真德秀:《文章正宗·纲目》,元至正元年(1341)高仲文刻明修本。清代章学诚也有类似看法:"古文必推叙事,叙事实出史学。"见(清)章学诚著,仓修良编:《文史通义新编·上朱大司马论文》,上海古籍出版社1993年版,第637页。
⑤ 司马迁撰:《史记·秦本纪》,中华书局1982年版,第179页。
⑥ 扬雄撰,汪荣宝注疏,陈仲夫点校:《法言义疏》,中华书局1987年版,第507页。
⑦ 班固撰,颜师古注:《汉书·艺文志》,中华书局1962年版,第1744页。
⑧ 范晔撰,李贤等注:《后汉书·班彪列传》,中华书局1965年版,第1386页。

术语,且两组四个语词基本通用,未有太明显之差别①。

"叙事"在史学中用分二途:一是作为对史书和史家的评价术语,尤其针对史家;二是作为史著写作法则之术语。

作为对史书和史家的评价术语,"叙事"是古代史学中判别一部史书或一个史家优劣的重要途径和标准。刘知幾甚至认为:"夫史之称美者,以叙事为先。"②故从"叙事"角度评价史书和史家者在中国古代不绝如缕,沈约《宋书》评王韶之《晋安帝阳秋》:"善叙事,辞论可观,为后代佳史。"③房玄龄等《晋书》评陈寿:"时人称其善叙事,有良史之才。"④刘知幾《史通》谓:"夫识宝者稀,知音盖寡。近有裴子野《宋略》、王劭《齐志》,此二家者,并长于叙事,无愧古人。"⑤评《左传》:"盖左氏为书,叙事之最。"⑥《新唐书》评吴兢:"兢叙事简核,号良史。"⑦可见,所谓"善叙事""长于叙事"是具备"良史之才"和成为"良史"的重要条件和标尺。

作为史著写作法则之术语,古代史学中围绕"叙事"而展开的讨论主要涉及三个层面:"实录""劝善惩恶"和叙事形式。

先看两则引文:

> 司马迁记事,不虚美,不隐恶。刘向、扬雄服其善叙事,有良史之才,谓之实录。⑧

> 微而显,志而晦,婉而成章,尽而不污,惩恶而劝善,左氏释经,有此五体。其实左氏叙事,亦处处皆本此意。⑨

这两则引文所涉及的内涵在史学叙事中至为重要,是古代史学叙事的两个

---

① 最为典型者是唐代史学家刘知幾,其《史通》基本通用诸语词作为其史学评论的术语:如《春秋》则传以解经,《史》《汉》则传以释纪。寻兹例草创,始自子长,而朴略犹存,区分未尽。如项王宜传,而以本纪为名,非惟羽之僭盗,不可同于天子;且推其序事,皆作传言,求谓之纪,不可得也。"(浦起龙:《史通通释·列传》,第41—42页)"观丘明之记事也,当桓、文作霸,晋、楚constituent盟,则能饰彼词句,成其文雅。及王室大坏,事益纵横,则《春秋》美辞,几乎翳矣。观子长之叙事也,自周已往,言所不该,其文阔略,无复体统。"(《史通通释·叙事》,第154页)
② 刘知幾著,浦起龙通释:《史通通释·叙事》,上海古籍出版社2009年版,第152页。
③ 沈约撰:《宋书》卷六十《王韶之传》,中华书局1974年版,第1625页。
④ 房玄龄等撰:《晋书》卷八十二《陈寿传》,中华书局1974年版,第2137页。
⑤ 刘知幾著,浦起龙通释:《史通通释·叙事》,上海古籍出版社2009年版,第154页。
⑥ 刘知幾著,浦起龙通释:《史通通释·模拟》,上海古籍出版社2009年版,第206页。
⑦ 欧阳修、宋祁等撰:《新唐书》卷一百三十二《吴兢传》,中华书局1975年版,第4529页。
⑧ 陈寿撰,裴松之注:《三国志·魏书·锺繇华歆王朗传》,中华书局1982年版,第418页。
⑨ 刘熙载著,袁津琥校注:《艺概注稿》,中华书局2009年版,第4页。

重要原则,即:"书法不隐"的"实录"和"劝善惩恶"的"史意"。

所谓"书法不隐"的"实录"准则最早见于《左传》,《左传》宣公二年记载孔子针对晋国史官董狐所书"赵盾弑其君"一事评价道:"董狐,古之良史也,书法不隐。"①"书法不隐"即指史官据事直书的记事原则,这一准则被后世奉为作史之圭臬,所谓"不虚美,不隐恶""文直而事核"的"实录"境界,成为中国古代史学叙事的一个重要标准。"劝善惩恶"的"史意"最早见于《左传》对《春秋》一书的评价和《孟子》对《春秋》之"义"的揭示,《孟子·离娄下》:"王者之迹熄而《诗》亡,《诗》亡而后《春秋》作……其事则齐桓、晋文,其文则史。孔子曰:'其义则丘窃取之矣。'"②何谓"《春秋》"之义"?《左传·成公十四年》作了总结:"《春秋》之称微而显,志而晦,婉而成章,尽而不污,惩恶而劝善,非圣人谁能修之。"③被后人称之为《春秋》"五志",刘熙载谓:"其实左氏叙事,亦处处皆本此意。"可见,"劝善惩恶"的"史意"亦为史家叙事的一个重要原则。

案"实录无隐"与"劝善惩恶"貌虽异而实一致,"实录无隐"是指秉笔直书,无所隐讳,所谓"南史抗节,表崔杼之罪;董狐书法,明赵盾之愆"④。故刘勰要求史家"辞宗丘明,直归南、董。"⑤然南史、董狐之"实录"乃最终系于政治道德评判,从而体现史家的"劝善惩恶"之旨,故"直笔"是"表","劝惩"是"实",所谓"实录"是以"劝善惩恶"为内在依据的,"劝善惩恶"是古代史家最崇高的理想和目的。

关于叙事形式,史学史上讨论最为详备的是刘知幾,其《史通》单列《叙事》篇,专门探究史著的叙事形式,这是古代史学中一篇重要的叙事专论。细究刘知幾《史通》,关于叙事形式,有如下三点需要关注:

其一,《叙事》篇虽以"叙事"作为篇名,但讨论叙事形式之范围并不宽广,基本在叙事的语言修辞范畴。观其论述之脉络,此篇大致可分为四段:开首以"夫史之称美者,以叙事为先"领起,以下则"区分类聚,定为三篇",即以三个专题分论叙事问题。计分:"尚简",阐释"叙事之工者,以简要为主"的道理和实践;"用晦",说明"省字约文,事溢于句外""一言而巨细咸该,词组而洪纤靡漏"的叙事"用晦之道";"戒妄",指出史著叙事"或虚加练饰,轻事雕彩;或体兼赋颂,词类俳

---

① 杨伯峻编注:《春秋左传注·宣公二年》,中华书局1990年版,第663页。
② 焦循撰,沈文倬点校:《孟子正义·离娄下》,中华书局1987年版,第574页。
③ 杨伯峻编注:《春秋左传注·成公十四年》,中华书局1990年版,第870页。
④ 令狐德棻等撰:《周书》卷三十八《柳虬传》,中华书局1971年版,第681页。
⑤ 刘勰撰,詹锳义证:《文心雕龙义证·史传》,上海古籍出版社1989年版,第620页。

优"的弊端①。故从语言修辞角度阐释"叙事"是刘知幾《叙事》篇的基本脉络,而综观《史通》,刘知幾将《叙事》与《言语》《浮词》三篇合为一组,实有意旨相近、互为参见之意。又:刘氏虽以"尚简""用晦""戒妄"分别论述叙事法则,而其核心乃在于"简要",故"简要"是刘知幾《叙事》一篇之主脑。其对"简要"之追求有时近乎严苛,"《汉书·张苍传》云:'年老,口中无齿。'盖于此一句之内去'年'及'口中'可矣。夫此六文成句,而三字妄加"②。刘知幾以"简要"为叙事之纲符合中国古代史学之实际,纵观历来对史著叙事之评判,"简要"之标准乃一以贯之。如《旧唐书·吴兢传》:"叙事简要,人用称之。"③赵翼《廿二史札记》评《金史》:"行文雅洁,叙事简括。"④王鸣盛《十七史商榷》言:"史家叙事贵简洁。"⑤《四库全书总目提要》评《新安志》:"序事简括不繁,(其序事)又自得立言之法。"⑥不一而足。

其二,《史通》论述史著叙事尚有《书事》一篇,探讨史家"书事之体",可谓与《叙事》篇相表里。浦起龙按:"《书事》与《叙事》篇各义。《叙事》以法言,《书事》以理断。"⑦前句言"各义",确然;后句以"法言""理断"区分,则非!其实,《叙事》篇重在"叙",《书事》篇重在"事",两篇融和,方为"叙事"之合璧。该篇详细论述了史家对所叙之"事"的要求及历来史著在叙"事"方面之弊端。就所叙之"事"而言,分析了荀悦"五志":"达道义""彰法式""通古今""著功勋""表贤能"。干宝"释五志":"体国经野之言则书之""用兵征伐之权则书之""忠臣烈士孝子贞妇之节则书之""文诰专对之辞则书之""才力技艺殊异则书之。"再"广以三科,用增前目","三科"谓:"叙沿革""明罪恶""旌怪异",即"礼仪用舍,节文升降则书之;君臣邪辟,国家丧乱则书之;幽明感应,祸福萌兆则书之"⑧。认为"以此三科,参诸五志,则史氏所载,庶几无阙"。可见,在刘氏看来,所谓"事"者非独"事件"之谓也,至少还包括"体国经野之言""文诰专对之辞"及"礼仪用舍,节文升降"的制度沿革。

其三,刘知幾虽然以专文论述"叙事",且从"尚简""用晦""戒妄"三方面详论叙事的特性,但其实,刘氏并不太看重叙事形式层面的内涵。尝言:"夫史之叙事也,当辩而不华,质而不俚,其文直,其事核,若斯而已可也。必令同文举之含异,

---

① 刘知幾著,浦起龙通释:《史通通释·叙事》,上海古籍出版社2009年版,第167页。
② 刘知幾著,浦起龙通释:《史通通释·叙事》,上海古籍出版社2009年版,第158页。
③ 刘昫等撰:《旧唐书》卷一百二《吴兢传》,中华书局1975年版,第3182页。
④ 赵翼著,王树民校证:《廿二史札记校证》卷三十一,中华书局2013年版,第721页。
⑤ 王鸣盛著,黄曙晖点校:《十七史商榷》卷六十八,上海古籍出版社2013年版,第955页。
⑥ 永瑢等撰:《四库全书总目》,中华书局1965年版,第598页。
⑦ 刘知幾著,浦起龙通释:《史通通释·书事》,上海古籍出版社2009年版,第217页。
⑧ 刘知幾著,浦起龙通释:《史通通释·书事》,上海古籍出版社2009年版,第213页。

等公干之有逸,如子云之含章,类长卿之飞藻,此乃绮扬绣合,雕章缛彩,欲称实录,其可得乎?"①从其"若斯而已可也""欲称实录,其可得乎"的语气中不难看出其中所蕴含的价值趋向。在他看来,一部史书的成功与否主要取决于历史本身,所谓"言媸者其史亦拙,事美者其书亦工。必时乏异闻,世无奇事,英雄不作,贤俊不生,区区碌碌,抑惟恒理,而责史臣显其良直之体,申其微婉之才,盖亦难矣"②。故在"叙事"之两端——"事"与"文"的关系上,刘知幾是"事""文"两分,且明显地"重事轻文"。③

其实,在中国传统史学中,不独"事""文"两分,更为典型的是"义""事""文"三分,并将对"史意"的追求看作史家叙事之首务。清代章学诚《文史通义·言公》上篇云:"载笔之士,有志《春秋》之业,固将惟义之求,其事与文,所以藉为存义之资也……作史贵知其意,非同于掌故,仅求事文之末也。"④在《申郑》篇中又进而指出:"夫事即后世考据家之所尚也,文即后世词章家之所重也。然夫子所取,不在彼而在此,则史家著述之道,岂可不求义意所归乎!"⑤明确地以"求义意所归"为史学的最高目标。故在这种背景下,传统史学对"叙事"的探究并不细密,所谓"叙事"的要求更多的落实于原则层面,这便是:"实录""劝善惩恶"和"简要"。

三、作为文学的"叙事"

在中国古代,"叙事"内涵最为丰赡的是在文学领域,对"叙事"问题讨论最多的也是在文学领域⑥,且完成了一个重要转折——对叙事形式的重视。其中有几个节点值得重视:

第一,据现有史料,在文学领域比较集中地谈论"叙事"大概是在齐梁时期⑦。以"叙事"评价各体文学者日趋丰富,"叙事"之指称范围也日益繁复,且在

---

① 刘知幾著,浦起龙通释:《史通通释·鉴识》,上海古籍出版社2009年版,第191页。
② 刘知幾著,浦起龙通释:《史通通释·叙事》,上海古籍出版社2009年版,第154页。
③ 章学诚也有类似看法:"叙事之文,作者之言也。为文为质,惟其所欲,期如其事而已矣。"(清)章学诚著,叶瑛校注:《文史通义校注》,中华书局1985年版,第508页。
④ 章学诚著,叶瑛校注:《文史通义校注》,中华书局1985年版,第171—172页。
⑤ 章学诚著,叶瑛校注:《文史通义校注》,中华书局1985年版,第464页。
⑥ 此处所谓"文学"不取当今的纯文学观念,比较近似《文选》"事出于沈思,义归乎翰藻"的文学观念,亦与宋以来的文章概念相类似。
⑦ 孙毓评《诗经·大雅·生民》:"《诗》之叙事,率以其次。既簸穅矣,而甫以蹂,为蹂黍当先,蹂乃得舂,不得先舂而后蹂也。既蹂即释之烝之,是其次。"其中已出现"叙事",但尚不普遍,且从经学立论。引自毛亨传,郑玄笺,孔颖达疏,陆德明音释:《毛诗注疏》,上海古籍出版社2013年版,第1546页。

"辨体"过程中,逐渐凸显了文学各体之叙事特性和风貌。先看引文:

> 傅毅所制,文体伦序;孝山、崔瑗,辨洁相参。观其序事如传,辞靡律调,固诔之才也。①

> 自后汉以来,碑碣云起……其叙事也该而要,其缀采也雅而泽。清词转而不穷,巧义出而卓立。察其为才,自然而至矣。②

> 建安哀辞,惟伟长差善,《行女》一篇,时有恻怛。及潘岳继作,实踵其美。观其虑赡辞变,情洞悲苦,叙事如传,结言摹诗,促节四言,鲜有缓句:故能义直而文婉,体旧而趣新。③

> 次则箴兴于补阙,戒出于弼匡,论则析理精微,铭则序事清润,美终则诔发,图像则赞兴。④

上述四则引文及其相关文献蕴含两个共性:突出叙事文体的特性,注重叙事文体的形式。"诔""碑""哀""铭"均为叙事文体,都体现了对某种事件的叙述,故以"叙事如传""叙事也该而要"和"序事清润"作描述性评价。而因各种文体之性质有不同,故又着重辨析其叙事个性,如"详夫诔之为制,盖选言录行,传体而颂文,荣始而哀终","夫属碑之体,资乎史才,其序则传,其文则铭。""哀"则因其对象"不在黄发,必施夭昏"(指年幼而死者),故所叙之事件有其特殊性,"幼未成德,故誉止于察惠;弱不胜务,故悼加乎肤色"。其形式,则"情主于痛伤,而辞穷乎爱惜","必使情往会悲,文来引泣,乃其贵耳。"以"润"概言"铭"之叙事特色,不独萧统,陆机《文赋》"铭博约而温润"⑤,刘勰《文心雕龙·铭箴》"铭兼褒赞,故体贵弘润"⑥。"清润""温润""弘润"基本同义,均指因"铭兼褒赞"而在叙事上体现的特殊品格,既指涉所叙之事件的选择,也兼及语言、风格等形式内涵。齐梁时期对于叙事文的重视及其文体辨析对后世影响深巨,实则开启了后代畅论叙事文体的传统,唐宋以降,随着文体的不断丰富和文章学的成熟,叙事文体及其理论辨析得到了空前的重视和发展。

---

① 刘勰撰,詹锳义证:《文心雕龙义证·史传》,上海古籍出版社1989年版,第431页。
② 刘勰撰,詹锳义证:《文心雕龙义证·史传》,上海古籍出版社1989年版,第450页。
③ 刘勰撰,詹锳义证:《文心雕龙义证·哀吊》,上海古籍出版社1989年版,第470—471页。
④ 萧统编,李善注:《文选·序》,上海古籍出版社1986年版,第2页。
⑤ (南朝梁)萧统编,(唐)李善注:《文选·陆机〈文赋〉》,上海古籍出版社1986年版,第766页。
⑥ 刘勰撰,詹锳义证:《文心雕龙义证·铭箴》,上海古籍出版社1989年版,第420页。

此时期除直言"叙事"("序事")之外,萧统《文选》在体制上还有一特异之处,亦体现"叙事"的独特内涵,这就是"《文选》在录入独立文体的作品时,一并'剪截'了史书所叙产生此作品之'事',称之为'序'"。如《文选》赋"郊祀类"录扬雄《甘泉赋》,其起首云:"孝成帝时,客有荐雄文似相如者。上方郊祀甘泉泰畤、汾阴后土,以求继嗣。召雄待诏承明之庭。正月,从上甘泉还,奏《甘泉赋》以风。"此段文字即从《汉书·扬雄传》"剪截"而来,用于叙说《甘泉赋》产生之"事"。① 在此,所谓"叙事"不过是陈说某种背景或缘起而已,而这种独立的"序"对后世影响甚大,作家在文学创作尤其是抒情文体创作中加"序"在后代蔚然成风,这在宋词创作中尤为突出,宋词小序,或铺排背景,或陈述缘起,或介绍过程,或补足本事,或议论抒情,体现了"叙事"的多样性②。

第二,大约从唐代开始,文学批评已将"叙事"作为文学的一大脉流与"缘情"并列,《隋书》云:"唐歌虞咏,商颂周雅,叙事缘情,纷纶相袭,自斯已降,其道弥繁。"③颇有意味的是,唐宋以来,素来被视为"缘情"一脉的诗歌领域也不乏以"叙事"评判诗歌的史料,《文镜秘府论》谓:"是故诗者,书身心之行李,序当时之愤气。气来不适,心事或不达,或以刺上,或以化下,或以申心,或以序事,皆为中心不决,众不我知。由是言之,方识古人之本也。"④其中有两个现象值得关注:

一是在诗歌创作中直接以"叙事"名题,这在唐诗中就十分普遍。《全唐诗》以"叙事"名题者不胜枚举,如韩翃《家兄自山南罢归献诗叙事》、杜牧《奉送中丞姊夫俦自大理卿出镇江西叙事书怀因成十二韵》、赵嘏《叙事献同州侍御三首》、郑谷《叙事感恩上狄右丞》、韦应物《张彭州前与缑氏冯少府各惠寄一篇多故未答张已云没因追哀叙事兼远简冯生》、方干《自缙云赴郡溪流百里轻棹一发曾不崇朝叙事四韵寄献段郎中》等。其内容丰富,或记事,或追忆,均以叙事遣怀为其特性。而所谓"叙事"者,非谓叙述一段史实,一个故事,或表现一个人物之行状,而是借某事(或"某人")为事由,叙写一个过程和一段情怀。试举韦应物《张彭州前与缑氏冯少府各惠寄一篇多故未答张已云没因追哀叙事兼远简冯生》以证之,诗曰:

---

① 参见胡大雷:《"左史记言,右史记事"与文体生成——关于叙事诸文体录入总集的讨论》,《中山大学学报(社会科学版)》2015年第4期。
② 参见赵晓岚:《论宋词小序》,《文学遗产》2002年第6期。
③ 魏征等撰:《隋书·经籍志》,中华书局1973年版,第1090页。
④ [日]遍照金刚:《文镜秘府论·论文意》,人民文学出版社1975年版,第132页。

君昔掌文翰，西垣复石渠。朱衣乘白马，辉光照里闾。余时忝南省，接宴愧空虚。一别守兹郡，蹉跎岁再除。长怀关河表，永日简牍余。郡中有方塘，凉阁对红蕖。金玉蒙远贶，篇咏见吹嘘。未答平生意，已没九原居。秋风吹寝门，长恸涕涟如。覆视缄中字，奄为昔人书。发鬓已云白，交友日凋疏。冯生远同恨，憔悴在田庐。①

诗中所叙与诗题契合，其叙写之人物（韦应物、张彭州、冯少府）和事件（未答张冯之书函、张亡故、与冯天各一方），其实都是韦氏表达其情怀（忆往事、悼亡友、叹憔悴）的事由。

二是宋代的诗学批评对"叙事"内涵的重视，并直接提出诗歌的"叙事体"等概念：

刘后村云：《木兰诗》，唐人所作也。《乐府》中，惟此诗与《焦仲卿妻诗》作叙事体，有始有卒，虽辞多质俚，然有古意。②

蔡宽夫《诗话》云：子美诗善叙事，故号诗史，其律诗多至百韵，本末贯穿如一辞，前此盖未有。③

《生民诗》是叙事诗，只得恁地。盖是叙，那首尾要尽。④

此处所谓"叙事体"专指那些叙写事件"有始有卒""本末贯穿""首尾要尽"的诗歌作品，故其"叙事"与上文所述迥然相异。

第三，在中国古代，文学创作喜用故实和典故，称之为"事类"。⑤ 挚虞《文章流别论》云："古诗之赋，以情义为主，以事类为佐。"⑥刘勰《文心雕龙·事类》谓："事类者，盖文章之外，据事以类义，援古以证今者也。"⑦而由对"事类"的重视出现了许多专供艺文习用的"类书"，如《北堂书钞》《艺文类聚》《初学记》等，在这些

---

① 韦应物：《张彭州前与缑氏冯少府各惠寄一篇多故未答张已云没因追哀叙事兼远简冯生》，见（清）彭定求等编：《全唐诗》卷一百九十一，中华书局1960年版，第1967页。
② 蔡正孙：《诗林广记》前集卷六，中华书局1982年版，第121页。
③ 胡仔纂集、廖德明校点：《苕溪渔隐丛话》前集卷十八，人民文学出版社1981年版，第119页。
④ 黎靖德编、王星贤点校：《朱子语类》卷八十一，中华书局1986年版，第2129页。
⑤ 一般而言，"事类"即指故实或典故，但刘勰《文心雕龙·事类》所述还包括引用前人或古书中的言辞。参见陆侃如、牟世金译注：《文心雕龙译注》（下），齐鲁书社1982年版，第220页。
⑥ 郭绍虞主编：《中国历代文论选》（上），中华书局1962年版，第157页。
⑦ 刘勰撰，詹锳义证：《文心雕龙义证·事类》，上海古籍出版社1989年版，第1407页。

类书中,有专门对"事类"的解释,这种解释有时径称为"叙事",值得我们充分注意。

"类书"在中国古代源远流长,一般认为,由魏文帝曹丕召集群儒编纂的《皇览》乃类书之始祖,历代编纂不辍,蔚为大观。"类书"之功能或临时取给用便检索,或储材待用备文章之助,还能辑录佚书,校勘古籍。"类书"之体例前后有异,大致而言,唐前类书,偏于类事,不重采文,欧阳询《艺文类聚序》谓:"前辈缀集,各抒其意。《流别》《文选》,专取其文;《皇览》《遍略》,直书其事。文义既殊,寻检难一。"《艺文类聚》乃开创新局,取"事居其前,文列其后"之新例,"使览者易为功,作者资其用"。①《艺文类聚》先例一开,后起者仿效纷纷,"事""文"并举遂成"类书"之常规,兼有"百科全书"与"资料汇编"之效②。

《初学记》乃唐玄宗李隆基命集贤学士徐坚等撰集,凡三十卷。体例祖述《艺文类聚》又有所推进,其每一子目均分"叙事""事对"和"诗文"三个部分,其中"事""文"并举承续《艺文类聚》,"叙事"部分则更为精细和条贯。胡道静评曰:"其他类书,只是把征集的类事,逐条抄上,条与条之间,几乎没有联系,因此仅仅是个资料汇辑的性质。《初学记》的'叙事'部分,虽然也征集类事,然而经过一番组造,把类事连贯起来,成为一篇文章。"③故《四库全书总目》评其"叙事虽杂取群书,而次第若相连属"④,诚非虚誉!试举"文章"之"叙事"为例:

> 文章者,孔子曰:焕乎其有文章。子贡曰:夫子之文章,可得而闻也。(见《论语》)。盖诗言志,歌永言。(见《尚书》)。不歌而诵谓之赋。古者登高能赋,山川能祭,师旅能誓,丧纪能诔,作器能铭,则可以为大夫矣。三代之后,篇什稍多。又训诰宣于邦国,移檄陈于师旅,笺奏以申情理,箴诫用弼违邪,赞颂美于形容,碑铭彰于勋德,谥册褒其言行,哀吊悼其沦亡,章表通于下情,笺疏陈于宗敬,论议平其理,驳难考其差,此其略也。⑤

《初学记》之"叙事"在"叙事"这一术语的语义源流中有着颇为特殊的内涵。其可注意者在两个方面:一为"事"的事物性,二为"叙"的解释性(陈列所释"事"

---

① 欧阳询:《艺文类聚》,中华书局1965年版,第27页。
② 胡道静:《中国古代的类书》,中华书局1982年版,第8页。
③ 胡道静:《中国古代的类书》,中华书局1982年版,第96页。
④ 永瑢等撰:《四库全书总目》,中华书局1965年版,第1143页。
⑤ 徐坚:《初学记》卷二十一文部,中华书局1962年版,第511页。

之成说以解释之）。故简言之，类书之所谓"事"者，非故事、事件之谓也，乃事物之谓也，而所谓"叙事"者，亦解释事物之谓也。胡道静评曰：《初学记》的"'叙事'部分似刘宋颜延之和梁元帝萧绎的《纂要》""因为它们富于对事物的解释性。《纂要》并不是类书，但和类书接近，《隋书·经籍志》著录颜书于子部杂家类，和《博物志》《广志》《博览》《古今注》《珠丛》《物始》等书列在一起，盖视为解释名物之书。"①可谓切中肯綮。

第四，两宋时期，文章总集勃兴，不仅数量繁多，在文章收录方面也颇多新意，其中叙事文的大量阑入即为一大特色。"《文苑英华》等宋人总集与《文选》相比，明显多出传、记二体。"宋代"文章学内部越来越重视叙事性，叙事性文章也大为增多。"②而真德秀《文章正宗》将文章分为"辞命""议论""叙事""诗赋"四大类，则标志了以"叙事"作为文类名称的诞生，在"叙事"的语义流变史上具有重大意义。

《文章正宗》以"叙事"作为文类③，体现了"叙事"的多样性。全书"叙事"类共收录文章123篇，包括《左传》《史记》等史传文章，以及碑志、行状、记、序、传等文体，基本笼括了"叙事"的相关文体，可见"叙事"作为文章之一大类的概念和意识已经确立。而细审其具体篇目，更可看出"叙事"的多重内涵，且不论《左传》《史记》之文，碑志、行状之篇，那些重在议论的如韩愈《送李愿归盘谷序》，偏于写景的如柳宗元《钴鉧潭记》等，真德秀均一并收入，可见其对"叙事"认识的宽泛。尤可注意者，真德秀《文章正宗》以史入总集，消解了文章与史的区别，强化了史的"叙事文"性质。"史"入总集以两宋为始，而真德秀《文章正宗》更在观念上加以确认，并在技术和体例上完成了"史"作为"叙事文"的改造。胡大雷分析道：

> （《文章正宗》)解决了以往"记事之史，系年之书"不成"篇翰"的问题。……破《左传》以"年"为单位的记事而以"叙事"为单位，篇题为"叙某某本末"，如第一篇《叙隐桓嫡庶本末》，或"叙某某"，如《叙晋文始霸》。这些"叙事"，或为一年之中多种事的某一选录，或为一事跨两年度的合一，如"左氏"《叙晋人杀厉公》就是把成公十七年和成公十八年事合在一起为一篇。

---

① 胡道静：《中国古代的类书》，中华书局1982年版，第94页。
② 吴承学：《中国古代文体学研究》，人民出版社2011年版，第321页。
③ 胡大雷先生将真德秀《文章正宗》之"叙事"看成为文体，此说或可商榷，其实以"文类"看待或许更为准确，《文章正宗》分各种文体为"辞命""议论""叙事"和"诗赋"四类，其中"叙事"即相关叙事文体的文章"类聚"。

又其破《史记》以"人"为单位的"记事",节录为以"事"为单位者,篇题为"叙某某",如《叙项羽救钜鹿》《叙刘项会鸿门》,虽然其亦有"某某传",但却是拆《史记》合传整篇而单录一人之传者,如《屈原传》,且删略了原文所录屈原的《怀沙之赋》以及篇末的"太史公曰",即"赞"体文字。总之,其"叙事"的构成是一事一篇,或一人一事一篇,其"叙事"作为文体可谓以"篇翰"方式生成。①

还可值得重视的是,真德秀《文章正宗》虽"以明义理、切世用为主"②,然亦以提供"作文之式"为其目的,而这"作文之式"自然包括叙事之形式内涵,故"事文并举"是真德秀在"叙事"领域的明显追求,开启了后世叙事文创作及其理论批评对叙事形式的重视。《纲目》云:"独取左氏、《史》《汉》叙事之尤可喜者,与后世记序传志之典则简严者,以为作文之式。若夫有志于史笔者,自当深求《春秋》大义而参之以迁固诸书,非此所能该也。"③可见,真德秀并不排斥叙事形式,叙事之"可喜"和"典则简严"也是其选文的重要标准,尤其是"史",其所择选者更是为作文之用,而非"有志于史笔者","史"之文本遂成文章之轨范。宋明以来,史著之叙事尤其是《左传》和《史记》成为各体文学共同的叙事典范和仿效对象,在日益繁盛的文章学中谈论叙事文体和叙事法则更是成为常规,而在这一格局的形成过程中,《文章正宗》可谓功莫大焉。

四、小说"叙事"的独特内涵

宋以后,有关"叙事"的讨论仍在继续,但作为一个概念术语,其思想内涵和论述思路在此前已基本奠定,"叙事"的语义源流实际构成了如下格局:一是关于史学的;二是关于文章的,涉及碑志、行状、记、序等诸叙事文体,亦包括文章化的"史著";三是关于诗的,有涉及抒情诗的,如诗中以"叙事"名题的诗,也有涉及"有始有卒""本末贯穿"的"叙事体"的;四是《初学记》中的"叙事",此虽不普遍,

---

① 胡大雷:《"左史记言,右史记事"与文体生成——关于叙事诸文体录入总集的讨论》,《中山大学学报(社会科学版)》2015年第4期。
② 真德秀《文章正宗·纲目》谓:"正宗云者,以后世文辞之多变,欲学者识其源流之正也。……夫士之于学所以穷理而致用也,文虽学之一事,要亦不外乎此。故今所辑以明义理、切世用为主,其体本乎古,其指近乎经者,然后取焉,否则辞虽工亦不录。"元至正元年(1341)高仲文刻明修本。
③ 真德秀:《文章正宗·纲目》,元至正元年(1341)高仲文刻明修本。

但其隐性影响不容忽视①。检索宋以后有关"叙事"的史料,此时期对"叙事"的讨论正是接续了这一内涵和格局,但变化也是明显的,而其中最为重要的是小说成了"叙事"讨论的中心文体,"叙事"的传统内涵在小说中得以融合和发展。

比如在史学领域,"叙事"仍然作为一个评价和写作的术语加以使用,在大量的史学及目录学著作中屡屡出现,其中"叙事"的基本内涵和原则未有太大改变,但也出现了不少有意味的变化。如"简要"一直是史学叙事之不二标尺,此时期则略有异议,赵翼提出:"凡叙事,本纪宜略,列传宜详。"②王鸣盛则提醒:"史家叙事贵简洁,独官衔之必不可削者,任意削之则失实。"③更有意思的是,对一向尊荣谨严的史家叙事,黄宗羲以有"风韵"来评价史著列传:"叙事须有风韵,不可担板。今人见此,遂以为小说家伎俩。不观晋书、南北史列传,每写一二无关系之事,使其人之精神生动,此颊上三毫也。史迁伯夷、孟子、屈、贾等传,俱以风韵胜。"④这或许是宋以来史著"文章化"的结果。

文学领域亦然,文章学中谈论叙事者日益深入和细密,并进一步凸显了《左传》《史记》等经典作品的叙事典范性;诗歌领域中则仍然关注抒情诗中的"叙事"问题和"叙事体"诗的叙事特性。如茅坤在《唐宋八大家文钞》中喜用"叙事"评价文章,称"宋诸贤叙事,当以欧阳公为最,何者?以其调自史迁出",而"苏氏兄弟议论文章,自西汉以来当为天仙,独于叙事处不得太史公法门。"⑤卢文弨亦谓:"夫善叙事者,莫过于马班,要在举其纲领,而于纠纷蟠错之处,自无不条理秩如。"⑥又如在诗歌领域,自唐诗中出现大量以"叙事"名题的作品后,所谓"抒情诗中的叙事"成为了"叙事"语义场域中的一个独特内涵,此内涵在宋以后的诗歌创作中得以延续,明清诗歌中以"叙事"名题者亦屡屡出现,如《秋夜得李叔宾书

---

① 《初学记》中的"叙事"强化"事"的事物性和"叙"的解释性(陈列所释"事"之成说以解释之),将"叙事"视为对于事物的解释,这在古代"叙事"语义流变中是个特例。但其隐性影响值得重视,即唐以后虽然很少再这样使用"叙事"一词,但"叙事"的事物解释性内涵已在具体的创作中得以体现,尤其在小说领域,如"博物性"是笔记体小说的重要特性,其成因或许与此相关,而近代以来对笔记体小说"博物性"的诟病乃囿于对"叙事"的狭隘理解。另外,白话小说家习惯于(且喜好)在章回小说中铺陈事物,这在《金瓶梅》《红楼梦》《镜花缘》《野叟曝言》等文人化程度较高的小说中表现得尤为强烈。这种铺陈事物或作叙述事件之延伸和补充,或仅为"炫才",但浓重的"博物性"构成了这类小说的一个重要特性,也成为小说"叙事"的一个有机组成部分,或可称之为"博物叙事"。这是古代小说叙事的一个重要传统,值得加以重视。限于篇幅和本文性质,笔者对此将另文专门申述,此不赘。
② 赵翼:《陔余丛考》卷十三,中华书局1963年版,第238页。
③ 王鸣盛著,黄曙晖点校:《十七史商榷》卷六十八,上海古籍出版社2013年版,第955页。
④ 黄宗羲著,陈乃干编:《黄梨洲文集·杂文类·论文管见》,中华书局1959年版,第481页。
⑤ 茅坤编:《唐宋八大家文钞》,上海古籍出版社1987年版,第14页。
⑥ 卢文弨:《抱经堂文集》卷四《皇朝武功纪盛序》,商务印书馆1937年版,第40页。

见慰叙事感怀》①《退斋左辖招饮云居古冲适转右辖复招宗阳之燕即叙事和韵各一首》②《宜晚社成长句叙事》③《浙江试竣叙事抒怀六首》④《与张芥航河帅叙事抒怀》⑤《与内子瑞华叙事抒怀八章》⑥等,其"叙事"内涵与唐诗并无二致⑦。这些论述虽然在"叙事"语义的认识上殊少歧义,但也提出了不少有价值的新见,如刘熙载《艺概》对"叙事"的探讨更为细密:"叙事有特叙,有类叙,有正叙,有带叙,有实叙,有借叙,有详叙,有约叙,有顺叙,有倒叙,有连叙,有截叙,有预叙,有补叙,有跨叙,有插叙,有原叙,有推叙,种种不同。惟能线索在手,则错综变化,惟吾所施。"⑧王夫之对诗歌"叙事"与"比兴"的关系也有精彩认识,其评庾信《燕歌行》云:"句句叙事,句句用兴用比,比中生兴,兴外得比,宛转相生,逢原皆给。"⑨而纳兰性德对咏史诗中"叙事"与"议论"关系的阐发更显独特:"古人咏史,叙事无意,史也,非诗矣。唐人实胜古人,如'江流石不转,遗恨失吞吴''武帝自知身不死,教修玉殿号长生''东风不假周郎便,铜雀春深锁二乔''此日六军同驻马,当时七夕笑牵牛',诸有意而不落议论,故佳。若落议论,史评也,非诗矣。宋以后多患此病。愚谓唐诗宗旨断绝五百余年,此亦一端。"⑩

此时期有关"叙事"的讨论最值得关注的是小说领域。

以"叙事"评价小说和分析小说创作始于明代。在白话小说领域,较早以"叙事"("序事")评价作品的史料见于李开先《词谑》:"《水浒传》委曲详尽,血脉贯通,《史记》而下,便是此书。且古来更无有一事而二十册者,倘以奸盗诈伪病之,不知序事之法,史学之妙者也。"⑪在文言小说领域较早出自谢肇淛《五杂组》:"晋之《世说》,唐之《酉阳》,卓然为诸家之冠,其叙事文采足见一代典刑,非徒备遗忘而已也。"⑫胡应麟《少室山房笔丛》则同时以"叙事"评价文言和白话小说,

---

① 彭尧谕:《西园前稿》卷之一,明刻本,第22页b。
② 邵经济:《泉厓诗集》卷十,明嘉靖张景贤、王询等刻本,第9页a。
③ 朱朴:《西村诗集》卷上,清文渊阁四库全书本,第36页a。
④ 穆彰阿:《澄怀书屋诗抄》卷一,清道光刻本,第11页a。
⑤ 穆彰阿:《澄怀书屋诗抄》卷三,第14页a。
⑥ 汤鹏:《海秋诗集》卷十九,清道光十八年刻本,第1页b。
⑦ 兹举《与内子瑞华叙事抒怀八章》之一以概之:"瘦影伶俜怯见秋,西风吹雨上帘钩。手调药裹元多病,面对菱花只解愁。云满一枝簪影活,天寒九月杵声柔。流传只有诗家妇,每诵秦徐句未休。"
⑧ 刘熙载著,袁津琥校注:《艺概注稿》,中华书局2009年版,第190页。
⑨ 王夫之:《古诗评选》卷一,上海古籍出版社2011年版,第68页。
⑩ 康奉、李宏、张志主编:《纳兰成德集》卷十八《渌水亭杂识》,北京古籍出版社2006年版,第561页。
⑪ 李开先著,卜键笺校:《李开先全集·词谑》,文化艺术出版社2004年版,第1276页。
⑫ 谢肇淛:《五杂组》,上海书店出版社2001年版,第264页。

如评《夷坚志》"其叙事当亦可喜"①,评《水浒传》"述情叙事,针工密致"②,都把"叙事"看成为评价小说的重要径路。而其兴盛则始于小说评点,小说评点在晚明兴起,其因繁多,但明代以来文章学的影响不容忽视,文章学重视文法,小说评点接续之,以叙事文法为主体,实际开创了小说批评之新路。"容本"和"袁本"《水浒传》评点是其开端,"容本"回评:"这回文字没身分,叙事处亦欠变化,且重复可厌,不济,不济。"③而"袁本"是小说评点史上较早归纳小说文法的批评著作,其提出的诸如"叙事养题""逆法""离法"等可视为小说评点史上文法总结之开端。以后相沿成习,对于小说叙事的评价和文法总结在小说评点中蔚然成风,并逐渐延伸至文言小说领域。有意味的是,小说家们也常常用"叙事"一词穿插其创作之中,兹举几例:

> 说话的,你以前叙事都叙得入情,独有这句说话讲脱节了。④
> 这也是天霸见第二人来,满想"一箭射双雕",因又祭上一镖,不意智明躲得快,不曾打中,只在肩头上擦了一下,依旧被他逃走。这就是智亮被擒,施公免祸的原委。若不补说明白,看官又道小子叙事不清了,闲话休提。⑤

晚明以来,对于"叙事"的理论探讨主要集中在两个时段,各针对两部作品。一是明末清初,金圣叹于崇祯年间完成《水浒传》评点,对小说"叙事"问题作出了深入解析,其以叙事为视角、以总结文法为主体的评点方式和思路在小说评点史上产生了深远影响。清初毛氏父子评点《三国演义》,"仿圣叹笔意为之",直接继承了金圣叹评点《水浒传》的传统,在《三国演义》的评点中广泛探讨了小说的叙事问题,提出了诸多有价值的见解。金圣叹、毛氏父子的评点传统以后在张竹坡、脂砚斋等小说评点中得以延续,形成了小说史上谈论"叙事"问题的一脉线索。二是清代乾隆以来,随着《聊斋志异》的风行和《阅微草堂笔记》的问世,纪昀提出"小说既述见闻,即属叙事"的命题⑥,批评《聊斋志异》的叙事特性,由此引发对笔记体小说"叙事"问题的争执和讨论。这一场讨论由纪昀发端,其门下盛

---

① 胡应麟:《少室山房笔丛》卷二十九《九流绪论下》,上海书店出版社2009年版,第286页。
② 胡应麟:《少室山房笔丛》卷四十一《庄岳委谈下》,上海书店出版社2009年版,第437页。
③ 《容与堂李卓吾先生批评忠义水浒传》,上海人民出版社1975年版,第543页。
④ 李渔著,李聪慧点校:《十二楼》,《拂云楼》第二回,中华书局2004年版,第102页。
⑤ 佚名:《施公案》第四四〇回,北京燕山出版社1996年版,第1490页。
⑥ 盛时彦:《〈姑妄听之〉跋》,见纪昀:《阅微草堂笔记》,上海古籍出版社1980年版,第472页。

时彦鼓动,而以嘉庆年间冯镇峦评点《聊斋志异》对纪昀的反批评作结。而其中对于"叙事"问题讨论最为深入,在"叙事"语义流变中最值得重视的是金圣叹和纪昀的相关论述。

金圣叹对"叙事"问题的贡献主要在三个方面:一是明确认定"叙事"是小说的本质属性,他称小说为"文章"其实就是指"叙事文",故其评点就是从"叙事"角度批读《水浒传》、评价《水浒传》,而其所谓"叙事"即指"叙述事件或故事"。二是在《水浒传》评点中总结了大量的叙事法则,诸如"倒插法""夹叙法""草蛇灰线法""背面铺粉法"等,归纳总结的叙事法则在古代小说史上可谓最为详备。三是在"事""文"二分的前提下,明显表现出"重文轻事"的倾向①。在金圣叹看来,小说创作"无非为文计不为事计,但使吾之文得成绝世奇文,斯吾之文传而事传矣"②。因此,小说之叙事应专注于"文",务必写出"绝世奇文",故在"事"与"文"的关系上,金圣叹明显地倾向于后者,而小说叙事之本质即在于写出一篇有"故事"的绝世奇文。金圣叹的上述观点或许有所偏颇,但在叙事理论史上是有其独特价值的。从刘知幾的"重事轻文",到真德秀的"事文并举",再到金圣叹的"重文轻事",叙事形式日益受到了重视;而就古代小说史而言,这种观点也合辙于明末清初文人对通俗小说叙事形式的改造,甚至可视为这一"改造"行为的理论纲领,故而这也是古代通俗小说文人化进程中的重要一环。

纪昀有关"叙事"的论述缘于对《聊斋志异》的批评,语出其门下盛时彦的《姑妄听之跋》,在其中由盛时彦转述的一段文字中,集中体现了纪昀对小说"叙事"的认识。首先,纪昀所谓"小说"是指笔记体小说,与"传记"(即"传奇")相对,认为"小说"有其自身的文体规范,与"传记"在表现内涵(即"事")方面并无严格的区分,其区别之关键在于"叙事"。其次,纪昀提出了小说"叙事"的特性:"小说既述见闻,即属叙事,不比戏场关目,随意装点。"③"述见闻",明确了小说的表现内涵在于记录见闻;而观"既述见闻,即属叙事"之语序,尤其是"既述""即属"之关联词,则"叙事"似有特指。此"叙事"何指?纪昀并未明说,实则即是古代延续长久的笔记体小说的叙事传统,其特性即为上句之"述见闻"和下句之"不比戏场关目,随意装点"。故简言之,在纪昀看来,所谓笔记体小说之"叙事"即为"不作点

---

① 参见高小康:《中国古代叙事观念与意识形态》之《金圣叹与叙事作品评点》,北京大学出版社2005年版。
② 施耐庵著,金圣叹批改:《第五才子书水浒传》第二十八回回评,上海古籍出版社1994年版,第1560页。
③ 盛时彦:《〈姑妄听之〉跋》,见纪昀撰:《阅微草堂笔记》,上海古籍出版社1980年版,第472页。

染的记录见闻"。并以此为准绳,对《聊斋志异》作出了批评,认为其"随意装点"违背了笔记体小说"述见闻"的叙事本质:"今燕昵之词、蝶狎之态,细微曲折,摹绘如生。使出自言,似无此理;使出作者代言,则何从而闻见之?"①纪昀对小说叙事的认识有其合理性,他实际所做的是对小说(笔记体小说)叙事传统的"捍卫"和正统地位的确认,以反拨唐代以来"古意全失"②的传奇(传记)对笔记体小说叙事的"侵蚀"。

五、古代小说的叙事传统

至此,对于古代范畴的"叙事"的历史梳理和理论辨析大致可以告一段落。而在上述梳理和辨析的基础上,我们拟对古代小说的叙事传统作出简要的描述,以作本文之归结。所谓"古代小说的叙事传统"有两个含义,从外部而言,是指古代小说所接续的是怎样的叙事传统;而就内部来看,则指古代小说形成了怎样的叙事传统。中国古代小说大致可以分为"笔记体""传奇体""话本体"和"章回体"四大文体,而检索古代小说史料,有关"叙事"的讨论很少关注"传奇体"和"话本体"小说,主要涉及的是"笔记"和"章回"两种小说文体,故以下的讨论主要涉及以"章回体"为代表的白话小说和以"笔记体"为代表的文言小说。又,古代小说的叙事传统是一个极大的论题,非本文所能涵盖,学界对此也论述颇多,毋庸重复,故本文仅就与"叙事"史料相关的问题作一简要梳理。

笔记体小说的叙事传统颇为明晰,从叙事的精神层面而言,笔记体小说接过了史学的叙事传统,即"实录""劝善惩恶"和"简要"的叙事原则,但又有所变异。如"实录"在笔记体小说多表现为"据见闻实录"的记述姿态,这些耳闻目睹的传闻,虽不免虚妄,但只要"据见闻",即属"实录"。《国史补》自序:"因见闻而备故实。"③洪迈《夷坚乙志序》:"若予是书,远不过一甲子,耳目相接,皆表表有据依者。"④均表明了记录见闻的写作态度,故笔记体小说之"实录"在于叙述过程的真实可靠与否,而不在于事件本身之真实。又如"劝善惩恶"亦为笔记体小说之

---

① 盛时彦:《〈姑妄听之〉跋》,见纪昀撰:《阅微草堂笔记》,上海古籍出版社1980年版,第472页。
② 浦江清云:"现代人说唐人开始有真正的小说,其实是小说到了唐人传奇,在体裁和宗旨两方面,古意全失。"参见浦江清:《论小说》,《浦江清文录》,人民文学出版社1958年版,第186页。
③ 李肇:《唐国史补·序》,中华书局1991年版,第1页。
④ 洪迈:《夷坚志·夷坚乙志序》,中华书局1981年版,第185页。

叙事宗旨，但又不拘于此，曾慥《类说序》："可以资治体，助名教，供谈笑，广见闻。"[1]《四库全书总目》"小说家叙"："中间诬谩失真，妖妄荧听者，固为不少，然寓劝戒、广见闻、资考证者，亦错出其中。"[2]而"简要"的要求则与史学一脉相承，叙事"简要""简洁""简净"的评语在笔记体小说的评论中随处可见。就叙事范围层面来看，笔记体小说可谓容纳了"叙事"语义几乎所有的内涵，记录故事、陈说见闻、叙述杂事，乃至缀辑琐语、解释名物均为笔记体小说的叙事范围，形成了笔记体小说无所不包的叙事特性，故"叙事的多样性"是笔记体小说叙事的重要特性和传统。清刘廷玑《在园杂志》谓："自汉魏、晋、唐、宋、元、明以来，不下数百家，皆文辞典雅，有纪其各代之帝略官制，朝政宫帏，上而天文，下而舆土，人物岁时，禽鱼花卉，边塞外国，释道神鬼，仙妖怪异，或合或分，或详或略，或列传，或行纪，或举大纲，或陈琐细，或短章数语，或连篇成帙，用佐正史之未备，统曰历朝小说。读之可以索幽隐，考正误，助词藻之华丽，资谈锋之锐利，更可以畅行文之奇正，而得叙事之法焉。"[3]刘氏以"得叙事之法"作为笔记体小说的功能之一，而所谓"叙事之法"包括上述"或列传，或行纪，或举大纲，或陈琐细，或短章数语，或连篇成章"的所有内涵，可谓深得笔记体小说叙事之奥秘。今人治小说者，以"叙事"划定笔记体小说之疆域，又囿于对"叙事"内涵的狭隘理解，对笔记体小说的"杂"多有贬斥，殊不知笔记体小说的"杂"正是其"叙事"多样性的自然结果。

学界论及章回小说的叙事传统，一般都以"史"和"说话"为观照视角，认为章回小说接续了"史"和"说话"的叙事传统并形成了以"史"和"说话"为根柢的叙事特性。此说在学界颇为流行，亦无异议，是确然不易之论。但细审之，实际还有可议之处，一者，史著例分"编年""纪传"二体，而章回小说除历史演义尤其是"按鉴演义"一脉在叙事体例上承续编年之外，一般都与编年体史书无关，然《左传》又向来被看成"小说之祖"，其何以影响章回小说之创作？其说不明。二者，将"说话"视为章回小说之源起有三个因素：章回小说起源于"讲史""说话"体制的延续、叙事方式上的说话人"声口"。此三个因素亦确然无疑，深深影响了章回小说叙事特性的生成。然细考之，亦有说焉，"说话"诚然是影响章回小说叙事的重要因素，"说话"之"遗存"也固然无处不在，但纵观章回小说的发展史，"去说话化"却是章回小说发展中一个不容忽视的重要现象，可以说，章回小说叙事的成

---

[1] 曾慥：《类说序》，曾慥编纂，王汝涛校注：《类说校注》，福建人民出版社1996年版，第1页。
[2] 永瑢等撰：《四库全书总目》，中华书局1965年版，第1182页。
[3] 刘廷玑撰，张守谦校点：《在园杂志》，中华书局2005年版，第83页。

熟过程正是与"去说话化"的过程相重合的。晚明以来，文人对章回小说的改造大多是以去除章回小说的说话"遗存"为首务，这其中当然也包括叙事形式，而到了清代《红楼梦》《儒林外史》等小说的崛起，所谓"说话"已不再是小说叙事的主流特征，故"说话"对章回小说的影响主要是外在的"叙事体制"。"史"影响章回小说叙事也确乎无可非议，但不是原汁原味的"史"，而是经过"改造"的"史"。上文说过，南宋以来的文章总集大量选入史著文本，包括以"事"为核心的编年体和以"人"为核心的纪传体，其中以《左传》和《史记》最得青睐，史著文本遂得"改造"，包括观念上的"文章化"和操作上的"节录"，其目的在于作文之用，而其核心即为展示事件叙述和人物纪传的种种"文法"。这一观念为小说评点者所继承，并付诸实践，晚明以来文人对章回小说改造的另一重要工作就是以史著之文章标准批改小说，一方面他们把章回小说也称之为"文章"，与史著文本一样看待，又把章回小说之叙事与史著相比附，更以史著叙事文法之精神改造章回小说。而这一过程正是章回小说叙事走向成熟的关捩：弱化"说话"的叙事体制，强化文章化的"史著"叙事，并由此划出了章回小说叙事的新阶段，故"史"影响章回小说叙事最为重要的是宋以来史著的"文章化"。

以上我们对"叙事"的语义源流作了比较详尽的梳理，也涉及相关叙事文本和叙事理论。通过梳理和辨析，我们大致可以得出如下结论：第一，"叙事"在《周礼》中是作为一般用语加以使用的，自史学用为专门术语后，"叙事"的这一用法已基本消失。但《周礼》中"叙事"的精神内核已融入了作为史学和文学专用术语的基本内涵之中，如"叙事"的"秩序性""时空性"和"事"的多义性等都是后来讨论"叙事"的重要内涵，尤其在文学领域。故《周礼》的"叙事"与史学、文学之"叙事"在精神内核上乃一脉相承。第二，"叙事"在史学和文学领域呈"分流"而又"融和"之势。"分流"者，毕竟史学和文学分属不同领域，其差异显而易见；"融和"者，一源于文学中碑志、行状、记、序等诸体乃史之余绪，与史有千丝万缕的关系，二缘于自《文选》以来的"史"入文章，尤其是《文章正宗》的"史""文"一体。"叙事"在文学领域的内涵最为丰富，尤其在小说的批评和创作领域。第三，"叙事"内涵绝非单一的"讲故事"可以涵盖，这种丰富性既得自"事"的多义性，也来自"叙"的多样化。就"事"而言，有"事物""事件""事情""事由""事类""故事"等多种内涵；而"叙"也包含"记录""叙述""解释"（陈列所释"事"之成说以解释之）等多重理解。对"叙事"的狭隘理解是20世纪以来形成的，并不符合"叙事"的传统内涵,与"叙事"背后蕴含的文本和思想更是相差甚远。尤其在对中国古代小说的认识上,对"叙事"理解的狭隘直接导致了认识的偏差,这在笔记体小说的研究中表现尤为明显。第四,"叙事"语义的古今差异可谓大矣,故"叙事"与"narrative"的对译实际"遮蔽"了"叙事"的丰富内涵,而厘清"叙事"的古今差异正是为了更好地把握中国古代文学尤其是古代小说的自身特性。

 方法谈:

如何考辨文学术语的语义源流

如何考辨文学术语的语义源流关涉两个问题:一是为何要考辨?二是怎样来考辨?

先看第一个问题。为何要考辨文学术语的语义源流?答案非常明确:

一是就研究意义来看,这是小说研究迫切需要的。从 20 世纪初开始,小说研究渐成为中国古典文学研究之"显学",而自鲁迅先生《中国小说史略》问世后,"小说史"研究也越来越受到研究界之关注,近一个世纪以来,小说史之著述层出不穷,"通史"的、"分体"的、"断代"的、"类型"的,名目繁多,蔚为壮观。然就理论角度言之,一个不容忽视的现实是:"小说史"之梳理大多以西方小说观为参照,或折衷于东西方小说观之差异而仍以西方小说观为圭臬。流播所及,延而至今。然而,中国小说实有其自身之"谱系",与西方小说及小说观颇多凿枘之处,强为曲说,难免会成为西人小说视野下之"小说史",而丧失了中国小说之本性。近年来,对中国小说研究之反思不绝于耳,出路何在?梳理中国小说之"谱系"或为有益之津梁,而术语正是中国小说"谱系"之外在呈现,对其作出综合研究,在某种程度上可以考知中国小说之特性,进而揭示中国小说之独特"谱系",乃小说史研究的一种特殊理路,而"叙事"正是其中一个无法绕过的重要术语。

二是就研究方法而言,术语考释是中国文学批评史研究中由来已久且行之有效的方法。如朱自清先生的《诗言志辨》即从小处下手,"像汉学家考辨经史子书"那样,"寻出各个批评的意念如何发生,如何演变",在朱先生看来,这是研究中国文学批评史的正途,更切实可靠,也更有学术价值。在《评郭绍虞〈中国文学批评史〉上卷》中,朱自清先生称:"郭君还有一个基本的方法,就是分析意义,他的书的成功,至少有一半是在这里。例如'文学''神''气''文笔''道''贯道''载

情'这些个重要术语,最是缠夹不清;书中都按着它们在各个时代或各家学说里的关系,仔细辨析它们的意义。懂得这些个术语的意义,才懂得一时代或一家的学说。"郭绍虞先生的《中国文学批评史》以及《照隅室古典文学论集》最为引人注目处,确实在于对诸多重要文学观念的精彩辨析。借考证特定术语的生成与演变,来"辨章学术,考镜源流",这对于中国学者来说,实在是"老树新花"。(详见拙著《中国古代小说文体文法术语考释》陈平原序,上海古籍出版社2013年版)

那怎样来考辨文学术语的语义源流呢? 也有两个层面的考虑:

一是要有问题意识,对术语的选择既要有学术性,又要具备学术研究的现实需求。就以"叙事"为例,何谓"叙事"? 浦安迪谓:"'叙事'又称'叙述',是中国文论里早就有的术语,近年来用来翻译英文'narrative'一词。""当我们涉及'叙事文学'这一概念时,所遇到的第一个问题就是:什么是叙事? 简而言之,叙事就是'讲故事'。"然则这一符合"narrative"的解释是否完全适合传统中国语境中的"叙事"? 或者说,"叙事"在传统中国语境中是否真的仅是"讲故事"? 更为值得注意的是,在"叙事"与"narrative"的语词对译中,起支配地位和作用的明显是后者,如浦安迪所云:"我们在这里所研究的'叙事',与其说是指它在《康熙字典》里的古文,毋宁说是探索西方的'narrative'观念在中国古典文学中的运用。"(浦安迪:《中国叙事学》,北京大学出版社1996年)这种语词对译中的"霸权"无疑会损害语词各自的准确性,进而影响研究的深入开展与合理把握。

二是要充分占有史料,并在对史料详细梳理的基础上提出该术语在中国古代的实际内涵。我们仍以"叙事"为例,通过考辨认为,"叙事"的内涵绝非单一的"讲故事"可以涵盖,这种丰富性既得自"事"的多义性,也来自"叙"的多样化。对"叙事"的狭隘理解是20世纪以来形成的,并不符合"叙事"的传统内涵,而在对古代小说的认识上,对"叙事"理解的狭隘直接导致了认识的偏差,这在笔记体小说的研究中表现尤为明显。

陶渊明"神辨自然"生命哲学再探讨

钱志熙

摘要：陶渊明的《形影神》组诗是其生命哲学的表述，包含着丰富的思辨性。陈寅恪、逯钦立两家分别从名教与自然及形神观这两种思想背景中寻求解释，标志现代学者对此问题的研究高度。唯以往研究，注重形影神三范畴内涵的分析，对组诗小序所示的"神辨自然"四字之真义，未有透彻的分析。其中包含多重思辨层次：首先，渊明将传统的形神相对的生命学说结构改造为"形""影""神"三个范畴，在此将魏晋流行的形神说与名教自然说两个思想脉络结合起来，并且将"神"从传统的生理、生命元素的概念，提升到一个包含着主体精神、最高理性内涵的哲学范畴；其次，陶渊明通过对形所代表的旧自然观的辨析，提出《神释》的新自然观，这一新自然观同时是针对东晋门阀名教与自然合一的主流的思想，显示出陶渊明对玄学自然观原旨的继承与发展。

关键词：陶渊明；生命哲学；形神观；名教与自然；神辨自然

陶渊明的《形影神》组诗，古代学者曾分别从理学、禅学及道家思想的立场出发，尝试对其进行阐释[①]。现代学者研究这个问题的一个明显进步，在于开始将这组诗与魏晋思潮联系起来考察。其中陈寅恪与逯钦立两家的阐述影响最大。陈氏将组诗放在魏晋时代由玄学引发的自然与名教之争的思想史脉络中，认为陶渊明的思想，是从"旧自然说"中发展出来的一种"新自然说"，并认为这是陶渊

---

* 原载《求是学刊》2018 年第 1 期。

** 钱志熙，北京大学中文系教授、博士生导师，教育部"长江学者"特聘教授，北京大学古代文体研究中心主任、北京市精品课程"古代文学课"主持人，兼任中国李白研究会会长、刘禹锡研究会副会长、中华诗词学会副会长兼学术部主任等职，主要从事中国古代文学与文化的研究。

① 钱志熙：《陶渊明〈形影神〉的哲学内蕴与思想史位置》，《北京大学学报》（哲学社会科学版）2015 年第 3 期。

明在流行的佛教的生命思想之外，据其自身实践所得，建立一种可以安身立命的生命思想①。逯钦立认为《形影神》是针对慧远当时发表的以神不灭为宗旨的佛教形神论而发的，并分析其与佛道与玄学的关系②。这两个研究的影响都很大，基本上代表了以往有关陶渊明"形影神"思想研究方面的一种高度③。事实上，对于《形影神》组诗来说，形神之争是其文本直接呈现的内容，而名教自然之争则是属于内部的深层问题，也就是说《形影神》的哲学高度是指向名教与自然问题的。只有结合这两个方向，才能充分地揭示《形影神》的哲学内蕴与思想史位置④。

在《形影神》组诗中，"形影神"与"自然"是两组性质不同的范畴。但历来在讨论这个问题时，重视"形影神"而忽略了"自然"。陶渊明在用这个传统的"形神"范畴的时候，超越以往玄、佛、道生命思想中的"形""神"相对的思考方式，将"神"从一个基本上属于生命学、生理学的范畴提升为一个带有最高理性、主体精神内涵的哲学性范畴。这是对魏晋时代形神问题讨论的一种哲学的发展。但是这个哲学发展之所以取得，是陶渊明在讨论形神问题时，引进了"自然"范畴作为它们的思想灵魂。笔者以往的思考，虽然引进了名教自然之争这一脉络，但对《形影神》组诗以形神之争为观念的外在呈现、以名教自然之争为问题的实质这一结构缺少深入的勘查。这一缺失还可能指向另一个更大的缺失，即对陶渊明思想乃至人生、艺术中"自然"问题的重要性的忽略。现在回过头来看，陈寅恪对《形影神》组诗最具洞见性的认识，正在于强调了其中的"自然"范畴，并极其明确地将陶渊明的这个陈述称为"新自然说"。以往我们在关注陈寅恪的这个观点时，比较执着于陈氏新旧自然之说的合理性。其实陈氏用"新自然说"来指称陶渊明《形影神》组诗中的思想，主要是强调陶渊明这种思想的创获性及其在思想史上的地位。陈氏之说云："考陶公之新解仍从道教自然说演进而来，与后来道士受佛教禅宗影响所改革之教义不期冥合，是固为学术思想演进之所必致，而渊

---

① 陈寅恪：《陶渊明之思想与清谈之关系》，载《陈寅恪集·金明馆丛稿初编》，生活·读书·新知三联书店 2009 年版，第 201—229 页。
② 逯钦立校注：《从〈形影神〉诗看陶渊明的玄学观》，《陶渊明集》附录一，中华书局 1979 年版，第 213—222 页。
③ 当代研究者也有运用现代心理学的范畴，将形、影、神分为自我、本我、超我之说。基本上是一种比附，无助于陶渊明生命思想本义的抉发。
④ 钱志熙：《陶渊明形影神的哲学内蕴及其思想史位置》，《北京大学学报（哲学社会科学版）》2015 年第 3 期。

明则在千年以前已在其家传信仰中达到此阶段矣！"①又云："然则就其旧义革新，'孤明先发'而论，实为吾国中古时代之大思想家，岂仅文学品节居古今之第一流，为世所共知者而已哉！"②但是，作为一种思考的继续，我认为陈寅恪的贡献主要在于揭示陶渊明此一思想的自然说本质及其新意，并展示"旧自然说"的产生与演变历史及渊明思想与之关联之处。这一分析充分展示陈氏作为卓越历史学家的对纷繁历史事实的执简驭繁、勘破表象以揭示历史脉络的非凡能力。但是，对于陶渊明《形影神》组诗所显示的陶渊明自身的思考、思辨的过程，陈氏没有进一步的展开。这个以形影神对话的形式展开的陶渊明建构生命哲学的思考、思辨的过程，即组诗小序中已经明白揭示的"神辨自然"四字。陈寅恪正是据此文字，断定其说为自然说："兹言'神辨自然'，可知神之主张即渊明之创解，亦自然说也。今以新自然说名之，以别于中散等之旧自然说焉。"③但是对"神辨自然"的内涵，甚至渊明自然思想的深度，陈氏似未暇及之。至其对于渊明新自然说与前此魏晋自然说之关系，虽为陈文着力所在，但亦仅展其脉络，而彼此关联及区别的复杂情形，似是未暇细剖。本文就准备在以往名家及本人研究的基础上，对陶渊明《形影神》的哲学内涵及其自然说做新的探讨。首先纠正本人以往称此为陶渊明"形影神"生命哲学之不准确性，而改称为陶渊明"神辨自然"生命哲学。

一

为了讨论的方便，我们还是先列《形影神》组诗全文，从而展示其思辨层次：

（小序）贵贱贤愚，莫不营营以惜生，斯甚惑焉。故极陈形影之苦，言神辨自然以释之。好事君子，共取其心焉。

形　赠　影

天地长不没，山川无改时。草木得常理，霜露荣悴之。谓人最灵智，独复不如兹！适见在世中，奄去靡归期。奚觉无一人，亲识岂相思？但余平生

---

① 陈寅恪：《陶渊明之思想与清谈之关系》，《陈寅恪集·金明馆丛稿初编》，第225页。
② 陈寅恪：《陶渊明之思想与清谈之关系》，《陈寅恪集·金明馆丛稿初编》，第229页。
③ 陈寅恪：《陶渊明之思想与清谈之关系》，《陈寅恪集·金明馆丛稿初编》，第221页。

物,举目情悽洏。我无腾化术,必尔不复疑。愿君取吾言,得酒莫苟辞!

影 答 形

存生不可言,卫生每苦拙。诚愿游昆华,邈然兹道绝。与子相遇来,未尝异悲悦。憩荫若暂乖,止日终不别。此同既难常,黯尔俱时灭。身没名亦尽,念之五情热。立善有遗爱,胡为不自竭?酒云能消忧,方此讵不劣!

神 释

大钧无私力,万物自森著。人为三才中,岂不以我故。与君虽异物,生而相依附。结托善恶同,安得不相语!三皇大圣人,今复在何处?彭祖爱永年,欲留不得住。老少同一死,贤愚无复数。日醉或能忘,将非促龄具?立善常所欣,谁当为汝誉?甚念伤吾生,正宜委运去。纵浪大化中,不喜亦不惧。应尽便须尽,无复独多虑。

如诗歌文本所示,这一组诗是形、影、神三个"角色"的对话,所展示的最重要的范畴就是形、影、神,核心的问题可以说是如何对待死亡、认识死亡。所以从主题来说,也可以直接说,《形影神》组诗是陶渊明生死观的表述。形、影所表达的是各自的生死观。陶渊明称这两种生死观为"形影之苦",是"营营以惜生"的情绪,亦即对于生死问题认识上的迷惑。而"神"则是对这种迷惑的解释,提供一种正确的生命态度。所以,从文本本身来看,这一组诗并不难懂。但是它的深层义理及其与思想史的丰富的联系,却使这一组诗具有很大的解释空间,并且不易被发现。我们知道,死亡是差不多每一个成熟的个体都会思考的问题,并由此而形成了不同的生死观。这种生死观,往往是一切价值观念的基础。所以,生死观的一个基本的功能就是造成一些特定的价值观,因此它往往成为伦理观念的基础。不仅如此,这些生死观背后还蕴藏着宇宙观,联系着哲学的本体论。虽然普通人也常会对死亡问题提出自己的看法,但是大部分人的生死观都还是停留在伦理学的层面上。真正超越伦理学的层面,对生命问题做出深层回答,则是哲学的任务。陶渊明的这一组《形影神》所阐述的就是这样具有哲学高度的生死观。

《形影神》的对话由"形"发起。"形"发表这一通生必有死的看法,并非自言自语式的,而是针对"影"的观点而发的,所以最后的结论就是:"劝君取吾言,得酒莫苟辞!"《影答形》则是"影"对"形"的答复。所以,这里存在着"形"与"影"的明显对立,但却只能各言其是,因为它们所阐述的都只是伦理学层面的东西,是"善"的问题,而非"真"的问题。《影》诗所说的"立善有遗爱,胡为不自竭"就反映了这一点。只有"神"是超越伦理学的层面,从哲学层面立论,对"形""影"的观点做出剖析,达成最高的生命哲学。"神"所辨释的这种生命哲学,陶渊明称为自然,亦即"真"的问题。也就是说,陶渊明通过《神释》正面地展示他对作为魏晋哲学最重要的范畴——"自然"的认识。另外,需要特别指出一点是:这一场"形""影""神"的对话,之所以由"形"发起,当然是由于生命的消亡首先表现在身体的消亡,"形"是人们对生命的最直观的、第一性的印象。不过原因并不仅仅如此,下面我们会论述到,"形""影"代表自然与名教的两个方面。从魏晋思想的发展历史来说,玄学的兴起,正是汉魏之际的一些思想家对汉代大多数人处之不疑的名教思想与制度的一种挑战。所以,在"形""影"赠答中,"形"无疑是提出问题的一方,"形"的陈述,其实正是以"影"的观念为反思对象的。由此我们可以体会到,渊明分别用"赠""答"这两个字,是极其准确的,显示了"形"在问题的提出上的主动性。

《形影神》解读上的复杂性,在于这一组概念是存在于多个层面上的。其中最重要的有两个层面,一个是诗歌直接显示的以形影神来解释生命整体的文本构成,另一个则是形、影、神各自代表的生命观与思想史上各种生命观之间的丰富的联系。传统的解释,尤其是历代众多的《形影神》诗的和作(或称续作),主要是对第一个层面进行呼应。以陈、逯为代表的现代研究者,才比较深入地揭示第二个层面的问题。

第一,从作为诗歌创造的形象本身来看,《形影神》给读者最直观的印象就是生命体的三个要素,代表着陶渊明对生命体的第一种思辨,即生命由形、影、神三要素构成,彼此相互依存,难以分离。这个看起来很直观的认识,却是陶渊明对传统的生命结构说的一种改造,或者说是对传统的生命说的一种改造。思想史上存在着多种生命结构之说,如《中庸》的"性"与"命"之说,庄子则有影与罔两之说[①]。玄学家有才性之说、才命之说。又如阮籍《达庄论》曾举身、性、情、神四者以论生命自然之理:"人生天地中,体自然之形。身者,阴阳之积气也。性者,五行之正性也;情者,游魂之变欲也;神者,天地之所以驭者也。"[②]但是最常见的是

[①] 有关庄子影与罔两之说与陶渊明形影神之说可以存在的渊源关系,请参看拙文《陶渊明〈形影神〉的哲学内蕴及其思想史位置》一文的有关分析。
[②] 陈伯君:《阮籍集校注》,中华书局1987年版,第140页。

形神之说,即生命是由物质形式的形体器质与精神形式的心灵思想两者构成的。在这方面,道家与道教的贡献是巨大的。从思想的流别来看,又存在形神相依、形神相离、形尽神灭、形尽神不灭等多种不同的认识。构成了传统所说的唯心与唯物的两大分野。形神之说,其实也正是魏晋自然观的主要思考内容,各种不同的形神说,其实都是认为自己在展现"自然"这个最高的范畴。所以,魏晋思想界在通过形、神这一对范畴阐述生命自然之理时,是存在着不同的思想分野的。魏晋玄学与宗教中关于形神问题的丰富的讨论,显然是陶渊明最重要的思想材料。陶渊明正是通过对不同的形神观的思考,而建立起他自己的生命自然之理的认识。这是"神辨自然以释之"的"辨"字的用意之处。光从这一点来看,我们就可以断定,陶渊明"神辨自然"是一个长期的思考过程。在这期间,各种不同的形神观,都曾不同程度地对他产生影响,但最终形成他自己的形神观。从旧的形神观来说,陶渊明是属于其中哪一种的呢?从全诗对神仙之说的否定以及最后的"应尽便须尽"等语所表达的观点看,再联系渊明一贯的思想,可以断定其属于形尽神灭一派的。这一点,陈寅恪、逯钦立等家已经指出过,陈氏据《神释》中"大钧无私力"以下八句,作以下案语:

> 寅恪案:此节明神之所以特贵于形影,实渊明之所自托,宜其作如是言也。或疑渊明之专神至此,殆不免受佛教影响,然观此首结语"应尽便须尽,无复独多虑"之句,则渊明固亦与范缜同主神灭论者。①

逯钦立则直接地说:

> 用《形影神》作题目,不是偶然的。它是针对庐山和尚慧远的《形尽神不灭论》《万佛影铭》等宣传佛教迷信的东西,借用其专门术语,而反对其"神不灭"谬论的。②

我们看慧远的《形尽神不灭论》中第一段提出来做为辩驳对象的观点,就是典型的形尽神灭论观点。其大略言:"神虽妙物,故是阴阳之所化耳。既化而为生,又化而

---

① 陈寅恪:《陶渊明之思想与清谈之关系》,《陈寅恪集·金明馆丛稿初编》,第223页。
② 逯钦立校注:《从〈形影神〉诗看陶渊明的玄学观》,《陶渊明集》附录一,第214页。

为死。既聚而为始,又散而为终。因此而推,固知神形俱化,原无异统,精粗一气,始终同宅。宅全则气聚而有灵,宅毁则气散而照灭。散则反所受于天本,灭则复归于无物。反复终穷,皆自然之数耳!""故庄子曰:人之生,气之聚,聚则为生,散则为死。若使生为彼徒苦,吾又何患。古之善言道者,必有以得之。"①这段话与《神释》的观点很接近,颇疑慧远所举的论辩对象,正是陶渊明。此事甚大,尚须考证。另外,关于陶渊明属于神灭论派,也是陶渊明研究中的大问题,与其思想、艺术之关涉极大,但在这里不拟展开。总而言之,旧形神论是陶渊明"神辨自然"生命哲学的重要来源与思辨对象,这可作为今后继续探讨此组诗的重要方向。至于与形神并列为三的"影",逯钦立先生认为是渊明借用慧远《万佛影铭》中的"影"。这可能是一个过于属实的解释。《形影神》中的"影"其实是"名"甚至"名教"的代名词,与佛之"影"内涵相差甚大。另外,从词语使用来说,"影"即人的"影子",它又是一个极日常的词。说渊明之"影"来自佛影之影,又未免求之过深。

《形影神》在思想上的重要创造,在于陶渊明对旧形神范畴的超越。"形尽神灭"果然是《形影神》组诗的一个基本的思想基础。甚至可以说,是"形""影""神"三者唯一共同认可的一个基本前提。但是,"神辨自然"的成就,决非只在于阐述了这种形尽神灭思想,而在提出自然观念中更高的一个层次。形神对举的思想渊源长久,道家与道教一派在这方面的论述尤其多。形神问题在玄学中也是一个重要问题,其中关于养生、神仙问题的讨论,主要的内容就是形神关系上的不同认识。这一点,我们只要看嵇康的《养生论》《黄门郎向子期难养生论》《答难养生论》等文章就很清楚,嵇氏的养生论主要是对形神关系的一种讨论。养生乃至长生之是否可能,主要就在于对形神关系是持何种认识。嵇康一方面认为神仙"似特受异气,禀之自然,非积学所能致",但在另一方面又认为"至于导养得理,以尽性命,上获千余岁,下可数百年,可有之耳"。他之所以这样说,就是强调"神"(精神)具有极大的潜在力。"精神至于形骸,犹国之有君也;神躁于中,而形丧于外,犹君昏于上,国乱于下。""是以君子知形恃神以立,神须形以存,悟生理之易失,知一过之害生。故修性以保神,安心以全身,爱憎不栖于情,忧喜不留于意。泊然无感,而体气和平。又呼吸吐纳,服食养生,使形神相亲,表里俱济。"②表面上,陶渊明的《神释》中的思想,与嵇康的这种修性保神的思想很接近,但事实上有本质不同,在陶渊明这里,

---

① 严可均:《全上古三代秦汉三国六朝文·全晋文》卷一百六十一,中华书局1958年版,第4788页。
② 戴明扬校注:《嵇康集校注》,中华书局2015年版,第229—230页。

"神"已经从一个生命生理的范畴,上升为一个生命伦理、更可以说是生命哲学的范畴。陶渊明《形影神》中的"神",并非传统形神论中的"神",而是代表了他的一种哲学思想。这个意思,陈寅恪已经有所触及。前举陈氏在论神释后八句时说:"此节神明之所以特贵于形影,实渊明之所自托,宜其作如是言也。"意思就是说,这里"神"已经不能简单理解为形骸、精神之神,而是渊明托此"神"来发表自己的一种思想。所以我们说"形影神"中的神,已经超越传统的形神论之神。而渊明在这里所要阐述的,也已经不是一般的养生、长生的问题,而是一种新的生命自然之理。这里面最关键的一点,在于渊明将传统的形神二元的生命结构论,改变为形影神三要素的生命结构。只此一"影"概念的进入,将这个学说由生理学、心理学之层面,上升为伦理学、哲学的层次。并且通过"影"这个概念,纳入了魏晋思想发展的另一个脉络的内容,即自然与名教问题的讨论。这正是陈寅恪的文章所探讨的主要问题。我们现在揭示出陶氏依据形影神三范畴所阐述的"神辨自然"是对魏晋以来形神论与名教自然论两个思想脉络的总结及发展,则陈氏所说的陶渊明作为中古时期大思想家的事实,应该是更加清晰了。

陶渊明超越玄学旧自然派的形神之说的另一个重要意义,是使得陶渊明从旧自然说中的"修性保神"的养生、长生之说中超越出来。以嵇、阮为代表的形神之说,极强调"神"的绝对精神作用,这几乎是旧自然说一切修养理论的基础,也是孕育后来的道教神仙说的重要契机。陶渊明对"神"的强调,当然受到这一派的影响。由于他将"神"从一个生理、心理的范畴提高到哲学范畴(即主体精神),这样就摆脱了旧自然说形神论中的这种非理性内容。我们还发现,陶渊明也不太使用"性命""才命""才性"这一类的玄学范畴,这与上述的思想倾向是一致的。这些都反映了他对旧自然说的超越。

第二,脱离直观的认识,在思想史的层面上,则形、影、神各自代表了三种生命思想。"形"只关注物质生命的修短,并提出享乐的观点,魏晋玄学中的虚无放废一派代表了这种生命观。这是纯粹从自然物质的方面对"人"所下的定义。这代表了一种最朴素的自然观,即陈寅恪所说的"旧自然观"。所谓"神辨自然",它的第一层意思,即是"神"对"形"宣称为自然的这种思想进行辨析,提出更高层次的、更能揭示造化万有的真相同时也更能揭示生命真相的更高的自然说,或者也可说是揭示自然的本质。陈寅恪将其称为"新自然说"。从这里我们发现《形影神》诗文本上一个不易觉察的论述层面,即"神辨自然"的第一层意义,为神对"形"称之为"自然"的思想进行辨析。诚然,在"形"所陈述的这一部分中,并没有直接出现"自然"这个概念,但它的内容就是一种玄学旧自然观的生命观。同样,《神释》的部分也没有直接出现"自然"这个概念,但它的宗旨在于自然。但诗序中"自然"这个词,主要就是落实在《形赠影》与《神释》这两部分中的。"影"则关注生命的社会属性,从群体出发来定义生命、强调生命的伦理道德价值,它所代表的是从汉至魏晋持名教论的一派。它的哲学基础是反对将生命仅仅理解为一种自然物质的东西,强调人的社会属性与社会价值,其本质则在于名教。阮籍《达庄论》引缙绅之说:"天道贵生,地道贵贞,圣人修之,以建其名。"①此即名教的要义。又陈寅恪文曾引东晋袁宏《后汉纪》献帝初平二年论蔡邕宗庙之议:"夫君臣父子,名教之本也。然则名教之作,何为者也?盖准天地之性,求之自然之理,拟议以制其名,因循以弘其教,辩物成器,以通天下务者也。"②这样看来,我们还发现这样一个现象,即向来被视为儒家一派的名教之说,在魏晋时期,也缘引自然之义。这是自然与名教合一的形式之一。也可以说,自然之义,不仅存在于尚自然一派,同时也存在于崇名教一派。这样说,陶渊明的"神辨自然",不仅辨"形"说的自然之理,同时也在辨析"影"说的自然之理。其实,汉魏之际名教说者缘自然立义,正是后来两晋时代名教自然合一说的思想渊源之一。上述"形""影"的各种立论,都是魏晋时代流行的思想,后面我们会说到,陶渊明本人也都曾不同程度地接受它们。但是陶渊明的建树在于在此基础上建立更成熟的生命哲学。对于这新的生命哲学来说,前两种只是他的思想材料,或者说是他思想的两个出发点。他没有停留在这两种思想上,在形与影之间做出非此即彼的选择,而是在认真地思考这两种生命观各自的缺陷之后,不再简单地停留在任自然与崇名教的对立上。他提出不同于旧自然说与名教说的第三种观点,即他自己认为唯一圆满的、终极性的生命观,即"神"的生命观。"神"的生命观是对形与影的生命观进行分析之后,剖析了其中非理性的成分,保留了其中合理的成分,再加以升华而形成的。这个思想的过程,就叫做"神辨自然"。

二

《形影神》的关键,并非平行陈列三种生命观,而是以"神辨自然"为最高的生

---

① 陈伯君:《阮籍集校注》,第136页。
② 陈寅恪:《陶渊明之思想与清谈之关系》,《陈寅恪集·金明馆丛稿初编》,第214页。袁宏:《后汉纪》卷二十六,云南大学出版社2008年版,第330页。

命理性。所以,在生命中,形、影、神三者虽然依存,但神是最高主宰。此即方东树说的:"神,运形影者也。"①所以,我们说这里有三种生命观,只是我们的概括,其实并不符合陶渊明的原意。他的原意是神对形、影两种生命观的理性辨析,即"神辨自然以释之"。同样,作为思想史或社会思潮中的形、影、神三种生命观,也不是平行的或者说具有同等的价值的。很明显的,陶渊明是以"神辨自然"来超越形、影两观的。但是陶渊明是不是完全否定前面两种生命观存在的理由呢?或者说,三者之间只是相互否定,而不存在相互的阐释与补充的关系吗?这个问题关系到对陶渊明思想的整体及其中的复杂矛盾的认识。事实上,形影神三种观点之间不是简单的否定关系,而是相互阐释与补充。"形"的生命观里面所拥有的一种理性,即对生即有死的理性认识,正是后面两种生命观得以产生的基础。"形"说的价值,在于确凿地建立了一种自然死亡的必然性的认识,拒弃了一切非理性的生命幻想,如道教的长生说与佛教的轮回说。所以,从理性的建树来看,"形"的思想是具有一种基本的价值的,它是正确地认识生命真相的开始。魏晋时代这种思想的流行,正是自我觉醒的一种表现。尤其是对魏晋时代文士与名士的世俗生活与艺术的建立,或说人们艳说的"魏晋风度"等的产生,可以说"形"的思想是重要的、坚实的基础。事实上,陶渊明深受这一思潮的影响。"形"的生命陈述,大量地存在于陶渊明的平素表达中,即陶诗中单纯地陈述对生命短暂的无奈、悲哀的主题。《形》诗之外,如《诸人共游周家柏墓下》《拟古·日暮天无云》《杂诗·人生无根蒂》等诗,都是属于"形"诗的思想范畴。而其最直接的表达,无过《归园田居》其四中的"人生如幻化,终当归空无"一语。其实远远不止这些,在陶诗中,这种哀伤生命短暂的情绪表达,可以说弥漫于整个生命过程,大多数的作品都会涉及这个主题。从实际的生命体验来看,可以说"形"诗是陶渊明对其日常的生命忧思的集中表达,是陶渊明对个体生命自觉的第一个境界。所以,对于《形》诗的生命表述,陶渊明并非持简单的否定态度。另一方面,《形》代表了生命的物质性与物质需要。这也是一种合理的思想,但这种思想指向两个方向,即重视物质生活的合理性与陷入将物质生命作为生命的唯一依据的物质主义这两层。前一层是清晰的理性,陶渊明多次表达物质生活的必要性,这也是他自力躬耕的依据:"人生归有道,衣食固其端。孰是都不营,而以求其安?"(《庚戌岁九月中于西田获稻》)"衣食当须纪,力耕不吾欺"(《移居》其二)。扩大这方

---

① 方东树:《昭昧詹言》卷四,人民文学出版社1961年版,第111页。

面的范围,可以说这是陶渊明所有田园诗的一种思想基础,甚至包括《劝农》这样的诗。可以说,陶渊明对生命物质性及物质需要的合理认识,是其对世俗生活中的合理成分充分肯定的基础,展示了其充分的入世精神。从这个意义上,我们甚至可以说,将陶渊明简单地视为隐士,是不准确的。陶渊明自己面对檀道鸾指责他清高逃世时,就否定自己并非在学古代那些以逃世为高的清流隐士。但当世人显然没有充分理解陶渊明的心曲,将他归于高节遁世之士。颜延之的《陶征士诔》就将其成功地塑造为一个隐士。其实按照隐士形象来塑造陶渊明,是来自当时的政治与社会的认识,并非这个独特的生命的原有本质,也遮蔽了陶渊明躬耕生活的真正意义。这个问题,我们在这里也不打算展开讨论。当然,"形"诗中表现的物质主义的倾向,亦即及时行乐的非理性的生命观,在陶渊明的生活中也同样存在,最典型的就是饮酒这一行为。《影》《神》两诗都否定了《形》诗的饮酒,这与陶渊明的好饮酒、嗜酒存在着矛盾。从这个层面上,我再次感觉形的生命观在陶渊明日常思想中的位置,可以说是既是其自我觉醒依据,但也造成他长期的矛盾与困惑。

同样,陶渊明对"影"的生命观也不是简单否定。"影"即"名",而名则以"立善"为主要的内容。这是一种具有正面价值的伦理道德生命观。《影》诗的主要思想为立善求名:"立善有遗爱,胡为不自竭?"这种生命观由儒家一派发展到极致。其典型的表达,为《论语·卫灵公》所载孔子之语:"君子疾没世而名不称焉。"更早于孔子的有《春秋左传》襄公二十四年所载的叔孙豹对范宣子问的"三不朽"说。屈原虽非儒家人物,但他的《离骚》中也比较典型地表现了这种生命观,其最直接的表达即是"老冉冉其将至兮,恐修名之不立",可以称之为屈原的修名说。正如许多学者都曾指出的那样,陶渊明是具有很强建功立业的思想的,也曾服膺立名之说,其《感士不遇赋》云:"咨大块之受气,何斯人之独灵!禀神智以藏照,秉三五而垂名。"这种思想在许多的作品里都有表现,尤以《荣木》《杂诗·白日沦西阿》《读山海经·夸父诞宏志》《杂诗·忆我少壮时》等诗为突出。同样,"善"这一伦理目标,也是陶渊明正面追求的。"养真衡茅下,庶以善自名"(《辛丑岁七月赴假还江陵夜行涂口》)这一表述,至少在逻辑上与《影》诗的"立善有遗爱"是相同的。同样,陶渊明将"善"作为人生的准则,"天道幽且玄,鬼神茫昧然。结发念善事,僶俛六九年"(《怨诗楚调示庞主簿邓治中》)。一直到《神》诗中,陶渊明也不否认善,并且以"立善"为欣悦的行为,即"立善常所欣"。但却对"立善有遗爱"之说,提出异议,其结论是"谁当为汝誉"。这方面思想的根源,当然可以追溯到司马迁《史记·伯夷叔齐列传》里对善恶有报应的思想的质疑。《感士不遇赋》里,陶渊明感慨"真风告逝,大伪斯兴",痛感"怀正志道""洁己清操"之士的不遇与"没世以徒勤"。《怨诗楚调》中对这个思想情结表达得更加清晰。这一切,到《神》诗里,简化为"立善常所欣,谁当为汝誉",反映了陶渊明从服膺名教到摆脱求名思想的一个比较长期的思考过程。但是如果认为陶渊明只从善恶无凭的理由出发否定了立善求名的思想,那就比较浅视了。作为一种情绪,陶渊明在一些场合提出过对善恶无凭的怨恨、对天道福善祸淫之说的质疑,避免自己的思想陷入当时佛教的因果报应与道教报施之说。这是他在建立坚定的自然死亡观念之外的理性认识方面的又一重要的建树。但这有可能也像《形》的因获知死亡必然而陷入及时行乐那样,容易因祸福无凭、天地不仁、以万物为刍狗,而陷入对作为人类伦理根本的"善"的范畴的否定,导致行为的迷茫甚至罪恶。使陶渊明真正破除立善求名思想的并非仅仅是对于福善祸淫之类说法的简单质疑,而是理性被观照过、经过陶渊明重新阐识的"自然观"。可以说,陶渊明对福善祸淫、因果报应之类的宗教学说的舍弃,同样是依据着"自然"来达到的。这也是"神辨自然"的内容之一。

上述形、影、神之间呈现的这种相互包含、又逐层扬弃的关系,体现陶渊明这一生命思想的阐述,带有浓厚的哲学思辨的特点,这正是"神辨自然"这个表达着落之处,这里最需要注意的是"辨"这个词。

三

《形影神》是一组辨析自然之义的哲学诗。自然之义,源于《老子》"道法自然"之说,发挥于《庄子》。至魏晋玄学家论自然,仍以自然为老庄之义,然又引申出圣人无言而体自然之说,并将"自然"引入儒家思想的范畴,或者说融合道儒。其主要的论题,涉及政治、人生与天地。政治上的自然说是魏晋玄学自然说的原发点,以正始何晏、王弼的贵无说为代表,是一种政治自然说。到阮籍、嵇康为代表的竹林七贤等人,多发挥自然为道之根本,名教多有拘限、虚伪、割裂之弊。由政治上崇无为,发展为人格上崇自然,几乎可以说是同时发生的事情。人格自然的这一义,在阮、嵇等人的学说里得到充分的展示,其中又联系形神之说,构成玄学人格的塑造,乃至引申出养生、求神仙等议题。同时有关自然的讨论,也发展到艺术、历史等各种领域。上述即所谓正始之音及竹林之说的要义,可以说是魏晋玄学的原义。天地自然之说，原本就是老庄的旧义，至魏晋玄学发挥此义，最先的功劳在于廓清两汉儒学中关于天道意志的神学成分，其源实可溯至东汉王充。两晋之际则山水自然之说盛，实为构成玄学山水观、玄学山水文学的基本内核。"兰亭集"诸诗文就是阐发这种自然观的。孙绰《游天台山赋》劈头"太虚辽廓而无阂，运自然之妙有"，结尾又说"浑万象以冥观，兀同体于自然"，①正是对这种自然观的阐述。对于这个问题，笔者在《魏晋诗歌艺术原论》中有关东晋自然观的部分中已经有详细的讨论。陶渊明的《归园田居》一诗，也是这种山水自然观的展示，其开头说"性本爱丘山"，而结尾又说"复得返自然"，展现出与"兰亭集"诸作、《游天台山赋》相近的思维方式。

政治、生命、天地（以山水为主要内容）三重自然中，都存在着一个与名教对立的问题。比如政治上有崇尚儒家的名教之治与崇尚道家一派的无为之治之区别。生命方面，在个人的生活行为方式方面，当然存在着服膺名教礼法与体任自然两种不同的认识。山水自然是自然观中最后起的一义，它本身与名教无关，但由于魏晋士人以游赏山水、隐逸丘园等为体自然的行为，所以这里也存在着与名教的对立。构成所出（循名教）处（体自然）两种不同行为方式。在魏晋时期，这种对立用"黄屋""山林"或"庙堂""丘壑"这样的词汇来分别指称。

从上述自然思想的三个范畴或者说名教与自然的三重对立关系来看，陶渊明的思想与行为，都是偏向于自然一派的。我们也可以说陶渊明是魏晋玄学自然说的比较典型的继承者。在政治上，陶渊明个人有避世的倾向，并且如《荣木》诗中慨叹"黄唐莫逮，慨独在余"，《桃花源诗及记》中存人伦而废君臣、无赋税，以及自称"北窗下卧""自谓是羲皇上人"，都可以看出，陶渊明在政治上深受道家及玄学一派的无为而治思想的影响。这也可以说是他怀古情结的基础。在天地自然方面，陶渊明的隐逸行为已经明显地表现了他在庙堂与山水之间，是选择了后一场所的。落实到生命方面，就是"神辨自然"所阐释的思想。

如一般思想史界所已认识的那样，魏晋玄学中的自然与名教关系的讨论，随着历史政治的发展，也可以说随着讨论者主体的性质的演变，经历了从名教与自然的对立到名教自然合一、名教即自然这样不同的论证方式。名教与自然的对立，从最初的直接的对立（这一点在阮籍的《达庄论》《大人先生传》中表现得最突出，竹林名士的行为则是贱名教、崇自然的具体实践者），到嵇康等人提出"越名

---

① 严可均：《全上古三代秦汉三国六朝文·全晋文》卷六十一，第3611、3612页。

教而任自然"的思想，其实已经是一个发展。"越名教而任自然"并非简单地否定名教，而是一种将道德行为建立在自然基础上的思想。嵇康《释私论》是这种思想的最为系统的表达：

> 夫称君子者，心无措乎是非，而行不违乎道者也。何以言之？夫气静神虚者，心不存乎矜尚；体亮心达者，情不系于所欲。矜尚不存乎心，故能越名教而任自然；情不系于所欲，故能审贵贱而通物情。物情顺通，故大道无违；越名任心，故是非无措也。是故言君子，以无措为衷，以通物为美。言小人者，则以匿情为非，以违道为阙。①

嵇康对"自然"的这一解释，在魏晋玄学中是属于高真一派。他所重视的是主体的"气静神虚""体亮心达"，这样就能照鉴自然之理，通于物情，达于大道。这其实是将儒家孔子的随心所欲不逾矩与老子的道法自然进行了结合，符合玄学家以圣人体自然的思想逻辑。所以，虽然后来的学者强调玄学来源于道家（事实也是如此），而玄学家们却一直认为他们是在儒家的本位立场上。这种情况与后来宋明理学吸取禅宗的思想方法，却又坚持辟佛的立场有类似的地方。这是另一个问题，此处暂置不论。

从思想的继承来讲，正如陈寅恪已经指证的那样，陶渊明的"新自然说"来自嵇、阮等人的"旧自然说"。其基本的看法，认为旧自然说不崇名教，且有消极不与当局合作、饮酒等行为方面的标志。后期则有周孔老庄并崇、自然名教两是之徒，名利兼收，实最无耻之巧宦。"东晋之末叶宛如曹魏之季年，渊明生值其时，既不尽同于嵇康之自然，更有异于何曾之名教，且不主名教自然相同之说如山、王辈之所为。盖其己身之创建乃一种新自然说，与嵇阮之旧自然说殊异，惟其仍是自然，故消极不与新朝合作，虽篇篇有酒（昭明太子陶渊明集序语），而无沉湎任诞之行为及服食求长生之志。夫渊明既有如是创辟之胜解，自可以安身立命，无须乞灵于西土远来之学说，而后世佛徒妄造物语，以为附会，抑何可笑之甚耶？"②我们还可进一步说，陶渊明的《形影神》所展开的也正是类似于嵇康《释私论》的一番思辨，是一个"越名教而任自然"的论辨。只是陶渊明的自然即"神"，

---

① 戴明扬校注：《嵇康集校注》，第402页。"则以无措为衷"，"衷"原文作"主"，此据戴氏校文引张溥本、《三国文》本改。
② 陈寅恪：《陶渊明之思想与清谈之关系》，《陈寅恪集·金明馆丛稿初编》，第220页。

不仅是超越了"影"即名教的思想,而且还反思"形"所代表的"旧自然说"的思想。说到底,这还是一个"越名教而任自然"的思想。我们知道,两晋玄学思想的主流,甚至说正统即名教与自然合一,名教与自然同。学者常举的《世说新语·文学》所载的阮瞻答王戎问"圣人贵名教,老庄明自然"的同异时的"将无同"之说,正是名教自然合一论的起点。其后如郭象注《庄子》,阐述山林与黄屋之同,以及东晋诸家论情礼实同的问题,都是这方面的例子。可以说,这是当时门阀士族政治学与人格学方面的一个主流意识。那么,陶渊明在此期倡论"越名教而任自然"的"神辨自然"之说,显然是与主流意识违异的。当然也是由于东晋门阀士族的自然即名教、丘壑即庙堂,或如谢灵运颂雅诗所写"玉玺戒诚信,黄屋示崇高。事为名教用,道以神理超"(《从游京口北固应诏诗》)所表达的那样[①],其实已经是一种为门阀士族政治辩护的工具。陶渊明显然很清楚这一点,也预料有可能引起误解,被视为老庄之流。所以在小序的最后,郑重地说:"好事君子,共取其心焉",即怕因此而遭致正统舆论的非议,同时也怕好事者不明其中的深度思辨,将其误认为废无放诞的旧自然一派。事实上后世仍然有不少论者将陶渊明的《神释》简单地归于老庄之流。值得提出的是,陶渊明之所以提倡纯粹的自然之说,继承竹林一派越名教而任自然的思想,与当时门阀正统的名教即自然相异,与他平生出处之节及寒素士族的身份有直接的关系。本来竹林诸人的自然之说就有以在野者对抗司马氏当局及高门势族的性质。提出这一点,也可以补充陈氏之说。

四

通过上述论述,我们已经知道,《形影神》的贡献不在于简单地重提"自然",也不在于认识到生命的自然本质,即生死是一种自然规律,而在"神辨自然"这个哲学表达上。所以,"自然"虽然是陶渊明哲学中的最高范畴,但"神"却是其最有创造性的范畴,或者说陶渊明创造性地发展了"神"这个范畴。形神是当时佛道两家都使用的概念,并且形成不同的思想。道教通过炼神而长生,佛教主张形神为两种不同事物,形灭神不灭。与陶渊明有交往的慧远,就是主张神不灭。陶渊明是持"神"灭论,与慧远文中的"或问者"观点相同,此点上文已述。但陶渊明赋

---

① 逯钦立辑校:《先秦汉魏晋南北朝诗》,中华书局1983年版,第1158页。

予"神"这一概念以更高的思辨,使之由一个生理的概念上升为哲学范畴,却获益于慧远等人所代表的佛教哲学的思辨成果。在慧远所阐述的"求宗不顺化"的思想中,"神"被赋予一种超越存在的性质:

> 有情于化,感物而动,动必以情,故其生不绝,其生不绝,则其化弥广而形弥积。情弥滞而累弥深,其为患也,焉可胜言哉!是故经称:泥洹不变,以化尽为宅;三界流动,以罪苦为场。化尽则因缘永息,流动则受苦无穷。何以明其然?夫生以形为桎梏,而生由化有。化以情感,则神滞其本。而智昏其照,介然有封,则所存唯己,所涉唯动。于是灵辔失御,生途日开,方随贪爱于长流,岂一受而已哉?是故反本求宗者,不以生累其神;超落尘封者,不以情累其生。不以情累其生,则生可灭;不以生累其神,则神可冥。冥神绝境,故谓之泥洹。①

慧远持佛教观念,认为三界流动,以罪苦为场。如果有情于化,就是情累弥深,为患不尽。所以,主张采取照鉴的方式,让神超越于情感之上,"不以生累其神,则神可冥。冥神绝境,故谓之泥洹"。从让"神"超越于情之上,超脱"化以情感,则神滞其本"的说法来看,与陶渊明的"神辨自然"有相同的地方。陈寅恪论文中所说的"或疑渊明之专神至此,殆不免受佛教影响",即是指这种情况,因为两者都是强调了神的主宰、主体的作用。同时,陶渊明没有简单地将"神"与形视为同种物质,而是强调"与君虽异物,生而相依附"。这种对"神"与形不同的认识,即来自佛学与玄学。或许受佛教涅槃说的影响,陶渊明形成了神可独立而超越于形名的思想。更重要的是,在他的哲学里,"神"不再是一般意义的精神、灵魂这种生理层次的概念,而成为一个具有主体精神意义的哲学范畴。或者可以说,形、影、神可以分析为三种自我认识,即局限于身体来认识自我,超越到伦理价值来认识自我即"影"所暗示的"名",和对上述两种各有封域的自我的超越的"神"的自我。在哲学上,我们只能用"主体精神"来指称这个自我。它所指向的,或者实际所包含的,是一种可以称为最高理性的内容。陶渊明对"神"的概念的这种赋予,是历来各个思想流派所没有的。慧远让"神"超越于"尘封"的方法很可能启发了他,但他对神的含义做了这样的提升。事实上,陶渊明只是借用了人们熟悉

---

① 严可均:《全上古三代秦汉三国六朝文·全晋文》卷一百六十一,第4786—4787页。

的"形""影""神"三个词,但并非在日常概念的层次上使用这三个范畴。但陶渊明与慧远形神之说的根本不同,在于他是持形尽神灭之论。他借助于佛学的,其实只是一种高度思辨的思维方式。

陶渊明对于佛教的空无观、甚至"苦集灭道"四谛,应该是有所接受的。《形影神》小序中"极陈形影之苦",这个"苦"字,是无论如何也不能摆脱受佛教学说的影响的嫌疑的。但是对四谛中的"道",陶渊明却有全新理解。他与佛教徒、道教徒的最大区别,就在这个"道"字上。他以一种彻底的自然观代替了佛道两家之"道"。

五

《形影神》诗所阐述的哲学内涵,其实不仅仅是一种生命哲学,事实上包含或者指向一种本体论。首先,我们看到,陶渊明是在宇宙自然即诗中所说的"天地""大化"这样的宏观背景中落实生命的位置,并且认为生命属于万物运化的一部分,所以要纵浪大化。纵浪大化,即委运任化。这种思想,当然是来自道家,尤其是与《庄子》有一定的渊源关系。但老庄在强调人类的个体是自然的一部分的时候,取消了人的主体性。陶渊明则通过"神"这个范畴的建立阐述人的主体精神。在这方面,陶渊明在思想方法上受益于魏晋玄学甚至佛教般若学等的启发。这些哲学,都强调人的智慧,以及智慧所具有的最高作用,即"照鉴"的功能。陶渊明早年所作的《感士不遇赋》中说:"咨大块之受气,何斯人之独灵。禀神智以藏照,秉三五而垂名。"可见"神"这个范畴,是与"智""照"联系在一起的。晚年的陶渊明,显然已经脱略了魏晋玄学与佛学这些名相,所以在《形影神》诗中,没有提出这一类概念。事实上,这一组与当时思想潮流相呼应的哲学诗,并没有用当时习惯使用的哲学论述方式进行。正如他并不关心当时哲学里的名教与自然关系及形神俱灭或神不灭这些问题。它其实是超越魏晋玄学佛道哲学的层面,但仍然受益于那个时代的思辨风气。

我们反复强调,"神"的概念并非一般形神之说的"神",而是指一种主体精神与最高理性。正是在这个意义上,"神辨自然"生命哲学,其实具有本体哲学的性质。也就是说,陶渊明从"大化"中确立了主体的最高理性之后,这种理性也就具有冥合于道的性质。

"神辨自然"哲学中所表现出来的委运任化,其实质是强调精神相对于运化的独立地位。就"形"与"影"两个层次来说,生命是直接地受制于物质世界与一般所说的社会的。生老病死,祸福荣辱,乃至于属于主观反映的喜怒哀乐,这一切,都是属于"形""影"层次的生命内容,都是受运化支配的。而"神"作为最高理性,却是宁静、澄明的。这种宁静、澄明的理性是具有本体性质的。前者陶渊明曾用"形迹"来称呼,后者则用"灵府"来称呼:

> 形迹凭化往,灵府长自闲。(《戊申岁中遇火》)

"形迹凭化往",即委运任化的意思;"灵府长自闲"即认为精神可以保持一种永恒的宁静。这里关键是强调精神有一种可以独立于运化、不受运化支配的作用。当然这个精神属于理性的范畴,而非一般理解的心灵活动,尤其与平常所说的心理活动不一样。可以说,这个"灵府"与"神"是同等的概念,具有哲学范畴的特点。这类思想,在陶氏作品中经常出现。如:

> 既来孰不去,人理固有终。居常待其尽,曲肱岂伤冲。迁化有夷险,肆志无窊隆。即事如已高,何必升华嵩。(《五月旦作和戴主簿》)

所谓"迁化有夷险,肆志无窊隆",与"形迹凭化往,灵府长自闲"显然是一样的意思。其中"肆志"即灵府自闲的意思。本诗中所表现的委运任化思想,与《神》诗是完全一致的。此外,《连雨独饮》中的"形骸久已化,心在复何言"也是同样的意思:

> 运生会归尽,终古谓之然。世间有松乔,于今定何闲?故老赠余酒,乃言饮得仙。试酌百情远,重觞忽忘天。天岂去此哉,任真无所先。云鹤有奇翼,八表须臾还。自我抱兹独,俛俛四十年。形骸久已化,心在复何言?

按逯钦立《陶渊明集》:"曾本云,一作形体凭化往,又云形神久已死。"又云:"和陶本作在心。曾本云,一作在心。"按宋刊汤汉注《陶靖节诗》、元刊李公焕《笺注陶渊明集》并作"形骸久已化,心在复何言"。按此两句,实亦《五月旦作和戴主簿》"迁化或夷险,肆志无窊隆",《戊申岁中遇火》"形迹凭化往,灵府长自闲"之意,特措辞稍异尔。其言之意,是说"形骸"即"形迹","形骸久已化""形迹凭化往",皆纵浪大化之意,亦即生命本身及人生之种种遭遇,都是运化所致,主观并无执着与决定之能力,所以只有委运任化。"心在复何言"之"心"即"灵府长自闲"之"灵府",亦即"肆志无窊隆"。"心在复何言"为感叹自慰之言,此两句言:形骸久已委运任化,然此"心"则是自我之唯一体现,此心即能自我拥有,则迁化之夷险、生命之短长,复有何可系虑者?故上述三诗中的这三联诗句,所表达的思想是一样的。

  由此可见,在陶渊明的表达习惯中,"神""灵府""志""心"这些概念,与一般的生理或心理意义不太一样,都是一种具有哲学内涵的范畴。这是因为陶渊明是用这些范畴来阐述一种生命的哲学。渊明诗文中多"心"字,其中最富哲学范畴意味的用法的,即《归去来兮辞》中"既自以心为形役,奚惆怅而独悲","寓形宇宙复几时,何不委心任去留。"这些表述,都是属于"神辨自然"范畴的内容。可以说,陶渊明将"心""神""志"理解为一种独立于形影之上的理性,将此作为真正的自我所在。他对"心"的独立作用的强调,与后来的禅学、心学是有相通之处的。

  从以上所论可知,陶渊明并非简单地接受玄学自然思想,而是对魏晋以来的崇自然论者、形神论者及其所有行为方式有诸多的思考与辨析,并落实在人生行为与艺术创作之上。由此可见,"神辨自然"的意义,并不仅仅局限于《形影神》组诗之内,作为一种单纯的生命哲学存在,而是包含在渊明思想与行为的整体之中。陶渊明通过对"自然""神"等旧有范畴的创造性发展,建立了最高理性的哲学范畴,其《形影神》诗中的哲学表述,也就具有了可与古今中外一切阐述主体精神、理性、本体的哲学相互阐发、印证的条件。从这个意义上,陶渊明哲学的研究,并非已经完成的工作,而是一种刚刚开始的工作。至于"神辨自然思想"的实践性,则是需要通过不同个体来证悟、实践的。事实上,这一组形影神范畴作为中国古代士人体验生命、建构个体或群体的生命伦理学、生命哲学的重要传统资源,及其在历史上的影响,足以构成一种独特的思想,即形影神的思想史。在这些方面,除了陈寅恪对陶氏思想史地位的强调之外,基本上没有引起思想史研究领域的注意。这不能不说是一种有待弥补的缺憾。

方法谈:

如何深入地思考、研究一个问题

  关于陶渊明的生命哲学问题,我的思考与研究,持续了三十余年。这篇《陶

渊明"神辨自然"生命哲学再探讨》,算是较晚的一种结论。

最早的一篇论文是发表在《求索》1990年第1期的《矛盾与和谐——陶渊明诗歌中的一重关系》。清人马璞《秋窗随笔》中说:"渊明一生之心寓于《形影神》三诗之内,而迄莫有知者。可叹也!其中得酒、立善、委运三层,唯一立善而已。"我深受此说的启发,对《形影神》的内涵做了较深入的分析,强调其作为生命思想的意义。基本的观点是,矛盾与和谐是陶渊明人生与文学中的一种基本关系,从生命哲学的角度来说,形、影两种相对立的生命观,反映了陶渊明人生思想中的矛盾,而"神辨自然"的生命观,则是一种和谐的境界。此文还指出,与形影神三种生命观相对应,整个陶诗也可分为形影神三种境界。

我不了解上文发表后,在学术界有没有引起关注,但我自己在继续思考这个问题。在1993年北京大学出版社出版的《魏晋诗歌艺术》的第六章"晋宋之际诗歌的因与革"第二节"晋宋之际诗人思想的主题"中,主要围绕出处的问题,对陶渊明、颜延之、谢灵运、鲍照四家的思想进行探讨。本节主要从出处问题来理解陶渊明的生命哲学的成因,长期出处矛盾及其解决,其成果之一即为《形影神》生命哲学的形成。本节还有一个看法,是认为在晋宋之际政治格局的演变中,作为东晋门阀士族基本的人格模式与政治哲学的"名教与自然合一"的思想受到一种考验,"在当时,对于循名教还是体自然,两者之间要做出比较明确的选择,因为他们已与现实的利害关系联在一起了"(该书第442页)。现在看来,这个看法是很重要的,甚至是研究晋宋之际思想的一个关键。

1997年东方出版社出版的《唐前生命观和文学生命主题》的撰写,使我能够从一种更大的中国古代生命观发展的整体中再次把握陶渊明的生命哲学。该书第十五章"从玄言到山水田园:文学的境界化与生命情绪的淡释"中的"三、陶渊明的生命思考及其文学表现",从魏晋生命哲学及魏晋文学生命主题的整体出发,再次分析陶渊明生命哲学产生的现实依据与历史价值:"陶渊明作为一个真正自觉的人,在自身生命追求的动力驱使下,几乎将整个魏晋生命思潮在他个人生命境界中浓缩地再现一番,从而使他站在魏晋精神的高峰之上。他的文学,也是魏晋生命文学一个圆满的结局。"(该书第320页)。

2012年中华书局出版的《陶渊明传》"二十六、生命意识与生命思想",吸收了上述论文、专著的思想,首次明确提出"神"是最高理性的看法。此后《北京大学学报(哲学社会科学版)》2015年第3期发表的《陶渊明〈形影神〉的哲学内蕴与思想史位置》一文,再次联系魏晋哲学的整体来研究形影神问题,并且着重阐述神为最高理性的看法,并由此来揭示陶渊明《形影神》生命思想的哲学本质。此文还在陈寅恪提出"新自然说"的基础上,继续考察陶渊明与汉魏以来生命思潮的关系,并评述陈氏在研究陶渊明与佛教关系上的学术方法。又在逯钦立研究陶渊明与传统的形神思想、慧远形影神之说的关系的基础上,进一步阐述陶氏与各派形神思想的异同,以突出陶氏形影神思想的独特价值,尤其是强调其独创性与实践性。此文认为陶渊明的形影神思想在思想史上影响深远,其内涵直透宋明理学、心学、禅学各派,古人对其认识也互有短长。文章还讨论了陶渊明对待饮酒、神仙的理性认识与复杂心态。

在进行上述多番探讨阐述后,为什么还要撰写这篇《陶渊明"神辨自然"生命哲学再探讨》呢?本文是基于2017年香港中文大学的一场关于陶渊明生命哲学问题的讲座。在准备讲稿时,我意识到从前的探讨,甚至包括陈寅恪的研究,都没有抓住"神辨自然"四字的重要性。也就是说,从前的探讨,没有将这组诗中"辨自然"的过程讲出来。形、影的对立,不仅仅是传统理解的自然与名教的对立,同时也是形、影各自主张的两种不同的自然思想之间的对立。神之辨自然,正是对形、影各自所持的自然的一种剖析,并提出"神"所认为,亦即陶渊明所认为的一种真正的自然。这种自然的思想,不仅是对形所代表的"旧自然观"(陈寅恪语)的思辨之超越,同时也揭示了名教自然合一派之自然观的虚假性。可以说陶渊明是自然观念的重新论定者。本文尤其从魏晋思想的两大脉络,即形神思想与名教自然思想来揭示陶渊明在哲学上的创造,于是将这两大思想脉络绾结在一起。

对于陶渊明的生命哲学的研究,有向内与向外两个方向。向内的方面,即是充分地联系陶渊明的人生与艺术实践,正面阐述这种"神辨自然生命"的哲学意义,或者真理性。这种思考,自然可以将陶渊明的生命哲学放在一般的人生哲学的高度上把握,同时也可以与古今中外的人生哲学乃至一般的哲学进行比较、阐述。所以,虽然说是向内,但同样是向外的。向外的方面,就是实证性地研究陶渊明的来龙去脉,即其神辨自然生命哲学与传统的形神思想、名教自然思想的关系,着重探讨其来源与渊源。如陶渊明与庄子思想、魏晋玄学旧自然思想、各家各派形神思想,乃至佛教思想,究竟各具何种关系?可以说,这仍然具有很大的研究空间。

陶渊明是一个人生的诗人,这表现为:他有比较自觉的生命思想。说他一辈子都在进行有关生命问题的思考,也许并不过分。但是他并不是专门从事哲学的人。或者说,他对当时接近于哲学的那些学问如经学、佛学、玄学的兴趣,远不如其他的一些诗人,如他的朋友颜延之,以及后来与他合称陶谢的谢灵运,他们都曾醉心于佛学与玄学,并写过专门阐发哲理问题的文章。陶渊明没有这样做,相反的,他对当时的玄学清谈、佛学讨论那种高度思辨化、逻辑化的阐述方式,似乎并不感兴趣。这与他不喜欢当时那种雕琢、繁缛的诗文风格是一致的。他阐述思想的方式也是十分朴素的,他说自己"每著文章以自娱,颇示己志",正是这种表达方式。但是他在思想上的造诣,却能在当时流行的佛学与玄学之外,自己阐述一种生命的哲学,事实上比他同期的那些思想家都要深刻。之所以能够做到这一点,是因为他对人生的思考,是从解决他人生中的一些重要的问题出发的,不是单纯出于哲学研究的兴趣。

围绕陶渊明思想,甚至是构成陶诗的基本主题的,有两个最重要的问题。一个就是出与处的问题,即出仕还是归隐的问题;另外一个问题,就是生死问题。也就是如何理解生老病死这一人生必遇的事情。这两个问题,又都关联着身与名、心与形等的问题。这些问题,内容很丰富,但都指向灵魂与肉体,也即人们所说的灵与肉。

最后强调一下,我之所以对此有持续的思考与研究,不单是学术的兴趣,还有解决个人现实的生命问题的需要。

明清戏曲小说评点的叙事理论建构

朱万曙

摘要：明清戏曲小说评点虽然存在零散、缺乏系统性的缺陷，但由于紧附于作品文本，围绕作品的叙事特征而展开批评，因而蕴含着丰富的叙事理论内容。就其理论建构而言，一是"通作者之意"——对叙事意图的分析和阐发，二是"从无讨有，从空挨实"——对叙事虚实问题的理论探讨和思考，三是"传神写照"——对人物形象塑造的批评和理论总结，四是对"情节""结构""文法"等叙事方法的提炼。这些叙事理论根生于中国古代的叙事作品，有别于西方的叙事学，体现了中国古代叙事理论的自我特色。

关键词：叙事意图；叙事虚实；人物塑造；叙事方法；叙事技巧

近年来，中国古代的文学评点受到学界越来越多的重视。与各种著作形态的理论和批评相比，评点形态无疑存在零散、缺乏系统性的缺陷，但它最大的一个特点是紧附于作品文本展开批评，因此不仅更为丰富细致，而且更加贴近作品的文类特性，它的理论视角和因此生发的理论观念，往往为其他理论批评形态所未注意或未予充分阐发。因此，作为理论和批评遗产，评点批评就格外值得我们重新审视[①]。就中国古代叙事理论而言，一方面，类似王骥德《曲律》、李渔《闲情

---

* 原载《中国高校社会科学》2020年第4期。

** 朱万曙，中国人民大学文学院教授、博士生导师，教育部"长江学者"特聘教授，兼任中国明代文学学会副会长、中国《儒林外史》学会副会长、安徽省写作学会会长、安徽省徽学学会副会长、安徽省文学会副会长等职，主要从事中国古代戏曲、徽学与地域文化研究。

① 叶朗的《中国小说美学》（北京大学出版社1982年版）就对古代小说评点蕴含的小说美学进行研究，此后的相关著作有林岗的《明清之际小说评点学之研究》（北京大学出版社1999年版）、谭帆的《中国小说评点研究》（华东师范大学出版社2001年版）、朱万曙的《明代戏曲评点研究》（安徽教育出版社2002年版）等。

偶寄·词曲部》那样著作形态的戏曲理论批评不是很多,小说则没有一部专门的理论著作;另一方面,明清戏曲、小说的评点批评却异常丰富,它们附着于叙事作品的文本,批评的内容自然也围绕叙事文学特征展开,其中就蕴含着叙事学的诸多内容。这些评点中的叙事学内容和西方的叙事学既有相近之处,更具有中国特色,对此,已有学者予以注意和申说,如杨义的《中国叙事学》不仅在"导论"中列出"叙事文类的新变与明清之际小说戏曲评点家"一节,并且设第五章"评点家篇"专论评点,其论说小说戏曲评点之于中国叙事学的关系道:"李卓吾、金圣叹、毛宗岗、张竹坡们小说戏剧评点的方式,创造了一个属于他们自己,也属于中国叙事学的丰富多彩的审美感悟和理论思维的世界","谈论中国叙事学而不研究评点家,这样的理论体系是很难说具有多少中国特色的。"①笔者完全赞同这些看法。现根据研究所得,对明清戏曲小说评点的叙事理论建构略予梳理,期望对中国叙事学的形式和话语有所丰富。

一、"通作者之意":叙事意图论

文学作品是作者内心意识的表达,叙事作品也不例外。叙事作品虽然不像抒情作品那样直接表达作者的意图或者抒发其内心的情感,但在叙说故事的背后,同样潜隐着叙事者的意图。在明清戏曲小说评点中,叙事者在文本中的叙事意图往往是评点者首先关注的对象。

这种对文本叙事意图的揭示,往往是在评点本的序言中展开,这牵涉评点批评形式的构成问题。有的学者认为,评点是在"正文的有关地方予以圈点、短评,并与读法、总评和序跋合为有机整体,从而对文本进行阐释、归纳和导引升华,充分体现出评点家本人的基本思路、审美情趣和哲学观念"②的批评方式。对此,需要补充的是,序跋一定是评点本中的序跋,非评点本中的序跋不能作为评点"有机整体"的一部分。只有在评点本中,无论序跋出自评点者之手还是其他人之手,因为和其他评点内容密切相关,才能视为评点的有机组成部分。

李卓吾是较早对戏曲小说进行评点的批评家,他明确地说,自己"古今至人

---

① 杨义:《中国叙事学》(增订本),商务印书馆2019年版,第452、453页。
② 参见齐森华等主编的《中国曲学大词典》"戏曲评点"条释文,浙江教育出版社1997年版,第18页。

遗书,抄写批点甚多,……《水浒传》批点得甚快活,《西厢记》《琵琶》涂抹窜改得甚妙"①。在其评点中就每每对叙事意图予以揭示。在《拜月亭》序中他说道:"详试读之,当使人有兄兄妹妹、义夫节妇之思焉。兰比崔重名,尤为闲雅;事出无奈,犹必对天盟誓,愿始终不相背负,可谓贞正之极矣。兴福投窜林莽,知恩报恩,自是常理,而卒结以良缘,许之归妹,兴福为妹夫,世隆为妻兄。无德不酬,无恩不答,天之报施善人,又何其巧欤!"②李卓吾对该剧叙事意图的理解,和其他批评者关注该剧爱情书写很不相同。在他看来,这部作品的主旨在于表现"兄兄妹妹、义夫节妇"以及知恩报恩的伦理道德观。李卓吾曾经评点过《西厢记》,在揭示《拜月亭》的叙事意图时,他将该作与《西厢记》予以比较。《西厢记》的内容主要是爱情,剧中的崔莺莺为了实现爱情就不能"重名",而《拜月亭》里的王瑞兰对于爱情婚姻却很慎重,她比崔莺莺"尤为闲雅","贞正之极"。因此,该剧和《西厢记》所描写的爱情就有区别,王、蒋之间的爱情具有"义夫节妇"的色彩;而作品对蒋世隆兄妹以及陀满兴福的描写,更具有伦理道德的意味,从而,该剧就是一部"使人有兄兄妹妹、义夫节妇之思"的伦理剧。

这种对叙事意图的揭示,在小说评点中同样多见。如《李卓吾先生批评忠义水浒传》序言就指出,叙事者的叙事意图乃是"发愤":

> 《水浒传》者,发愤之所作也。盖自宋室不兢,冠履倒施,大贤处下,不肖处上,驯至夷狄处上,中原处下,一时君相犹然处堂燕雀,纳币称臣,甘心屈膝于犬羊而已矣。施、罗二公,身在元,心在宋;虽生元日,实愤宋事。是故愤二帝之北狩,则称大辽破以泄其愤;愤南渡之苟安,则称灭方腊以泄其愤。敢问泄愤者谁?则前日聚啸水浒之强人也!③

应该说,李卓吾对《水浒传》叙事意图的理解既独特也很深入。他结合叙事者"身在元,心在宋"的生活时代,指出小说对"前日聚啸水浒之强人"——梁山好汉们的叙事,其意图指向在于发泄对宋弱、宋亡之悲愤。

在《儒林外史》的评点中,卧闲草堂本无疑最重要,对后世影响甚大。其卷首

---

① 李贽:《焚书·续焚书》,夏剑钦校点,岳麓书社1990年版,第314页。
② 该评载于容与堂刊李卓吾批评《幽闺记·拜月亭序》卷首,题为温陵卓吾李贽撰,亦见于《焚书》卷四,可见该本确为李卓吾所评点。
③ 陈曦钟、侯忠义、鲁玉川辑校:《水浒传会评本》,北京大学出版社1981年版,第28页。

有闲斋老人序:"其书以功名富贵为一篇之骨,有心艳功名富贵而媚人下人者,有倚仗功名富贵而骄人傲人者,有假托无意功名富贵而自以为高被人看破耻笑者。终乃以辞却功名富贵,品地最上一层,为中流砥柱。"①批评者将作品中的人物分为三种,并指出作品中辞却功名富贵的人"品地最上一层"。这样的批评无疑是认真阅读文本后得出的认识,自然也是对作品叙事意图的揭示和总结。不仅如此,书中的具体评点也同样揭示了作者的叙事意图,如第二回的总评道:"'功名富贵'四字,是此书之大主脑,作者不惜千变万化以写之。起首不写王侯将相,却先写一夏总甲。夫总甲是何功名? 是何富贵? 而彼意气洋洋、欣然自得,颇有'官到尚书吏到都'的景象。"②此段批语指出了作者从夏总甲开始叙事的用心。一个小得不能再小的总甲,居然也能够凭借"总甲"的身份洋洋自得,可见对功名富贵的追求对人和社会的毒害。第二十五回回评说:"自科举之法行,天下人无不锐意求取功名,其实千百人求之,其得手者不过一二人,不得手者不良不莠,既不能力田,又不能商贾,坐食山空,不至于卖儿鬻女者几稀矣。倪霜峰云'可恨当年误读了几句死书','死书'二字奇妙得未曾有,不但可为救时之良药,亦可为醒世之晨钟也。"③这段批语针对小说中倪霜峰的话而生发,围绕的却是序言中"功名富贵"的叙事意图而展开,指出科举制度搅动了读书人的"功名"之心,从而上演了诸多人生悲剧。

明清戏曲小说的评点,揭示叙事意图可谓普遍现象,同时它们还从叙事理论上对叙事意图予以总结。金圣叹在《水浒传》"楔子"回评中,提出的"设言"之说,可谓对作品潜隐叙事意图的分析,具有一定的理论意味。他说道:

> 此书既成,而命之曰《水浒传》也。是一百八人者,为有其人乎? 为无其人乎? 诚有其人也,即何心而至于水浒也? 为其无人也,则是为此书者胸中,吾不知其有何等冤苦,而必设言一百八人,而又远托之于水涯。
>
> 若一百八人而无其人也,则是为此书者之设言也。为此书者,吾不知其胸中有何等冤苦而为如此设言。④

在金圣叹看来,《水浒传》的一百零八位好汉形象本是虚构,他们作为叙事文本中

---

① 吴敬梓著,李汉秋辑校:《儒林外史会校会评本》,上海古籍出版社1999年版,第687页。
② 吴敬梓著,李汉秋辑校:《儒林外史会校会评本》,上海古籍出版社1999年版,第29页。
③ 吴敬梓著,李汉秋辑校:《儒林外史会校会评本》,上海古籍出版社1999年版,第320页。
④ 陈曦钟、侯忠义、鲁玉川辑校:《水浒传会评本》,北京大学出版社1981年版,第38页。

的人物形象及其啸聚梁山的故事,其实是叙事者的"设言"。之所以有这样的"设言",乃是叙事者内心有着莫大的"冤苦"。换言之,因为有内心的"冤苦",叙事者才有一百零八位人物及其故事的"设言"。"冤苦"是叙事意图和叙事驱动力,一百零八人是叙事意图的结果。

万历年间容与堂刊刻的李卓吾评点《忠义水浒传》凡例中,阐发评点的批评功能道:

> 书尚评点,以能通作者之意,开览者之心也。得则如着毛点睛,毕露神采;失则如批颊涂面,污辱本来,非可苟而已也。今于一部之旨趣,一回之警策,一句一字之精神,无不抉出,使人知此为稗家史笔,有关于世道,有益于文章,与向来坊刻,迥乎不同。①

所谓"通作者之意,开览者之心""今于一部之旨趣,一回之警策,一句一字之精神,无不抉出"说的都是评点者对叙事者叙事意图的揭示。从叙事学的视角审视,这则凡例也明确表达了一个理论观点,即叙事者有自己的"意",任何一部叙事作品都有自己的"旨趣",这正是作者的叙事意图。评点或者批评的任务,就是要将潜隐于叙事文本中的叙事意图揭示出来。

二、"从无讨有,从空挨实":叙事虚实论

叙事文学重在讲故事,其中既有真实成分,也有虚构成分。对于叙事的"虚实"问题,明清戏曲小说评点中有不少论述。例如署名"可一主人评"的《警世通言》序言就说道:"野史尽真乎?曰:不必也。尽赝乎?曰:不必也。然则去其赝而存其真乎?曰:不必也。"②其认为小说的真和假都是自然的,不必在意是正史还是野史。叙事作品"人不必有其事,事不必丽其人",因为"事真而理不赝,即事赝而理亦真"。袁于令既修改又评点了《剑啸阁批评秘本出像隋史遗文》③,在该书序言中说道:"正史以纪事,纪事者何? 传信也。遗史以搜遗,搜遗者何? 传奇

---

① 施耐庵撰,李卓吾评点:《李卓吾先生批评忠义水浒传》,明万历十七年(1589)容与堂刊本凡例。
② 冯梦龙编,可一居士评:《警世通言》,明天启四年(1624)三桂堂刻本序。
③ 关于该本评点者为袁于令问题,参见谭帆《中国小说评点研究》中的考证,华东师范大学出版社2001年版,第202页。

也。传信者贵真,为子死孝,为臣死忠,摹圣贤心事如道子写生,画面逼肖。传奇者贵幻,忽焉怒发,忽焉嬉笑,英雄本色如阳羡书生,恍惚不可方物。"①袁于令说的是正史和文学作品的差异,正史应该尽量可信、真实,而文学作品却重在"搜遗",可以虚幻。但其实正史中也有虚构,如"摹圣贤心事如道子写生"就几乎接近虚构;而历史题材的文学作品其实也包含有"遗"的历史事实。

李卓吾在评点中,对小说叙事的"虚实"问题有深刻的论述。在《水浒传》第九回回末总评中他说道:

《水浒传》文字都是假的,只为他描写得真情出,所以便可与天地相终始。即此回中李小二夫妻两人情事,咄咄如画,若到后来混天阵处都假了,费尽苦心亦不好看。②

该回写高俅派陆谦等人火烧草料场陷害林冲,却先叙当日林冲曾经帮助过李小二,李小二夫妻来到沧州开了个茶酒店,正好遇见林冲。陆谦等人在他们店里商议陷害林冲的事情,他们隐约听见,出于报恩之情,将此事告诉了林冲。这本不是小说中的重要情节,李小二更不是重要人物,但李卓吾的评点对李小二加以赞赏,认为作品写出了"真情"。更难得的是,李卓吾揭示了叙事作品的一个重要辩证法:作品中的情节和人物往往都是虚构的,但因为写出了"真情",就给人以真实感,所谓"咄咄如画"。相反,像后面所写的混天阵之类的情节,却让人感到虚假。

明代中叶以后,围绕汤显祖的《牡丹亭》,戏曲评点家对于叙事作品的"虚实"问题展开了深入的思考。《牡丹亭》是一部浪漫主义戏剧,是一个"非现实性"的故事,和《西厢记》《琵琶记》的基本写实的笔法大为不同,后两部作品以现实生活中可能发生的故事为戏剧题材,所以它们在"实"的问题上比较容易认识;而《牡丹亭》以现实生活中不可能发生的故事为题材,却又具有很强的真实感。这就使得评点家们不能不思考一个深层的问题:艺术的真实和生活的真实究竟是什么样的关系。

王思任在《批点牡丹亭叙》中作出了这样的评论:"其宽置数人,笑者真笑,笑

---

① 袁于令编纂,冉休丹点校:《隋史遗文》,中华书局1996年版,第407页。
② 陈曦钟、侯忠义、鲁玉川辑校:《水浒传会评本》,北京大学出版社1981年版,第218页。

即有声;啼者真啼,啼即有泪;叹者真叹,叹即有气。杜丽娘之妖也,柳梦梅之痴也,老夫人之软也,杜安抚之古执也,陈最良之雾也,春香之贼牢也,无不从筋节窍髓以探其七情生动之微也。"①在王思任看来,《牡丹亭》写的故事虽然不是源于真实生活,但因为对人物性格挖掘到"筋节窍髓"的程度,每个人物都个性鲜明,从而给读者以真实的艺术感受,具有了"笑者真笑""啼者真啼""叹者真叹"的艺术真实的效果。他还指出,《牡丹亭》正如《易经》中所说的,"象也",而"象也,象也者,像也"。② 就是说,作品塑造的人物具有"像-真"的美感。茅元仪在《批点牡丹亭序》中则针对臧懋循"合于世者必信乎世"的观点进行反驳,指出:"如必人之信而后可,则其事之生而死、死而生,生者无端,死而生者更无端,安能必其世之尽信也? 今其事出于才士之口,似可以不必信,然极天下之怪者,皆平也。"③在他看来,如果像臧懋循所说的只有"合于世"才能有真实感,才能让世人都相信,那么像《牡丹亭》这样写"无端"事情的作品为什么可以让人感到"可信"呢? 退一步讲,即便它出于像汤显祖那样的"才士"之手,带有主观浪漫色彩,但是最具"怪"的特点的艺术创作,却最给人以"平"的艺术感受,这又是为什么呢?可见艺术真实不能和生活真实画等号,艺术之"信"和生活之"信"不是一回事。

对这一问题作出更深一步论述的是沈际飞在评点《牡丹亭》时所写的题词:

> 数百载以下笔墨,摹数百载以上之人之事,不必有。而有则必然之景之情,而能令信疑、疑信,生死、死生,环解锥画,后数百载而下,犹恍惚有所谓怀女、士思、陈人、迂叟,从楮间眉眼生动。此非临川不擅也。临川作《牡丹亭》词,非词也,画也;不丹青,而丹青不能绘也;非画也,真也;不啼笑,而啼笑即有声也。以为追逐唐音乎? 鞭箠宋词乎? 抽翻元剧乎? 当其意得,一往追之,快意而止,非唐、非宋、非元也。柳生呆绝,杜女妖绝,杜翁方绝,陈老迂绝,甄母愁绝,春香韵绝。石姑之妥,老驼之勘,小癞之密,使君之识,牝贼之机,非临川飞神吹气为之,而其人遁矣。若乃真中觅假、呆处藏黠,绎其指归,□□则柳生未尝痴也,陈老未尝腐也,杜翁未尝忍也,杜女未尝怪也。理于此确,道于此玄,为临川下一转语。④

---

① 汤显祖著,李萍校点:《王思任批评本牡丹亭》,凤凰出版社2011年版,第1页。
② 汤显祖著,李萍校点:《王思任批评本牡丹亭》,凤凰出版社2011年版,第1页。
③ 茅元仪:《批点牡丹亭记序》,明泰昌间朱墨套印本《牡丹亭》卷首序。
④ 汤显祖著,徐朔方笺校:《汤显祖诗文集》,上海古籍出版社1982年版,第1540页。

这段题词在肯定和推崇汤显祖不凡艺术创造力的同时,也论述了生活真实和艺术真实的关系。首先,沈际飞指出了戏曲创作的一般情形:后人的创作"摹数百载以上之人之事",这些人和事未必有过,即便有过,戏曲家们也总是力求其"真",写出"必然之景之情",而在艺术效果上则给人以半信半疑的感觉,不知是真还是假。其次,沈际飞认为,这种创作汤显祖并非不能做到,但是他却没有这样做,他的《牡丹亭》创作,采取的是"飞神吹气为之"的方式,而在艺术效果上,却给人以极强的真实感,它的"真"达到的境界是"非词也,画也;不丹青,而丹青不能绘也;非画也,真也;不啼笑,而啼笑即有声也"。换言之,它所表现的故事虽然是假的,却取得了最为真实的艺术效果。再次,沈际飞还指出,《牡丹亭》的故事固然是作家虚构的,在现实生活中是不能找到原型的,但是,既然它给人以艺术的真实感,它就具有审美价值,如果一定要"真中觅假、呆处藏黠",那么,剧中人物性格就无从谈起,艺术创作也就无从展开。沈际飞在题词中说"理于此确,道于此玄,为临川下一转语",表明他是在理论上为汤显祖的创作予以解释和辩护。他所找出的"理"和"道"就是艺术之"真"和生活之"真"不能画等号,艺术创造可以允许作家"飞神吹气"地进行虚构,只要他所创造的艺术世界具有真实感就可以。

在对《牡丹亭》的具体评点中,王思任、沈际飞等人也对生活和艺术的两种"真"作出了区分。例如,王思任对第二十三出"冥判"[后庭花]曲的眉批:"信口恣情,不必尽确。总之,英雄欺人。"①这一出戏写冥间判官对杜丽娘的审问,自然不是现实中可能有的事,但在汤显祖的艺术世界中,杜丽娘有其情,判官有其性格,它同样给人以"假想的"真实感。所以评点者认为,"不必尽确",即不必追问它在生活中有无其事。在第二十六出"玩真"中,王思任还写下了一段更精彩的批语:"抽尽霞丝,独挥月斧,从无讨有,从空挨实,无一字不系啼笑。《寻梦》《玩真》是《牡丹》心肾坎离之会,而《玩真》悬凿步虚,几于盗神泄气,更觉真宰难为。"②这段批语不仅独具慧眼地指出《寻梦》《玩真》两出是《牡丹亭》的"心肾坎离之会",更指出叙事作品在"虚实"处理上的普遍情形——"从无讨有,从空挨实"。

---

① 汤显祖著,李萍校点:《王思任批评本牡丹亭》,凤凰出版社2011年版,第76页。
② 此段为沈际飞的评点所沿用,但词句有差异。茅元仪在"冥判"一出也有批语说:"将无作有,真是奇绝。"

三、"传神写照":人物塑造论

叙事文学的关键任务是塑造人物形象。但是,中国古代叙事文学的晚熟,使得理论上对人物塑造的关注也比较晚。当叙事文学兴起之后,关于人物的理论批评也主要体现在评点批评之中。评点者在阅读和评点的自然流程中,在进入作品的叙事情境中,不由得关注到作品中的人物,随时感受着人物的情感,随时体察着人物的性格力量,进而对作品中的人物及其塑造方法加以批评或作出理论上的总结。

在明清小说评点中,针对人物塑造的批评随处可见。金圣叹评点《水浒传》撰有《读第五才子书法》,其中多条都涉及人物形象。如"或问:施耐庵寻题目写出自家锦心绣口,题目尽有,何苦一定要写此一事?答曰:只是贪他三十六个人,便有三十六样出身,三十六样面孔,三十六样性格,中间便结撰得来"[1],"李逵是上上人物,写的真是一片天真烂漫到底。看他意思,便是山泊中一百七人,无一个人入得他眼。《孟子》'富贵不能淫,贫贱不能移,威武不能屈',正是他好批语。"[2]这些人物形象批评都十分精彩。容与堂本刊李卓吾批评《水浒传》第二回回评是一段关于人物塑造的精彩文字:

> 描写鲁智深,千古若活,真是传神写照妙手!且《水浒传》文字妙绝千古,全在同而不同处有辨。如鲁智深、李逵、武松、阮小七、石秀、呼延灼、刘唐等,众人都是急性的,渠形容刻画来,各有派头,各有光景,各有家数,各有身份,一毫不差,半些不混,读去自有分辨,不必见其姓名,一睹事实就知某人某人也。读者亦以为然乎?读者即不以为然,李卓老自以为然,不易也![3]

李卓吾在这段批语中,明确提出人物塑造"传神写照"的审美标准。他赞赏《水浒传》的人物形象"各有派头,各有光景,各有家数,各有身份",每个人物都是"这一个"性格。针对作品塑造的都是"好汉"型的人物,他认为《水浒传》塑造人物充分

---

[1] 陈曦钟、侯忠义、鲁玉川辑校:《水浒传会评本》上,北京大学出版社1981年版,第15页。
[2] 陈曦钟、侯忠义、鲁玉川辑校:《水浒传会评本》上,北京大学出版社1981年版,第18页。
[3] 陈曦钟、侯忠义、鲁玉川辑校:《水浒传会评本》上,北京大学出版社1981年版,第97页。

注意到"同而不同处",同样都是"急性"的人物,叙事者却写出了他们性格的差别,从而达到"传神写照"的艺术效果。

在明清戏曲评点中,针对人物形象的批语也比比皆是,或对人物性格加以概括,或对人物形象赞美或贬斥。李卓吾在《琵琶记》评点中,就多次称赞赵五娘为"圣妇"①,感叹"孝哉妇也,贤哉妇也"②,称赞张大公是"仁人长者,难得难得"③。在"李评"《荆钗记》的卷首,还有《合论五生》《合论五旦》《合论诸从人》《合论诸从旦》《合论五家亲戚》五篇专门的人物论④,对《荆钗记》《玉簪记》《绣襦记》《明珠记》《玉玦记》五部作品的人物形象予以评论分析;其批评方法又是比较式的,将五部作品中的同类人物放在一起对照,见出其性格的异同。这种"合论"式的人物形象批评,在戏曲批评史上也是罕见的。

在对人物形象和性格予以批评的同时,评点者还提出不少人物塑造的手法。

首先,评点者从审美者的视角着眼,要求人物塑造必须真实。李卓吾的戏曲评点中就有大量"真"的一字眉批;"李评"《荆钗记》第十出的出批则对不"真"提出批评:"模写玉莲处亦嫌过于老练,不似个不出阁女子。"⑤此后的诸多小说、戏曲评点,多有对人物真实性的评论,例如李渔的《十二楼》,有署名"睡乡祭酒"批点,在《萃雅楼》中就有这样的批语:"每人一种面目,每人一副肝肠,不但不雷同,又且逼真宛肖。前有耐庵,后有笠翁,不可得而三也。"⑥再如脂砚斋对《红楼梦》的批点,在十九回评论贾宝玉形象道:"此书中写一宝玉,其宝玉之为人,是我辈于书中见而知有此人,实未目曾亲睹者。……其囫囵不解之中实可解,又说不出理路,合目思之,却如真见一宝玉,真闻此言者。"⑦评点者强调的是贾宝玉形象既独特,又具有艺术的真实感。

其次,评点者从创作论的角度出发,注意到人物个性化的问题。前引李卓吾对《水浒传》人物塑造的评批,其实也是对作品塑造出不同人物个性的赞赏。金圣叹对《水浒传》人物形象的个性塑造评论更多,他赞赏道:"《水浒》所叙,叙一百

---

① 侯百朋编:《〈琵琶记〉资料汇编》,书目文献出版社1989年版,第228页。
② 侯百朋编:《〈琵琶记〉资料汇编》,书目文献出版社1989年版,第232页。
③ 侯百朋编:《〈琵琶记〉资料汇编》,书目文献出版社1989年版,第235页。
④ 李贽评:《李卓吾先生批评古本荆钗记》卷首,参见朱万曙:《明代戏曲评点研究》,安徽教育出版社2002年版,第167页。
⑤ 俞为民、洪振宁主编:《南戏大典·剧本编》,黄山书社2012年版,第182页。
⑥ 李渔著,杜维沫、马樟根点校:《李渔全集》第九册,浙江古籍出版社2014年版,第116页。
⑦ 俞平伯辑:《脂砚斋红楼梦辑评》,中华书局1960年版,第253页。

八人,人有其性情,人有其气质,人有其形状,人有其声口。"①在《读第五才子书法》中他又评论道:"《水浒传》写一百八个人性格,真是一百八样。若别一部书,任他写一千个人,也只是一样,便只写得两个人,也只是一样。"②洪秋蕃评批《红楼梦》有"掘隐"多条,其中一条说道:"《红楼》妙处,又莫如描摹之肖。性情各以其人殊,声吻若自其口出。至隐揭奸诈胸藏,曲绘媟亵情状,尤为传神阿堵。"③陈洪绶评点《娇红记》,有两条眉批就是对作品写出人物个性的充分肯定,第二十四出《媒覆》眉批:"各人说话便为各人写照";第五十出《仙圆》眉批:"各人还它口气,一字不滥用。近日作文,正苦不知此法。"陈氏的评点批评还对人物性格的发展变化给予留意,《娇红记》第二十六出"三谒",写王娇娘与申纯别后重会,她唱了一支《琐寒窗·前腔》,表现了对申纯的浓情厚意,不像当初她见申纯时的唱词含蓄委婉,陈洪绶于此处眉批道:"初时相别,妙在生语字字捱实;此后娇身已属生,生不虑娇,而娇语步步研究,情事曲至。"④王、申二人在爱情发生之初和发展之后,相互间的态度和心理活动都发生了变化,对此,评点者都予以细致的揭示。

再次,评点者还总结出一些人物刻画的手法。如金圣叹在《读第五才子书法》总结的"背面铺粉法":"如要衬宋江奸诈,不觉写作李逵真率;要衬石秀尖利,不觉写作杨雄糊涂是也。"⑤在《西厢记》评点中,金圣叹总结了"烘云托月法":"将写双文,而写之不得,因置双文勿写,而先写张生者,所谓画家烘云托月之秘法。"⑥在小说和戏曲评点中,金圣叹都注意到人物性格和关系的互相映衬的塑造方法。李卓吾评点《西厢记》时发现了"摹索"方法:"《西厢》文字一味以摹索为工,如莺、张情事,则从红口中摹索之,老夫人与莺意中事,则从张口中摹索之。"⑦这一"摹索"手法,一方面是北杂剧一人主唱体制带来的结果,另一方面,它又是通过一个人物写其他人物的手法。陈继儒接受了李卓吾的这一总结,评批说:"全在红娘口中描写莺莺娇痴、张生狂兴。"⑧换言之,《西厢记》不仅通过红

---

① 陈曦钟、侯忠义、鲁玉川辑校:《水浒传会评本》上,北京大学出版社1981年版,第9页。
② 陈曦钟、侯忠义、鲁玉川辑校:《水浒传会评本》上,北京大学出版社1981年版,第17页。
③ 洪秋蕃:《红楼梦掘隐》,见冯其庸纂校订定:《重校八家评批红楼梦》,江西教育出版社2000年版,第82页。
④ 参见孟称舜撰,陈洪绶评点:《新镌节义鸳鸯塚娇红记》卷下,明崇祯年间刻本,《古本戏曲丛刊》二集,文学古籍刊行社影印,1954年。
⑤ 陈曦钟、侯忠义、鲁玉川辑校:《水浒传会评本》上,北京大学出版社1981年版,第20页。
⑥ 王实甫著,金圣叹评点,李保民点校:《西厢记》,上海古籍出版社2016年版,第5页。
⑦ 伏涤修、伏蒙蒙辑校:《西厢记资料汇编》,黄山书社2012年版,第147页。
⑧ 陈继儒评:《鼎镌陈眉公批评西厢记》卷下,明万历戊午年师俭堂刊本。

娘之口描写莺莺和张生，而且借第三者的视角，将莺、张二人的形象、精神巧妙地刻画出来。

四、"情节""结构"与"文法"：叙事方法论

作为叙事文学的小说戏曲，自然离不开情节和结构。在明清小说戏曲评点中，"情节""结构"和"文法"的概念不仅被频频使用，而且也被赋予叙事方法的内涵，具体表现在评点中对术语的使用和意义指向上。

一是对情节的关注和理论提炼。叙事文学作品之所以能够吸引读者，除了题材特别、人物塑造讲究，还要特别注重情节的设置与安排。作品优秀的情节设置，不仅可以引人入胜，也会更好地显现人物性格。对于戏曲文学而言，由于其演出时空的限制，情节构置就显得更为重要。明代戏曲评点家已经明确地使用"情节"的概念，李卓吾评点《荆钗记》中就有多处，如第四十三出出批说："那有做媒不从便想与争攘之理，闻古本情节正不如此，此必俗人添入无疑。"①玉茗堂批评《异梦记》第二十一出出批也道："情节甚佳，曲白都畅，稍加节润，便极精神。"②"情节"概念的提出和广泛使用，不仅是叙事视角强化的表现，也是中国古代叙事文学理论的发展成果之一。

评点者常常从叙事视角出发对作品的情节构置进行分析，可举李卓吾评点《荆钗记》予以说明。《荆钗记》是流传已久的南戏剧本，但在明代中叶，有两种不同的版本流传，其差别就是王十朋和钱玉莲重逢相见的情节。一种是"舟中相会"，写王十朋在赴吉安上任途中，搭救钱玉莲的巡抚钱载和邀他到舟中饮酒，使得王、钱夫妻重圆；另一种是"玄妙观相逢"，写王十朋改任吉安时，在玄妙观追荐"亡妻"，恰巧钱玉莲也到观内拈香，夫妻意外相见，可是又不敢相认，钱玉莲回去后，收养她的钱载和问出情由，设宴请来王十朋，让他们夫妻团圆③。这两种情节，如果组织安排得当，均可取得较好的艺术效果。但是"玄妙观相逢"的本子，在李卓吾的批点中，至少有三处不合"事理"：第一，在玄妙观内，王十朋作为太守追荐亡妻，钱玉莲与他相见不合理，因为，"那有太守在观而妇女不回避之理？"

---

① 俞为民、洪振宁主编：《南戏大典·剧本编》，黄山书社2012年版，第272页。
② 汤显祖评：《玉茗堂批评异梦记》卷下，《古本戏曲丛刊》二集。
③ 《古本戏曲丛刊》初集收有两种《荆钗记》刊本，一为《原本王状元荆钗记》，所采用的就是"舟中相会"的情节；一为《屠赤水批评荆钗记》，所采用的则是"玄妙观相逢"的情节，该本虽名"批评"本，实无一字批语。

而且,王十朋此时追荐亡妻,心情沉重,又怎么会有心情注意到别的女子?故针对王十朋"蓦然见俊英,与一个丫环前后行"的唱词,评点者在出后批曰:"如此两边顾盼,反将节义描作风流。"①第二,是钱玉莲回去后,与梅香谈论起观内看到的王十朋形象,为钱载和听见,钱载和很是生气,不仅用纲常节义的大道理教训了钱玉莲一番,而且莫名其妙地拷打起梅香来,逼问观内相遇的情由。对此,评点者眉批道:"此出当删,一字不肖情。俗人则以打梅香为《荆钗》中绝妙事迹矣,可称大笑。"②第三,钱载和招王十朋赴宴,使他与钱玉莲重逢,紧接着就是朝廷颁诏,全剧结束,钱玉莲的父母随着王十朋生活,却未让他们出场与钱玉莲相见。对此,评点者也以出批予以批评:"相逢绝无意义,绝无关目。且父母在衙,何故竟不一见?此大败缺也。"③这种对作品情节的关注和评论,显然是从叙事视角出发的。

金圣叹在对《西厢记》《水浒传》的评点中,使用"情节""结构"的概念不多,但其批点的着重点,恰恰是对作品情节、结构的阐发,对此,有不少学者已经予以揭示和论述④。其中,特别有理论意味的是金圣叹对情节的"犯中见避"方法的总结。他在《水浒传》第十一回回评中对此方法进行概括:"夫才子之文,则岂惟不避而已,又必于本不相犯之处,特特故自犯之,而后从而避之。"⑤在"读法"中,他还总结了"正犯法"和"略犯法"等情节处理的方法。"有正犯法,如武松打虎后,又写李逵杀虎,又写二解争虎。潘金莲偷汉后,又写潘巧云偷汉。江州劫法场后,又写大名府劫法场。……正是故意把题目犯了,却有本事出落得无一点一画相借,以为快乐是也。真是浑身都是方法!"⑥如此深入精当的提炼和总结,无疑是金圣叹对叙事艺术的重要理论发现。比金圣叹稍晚的毛纶、毛宗岗父子,在评点《三国志演义》和《琵琶记》时,也对叙事作品的情节结构有诸多理论开拓,如评前者时提出的"正笔奇笔"说:"文有正笔,有奇笔。如玄德之杀杨高,士元之取涪关,刘璝之谒紫虚,冷苞之议决水,皆以次而及者也,正笔也。如黄忠之救魏延,玄德之入敌寨,魏延之捉冷苞,法正之见彭羕,皆突如其来者也,奇笔也。正笔发

---

① 俞为民、洪振宁主编:《南戏大典·剧本编》,黄山书社2012年版,第276页。
② 俞为民、洪振宁主编:《南戏大典·剧本编》,黄山书社2012年版,第278页。
③ 俞为民、洪振宁主编:《南戏大典·剧本编》,黄山书社2012年版,第284页。
④ 如陈洪《中国小说理论史》(安徽文艺出版社1992年版)、郭瑞《金圣叹小说理论与戏剧理论》(中国文联出版公司1993年版)等都有论述。
⑤ 陈曦钟、侯忠义、鲁玉川辑校:《水浒传会评本》上,北京大学出版社1981年版,第232页。
⑥ 陈曦钟、侯忠义、鲁玉川辑校:《水浒传会评本》上,北京大学出版社1981年版,第21页。

明在前，奇笔推原于在后。正笔极其次第，奇笔极其突兀，可谓叙事妙品。"①这样的概括同样具有叙事理论的价值。

二是对"结构"的重视。"结构"一词在明代戏曲评点中已是频频出现的批评术语。《宝晋斋鸣凤记》（题汤海若批评）剧末批语就说道："填词处真人真境，小串插处亦佳，但大结构支离破碎，为可恨。"②《快活庵批点红梨花记》的序和总批都称道"武林本"的"结构"，认为"梨花结构，最为奇幻，却不假托鬼神、捏名妖怪，一归之敦友谊、重交情，又何平实也"③。从这两处所用的"结构"看，前者的含义与今天的"结构"含义已经相同，后者则包含情节内容的意思在其中。总体而言，评点批评中的"结构"概念主要是指作者组织情节、安排内容的艺术手法。毛宗岗评《三国》，从"结构"出发的批评和议论也很多，如在第九十四回回评中就提出了"首尾相应"之说："读《三国》者，读至此卷，而知文之彼此相伏、前后相因，殆合数十卷而只如一篇、只如一句也。……文如常山率然，击首则尾应，击尾则首应，击中则首尾皆应，岂非结构之至妙者哉！"④在第一百一十六回回评中，评点者重申了这一观点："文之有章法者，首必应尾，尾必应首，读《三国》至此篇，是一部大书前后大关合处。"⑤这种对小说结构的关注，不仅能够提示读者的着眼留意，也是叙事理论的阐发。

对于叙事作品的情节、结构，明清戏曲小说的评点者不仅给予高度的重视，在具体的评批中也多有阐发。例如对于"草蛇灰线"的叙事方法，不少评点者都有概括和发挥。金圣叹在《水浒传》"读法"中，就将其列为一种，他对此"法"的解释是："如景阳冈勤叙许多'哨棒'字，紫石街连写若干'帘子'字等是也。骤看之，有如无物；及至细寻，其中便有一条线索，拽之通体俱动。"⑥金氏所指的是叙事中重要细节在情节中的隐伏和显现，"哨棒""帘子"都是小说情节发展中的重要细节：在"武松打虎"情节中，哨棒无疑是武松护身的武器；在"王婆贪贿说风情"的情节中，西门庆和潘金莲从相识到发展出奸情，"帘子"也无疑是重要的细节。在金圣叹看来，这两个重要的细节，看起来并不突出，但作品时时提及，忽断忽现，如同一条线索，贯穿整个叙事过程。对此，张竹坡在评点《金瓶梅》时也予以

---

① 罗贯中著，毛宗岗评：《三国演义（注评本）》，上海古籍出版社 2014 年版，第 602 页。
② 汤显祖批评：《宝晋斋鸣凤记二卷》卷下，明刻清初读书坊重修本。
③ 无名氏撰，快活庵评：《快活庵批点红梨花记》，明刻本，国家图书馆藏。
④ 罗贯中著，毛宗岗评：《三国演义（注评本）》，上海古籍出版社 2014 年版，第 904 页。
⑤ 罗贯中著，毛宗岗评：《三国演义（注评本）》，上海古籍出版社 2014 年版，第 1101 页。
⑥ 陈曦钟、侯忠义、鲁玉川辑校：《水浒传会评本》上，北京大学出版社 1981 年版，第 20 页。

强调:"文字千曲百曲之妙,手写此处却心觑彼处,因心觑彼处乃手写此处。看者不知,乃谓至山洞内,方是写惠莲。宜知《金瓶》一书,从无无根之线乎!试看他一部内,凡一人一事,其用笔必不肯随时突出,处处草蛇灰线,处处你遮我映,无一直笔、呆笔。"①张氏也使用了"草蛇灰线"这一术语,所指与金圣叹相似然有区别,他注重的是作者叙事之时"手写此处却心觑彼处",对于所要叙述的情节(一人一事)都有周到的设计,提前有埋伏,前后有照应,从而不会出现"随时突出"人和事的现象。类似的从情节、结构层面出发的叙事方法论,在明清戏曲小说评点中非常丰富。

三是总结各种"文法"。在金圣叹、毛氏父子的评点本中,都列有不少的"读法",除了评品人物,很多都涉及情节、结构。金圣叹评《水浒》还专门总结了十五条"文法",包括"倒插法""夹叙法""草蛇灰线法""大落墨法""绵针泥刺法""背面铺粉法""弄引法""獭尾法""正犯法""略犯法""极不省法""极省法""欲合纵法""横云断山法""鸾胶续弦法"。"文法"概念显然从八股文的批点而来,但其针对叙事方法乃至技法的总结意味更为突出。对于这些"读法",已有不少学者论及②。王希廉评点《红楼梦》,在其"总评"中还直接以八股文的结构手法分析作品:"《红楼梦》一百二十回,分作二十一段看,方知结构层次。第一回为一段,说作书之缘起,如制义之起讲,传奇之楔子。第二回为第二段,叙荣、宁二府家世及林、甄、王、史各亲戚,如制义中之起股。"③王氏引八股文的"文法"用于对小说叙事的批评分析,同样丰富了叙事理论"文法"的内容。在戏曲评点中,评点家还总结了"头脑""栽根""照应""针线""桥道""结穴""余趣""转""波澜"等叙事手法,不仅深化了对作品叙事手法的认识,也构成了中国古代戏曲理论的话语系统,弥足珍贵④。

美国文艺理论家华莱士·马丁在《当代叙事理论》(1986)一书中指出:"在过去15年间,叙事理论已经取代小说理论成为文学研究主要关心的论题。"⑤的确,由欧美兴起的叙事学或者叙事理论曾经引起叙事文学研究者的关注,也在相当程度上启发了我国学者对叙事理论的研究,"他山之石"的作用不可否定。但

---

① 王汝梅、李昭恂、于凤树校点:《张竹坡批评金瓶梅》,齐鲁书社1991年版,第299页。
② 如宁宗一主编的《中国小说通论》(安徽教育出版社1995年版)第五编即为"小说技法学",分列"人物技法论""情节技法论""叙事技法论",立论材料多为明清小说评点。
③ 引自冯其庸纂校订定:《重校八家评批红楼梦》,江西教育出版社2000年版,第1页。
④ 参见朱万曙:《明清戏曲理论的话语建构》,《文艺研究》2012年第8期。
⑤ [荷]米克·巴尔:《叙述学-叙事理论导论》,谭君强译,中国社会科学出版社2003年版,第1页。

是,"叙述学(narratology)"毕竟是在欧美当代小说创作实践基础上提出的理论,对于我们研究中国古代小说有一定启发意义,却仍与中国古代小说创作实践有文化、历史上的差异。本文着眼于明清时期兴起的戏曲、小说评点中的叙事理论,乃是因为评点批评紧紧附着于作品文本,其指向最切近作品的叙事特征,这是论说的逻辑出发点。由此,我们能够依次见出丰富的评点批评中关于叙事意图、虚实辨说、人物塑造、情节结构乃至各种叙事技巧的理论表达,以及有意和无意的叙事理论的建构。实际上,明清戏曲小说评点批评中的叙事理论远远不止本文所论及的这几个方面的内容,对于叙事者、叙事视角、叙事层次、叙事语言诸多问题,都有不同程度的涉及。对于这些叙事理论的爬梳,由于评点文字的零散以及理论表达的理性化欠缺,固然有相当的难度,但是,将这些闪光的珍珠串联在一起,我们不难感受到,中国古代的叙事理论其实相当丰富,也相当有深度,更是基于中国古代小说实践、具有中国特色的叙事理论成果。

 方法谈:

如何从散见材料中归纳系统观点

1999年,我从南京大学博士毕业,撰写的博士论文是《明代戏曲评点》。此后,我虽然从事各种其他领域或课题的研究,但对有关明清文学评点的各种材料和信息一直仍然留意。这篇论文可以说是长期积累的思考成果。

评点是中国古代独有的批评形式。一般来说,阅读者在书籍上做出阅读标记或者写下阅读心得,是伴随着阅读行为的思维活动。但是在中国古代,这些阅读标记和阅读心得却被书籍的刊刻者连同正文一起刊刻。在明代中期,随着书籍刊刻技术的进步以及书籍的市场化,有些书坊有意请人对书籍进行批点,或者对所刊刻的书籍冠以某某人评点,当然必须是有名的文人。由此,这些评点构成了独特的文学批评现象。

就我所阅读的各种评点本看,早期的评点文字比较简单,作为文学批评,谈不上有多少深刻的见解。但随着评点批评形态的不断发展,批评的水平越来越高,到了清代初期,就出现了金圣叹和毛纶这样的评点批评家。对他们评点的理论批评价值,已经有不少学者进行了分析和论述,在这里我不赘言。我想说的是,由于我关注的是戏曲小说评点,我发现因为评点是紧紧附着于作品的批评形态,其批评指向更加贴近作品的文类特质,如此,其对戏曲小说作为叙事文学的叙事特性才有了揭示,同时也孕育了中国的叙事理论。

这篇文章就是力图对戏曲小说评点中的叙事理论做出梳理和分析,分别提出叙事意图论、叙事虚实论、人物塑造论以及叙事方法论四个理论予以阐说。从中不难看出,尽管中国古代并没有一部系统的叙事理论著作,但在戏曲小说成为成熟的文体之后,蕴含在零散评点中的叙事观念,以及对叙事方法的挖掘和总结却非常丰富。我希望通过对这些话语的阐发,能够丰富中国叙事理论的话语。

写一篇学术论文,总是需要提出问题和解决问题。中国的叙事文学比西方成熟得晚,这是没有必要回避的事实。但是到了明清时期,作为叙事文学的戏曲和小说已经蔚为大观。在诗学传统的支配下,文人对戏曲小说不够重视(当然他们对戏曲还相对比较关注,有不少的著作形态的理论批评),因此,系统深入的叙事理论也未能随之出现。可是,在大量零散的评点之中,仍然有许多关于叙事的理论,需要我们去挖掘和发现,这大概就是我们经常说的"问题意识"。有了"问题",还需要我们梳理材料,将"问题"予以阐发,揭示出这些评点中蕴含的叙事理论和价值,这就是对"问题"的解决。

必须说明的是,这只是一篇论文而非专著,限于篇幅,只能择其要而论说之。其实,评点中所涉及的叙事理论远不止文中所列的四个方面的内容,明清时期戏曲小说评点的资料也非常丰富,批评指向也是多元多重,其研究的空间还有待拓展。如果此文能够引起年轻学子对评点批评以及其中叙事理论的关注,并与现有的各种理论批评相互阐发,则幸莫大焉!

从中国四大传说看异界想象的魅力*

刘晓峰**

摘要：妖怪学研究是学界较为关注的新问题。从"异界想象"角度理解和阐释四大传说,并引入日本妖怪学研究的讨论,在此基础上,对中国妖怪学的基本概念、学术边界、研究方法、研究目标、东亚特征、中国特征、研究历史进行全面的思考和梳理。借助时间、空间、秩序等关键词,思考中国人的妖怪观。妖怪是一种超现实,是对空间界限的突破,是对时间的转化和超越。

关键词：四大传说；异界想象；妖怪学；时间与空间；秩序与转化

一、中国四大传说与异界想象

四大民间传说,牛郎织女、孟姜女、梁祝、白蛇传,其实都是爱情故事,这四个故事都是悲剧。古代这种故事很多,为什么这四个悲剧故事成为中国流传最广的传说？而一个传说之所以成长到进入四大传说这个程度,肯定有很多要素在里面。一个传说就好比是一颗种子,正如黑格尔所说：一颗橡树的种子,包含了这棵橡树的所有命题。如果我们把传说看成一颗种子,这颗种子必须拥有足够重要的要素才可能成长为流传普遍的大的传说,否则它就可能是众多平凡的、局限于某一地域的小传说之一。那么,什么要素让四大传说成长到如此著名的程度呢？我们可以从好多角度分析：都有一个特别优秀的女性；都关联爱情；中国古代很少有悲剧,多的是大团圆结局,但这四个传说结局都能够唤起人们深深的

---

* 原载《民族艺术》2017年第2期。
** 刘晓峰,清华大学人文学院教授,博士生导师,兼任中国民俗学会副会长、中国日本史学会常务理事、日本古代史专业委员会会长、北京市中日文化交流史研究会副会长等职,主要从事日本史、中日文化交流史研究。

同情。除此之外,能够让它们成长起来的特殊因素还有什么?我觉得是对异界的想象。对异界的想象给了这四个传说以非常大的魅力。

异界想象是中国民间文学中一个重要的表现手段,可以说它是民间文学的重要组成部分。我认为异界想象和中国人的时间观和空间观有很深的关联。我们所认识的这个世界的存在是一种常态;超越这种常态,我们认为它是"非常"。这种超越了我们日常生活的"非常",在古代人那里是存在的,在儿童的世界它也存在,我们可以把它看成是有情世界里的一种非常丰富的想象。这是一种对常态的超越,是思维或存在方式的一种整体超越,是通过超越建设起来的一种非常世界。这一非常世界自有它的认识价值,不论是时间或空间两种超越的哪一种,在最根本的地方都与我们民族的文化有非常深的关联,跟我们的终极文化价值有非常深的关联,需要我们认真加以思考。

异界想象赋予了这些传说什么要素?《诗·大序》云:"诗者,志之所之也,在心为志,发言为诗。情动于中而形于言,言之不足故嗟叹之,嗟叹之不足故永歌之,永歌之不足,不知手之舞之足之蹈之也。"① 那么,"手之舞之足之蹈之"也不足怎么办?我想就到了使用"异界想象"来表现。也就是说,当我们无法用正常的语言行为来表达自己的情绪,无法表达对自己的期盼时,就到了使用超越我们这个世界的手段加以表达的时候。那个手段是什么呢?是异界想象。

郭娟写过一篇文章《白娘子饮下雄黄酒》,文章很短,但很值得读。一个故事的发展需要有一个突变的契机。白蛇传这个故事突变的契机,就是许仙让白娘子喝下雄黄酒。因为白娘子与许仙的夫妻情分深到了一定程度,白娘子想着自己有千年修炼的功力,也许喝这点雄黄酒没事,结果一喝现了白蛇的原形,把许仙给吓坏了。从这个点开始,这个故事一下子进入另一个节奏。这个故事情节的突变契机从哪里来?从雄黄酒来。而一杯雄黄酒为什么能带来突变的契机?那是因为这个故事潜在的异界的要素在里面。孟姜女故事也是一样,钟敬文先生讲,孟姜女传说中出现"哭倒长城",这个环节是一个重要的转折点。孟姜女成为影响全国的传说,"哭倒长城"这个情节是一个重要因素。反之,如果孟姜女传说中没有"哭倒长城",梁祝传说中没有"化蝶",那么这两个故事会变成什么?我们知道明代有很多才子佳人小说,你看了最后连名字都没记住,好多小说也都写到了男女主人公殉情死了,但你就是没记住。梁祝能够被我们记住,能够在老百

---

① 阮元校训:《十三经注疏》,中华书局1980年版,第269—270页。

姓中广为流传,甚至被谱写成那么美的小提琴曲,原因之一就在于最后这一点,在于它非常、它超常,它是异界想象。文学和自然科学不同。对于人来说,理性和科学非常重要,但在理性和科学之外人还有情感,情感是人类精神的重要组成部分,而情感的表达完全可以非理性、非科学。妖怪学就是这样一种非理性、非科学的表达。

二、从异界想象到妖怪学研究

妖怪学在日本比我们发展早。井上圆了最早研究妖怪学在日本明治年代,他的《妖怪学讲义录》是蔡元培翻译的。他写这本《妖怪学讲义录》目的并不是向世界宣传妖怪的,蔡元培也是因为反迷信这一点才翻译这本书的。蔡元培写道:"余自初识学问,涉略理科,常以天下事物,有果者必有因,有象者必有体,无不可以常理推之,无所谓妖怪也,于是将幼年所闻妖怪之谈论,所受妖怪之教育,洗濯净尽。又怜家庭之内,社会之间,常窟穴无数之妖怪,思一切扫除之。惟自知学力未足,他人之所谓妖怪者,吾虽常决言其非妖怪,而不能确言其非妖怪之所以然,又不能证明他人所以误为妖怪之故,惟觉妖雾漫空,使人迷暗而不知方向耳。"[①]蔡元培认为这是在中国将妖怪清除的一个好机会。井上圆了研究妖怪的动机和蔡元培是一样的,也是要破除迷信。井上圆了说:"妖怪学者,论究妖怪之原理,而说明其现象者也。"[②]井上圆了认为有各种各样的神奇现象,是因为普通的知识、寻常的道理没有把它讲明白,所以我们会认为它是妖怪。他一辈子搜集妖怪的材料,并加以分类,他的目的何在呢?明治时期是日本人用西方文化改造自己文化的时代,井上圆了一个重要的诉求就是把过去的各种迷信打碎,因为迷信就是文明的敌人。他与妖怪搏斗了一辈子,整天批判妖怪不是真的,把各种各样的妖怪资料搜集起来并加以分类,最后想破除之。结果事情很像汉人写赋,前面竭尽笔力写亭阁园囿物产之丰赡,到最后才进谏几句帝王你不可以如此奢侈,作者想曲终奏雅,但读者对"奏雅"这部分大都忽略了,都只注意前面辉煌灿烂的笔墨去了。井上圆了想破除妖怪而倡导妖怪学,却因为讲妖怪而广受欢迎,日本各地都有人请他去演讲,尽管他讲的时候要说几句破除迷信,但大家都叫他妖怪

---

① 亚泉学馆《妖怪学讲义录(总论)·初印总论序》,东方出版社 2014 年版,第 1 页。
② 井上圆了:《妖怪学讲义录(总论)·绪言》,东方出版社 2014 年版,第 1 页。

博士，这就是历史的吊诡。我感觉他后来也自认这种身份。将来中国的妖怪学研究肯定也是一个很受欢迎的方向。

马克思在《〈政治经济学批判〉导言》里面说：

> 困难不在于理解希腊艺术和史诗同一定社会发展形势结合在一起。困难的是，它们何以仍然能够给我们以艺术享受，而且就某方面说还是一种规范和高不可及的范本。
>
> 一个成人不能再变成儿童，否则就变得稚气了。但是，儿童的天真不使成人感到愉快吗？他自己不该努力在一个更高的阶梯上把儿童的真实再现出来吗？在每一个时代，它固有的性格不是以其纯真性又活跃在儿童的天性中吗？为什么历史上的人类童年时代，在它发展得最完美的地方，不该作为永不复返的阶段而显示出永久的魅力呢？有粗野的儿童和早熟的儿童。古代民族中有许多是属于这一类的。希腊人是正常的儿童。他们的艺术对我们所产生的魅力，同这种艺术在其中生长的那个不发达的社会阶段并不矛盾。这种艺术倒是这个社会阶段的结果，并且是同这种艺术在其中产生而且只能在其中产生的那些未成熟的社会条件永远不能复返这一点分不开的。①

这段话讲得特别好。在科学发展的时代，在工业革命已经开始的时代，希腊神话还有没有地位？马克思认为还有，因为希腊神话可以超越时代，它拥有的是永恒的魅力。中国古代的妖魔鬼怪，其实也是我们民族"固有的性格"的一部分，是我们"以其纯真性又活跃在儿童的天性中"的要素，是我们宝贵的文化财富。

在辽宁大学开会围绕妖怪学讨论时，日本民俗学会会长小熊诚教授讲了一段话：

> 日本民俗学从开始起步起，妖怪学就是它的重要组成部分，柳田国男的民俗研究一开始做的很重要的工作之一就是编辑出版了收入很多妖怪故事的《远野物语》。中国的妖怪学研究最近才刚刚开始。2015年民俗学年会

---

① 马克思：《〈政治经济学批判〉导言》，《马克思恩格斯选集》(第二卷)，人民出版社1995年版，第29页。

第一次将妖怪学做为主题进行讨论。柳田国男认为,民俗学为什么重要?是因为它是通向每一个民族心灵深处的那把钥匙。妖怪学里面有很多值得重视的概念,比如恐惧,我们怕什么?这有很大的研究空间,甚至有中国和日本进行比较研究的空间,比如先找出日本妖怪学的核心、找出日本人最怕什么,再去琢磨中国的妖怪学的核心、找出中国人最怕的是什么,再把这两者做比较研究,这会是中日比较研究中非常有意思的一个课题,但是这样的工作没有人做。①

小熊诚上述讲话很重要。妖怪学研究在中国其实有很多基本的方面都还没有展开。比如妖怪学的基本概念、妖怪学的学术边界、妖怪学的研究方法、妖怪学的研究目标、妖怪学的中国特征、妖怪学的东亚特征、妖怪学研究的历史,等等。

在蔡元培翻译《妖怪学讲义》之后,民国曾经出版过妖怪学方面的教材,它是作为破除迷信的小学教材出版过②,原来我们都不知道。北京外国语大学王鑫的博士论文对中国妖怪研究发展有一个回溯,提到了这本教材。妖怪学研究当然也有一些积累,但还没有一个可以作样板的研究,有的只是一个空的框架,这需要一代学人、两代学人琢磨、研究、探讨,把它填补下来。我们需要自己的理论建构。当然国外有一些理论,我们可以把它们搬过来参考,但时代不同了,已经不是梁启超、鲁迅那个时代,也不是一个把国外的东西拿来就能说明中国问题的时代,需要认认真真地坐下来,思考怎么去研究去讨论。我看到了妖怪学研究这个世界,我也希望自己能为它做一点贡献。我一直做节日,后来做时间文化,我想从时间角度对妖怪学做一个讨论。

究竟什么是妖怪呢?比方说孟姜女她哭倒长城,大家不会想孟姜女是个妖怪,她是一个贤妻,不是一个妖怪;梁祝合葬后飞出的两只蝴蝶,大家也不会认为这是妖怪。白蛇传有蛇妖变化在,是妖怪类,但牛郎织女有神界参与,鲁迅会把它编到神魔小说里面。那么究竟妖怪是什么?妖怪学的学术边界在哪里?我认为不能把妖怪学的学术边界界定太清楚,如果界定得太清晰,它就根本没法向前发展。我读李福清的《神话与鬼话》,他研究台湾少数民族的神话故事,把少数民族民间故事分为四类:动物故事、神奇故事、生活故事和鬼故事。我看了一下他

---

① 2015 年中国民俗学会年会在辽宁大学举办,日本民俗学会会长小熊诚教授在会上的讲话,这段话是作者根据现场录音整理而成。
② 屠成立:《寻常小学校妖怪学教科书》,新中国图书社 1902 年版。

的内容,动物故事、神奇故事和鬼故事应该都在我们的妖怪学范畴里面。如果要给妖怪学定一个学术边界,那就是正常生活之外,有好多神奇事物都跟妖怪学相关,但它们并不一定都是妖怪学的研究对象。哪些可以是,哪些不可以是?对于我来说就回到时间角度。我从时间这个维度看妖怪学。

三、时间、秩序与妖怪学

《论语》中说"子不语怪力乱神"。我们这个文化有一个理性的传统,尽量把"怪力乱神"排除出去的传统,特别在古代知识分子这个阶层。中国古代这个理性传统何以如此强大,与中国古代时间文化有关。当个体生命的单线性时间和循环的时间相遇时,出现的就是一种永恒与瞬间的矛盾,是有情和无情,这是人生来就面对的根本矛盾,我们思考的很多问题,都与这个矛盾有关。中国古典文学里有多少作品的主题都出自这个矛盾,所以时间文化里面是有很多重要问题的。围绕着时间我们有一个很重要的概念,就是正常,一个正常存在的时间秩序。这个正常的时间秩序是怎么来的呢?它源自古代人观察天、地和人自身形成的一套时间观念。关于这个秩序,我提出了几个重要的关键词。比如:循环、秩序、数、有情、时空一体化、顺生、超越秩序的想象等。

古代人如何观察这个世界的时间呢?这可不是简单地看到春夏秋冬四季的变化。中国古人很早就窥破了这个世界存在一个有规律的循环。古代人对这种大自然的变化和循环掌握得特别准确,在天地万象中他们认识并掌握了时间的规律——一个不断变化的循环过程。中国人认识时间还有很多特殊的地方,比如时间的空间化。不仅把时间看成时间,而且把时间看成空间。例如东方是一个方位词,但在古代东方代表春天,代表生生之气,还代表很多相关的东西,这是一种时空一体化的思维,强调的是时间的循环。

跟循环直接相关的是秩序。《礼记·月令》里面所讲的一切用一句话来概括就是秩序。天有天的秩序,地有地的秩序。天地有序,人亦有序。人的秩序是什么?就是中国古代文化中的礼的精神、乐的精神,所以礼乐文化,要讲的就是人世间的等级秩序,长幼有序,尊卑有序。《论语》讲:"八佾舞于庭,是可忍也,孰不可忍也。"[1]佾是奏乐舞蹈的行列,也是表示社会地位的乐舞等级、规格。一佾指

---

[1] 阮元校训:《十三经注疏》,中华书局1980年版,第2465页。

一列八人，八佾就是八列六十四人。按周礼规定，只有天子才能用八佾，诸侯用六佾，卿大夫用四佾，士用二佾。这就是秩序。秩序是古代礼乐精神的根本，是非常重要的关键词。

再就是数。数是循环的时间观念里特别有意思的存在。《汉书》有"律历志"。为什么把"律"和"历"放在同一个"志"里呢？读本科时阅读"前四史"就很为此疑惑：一个是天文，一个是音乐，它们为什么要放在一起呢？后来明白把它们统在一起的，是数。古人看天空看出了时间的刻度，星星的变化是可以预先计量的，这意味着我们能用数字表述星空的变化，意味着我们可以"逆知未来"。在古人那里，循环的时间秩序可以用数来把握，还有一个可以用数来把握的是音乐。六千多年前的红山文化遗址出土的骨笛，据说出土时还能吹出准确的音调，那时候古人就知道该开多大孔，孔之间留多大距离，几管古笛都那么准确，表明制造者对孔的大小孔距是有数的。再后来古琴的音律已经和数字直接关联，所以数对于我们的文化很重要，发现可以用数把握世界，古人变得很理性地看待世界，开始超越一般意义上的原始的崇拜万事万物而思考物象背后某种绝对的力量。

对这一绝对力量，中国古人一直在追究。张岱年先生说，中国哲学和西洋哲学有一个很根本的区别，就是追问本根性问题。为什么要追究本根性？如果我们理解中国古代时间文化发展的特点，这个问题就可以有另一层理解。当知道完全可以用数字把握星空的变化，完全可以依靠数字一步一步推量星空和这个世界未来的变化，很自然便会产生万事万物背后一定有一个巨大意志在把握它的想法，很自然会追问会思考这个意志是什么。而一旦无法完整把握这个意志，很自然就开始把情感带进来把这一意志加以神圣化。既然想象这个世界有一个意志在后面主宰，那么这个意志肯定是一个有情的意志——"天地之大德曰生"（《易经·系辞下》），生生之意是天地的意志。《月令》里惊蛰有一个物候，叫"鹰化为鸠"，春天是生的季节，天上飞的鹰一下变为鸽子，从物种学从科学知识体系讲，这根本不可能，但这就是古代的世界，将有情带入无情的世界。所以，在古代时间的循环过程被过度解释、过度认知为有情。这种推演的顶峰是汉代，出现大量的纬书，里面充满谶纬的内容。董仲舒的"天人感应"也在这一思路上。陈泳超在《文史知识》写过一篇文章谈这方面的事，谈到古人认为跟天数相合人有三百六十块骨头，这种思路的要点是把这个世界看成是一个有情世界。

这个有情的世界也是时空一体化的世界，它既是时间的，又是空间的。这种时空一体化跟欧洲文明很不一样。在亚里士多德时代,古希腊人就把时间和空间切割开来了,而我们不仅没有把它们切分开,特别在秦汉时期还把这种时空一体化的观念强化了。因此我们看《周易》,里面讲"元亨利贞",就是春夏秋冬。如果你用春夏秋冬读《周易》,这书变得有趣多了,元亨利贞是四德啊,它把人伦和天理合到一起。当我们讲仁义礼智信这套秩序时,它的逻辑不仅只说我们人行动需要一个秩序来遵守,而且把仁义礼智信看作天道的一部分,也就是天理。

理解古代时间观念还有一个关键词叫"顺生"。《黄帝内经》里讲"人能应四时者,天地为之父母",如果你能顺应四时的话,天地就能养你。这也是一个大题目。自然的时间拥有循环的特性,但我们每个个体的生命都是线性的。线性的生命如何超越自然的循环,这是人类所面临的终极问题。为克服这个矛盾,产生出诸多想象,这就是对永生的渴望。道教里讲神仙,成仙就是获得永恒生命的一种手段。秦始皇求不死药,汉武帝求长生不老药,历代帝王很多都沉醉其中。除了不死,还有一个思路是复活。如果我不能永生,我死了能够复活也很好,这就是围绕复活的诸多想象。比如如何进入轮回、如何进入审判,这都是超越现实时间的一种想象。在中国古代,和长生不死相关出现了两大神仙体系:一个是山东这边的,蓬莱仙境系统的想象群;还有一个是西北的,以昆仑为中心的想象群。以复活为核心的,也有两块:一个是泰山,一个是赤山。古代人认为人的灵魂死后进入泰山会被重新安排;后面这个赤山,知道的人少,这是为海外的人准备的。认为日本人、朝鲜人死后魂归赤山,这是山东半岛荣成的一座山。华夏之人死后去泰山,海外之人死后魂归赤山。今天日本京都有一个赤山禅院,里面供奉一个神叫赤山大明神,赤山禅院里还有泰山信仰,是两个合到一块了。

古代人的时间世界基本是一个正常的世界,就是完全按照秩序循环的世界,并且是可证的,天空旋转于上,大地变化于下,在人间这一切都是可以证明的。那么,这样一个世界里,古老的神话世界就面临悲剧的命运了。海涅在《诸神流窜》中说过,当基督教在欧洲成为主流意识形态,希罗神话就不再具有权威性,结果希罗神话中的诸神被赶星分云散,波塞冬被赶到海上去了,好多大神都被赶到街市中成了行业神。我认为诸神流窜的过程在中国也存在。我推测殷商时代是有很多神的,但当这套时间文化兴起之后,这些神纷纷失去了自己存身的地方。比如正月十五我们祭祀的一个神叫紫姑,紫姑的前身是帝喾之女,也就是说正月十五我们要祭祀帝喾的女儿。可这位女神已经被赶到厕中去了。另一个是冬至的时候街上有个小孩,你如果碰到了他就会得疫病,这是古帝颛顼的孩子,不知为何冬至那天死了。他喜欢喝粥，给他粥喝后你就可以躲开灾难。想想他们都是远古大帝们的子女啊。我在日本还找到了一堆古帝高辛氏的子女，找到了五六个，在中国都没有记载了，在那边典籍中还有流传。他们都是古帝高辛氏的孩子，是被这套时间文化为基础的新的思想传统赶走的。被这套文化赶走的不仅是神，妖怪也同样活得艰难。那么是一种什么力量在跟巫俗巫风搏斗呢？就是这种后来在知识分子之中成为主流的思想观念。

与我们讲的正常相对，其实还存在一种非常的观念，它跟中国人的妖怪观息息相关。正常的反面是非常，非常是对正常的一种超越。比如狐狸修炼后可以成人形，这在正常世界里是不可能存在的，比如蛇修行千年之后就可以变成白娘子一样的美女，在断桥上与许仙相会。万物有情，在古代人的思维中，万物完全可能从正常进入非常。正常与非常的转换，可能有两个途径：一个途径是仙化，它是一种有序的超越；另一种是无序的，就是妖化。因为神仙世界依旧是循环的，有秩序的，可以用数掌握的。比方《汉武故事》说西王母跟汉武帝讲，我这个桃啊，三千年一结实，东方朔这个坏小子来偷三回了。西王母说，你拿回去也没用。三千年、九千年也依旧是时间啊，只是把人世间的时间放长了，它还是有秩序的，神仙世界可以看成是现实世界的某一种放大，我们可以这样去想象它。不过超越正常秩序需要很多手段，例如服用某种特殊的材料或者设置某种特殊装置。通常神仙和妖怪都是超现实的；中国古代著名的仙人弈棋，在旁边看棋人的斧子把都烂掉了，那是因为仙人的时间和人间的时间有差别。我们都知道的黄粱梦，也都是时间的变化，不同的时间向度带来的这种变化。同样的道理，空间的变化也是一样的。

所以在人、妖、仙之间存在三重转变的可能性，人与仙的转变，妖与人的转变，妖与仙的转变。认识到这种转变的可能性，我们是否可以考虑说有序的转变是神界，而混乱的转变即妖化。比如说认为妖化是一种非循环的、非秩序的、非数的、非有情的、非时空一体的、非顺生的转变，我们可不可以向着这个方向去思考呢？中国人的妖怪观，是一种超现实的东西。它是一种对时间和空间界限的突破。从空间角度，它是物之大小、力之大小；从时间角度也存在着这种转换和超越，超越时间会带来一种类似界限的突破和转换。比方说，正常情况下，东西是不会说话和动的，动物也不会与人说话，但超过这个界限，物件和动物都可能被赋予语言的力量，所以人与物之间，这种界限就被模糊掉了。

结语

　　回到四大传说与中国妖怪学的话题来。实际上,妖怪就存在于我们讲的四大传说中的异界之中,它是一种异界的想象。这种异界想象,在民间今天依旧留存很多。一个偶然的机会我到浙江澉浦做了半个月田野调查。我发现田野里面有关妖怪的内容太丰富了。比方我碰到一个金牛洞的故事:这地方原有兄弟俩卖豆腐。豆腐板上老向下滴豆腐汁,掉到地上慢慢滴出一个小坑。小坑里每天都会长出一棵小草来,特别青,特别绿。每天都有一头牛来吃这棵小草。很多人卖豆腐都没人买,但兄弟俩在这里卖豆腐却很赚钱。突然有一天弟弟注意到这头牛了,想这牛是从哪里来的呢?还有这草怎么第一天吃掉,第二天就长出来呢?某一天哥俩就偷偷跟着牛走,走着走着就发现牛开始拉屎,牛拉的全是金蛋子。这是金牛啊,兄弟俩就追着抓牛,牛就拼命跑。中间还有些情节很复杂,各种东西出来保护,最终牛还是跑了。牛跑到哪里了呢?跑到江那边去了,只留下这么一个山洞。

　　故事听过好多天后,突然有一天我意识到这个故事有很深的意味——江那边就是宁波。我调查的澉浦,是一个在南宋非常有名的地方。这里留下了中国第一本小镇的地方志。澉浦在南宋是紧靠临安的一个大码头,生活在这里的人很有钱,大家捐钱修了地方志。可是后来澉浦港由于淤积失去了运输功能,江对面的宁波港乘势兴起。澉浦人肯定想过,我们这个地方曾那么富裕,为什么突然就不行了呢,金牛跑到那边去了就是一个来自民间的解释。我还听到一个三姑娘的故事。澉浦街道很窄,两边住家隔路相望。相对的两家男孩女孩谈了恋爱,可父母不同意。小伙子找了把梯子架在两家窗子上爬进了姑娘家的绣楼。后来这位被称为"三姑娘"的女孩子怀孕了,那时代未婚先孕是不得了的。这个姑娘后来横死在家,这是一尸两命,死后就成了厉鬼。当地请神看病,如果把三姑娘请来看病也看不好,那巫婆就没辙了,就说你去找医生吧。这是当地最厉害的厉鬼。

　　这种民间妖魔鬼怪的故事有很多,中国民俗学者的重要任务之一,就是抓紧把这些传说故事搜集起来,因为这一切正在消失。冯骥才讲十年里有九十万村子消失了,一天之内就消失将近 300 个自然村落。这里面好多村落是古村落,这些古村落里面有很多这类故事传说。它们是我们这个民族长期积累的对异界的

想象。这些材料从来没有被认真地搜集过。当年编"民间文学三套集成"的时候,这些妖魔鬼怪很多都没收进来,当时因为政治观念,认为这些东西都是没用的。但是这些都是很宝贵的,即便按照前引的马克思那段话来分析它都是有价值的。

在世界上,日本的妖怪文化影响大到了什么程度?现在"妖怪"这个词,在欧洲好多词典里写作"Bakemono",这是日语的发音。日语的"妖怪"有两个发音,一个是"ようかい"(YōKai),一是"ばけもの"(Bakemono),前者是源自中国的读音,后者是日本传统的叫法。如果有一天英语世界"妖怪"的发音都变成"Bakemono",这对中国民俗学者应该是一种耻辱。我们也应当一点点地把妖怪研究发展起来,不是为了跟日本人斗气,而是为了保存我们的文化财富。我记得柳田国男讲的一件事:一个村落和另一个村落之间有一条小道相通,有一棵几百年的大树在路边被雷劈死后烂掉在半道上,外形非常狰狞,来回走路的人看了都很害怕,围绕这棵残树出了很多古怪故事;后来旁边修了直线相通的国道,两个村的人走路都利用国道,这棵残树和小道几乎被荒草淹没了,相关的传说也都慢慢被忘记了。柳田国男提出,日本民俗学家应该在这些故事还流传时把它们搜集起来,日本民俗学家为此已经做了很多工作。我觉得,我们也到了应该为散布于中国田野上的这类传说认认真真做一些事情的时候了。

 方法谈:

如何从具体问题中推衍研究范畴

这篇文章是我在北京大学围绕妖怪学研究一次演讲的整理稿。

讲话和写文章的一个常用手段,是先声夺人。四大传说是民俗学领域大家都耳熟能详的。但我指出四大传说能够成长到后来这么大,有一个特殊因素就是"异界想象"。这样横向地比较和讨论,靠出人意料可以引起听者的注意。但其中提到的"想象"一词,实际上是这次演讲中最重要的一个关键词,也是我结合自己的研究,最想和大家分享的一个关键词。

在历史发展的长河中,想象,一直是人类思想对未知世界的投射,是人类思想飞翔的翅膀,是具有穿透性和超越性的力量。在科学研究中,大胆的设想是无限创造性的源泉。在人类历史中,想象带着人类走进未知,带着人类认识未知,力图在无限的未知世界中投下我们逻辑的影子。古代中国人生活的精神世界中,有对于世界客观的观察,同时也有他们对世界的主观想象。我长期从事时间问题研究,最初是研究节日,然后逐渐进入古代时间文化的内部,研究背后的思想。慢慢我意识到,古代中国的文化实际上是建立在中国人对这个世界认识的基础上的,而古代中国人对于这个世界的认识,是建立在客观观察和主观想象的基础上的。今天我们对于这个世界的认识,是建立在科学认识的基础之上的。我们的知识体系,也是以科学认识为基础建构起来的,所以我们习惯于科学地理解和认识事物。但是,当我们面对中国古代世界,了解古人想象的部分,认识到这些想象如何产生和发挥作用,却是我们进入真正的古代研究大门的第一张门票。

在我个人对于时间文化的研究中,对于古人想象的部分的理解程度是逐步加深的。我慢慢认识到,中国古代先民不仅基于对天地物象的观察和体认,对一年季节与气候的同期性变化和与之密切联系的天文与物候的同期性变化产生了规律性认识,而且从中抽象出了一套完整的时空观念,结构出一整套世界构造和运行逻辑,从而建立起了中国古代时间文化体系。这一体系有的基于对大自然变化的科学观察,有的则基于对这个世界存在方式的浪漫想象,与世界的真实存在有很大的距离。而基于这一体系而发展出来的中国文化,在古代世界的历史上一直是东亚以至于世界上最发达的文化体系之一。这一时间文化体系将四时万物变化的规律或总趋势高度概括为春生、夏长、秋收、冬藏四个阶段,对四时、十二月、二十四气、七十二候和气候都有系统的描述,并且融汇天地为一体、融汇人与自然为一体,以象数变动为基本框架,为人与人的社会给出了一系列根本的规定。这一原生的时间文化体系,是中国古代独特的文化思想,与西方文化是异质的,也是与以西方文化为根本发展起来的今天的科学时空观念体系是异质的。所以今天的科学时空观念体系中最为核心的问题,却并不是古代中国时空文化体系自身最核心的问题。已故的庞朴先生在《光明日报》1985年9月30日在关于中国哲学的特点与研究方法的讨论中指出中西思维的这种区别,并明确提出"中国古代的天人关系是研究人与自然或超自然关系的,而不是思维与存在的关系"。要追溯其文明的本源,深刻理解这一古老文明的深层文化脉络,必须放弃以西方、以现代为中心的学术倾向,认真沿着中国文明发展的轨迹,才能进入中国古代的世界,进入以中国为中心的东亚古代世界。

这篇文章的主题,是妖怪学研究。文中我对中国妖怪学的基本概念、学术边界、研究方法、研究目标、东亚特征、中国特征和研究历史都做了一些思考和梳理。而我对于中国妖怪学的思考,依旧是借助时间、空间、秩序等关键词,是从古代中国人的时空观出发对中国古代妖怪观进行的思考。我认为古代中国的妖怪世界,是异界,是一种超现实的存在,是古人借助想象对空间界限的突破和对时间界限实现超越后的产物,而被超越的古代的时间和空间也都是包含想象的成分的。这才是中国古代异界想象的根本特征。

"四大传说"的经典生成*

施爱东**

摘要：经典知识的生成并不是从现象到本质的逻辑推导，而是客观性、主观性和偶然性接力形成的结果。"四大传说"概念的生成，经历了一个从知识生产到知识改装，再到知识普及的复杂历程。我们将这一概念的知识生成模式归纳为一种"烟花商模型"，划分为四个阶段：生产期（1957—1962）、存储期（1963—1978）、推介期（1979—1982）、燃放期（1983）。生产期和存储期主要是上海民间文艺工作者罗永麟的个人努力；在推介期，罗永麟不断抓住机遇，三度北上，借势发力；到燃放期，最终点燃知识烟花的并不是烟花商，而是烟花用户。对于概念生产者来说，用户如何改装和使用产品，是他无法主导，也难以预料的。

关键词：四大传说；民间文艺；经典知识

作为文体概念的"故事"和"传说"都是"五四"新文化运动以后的新生知识。民间文学和作家文学不一样，只有异文，没有定本，每一次讲述都是一次新的创造，异文和异文之间是平行关系，没有高下之别，要在民间文学作品中评出四大代表作，在理论上是很难实施的。可是，《孟姜女》《牛郎织女》《梁山伯与祝英台》《白蛇传》并称"四大传说"，如今已是家喻户晓的共同知识。那么，到底是谁，出于什么目的，如何选出四大传说，又是如何将之推广为全民共同知识的？①

---

* 原载《文艺研究》2020 年第 2 期。
** 施爱东，理学学士、文学硕士、文学博士，曾任职于中山大学中文系，现为中国社会科学院文学研究所研究员，兼任中国民俗学会副会长、秘书长等职，主要研究方向为故事学、通俗小说、民俗学学术史。
① 本文写作中所依据的各地民间文艺资料本，多半由四大传说专门研究家贺学君老师无偿提供。写作中曾反复求教于前辈学者如刘魁立、刘锡诚、马昌仪、车锡伦、祁连休、贺学君、汤学智、陈勤建、刘铁梁、程蔷、李稚田、赵仁珪、仁钦道尔吉、马靖云、萧莉、马汉民等，也求助于同辈好友郑土有、徐国源、安德明、黄景春、毛巧晖、陈泳超。本文访谈、思考和写作的全程均与陈泳超商议进行。谨此对以上师友表示衷心感谢！

一、"孟姜女故事学术讨论会"对四大传说概念的推广

在 1983 年 8 月 16 日秦皇岛"孟姜女故事学术讨论会"召开之前,虽然已有"四大故事"或"四大传说"的说法,但罕见于正式出版物。秦皇岛会议结束后,《光明日报》《北京日报》《民间文学》《秦皇岛日报》以及香港《大公报》《文汇报》《中报》等均据新华社电讯发布了消息,特地提到"孟姜女故事是中国四大著名传说之一(编者注:其他三个传说是《梁山伯与祝英台》《牛郎织女》和《白蛇传》)。这个故事不但在我国各族人民中广为流传,而且受到了日本、苏联等国家的学者和民间文艺专家的注意"[1]。自此,"四大传说"的提法得到迅速传播。

可是,当时提交会议的全部 16 篇正式论文,以及会议印发的 17 篇"近年来有关孟姜女的评述"[2]资料,却无一提及"四大传说"。"四大传说"的提法只出现在下表中收入《孟姜女故事学术讨论会资料汇编》的 4 篇领导讲话及会议综述之中。

作者	作者身份	文章标题	提及"四大传说"之引文
魏茂林	中国民研会河北分会副主席	孟姜女故事学术讨论会开幕词	孟姜女的传说是中国四大著名故事之一,几乎家喻户晓,妇孺皆知,在国外也有影响。(第 5 页)
程远	中国民研会书记处书记	孟姜女故事——人民智慧的结晶	我刚从事民间文学工作……但对我国人民的这个四大传说之一的孟姜女故事,一直很感兴趣。(第 17 页)
杜树起	秦皇岛市文联编辑	谈谈孟姜女故事的主题思想	我国古代四大民间故事——按产生的大概年代说,该是这样的顺序:《天河配》《孟姜女》《梁山伯与祝英台》《白蛇传》。(第 14 页)
李荣琨	新华社记者	中国举行首次"孟姜女故事"讨论会	"孟姜女故事"是中国古代四大著名传说之一(另三大传说是《白蛇传》《牛郎织女》《梁山伯与祝英台》)。(第 168 页)

---

[1] 李荣琨、王胜君:《我国第一次"孟姜女故事"讨论会在秦皇岛举行》,《光明日报》1983 年 9 月 8 日。

[2] 中国民研会河北分会、秦皇岛市文联编:《孟姜女故事学术研究资料集》(内部资料),1983 年,前言第 1 页。

上表的作者身份最值得我们关注。提交论文的十几位学者无一人提及四大传说；而作为会议主办方，从中国民间文艺研究会（以下简称"中国民研会"）领导到中国民研会河北分会领导，再到秦皇岛市文联编辑、新华社记者，都着重提到"四大传说"（来自北京的程远和李荣琨称"四大传说"，来自河北的魏茂林和杜树起称"四大故事"），可见这是由会议主办方着力推广的一个概念。

最有意思的是广西师范学院教授过伟，他在开会前还没有听过"四大传说"的提法，其论文第一句是"孟姜女是我国各族人民众口传讲津津乐道的传说故事"①，会议当中他就将之修订为"《孟姜女》是广泛流传于汉族地区的四大传说之一"②，并将论文投给同来参会的《民族文学研究》创办人贾芝。20世纪80年代初，"四大传说"的概念对于多数民间文艺工作者来说还比较陌生。中国社科院文学所退休研究员马昌仪回忆说，她有一次去上海，看见民俗学者钱小柏家的阳台上堆满了资料，其中一堆据说全是"四大民间故事"资料，她当时觉得这个提法很新鲜，还特意在日记中记了一笔③。

那么，会议主办方推广的"四大传说"概念又是从哪里来的呢？我们根据会议资料可以找到两条线索：一是江浙沪民研会的联动；二是中国民研会副主席贾芝（1913—2016）的提倡。

二、线索一：罗永麟与江浙沪《白蛇传》研究小组

秦皇岛文联负责人在会议"汇报发言"中特别提到："去年（1982年）8月……我们提出了开展孟姜女故事学术研究活动的意见……上海、浙江、江苏《白蛇传》讨论组，闻讯要求参加讨论；上海华东师大教授罗永麟先生亲笔撰写论文万言。"④这里提到的《白蛇传》讨论组，以及学者罗永麟，正是"四大传说"概念传播中最重要的两股力量。

罗永麟（1913—2012）是"四大传说"最著名的研究者和推动者，贺学君称其

---

① 过伟：《孟姜女传说在壮、侗、毛难、仫佬等族民间文学中的变异》，《孟姜女故事学术讨论会资料汇编》（内部资料），第69页。
② 过伟：《孟姜女传说在壮、侗、毛难、仫佬族中的流传和变异》，《民族文学研究》1983年创刊号。
③ 2019年3月16日，与马昌仪老师的电话访谈。
④ 王岳辰：《孟姜女故事学术讨论会上的汇报发言》，《孟姜女故事学术讨论会资料汇编》（内部资料），第6—7页。

为"中国四大传说研究的一位专家"①。罗永麟早在20世纪50年代就致力于民间文学代表性作品的研究,1957年写成《试论〈牛郎织女〉》。他说:"我国民间文学如此丰富多彩,浩如烟海,又当从哪里入手呢?前人经验告诉我们,应当从有代表性的作品入手。"②"四大"一说在公开出版物上的第一次出现,正是罗永麟写于1964年、1980年正式发表的《试论梁山伯与祝英台的故事》,该文起首即称:"梁山伯与祝英台故事是我国广大人民群众喜闻乐见的民间传统四大故事之一。"下注:"四大故事即《牛郎织女》《孟姜女》《梁山伯与祝英台》和《白蛇传》。"③另一次较早出现是在1982年江浙沪《白蛇传》学术研究预备会上,罗永麟数次提及"汉族四大民间故事中,我以为最有价值的是《白蛇传》",并要求会议筹备组:"下次学术会,一定要能够提供《白蛇传》的新(即没有上过文献的)资料,好比考古学中的'新出土文物'。"④

罗永麟为何如此强调"新资料"的重要性?他在杭州大学一次讲座中说:"现在很多搞民间文学研究的同志,常常怀疑《白蛇传》的属性,因为现在流传的《白蛇传》作品,不是戏曲,就是弹词及其他说唱文学……就因为《白蛇传》现在流行的资料,大多是戏曲和说唱文学,而且这些东西,又大都是文人所作,对象又是一般市民……所以从现象上看问题,就容易不承认它是民间文学,这也难怪。"⑤有鉴于此,浙江民研会于1982年春季开始向全国征集《白蛇传》资料。他们在各种印刷品的显要位置反复强调《白蛇传》是"四大民间故事之一"。《〈白蛇传〉资料索引》(1982)和《〈白蛇传〉故事资料选》(1983)这两种小册子都在封底印有《征集启事》,第一句都是"《白蛇传》为我国四大神话故事之一"⑥,其"前言"也强调"《白蛇传》是我国四大民间神话传说故事之一"⑦。几乎同时,江苏省民协也在积极搜集整理,于1982年印出《白蛇传(资料本)》,该书"编后语"第一句就说:

---

① 贺学君:《中国四大传说》,浙江教育出版社1995年版,第111页。
② 罗永麟:《论中国四大民间故事——兼论民间文学与文人文学的关系》,中国民间文艺出版社1986年版,前言第3页。
③ 中国民间文艺研究会上海分会、上海文艺出版社编:《中国民间文学论文选(1949—1979)》下,上海文艺出版社1980年版,第131页。
④ 罗永麟口述,钟伟今记录:《我对〈白蛇传〉学术研究的几点意见——在〈白蛇传〉学术研究预备会上的发言》,《民间文学论坛》1982年第4期。
⑤ 罗永麟:《论中国四大民间故事——兼论民间文学与文人文学的关系》,第137页。
⑥ 中国民间文艺研究会浙江分会:《〈白蛇传〉资料索引——〈白蛇传〉研究资料之一》(内部资料),1982年。
⑦ 中国民间文艺研究会浙江分会:《〈白蛇传〉故事资料选——〈白蛇传〉研究资料之二》(内部资料),1983年。

"《白蛇传》为我国著名的四大神话故事之一,主要流传的发生地区在江苏、浙江、四川等地。"①这里除了江浙,只提到罗永麟的家乡四川,可见受其影响之大。

由上述引文比对可知,江浙沪民间文艺工作者明显在联手推广"四大传说"概念。不过,由于当时尚未统一名称,提法略有出入,罗永麟说的是"四大民间故事",浙江民研会、江苏民协说的是"四大神话故事"或"四大民间神话传说故事"。这些小册子制作粗糙,发行量也很小,从全国范围来说,影响并不大。

1981年夏,江浙沪三地民间文学工作者联合成立了"两省一市民间文学吴语协作区",《白蛇传》研究就是协作区成立后的重点课题之一。由于《白蛇传》主要流传在吴语方言区,当时北方学者的相关研究很少。要将"四大传说"概念输送到北方文化圈,需要采取更积极的方式,于是,以罗永麟为代表的《白蛇传》研究小组做出了主动北上"传经送宝"的行动。据亲自参加秦皇岛"孟姜女故事学术讨论会"的苏州民研会干部马汉民说:"秦皇岛那边消息比较闭塞,他们对四大传说不了解,是我们主动去跟他们交流,他们一听就对我们的工作非常认可的。"②

孟姜女学术讨论会筹备小组之所以能够跟《白蛇传》研究小组一拍即合,也跟孟姜女传说的多舛命运有关。早在20世纪50年代,孟姜女就因为反对秦始皇(被疑为影射最高领导人)而受到质疑,比如有人认为:"秦始皇是暴君不错,可他到底统一了中国,许多措施在客观上是符合人民长远利益的。就说长城,那是多伟大的工程,你弄个孟姜女去哭倒一截,那怎么行!违反历史进程,没有进步意义,也没什么思想性。"③到了1966年"破四旧"时,"红卫兵迫令望夫石大队砸烂孟姜女塑像,社员们迫不得已用绳子拉塑像,嘴里还不停地念叨:'姜女姜女你别怪,上指下派叫我拽。拽、拽、拽!'庙内扫荡一空,成了大队办公室"④。

于是,一边是急于取得北方学界认可《白蛇传》民间文学地位的江浙沪《白蛇传》研究小组,一边是急于为孟姜女打"翻身仗"的河北民间文艺工作者,两者惺惺相惜,来自前者的"四大传说"概念,经由秦皇岛会议上新华社记者的强大推

---

① 江苏省民间文学工作者协会、江苏省民间文学工作者协会镇江分会:《白蛇传(资料本)》(内部资料)。该书未标示印制时间,但书中所标资料搜集时间,最晚一条是"1982年2月1日下午",由此估计该书在1982年春夏间印制。
② 2019年3月17日,与马汉民先生的电话访谈。
③ 林昭:《从孟姜女谈起》,《光明日报》1956年12月29日。
④ 王岳辰:《孟姜女故事学术讨论会上的汇报发言》,《孟姜女故事学术讨论会资料汇编》(内部资料),第8页。

力,迅速传到了全国各地。

三、线索二:贾芝与《民间文学》

一个来自地方学者的民间文学概念,如果不能得到中国民研会的认可,要想借助主流媒体成为公共文化知识,是很难想象的。"四大传说"之所以能够得到中国民研会多数领导和专家的认可,关键还在于它们都是异文丰富的大容量民间传说,深受广大民众喜爱,具备多种面向的可塑性,经过适当的编选和阐释,有利于宣传和推广民间文学在社会主义精神文明建设中的重要作用。

贾芝对"孟姜女故事学术讨论会"的召开起到了重要的推动作用,他在会上做了报告,会后补写了论文,其中特别提到:"大约在1954年,我提议发动搜集四大传说,曾由《民间文学》发了一个征集启事,收到了一部分各地流传的孟姜女故事以及关于孟姜女的碑文记载。可惜后来未能坚持征集,'文革'中又丧失了大量资料。"①贾芝的记忆可能有误,《民间文学》创刊于1955年,不可能在1954年发征集启事。笔者翻遍1955—1966年全部107期《民间文学》,没有找到这则征集启事,只有两则疑似征集启事的"编后记",集中出现在"百花齐放、百家争鸣"的1957年。由于该年第3期刊发了河北民间曲艺《哭长城》,"编后记"提到:"汉族的有名的传说故事如孟姜女、梁山伯与祝英台、牛郎织女('牛郎织女'最初是神话)……虽然已经有过不少记录本,但是还有许多不同的说法在口头流传着,现在的材料还远远不能满足整理和研究的需要。像关于牛郎织女,对它的主题、情节,有过一些不同看法,但是大家所依据的材料太少,特别是直接从口头记录的材料太少,到现在还未看到十分有说服性的结论。"②第6期"编后记"也有相似内容:"关于汉族的一些重要的传说,如孟姜女、牛郎织女、梁山伯祝英台、鲁班……我们收到的资料还不是很多。我们再一次在这里宣告,征集这样一些传说、故事的资料,希望大家踊跃寄赠。"③但在1958年"大跃进"运动开始后,《民间文学》全面转向歌谣运动和革命故事、新故事的挖掘整理,很少编发传统民间文学作品。

中国社会科学院文学研究所退休研究员祁连休在与笔者共同分析这两则

---

① 贾芝:《关于孟姜女故事研究》,《孟姜女故事学术讨论会资料续编》(内部资料),第24页。
② 《编后记》,《民间文学》1957年第3期。
③ 《编后记》,《民间文学》1957年第6期。

"编后记"时认为,这里两度提及孟姜女、梁祝传说、牛郎织女,都缺少白蛇传,反而插入鲁班传说,恰恰说明直到 1957 年,在主流的民间文艺研究界还没有形成"四大传说"的提法。只能说明孟姜女、牛郎织女、梁祝传说、鲁班传说在当时已经被认为是最重要的一批传说。

事实上,鲁班传说才是最典型的民间文学作品,在总共 107 期《民间文学》中的出现频率稳居第一,数量上远超"四大传说"相加的总和。由于工匠行业分布广泛,鲁班传说的流传区域也远胜于"四大传说"中的任何一个。钟敬文《民间文学概论》(1980)的"民间传说"部分列举了近 200 人次传说案例,其中出现最多的如鲁班传说 9 次,孟姜女传说 6 次,梁祝传说 5 次,包公传说、白蛇传说各 4 次,刘三姐传说、岳飞传说、李冰治水传说、董永传说、李闯传说、干将莫邪传说各 3 次,而牛郎织女传说仅 1 次。尤其在北京,广泛流传着鲁班助建北京城的传说,鲁班被认为是劳动人民聪明才智和创造力的杰出代表。如果让北京民间文艺界来评选"四大传说",鲁班传说一定能入选,而主要流传于吴语方言区的白蛇传则很可能落选。

四、相提并论的重要传说与"四大"成立的印象基础

在 20 世纪 50 年代,将"孟梁牛白"任意两个放在一起相提并论是很常见的,将其中三个放在一起也偶或可见,如路工《孟姜女万里寻夫集》"序言":"我们的作法,大致上按故事作单元,如'梁山伯·祝英台''白蛇传''孟姜女'……不加任何删改,同时印上原书的插图、书影,以供研究者的参考。"①此序只缺"牛郎织女"。又如,《人民日报》社论《重视戏曲改革工作》(《人民日报》1951 年 5 月 7 日)只缺"孟姜女",周扬《改革和发展民族戏曲艺术》(《文艺报》1952 年第 24 期)只缺"孟姜女",吕霜《略谈中国的神话与传说》(《光明日报》1954 年 4 月 12 日)只缺"白蛇传",曹道衡《批判胡风对祖国文学遗产的虚无主义态度》(《光明日报》1955 年 2 月 27 日)只缺"牛郎织女",北京大学中文系二年级一班瞿秋白文学会《评郑振铎先生的〈中国俗文学史〉》(《光明日报》1958 年 9 月 14 日)只缺"梁祝传说"。但是,要在一篇文章中将"四大传说"全部论及,却极罕见。笔者所能找到的,只有梅兰芳《中国戏曲艺术的新方向》(《光明日报》1952 年 9 月 3

---

① 路工编:《孟姜女万里寻夫集》,上海出版公司 1955 年版,序第 5 页。

日)、程毅中《从神话传说谈到"白蛇传"》(《光明日报》1954年4月12日)。上述七文之中心思想,大约可以梅兰芳一文为代表:

> 优美的民间传说也是戏曲艺术的宝贵遗产之一。如表现反抗封建婚姻制度的"梁山伯与祝英台",表现反对暴政(徭役)的"孟姜女",表现鼓励劳动的"天河配",都是非常可喜的剧目。坚贞纯朴的爱情穿插着曲折动人的故事,无怪它们能够博得广大观众的欢迎。我们在剧改中处理这些民间传说的剧目,反对反历史的反现实的创作方法。如有人改编"白蛇传"把白蛇改为普通的人,改编"天河配",牵强附会地穿插一些我们现在的生活内容和思想意识,机械地结合现代生活这些错误,都受到了批判和纠正。我们现在所要作的和正在作的就是尽量恢复这些民间传说的纯朴、优美的本来面目,保存其传统的、美丽的、富有想象的故事,加以正确的分析处理。①

"四大传说"与主要通过口头流传的一般民间文学作品不同,它们都被戏曲、说唱等表演形式和文字载体反复改编。它们之所以在50年代被视作最重要的传说,与民研会的人事组成也有关联。1950年3月29日成立的中国民间文艺研究会,下设五个专业组:民间文学组、民间戏剧组、民间音乐组、民间美术组、民间舞蹈组。其中民间文学组和民间戏剧组共享大量俗文学作品,关系最为密切。因此,俗文学中的戏曲唱本和弹词、宝卷,都被当作"民间文学资料"得以印行,比如《孟姜女万里寻夫集》主要收录了"孟姜女哭倒长城故事的各种民间传唱文学,从敦煌石室发现的唐曲子起,到21世纪初年的宝卷,共计36种。表现的形式,有民间歌曲、传奇、鼓词、宣讲、南词、宝卷等"②。50年代,汉族的民间文学类遗产清理,主要还是以歌谣搜集和旧唱本整理为主。上海出版公司印行的"民间文学资料丛书"几乎全是说唱资料,《梁祝故事说唱集》《白蛇传集》《孟姜女万里寻夫集》《董永沉香合集》外,连《西厢记说唱集》都被当成了民间文学。这套"民间文学资料丛书"很可能是"孟梁牛白"被捆绑打包最重要的印象基础。

另一个有助于将这四个传说捆绑在一起的参考文献是北京师范大学中文系55级学生集体编写的《中国民间文学史》(人民文学出版社1959年版)。这是

---

① 梅兰芳:《中国戏曲艺术的新方向》,《光明日报》1952年9月3日。
② 路工编:《孟姜女万里寻夫集》,扉页。

新时期之前唯一公开出版的民间文学专史,在学界有很大影响。该书为七个故事列出专章:梁山伯与祝英台、牛郎织女、花木兰、孟姜女、岳飞故事、杨家将、白蛇传。这七个故事中有四个爱情故事,单独拎出来成为一组,是很容易想到的组合方式,至少也为后来"四大传说"的通行提供了印象基础。

五、"四大传说"概念的发明

较早提及"四大传说"的文献,还有一份"中国社会科学院 1980 年招考研究人员中国民间文学专业基础课试题",第二题"简论汉族的四大传说故事(《牛郎织女》《孟姜女》《白蛇传》《梁山伯与祝英台》)(25 分)"[1]。据出题者祁连休说:"(四大传说)不是我首先提出的,何人首先提出,我真记不起了。在'四大传说'研究中卓有建树的罗永麟先生,使用的术语却是'四大故事'。正因为那时候'四大传说'的提法还不怎么流行,所以才需要在括号中将四个传说一个个罗列出来;再有,试题中用的是'四大传说故事',这也说明'四大传说'的术语当时还没有定型。"[2]

20 世纪 80 年代初'四大传说'概念难以定型的状况跟上海文艺圈密切相关。这一时期,上海是民间文艺研究最活跃的地区之一,仅次于作为全国中心的北京。早在新中国成立之初,上海就有两所大学开设了民间文学课程,据罗永麟回忆:"当时钟敬文先生在北京师范大学,赵景深先生在复旦大学,震旦大学就是我教,当时开民间文学课最早就是我们三个人,那是 1951 年。"[3]因为没有统编教材,三人各有一套民间文学理论体系和概念体系。钟敬文的概念体系中严格区分了神话、传说和故事,赵景深则将故事区分为神话与童话两类,罗永麟则以故事来统称神话之外的所有口头散文叙事作品。所以,罗永麟自始至终从未用过"四大传说",而是顽强地使用"四大民间故事"或"民间传统四大故事",与此相应,江浙沪的民间文艺工作者也不区分传说和故事,统称故事。而北京的民间文艺工作者大多接受钟敬文的概念体系,传说和故事区分得比较清楚。

1983 年之前,除了祁连休的"专业基础课试题",所有提及'四大传说'的文

---

[1] 兰州技术经济学会编:《招收文科专业研究人员研究生试题选编》(内部资料),1982 年,第 161 页。
[2] 2019 年 3 月 15 日,与祁连休的微信访谈。
[3] 郑土有:《问道民间世纪行·罗永麟》,第 5 页。

献资料，全都出自以上海为中心的两省一市民间文学吴语协作区，也就是说，'四大传说'很可能是源于以罗永麟为代表的上海民间文艺工作者。郑土有曾经专门就这个问题请教过罗永麟："据罗永麟回忆，中国四大民间故事的说法是在20世纪50年代中期所写的一篇谈个人研究计划的文章中首先提出来的，该文发表在中国民间文艺研究会的一份内部通讯上。但由于资料保管的原因，目前该通讯尚未找到，似乎要成为一个文学史之'谜'了。"①可是，罗永麟的记忆或许有误，因为当时的民研会通讯从不发表个人研究计划。不过，据华东师范大学陈勤建教授回忆："有一件事情我记得很清楚，大概在1977年，或者1978年的时候，中文系派我担任罗永麟先生的助手，徐中玉找我谈话，他反复提到一点：'你跟着罗先生搞民间文学，要多向他学习，但是呢，像他那样专搞四大传说也是不够的，不能只停留在一个方面。'可见这个时候大家都已经认定罗先生主要搞四大传说了。"②事后陈勤建再次电话告知：据20世纪50年代入学的一些老校友回忆，罗永麟讲课时，内容就是以"四大传说"为主，其他一些老师为此还颇有微词，觉得他的课程来来去去只讲四个传说，学术视野太窄③。

罗永麟曾回忆自己从小就听祖母讲"四大传说"④，上海另一位较早在论文中提及"四大传说"的学者任嘉禾，也在接受记者采访时说自己从小就对"四大传说"很有兴趣⑤。但这些材料并不能说明很早就有"四大传说"的概念，两人的回忆只表明他们从小就听过这四个且不限于这四个著名传说。任嘉禾的说法大概属于事后追忆，事实上江浙沪一带牛郎织女传说并不盛行。两省一市民间文学吴语协作区曾先后展开过白蛇传、梁祝传说、孟姜女传说专项调查，却从未调查过牛郎织女。协作区主要倡导者姜彬曾反复强调吴语方言区是以"三大传说"为主："以长篇吴歌、《白蛇传》、孟姜女传说、梁祝传说三大民间传说和新故事为中心的民间文学，到一定时期，也会成为全国乃至世界学者所注目的一个研究对象的。"⑥

江苏长大的北大中文系教授陈泳超在与笔者的电话讨论中指出，三大传说是符合吴方言区实际的，"四大传说"反而不大可能由吴方言区的地方学者提出

---

① 郑土有：《问道民间世纪行·罗永麟》，第65页。
② 2019年3月16日，与陈勤建的电话访谈。
③ 2019年3月19日，与陈勤建的电话访谈。
④ 罗永麟：《论中国四大民间故事》，自序第3页。
⑤ 参见马信芳：《民间故事库的大推手任嘉禾》，《新民晚报》2018年10月27日。
⑥ 涂石：《姜彬：倡导区域文化与民间文艺学新体系的民俗学家》，《上海采风》2016年第8期。

来,因为牛郎织女传说在当地远不能跟另外三大传说相提并论,倒是罗永麟这样的四川人,作为外来学者,更有可能提出一个更具全国覆盖性的新概念。郑土有的解释是:"罗先生之所以把牛郎织女放入四大故事,应该与他对牛郎织女的情有独钟相关,他在1953年12月29日完成的叙事长诗《牵牛与织女——民间传说》(未发表,手稿在我处),仿佛再现了罗先生小时候听祖母讲故事的场景,其中还提到四川特有乞巧风俗。"①

六、解开罗永麟的文学史之"谜"

那么,罗永麟回忆中的那份"个人研究计划"究竟是否存在?中国社科院民族文学研究所毛巧晖研究员意外地发现一份《上海文学研究所民间文学组1962—1971年工作规划(草案)》,其中提到:"有重点地进行专题性的理论研究,如'历代民间歌谣的思想倾向''我国四大传统故事的特点'等。"②从"规划书"的选题计划可以看出,民间文学组的成员包括姜彬、赵景深、罗永麟、洪汛涛、魏同贤、任嘉禾、皮作玖等七人。但是"规划书"未署作者,就在笔者努力寻找新线索时,陈泳超说扬州大学退休教授车锡伦提供了一条重要线索:

> 车锡伦1955年考入复旦大学,1960年跟着赵景深读民间文学研究生,赵景深先生曾对他说,应该多向罗永麟请教学问。于是车锡伦就经常去罗永麟家,两人也很谈得来,罗永麟那时就经常说到四大民间故事。这个时期刚好有一个契机,中国民间文艺研究会当时在上海还没有成立分会,罗永麟等人老想在上海成立一个民间文学的研究组织,就想先在作协下面建一个民间文学组,因为当时是姜彬担任上海作协党组书记兼秘书长(据姜彬履历,应为中国作家协会上海分会党组副书记、书记处书记——引者注)。既然要成立民研会,当然就得向组织汇报他们将要从事哪些工作。当时罗永麟给作协写过好几次工作计划,可惜那些计划都找不着了。在这些计划里面,罗永麟把四大民间故事的调查研究计划写进去,这个事,罗永麟跟车锡伦提到过好几次,他记得很清楚。1962年的时候,上海召开第二次文代会,

---

① 郑土有致施爱东信,2019年3月25日。
② 《上海文学研究所民间文学组1962—1971年工作规划(草案)》,中国民间文艺研究会研究部编:《民间文学参考资料》第二辑(内部资料),1962年,第2页。

当时罗永麟、车锡伦都是特邀代表,车锡伦当时虽然还只是学生,但他是很活跃的学生,所以也受邀参会了。文代会本来没有民间文学方面的代表,他们因为想要成立民间文艺研究会,所以也受到邀请,写了计划。总之,在1960年前后,罗永麟递交过好几份计划书,每次都讲到要做四大民间故事。①

上海市第二次文代会召开时间是1962年5月8—15日,"规划书"的发表时间是1962年7月,车锡伦的口述史与毛巧晖的资料高度吻合。现在就只剩下一个关键问题:上海文学研究所与上海市作协是什么关系?据陈勤建介绍,在上海市社会科学院成立前,上海文学研究所是上海市作协下属的研究机构,民间文学组就挂靠在这里。1980年,民间文学组被并到上海市文联,这才成立中国民间文艺研究会上海分会。来自不同渠道的信息在此完全吻合,现在可以确定无疑地说,这份规划书正是出自罗永麟之手。

那么,这份工作规划是不是罗永麟生前感叹"似乎要成为一个文学史之'谜'"的那份"个人研究计划"呢?答案也是肯定的,证据有两条:第一,在这份规划书的末尾有"研究选题及出版计划",其中"我国四大传统故事研究,1962—1963年进行"就只归在罗永麟个人名下;第二,同书还有赵景深的一篇《开展上海民间文学工作》,其中提到:"我们民间文学工作者在几次的会上大都表示了愿望……华东师范大学罗永麟教授准备编写民间文学概论的详细提纲约五六万字,还准备完成四大民间故事研究十万字,其中的梁祝故事已经写成,可以供给剧曲界参考。"②可见,规划书中关于四大传说的部分,就是罗永麟的"个人研究计划"。

七、从四大故事到四大传说的转化

1983年还有两个"四大传说"的重要传播事件:一是《孟姜女》重回初中语文课本;二是《百科知识》刊载《中国四大民间传说》。

1979年为孟姜女冤案平反,是传统民间文学复兴的一个拐点,相关文化部

---

① 2019年3月18日,陈泳超记录并转述与车锡伦的电话访谈。
② 赵景深:《开展上海民间文学工作》,中国民间文艺研究会研究部编:《民间文学参考资料》第二辑(内部资料),1962年,第8页。

门在观望和酝酿一段时间后,从1981年开始付诸行动,曾经被剥离初中语文教材的《孟姜女》,重新回归人民教育出版社第七套语文教材初中第三册(1982年开始使用)①。为了配合中学教师的备课与教学,北京师范大学出版社于1983年推出《初中语文教材新探》,由该校中文系教师赵仁珪撰写的课文解读中,第一句就说"孟姜女、牛郎织女、白蛇传、梁山伯与祝英台,合称中国四大传说"②。赵仁珪回忆:"我那时刚刚研究生毕业留校不久,对民间文学也不太懂,我当时一定是请教过搞民间文学的同事。我们北师大有一位民间文学泰斗钟敬文你知道吗?还有其他一些老师,他的学生,我们关系都很好,我一定是向他们请教过的,具体谁我想不起来了。"③该书仅第一版就印了12万册,假设当年有10万教师用了这本书,就可能有数百万学生接受了"四大传说"的概念,教材教辅的知识渗透力是无与伦比的。

同一年,当时风靡全国的《百科知识》杂志发表了李稚田的《中国民间四大传说》,这是最早将"四大传说"用作标题的文章。诸如"三大××""四大××"这类"叫起来比较响亮,也比较简洁"④的小知识,正迎合了20世纪80年代初全民知识饥渴阶段的知识速成诉求。这篇文章很快就被各种文化普及性书刊竞相改编、转载,如《中国民间的四大传说》(《解放军报通讯》1984年第5期)、《中国民间四大传说》(《沙堆侨刊》1985年第9期)、《我国民间四大传说》(《常用知识手册》,延边人民出版社1985年版)、《四大民间传说和四大谴责小说》(《中学生》1985年第1期)等。

经历了1983年的"孟姜女学术讨论会"以及赵仁珪的教辅渗透、李稚田的知识普及,从1984年开始,"四大传说"作为一个民间文学新概念,不仅被写入刘守华的《民间文学概论十讲》(湖北教育出版社1985年版),甚至被当作"科学文化知识"编入《全国知识竞赛题解汇编》(安徽科学技术出版社1984年版)、《全国百科知识竞赛大全》(海洋出版社1985年版)等。

对于"四大传说"概念的习得渠道,李稚田只记得是在北师大读研究生的时

---

① 《初级中学课本·语文》第三册,人民教育出版社1981年版,第126—143页。
② 赵仁珪:《一七,孟姜女》,《初中语文教材新探》,北京师范大学出版社1983年版,第137页。
③ 2019年3月24日,与赵仁珪的电话访谈。
④ 罗永麟说四大民间故事的提出"参照了'十大喜剧''十大悲剧''四大古典名著'的说法,以'四大民间故事'来合称这几个著名的故事,叫起来比较响亮,也比较简洁,同时也可以提高其认知度"。(郑土有:《问道民间世纪行·罗永麟》,第66页)

候课堂上听老师提过①。李稚田的同学程蔷也记得,她读研究生时就听说过"四大传说",但当时关心的重点不在"四大",而在传说与故事的区别,按钟敬文的定义,这四个作品理应属于传说②。李稚田的另一位同学刘铁梁更清楚记得:1979年他们研究生刚入学不久,"四大传说"就在钟敬文的课堂上讨论过,许钰和陈子艾两位教师也在。"之所以要讨论四大传说,是为了讨论传说和故事的区别。当时有同学提出来,这四大传说,单拎出来,谁也比不上许钰老师的鲁班传说大,因为许钰老师有一篇写鲁班传说的论文(《民间文学中巧匠的典型——关于鲁班传说》,《民间文学》1963年第2期),大家都看过。甚至有同学认为这四大传说连王昭君传说都比不上。钟先生一般不说话,他的意思是,所谓'四大故事'或'四大传说',只是个噱头,为什么是'四大'而不是'五大',为什么是这'四大'而不是'那四大',这不是一个学理问题,没有讨论价值,应该讨论的是它们到底是传说还是故事。通过这样的案例讨论,大家对于传说和故事就区分得比较清楚了,也认识到这四个都是传说。"③

也就是说,在北师大的课堂上,罗永麟的"四大民间故事"被用来教育研究生如何区分传说和故事。刘铁梁的回忆清楚地解释了为什么上海的"四大故事"传到北京就变成了"四大传说",同时也解答了笔者心中的疑惑:钟敬文很少使用"四大传说"的概念,直到1990年,他才用不大情愿的语气在一篇文章中顺带提及"例如现代号称四大传说之一的孟姜女故事"④。

钟敬文是中国传说学的主要倡导者,早在1931年,他就在《中国的地方传说》中对传说的特点进行概括。20世纪三四十年代,他先后在浙江民众教育实验学校、中山大学、香港达德学院讲授民间文学课程⑤,其结构体系中就包括了传说这一体裁:"民间文学这一科印的共有两类,一类是神话、传说、童话、歌谣、谚语等民间作品选,另一类是关于这种作品说明研究的论文。"⑥50年代以来,其民间文学结构体系调整为"神话、传说、民间故事;各类歌谣和故事歌;谚语、谜

---

① 2019年3月20日,与李稚田的电话访谈。
② 2019年3月20日,与程蔷的电话访谈。
③ 2019年3月20日,与刘铁梁的电话访谈。
④ 钟敬文:《洪水后兄妹再殖人类神话》,杨利慧编《钟敬文学术文化随笔》,中国青年出版社1996年版,第45页。
⑤ 许钰:《民间文艺学的开拓者和引路人——钟敬文先生教学和研究活动简介》,董晓萍编:《钟敬文教育及文化文存》,南海出版公司1991年版,第204—205页。
⑥ 钟敬文:《民间文艺新论集·付印题记》,中外出版社1950年版,第1页。

语;民间戏剧"①,传说学始终占有一个突出的位置。1984年启动的"民间文学三套集成",钟敬文担任故事卷主编,力主采用神话、传说、故事三分法,将其分类体系强势落实到全国故事普查工作。可见,对传说概念的捍卫,就是对钟敬文民间文学理论体系的捍卫,在这个问题上,钟敬文是毫不含糊的。来自罗永麟民间文艺学体系的"四大故事"不断北上,但最终只能以"四大传说"的身份立住脚跟。

八、"烟花商模型":知识生成模式的一种

追踪了"四大传说"的知识生成,有必要再按时间顺序做一简单梳理,以厘清从知识生产到知识接受、再到知识普及的经典生成脉络。

(一)生产期(1957—1962)

1951年有三家大学开设民间文学课程,没有统编教材,各自使用不同的民间文学分类体系。其中早稻田大学农业经济专业出身的罗永麟因爱好民间文学,被贾植芳拉进教学队伍,他计划从民间文学的代表性作品入手,从个案研究上升到系统研究,建立自己的民间文学理论体系。为了申办独立的上海民间文学研究机构,罗永麟将"四大传统故事"的研究设想写入了申办机构的工作规划,上报给中国民研会。民研会将之刊载于内部发行的《民间文学参考资料》,这份内刊虽发行量不大,却很受民间文艺工作者重视。

"四大传统故事"的提出在1962年是不合时宜的,当时没有引起任何反响。但是,它在许多民间文艺工作者的记忆深处埋下了一些隐约的印象,以至于多年以后再次被提及的时候,他们都没有觉得太陌生,觉得"印象中很早以前就有这种说法",因而很容易默认为一种"传统"。

(二)存储期(1963—1978)

罗永麟这份不合时宜的"工作规划"虽然没有引起反响,但没有影响他对"四大传说"的继续思考和研究。1964年,他完成了第二篇论文《试论梁山伯与祝英台故事》的初稿,但在当时的学术环境下已经无处发表。一直沉寂到1978年,就如做好的产品,被压在仓库,一压就是十几年。

(三)推介期(1979—1982)

1979年,本已退休的罗永麟重新上岗,他参加了在北京举办的中国民间文

---

① 许钰:《北师大民间文学教研室的昨天与今天》,《钟敬文教育及文化文存》,第213页。

学工作者第二次代表大会,会上热烈讨论了以孟姜女传说为代表的传统民间文学的研究问题,以及新时期的工作任务和规划。从当时罗永麟的学术地位及其学术雄心来看,他一定努力推介过"四大故事"的概念。1981年,罗永麟参加在北京召开的中国民间文艺研究会首届年会,当选大会主席团成员,提交论文《论〈白蛇传〉》,继续北上推介。

"四大传说"中有三大传说盛行于吴语方言区,80年代初,"吴语协作区相继召开了数次中国四大民间故事的学术研讨会,这都与罗永麟的推动有密切的关系"①。罗永麟一再强调"四大民间故事",各地民研会也在相关资料中反复申明该传说是"我国著名的四大神话故事之一"。由于这些资料只是内部发行和寄赠,虽然加深了部分民间文艺工作者对"四大传说"概念的印象,但并未获得大范围传播。此外,"四大民间故事""四大神话故事""四大传统故事"之类的混乱称呼,也妨碍了这一概念的传播效力。

(四) 燃放期(1983)

1983年,"孟姜女故事学术讨论会"的召开、主流媒体的报道,以及《孟姜女》重回初中语文课本、《中国民间四大传说》在《百科知识》发表,终于让"四大传说"像烟花一样在中国优秀传统文化的大家庭里绚烂绽放,逐渐定格为一组文化经典。而1983年的三大传播事件,恰恰都不是罗永麟主导的。罗永麟就像一名烟花商,其产品自从生产出来后,就一直储存在寂寞的阁楼上无人问津,必须熬到春节来临,才有机会四处推销。而最终点燃这些烟花的,并不是烟花商(罗永麟),也不是他的客户(《白蛇传》研究小组、钟敬文),而是客户的客户(新华社记者、赵仁珪、李稚田)。对于烟花商来说,他只是设计产品(反复修改论文)、推销产品(三次北上),至于产品落入哪一级分销商,是否重新贴牌包装(改装成"四大传说"),用哪种方式来营销和使用(新华社通稿、初中语文教辅、《百科知识》),则是他无法掌控,也难以预料的。

正如他永远不会想到的,"四大民间故事"被钟敬文当成课堂上文类教学的反面案例,却被学生批判地正面吸收,糅合罗派"四大"与钟派"传说",以"中国民间四大传说"的响亮标题,在50万发行量的《百科知识》上高调推出。他更加想不到,一个并非民间文学专业的青年教师,会将"四大传说"写入初中语文教辅,成为最有效力的积极传播者。他孜孜不倦推了二十多年没有成功的事业,在

---

① 郑土有:《问道民间世纪行·罗永麟》,第77页。

他70岁这一年,突然就像烟花一样绽放,照亮了他的整个学术生涯,至今依然闪耀在民族文化的灿烂星空下。

经典知识的生成并不是从现象到本质的必然逻辑推导,而是客观性(传说本身的价值)、主观性(罗永麟的偏爱)和偶然性(三大传播事件)接力而成的结果。尤其在文学艺术领域,知识生产并不受到科学法则及辩证逻辑的必然约束,一个在学理上"没有讨论价值"(钟敬文观点)的"四大××"话题,在全民知识饥渴的80年代,却是一剂解渴甘霖,一经媒体传播,可以迅速成为社会共同知识。

方法谈:

如何以学术史致敬我们的前辈学者

孟姜女、牛郎织女、梁山伯与祝英台、白蛇传并称"四大传说",这是一个文化常识,但是,"四大传说"到底是谁,在什么场合下提出来的,又是如何将这一概念推广为全民共识的,却是一笔糊涂账。尽管郑土有教授在《问道民间世纪行·罗永麟》中说,这是罗永麟先生在20世纪50年代提出来的,但这只是罗先生自己的说法,而且由于关键性证据缺失,加上许多学者认为"四大传说"是一个自古就有的文化常识,以至于罗先生自己也说,这个问题"似乎要成为一个文学史之谜了"。

我决心解开这个文学史之谜。我用"四大传说""四大故事""四大民间故事",甚至"四大"对"读秀""全国报刊索引""瀚文民国书库""中国知网"等各大数据库进行检索,首先确认这个概念是新中国成立以后新生产的知识。通过数据的检索还能发现,这个概念是在1983年突然爆炸性地传播开来的。

根据数据库以及大量地方文献提供的线索,1983年之前,"四大民间故事"或"四大传说"的概念只在有限的几个点上出现过,于是,我循着这几个点,一个个深入调查。首先是贾芝在1983年的"孟姜女故事学术讨论会"上提到他本人在1954年提出过集中搜集四大传说,经过我对相关文献的地毯式排查,确认贾芝记忆有误。其次是中国社会科学院文学研究所1980年的一份招考试题上出现了"四大传说"的概念,经过不断追寻,找到出题老师,基本排除了这个概念出自北京学界的可能性。再次是通过对江浙沪老一辈民间文艺工作者的访谈,焦

点再次集中到了罗永麟的身上。

接下来,我对曾经与罗永麟有过密切接触的上海民间文艺界前辈学者进行资料排查和电话访谈,从中得到许多有益的线索,尤其是陈勤建老师给予了大量帮助。加上80年代初苏浙两省印行的民间文艺调查资料,以及部分苏浙文化学者提供的信息,基本上可以认为这个概念是罗永麟首先提出来的。但是,关键性的证据依然没有出现,谜案破解工作陷入了瓶颈。

我转而着重破解第二个问题,"四大传说"这个概念是如何被"经典化"的?焦点回到了1983年。我注意到李稚田的《中国民间四大传说》是最早将"四大传说"用作标题的文章,于是找到李稚田老师,他说这个概念是从研究生的课堂上听来的,于是,我分别找到他的同学程蔷、刘铁梁等几位老师。通过反复追问,终于明白了钟敬文先生对四大传说的态度,并且得知罗永麟的"四大民间故事"是在钟敬文这里变成"四大传说"的。

经过这一系列的勘案工作,我已经基本厘清了"四大民间故事"的提出及其向"四大传说"的转化,以及在1983年的爆发过程,并着手把初稿写了出来。但是,由于关键性证据的缺失,我对论文是否站得住脚并没有十足信心,于是把论文发给许多同行好友征求意见。事实证明,顾颉刚在"孟姜女故事研究"中开创的集体攻坚战术是正确的。初稿发出之后,同行好友们根据各自手头的线索,分头帮助做了大量工作,其中最重要的是,毛巧晖研究员意外地找到了一份《上海文学研究所民间文学组1962—1971年工作规划(草案)》,几乎是同一时间,陈泳超从车锡伦先生处了解到罗永麟先生在1960年左右曾向上海作协提交过数份工作计划,都曾提及四大民间故事,两方的信息与罗永麟自述均高度吻合,再经过陈勤建老师的细节确认,罗先生抱憾的"文学史之谜"终于解开了。

对于经典化的问题,黄景春教授提醒我,1983年《孟姜女》重回初中语文课本,在"四大传说"经典化的过程中起到了很重要的作用。由于目前的数据库中找不到早期中学语文课本的信息,我只好上"孔夫子网"求购这一时期的各种语文课本和教辅资料,发现第一个将"四大传说"写入教辅资料的是北师大赵仁珪老师。通过对赵老师的访谈,结果又把线索追回到了钟敬文先生处,这也再次证明初稿的推断是正确的。经过反复补充、修订,论文的论据、论证都已经比较充分了,接着就是收官,调整结构、打磨文字。我希望能尽量以通俗、简明的写作方式,将罗永麟先生的创造性发明呈现在文学史的聚光灯下,以此向我们的前辈学者致敬。

总结这一写作过程,酝酿和积累资料时间比较长,真正进入写作的时间大约十天(含图书馆集中翻找资料时间两天),初稿征求意见大约也是十天,使用数据库大约15个,访谈电话费200余元,孔夫子网购书费约60元。

下编　方法论略

如何写论文摘要

黄景春*

关于文科论文如何写摘要（abstract），十多年前《中山大学学报》编辑杨海文写过一篇《文科学术论文摘要的正确写法》。这篇文章依据国家标准局1986年发布的《文摘编写规则》和教育部办公厅2000年发布的《中国高等学校社会科学学报编排规范（修订版）》的相关要求，从编辑的角度讨论了文科论文摘要撰写经常遇到的问题，通过示范性修改案例，指出了完善摘要撰写的路径。本文在杨文的基础上，从指导研究生写作学术论文的角度，讨论文科论文摘要写作应注意的几个问题，期望有助于青年学者提高论文摘要的写作水平。

一、摘要是独立的短文

学术论文的摘要并不是正文的可有可无的附庸，而是对正文的概括性介绍，高度凝练，主要起到导读的作用，让人未读论文先了解论文的主要内容和观点。从文献学的角度说，摘要便于文献检索和论文分类；但从读者角度来说，摘要是一篇独立的短文，长者五六百字，短者百来字，具有单独阅读和欣赏的价值。

既然是一篇独立的短文，它就具有自足性，有自己的文体特点和内容要求。从文体特点来说，摘要应避免采用第一人称的主观叙述，避免出现"我""笔者""本人"这样的自指性称呼，也不能出现"本文提出""本人认为""作者强调"这样的导向主观叙述的表述。要采用第三人称角度进行客观陈述。按照《文摘编写规则》要求："要客观、如实地反映一次文献，切不可加入编写者的主观见解、解释

---

* 黄景春，上海大学文学院中文系主任、教授、博士生导师，兼任中国民俗学会常务理事、中国俗文学研究会常务理事、上海民间文艺家协会副主席，主要从事中国古代小说、民间文学、民间信仰、道教文化、非物质文化遗产保护等研究。

或评价","要用第三人称的写法。应采用'对……进行了研究''报告了……现状''进行了……调查'等记述方法标明一次文献的性质和文献主题,不必使用'本文''作者'等作为主语。"①

从内容方面来说,摘要应介绍论文的推论过程、学术观点和结论,重点体现论文的思想探索和学术创新。摘要中"要着重反映新内容和作者特别强调的观点","要排除在本学科领域已成为常识的内容"。② 一篇好的摘要能够标举论文的新观点和新贡献,从而引起读者的兴趣,引导读者充满期待地阅读正文;相反,一篇不成功的摘要总是充斥着陈词滥调,用不着边际的文字遮蔽论文的闪光点,从而也无助于读者发现论文的价值。

二、摘要有完整的结构

《中国高等学校社会科学学报编排规范（修订版）》要求:"公开发行的学报,其论文应附有中英文摘要。摘要能客观地反映论文主要内容的信息,具有独立性和自含性。一般不超过 200 字,以与正文不同的字体字号排在作者署名与关键词之间。"③有几项规定是技术性的,但独立性、自含性是对撰写摘要的基本要求。

如果说独立性要求摘要是一篇独立的短文,自含性(self inclusion)则要求摘要本身应结构完整,准确表述正文的主要信息。其功能在于,读者通过阅读摘要了解正文的基本内容,判断是否有必要进一步阅读正文。

因此,摘要也有一般文章的基本结构要求,起、承、转、合都不要残缺。国家标准局《文摘编写规则》提出:"书写要合乎语法、保持上下文的逻辑关系,尽量同作者的文体保持一致","结构要严谨,表达要简明,语义要确切。一般不分段落。"④这些都是最基本的要求。上面说过,摘要应体现论文的思想探索和学术创新,标举论文的新观点和新贡献。这些"体现""标举",都应遵循文章的写作章法,在行文上逻辑清晰,在叙事上跌宕起伏,同时还要做到语言简洁,文字灵动,防止堆砌概念和理论术语,也要避免生硬套用几个句式,让人难以卒读。杨海文

---

① 《中华人民共和国国家标准》之《文摘编写规则》(GB 6447-86)第六条之 1、7 款。
② 《中华人民共和国国家标准》之《文摘编写规则》(GB 6447-86)第六条之 2、3 款。
③ 《中国高等学校社会科学学报编排规范（修订版）》之第 9 条,教社政厅〔2000〕1 号。
④ 《中华人民共和国国家标准》之《文摘编写规则》(GB 6447-86)第六条之 5、6 款。

从编辑的角度提出:"从'自含性'看,摘要是精彩论点的浓缩表达,也应避免'通过……的研究''得出……的结论'之类的机械句式。"①从论文写作的角度,这个要求也同样是合理的。

摘要展现论述过程,提炼论文主要观点,虽不一定出现二级标题、三级标题,但在行文中应体现出论文的论证逻辑,呈现论文的整体结构。

三、摘要与标题、关键词的关系

摘要应在论文初稿得到一定修改、形成大致定稿后撰写。在论文写作的过程中,或初稿刚写成尚有未查到的关键材料、未澄清的重要问题,都不宜开始着手撰写摘要。摘要是对已基本完成的论文所做的素描。

摘要初稿完成后,要跟论文标题(title)、关键词(keywords)做匹配,进而对正文的论证过程、主要观点、结构布局做最后校验。撰写摘要的过程,可对标题、关键词乃至正文做通盘推敲,检查各部分之间的协调性和一致性。

摘要和标题之间是论证与被论证、体现与被体现的关系。摘要应多层次、多维度体现标题所表达的意思,但也"不要简单地重复题名中已有的信息"②。如果摘要不能体现标题的意思,或偏离,或违和,都应查找根源所在。修改、完善摘要是一方面,重新审题、检查论文逻辑和结构也是很重要的一方面。撰写摘要时应对论文做全面体检,诊断病灶,疗治潜隐的病患,保证论文的肌体健康。

关键词应在摘要中得到体现。摘要中一次都没出现过的关键词,应重新审视,看能否增补上。如果无法增补上去,就应考虑替换关键词,寻找更合适的语词加以替代。标题、摘要、关键词之间应具有相互匹配的关系,在摘要书写中必须全盘考虑在内。

总之,摘要是一篇简约的、独立的、表述论文内容、展现论文灵魂的短文。好的摘要会让论文更加精彩。写好摘要不容易,但学会写摘要是刚步入学术殿堂的研究生必须跨越的门槛。阅读名家的优秀论文,认真研读其摘要,取法其上,渐进台阶,就能不断取得进步。平时阅读别人的论文,也要多留意其摘要,揣摩其中的成败得失,汲取经验教训,对于写好自己的论文摘要,也是大有裨益的。

---

① 杨海文:《文科学术论文摘要的正确写法》,《中国编辑》2010年第2期,第51页。
② 《中华人民共和国国家标准》之《文摘编写规则》(GB 6447-86)第六条之第4款。

如何写文献综述

姚 蓉[*]

文献综述(literature review)是学术研究起步阶段必做的一项工作。当研究者选定了研究对象,接下来就要论证这个选题是否值得研究或者是否还有创新的空间。为此,研究者必须大量阅读与选题相关的各类文献,并进行归纳整理及评议,从而对该选题的研究价值和发展趋势作出判断,写出一篇较全面反映选题的国内外研究现状及研究前景的评述性文章。这篇文章,就是文献综述。

一、文献综述的作用

1. 有助于研究者全面掌握选题的研究现状

研究者在确定一个研究对象或获得一个研究课题之后,首先必须熟悉与该选题相关的各种研究成果。通过文献综述,可以全面了解国内外对该研究对象做过哪些研究、目前该研究领域已经达到怎样的研究水平、当前关于该研究对象的主要学术观点是否存在论争、已有哪些新技术和新方法运用到该研究领域,等等。对选题的研究现状了解得越全面、越深入,研究者越能够在先前的研究基础上展开研究,避免重复研究甚至是无效研究。

2. 有助于研究者判断选题的研究价值

通过文献综述,全面了解选题的国内外研究现状之后,研究者也就很容易对选题的研究价值作出判断。文献综述可以让研究者知道自己所确定的选题是否已经被研究过。在写作文献综述的过程中,如果发现自己对选题的看法

---

[*] 姚蓉,上海大学文学院中文系教授、博士生导师,上海大学"伟长学者",上海大学诗礼文化研究院执行院长、教育部高等学校中华优秀传统文化传承基地(上海大学"中华古诗文吟诵和创作"基地)主任,兼任中国词学研究会常务理事等职,主要研究领域为诗词学与诗礼文化。

基本上别人都研究过了,那么也就没有必要重复研究这个问题了;如果这个选题没人研究过,或者虽有研究但不够深入,那么这个选题还可以继续研究下去。总之,一篇好的文献综述,能起到帮助研究者判断选题是否有研究价值的重要作用。

3. 有助于研究者发现选题的研究前景

一篇好的文献综述,不是关于该选题的国内外研究成果的简单罗列,而应该从对目前已有研究成果的分析中发现该选题的最新动向和研究前景,从而指导研究者在接下来的研究中实现观点和方法的创新。这样的文献综述能为研究者提供灵感,开拓新的研究领域,或在已有研究成果的基础上实现纵深拓展。

二、文献综述的步骤

1. 文献综合

写作文献综述时,研究者要搜集和阅读大量与选题相关的文献。首先,相关文献不仅包括与选题直接相关的文献,也包括与选题间接相关的成果。例如,写作王维诗歌研究综述时,不仅要关注对王维的生平、作品、诗歌成就等直接研究王维诗歌的成果,同时要意识到王维不仅是诗人,还是官员、画家、音乐家,故而还要关注唐代典章制度、科举文化、南宗画派、唐代音乐等方面的研究成果。其次,相关文献不仅包括国内的文献,也包括国外的研究成果。国内研究者尤其是许多刚刚踏入学术领域的青年学者,在搜集论文资料的过程中多依赖"中国知网",对国内的研究状况可以搜罗得比较齐全,但未免会忽略国外的最新研究成果。哪怕是古代文学、古典文献学这样的传统学科,西方汉学界、日韩等国汉文化圈也有不少新成果,研究者一定要放宽视野,广泛关注选题在国内外的研究状况。另外,相关文献不仅包括当前的研究论著,也要尽量回溯一定历史时期的研究成果。尤其是古代文学、古典文献学领域的研究对象,很多在各个时期都有学者关注和研究,积累了很多研究成果。如果不将各个时期的研究成果梳理清楚,很难全面客观地把握该选题的进展程度。笔者在撰写明清词派研究综述时,就从 1900 年开始谈起,论述了百余年来明清词派研究的相关成果。总之,只有多角度、全方位地搜集跟选题相关的文献,才能充分体现文献综述中的"综"字。

2. 归纳分析

全面搜集和阅读文献之后很重要的一步,是对文献进行归纳分析。写作文献综述,并非是对相关文献进行简单罗列和一般性介绍,而是要对文献做综合分析、精心提炼。目前很多博士硕士论文中的文献综述,只是做到了按时间顺序或分专题罗列相关研究成果。而一篇好的文献综述,需要作者对纷繁复杂、甚至观点相反的文献进行取舍、提炼,然后根据自己的立场和见解进行组织和描述,本身就属于作者对该选题学术研究的一部分,是很能体现作者的学术水平的。故而在写作文献综述时,切忌为炫耀自己搜罗文献之富,不加选择地堆砌相关研究成果。研究者一定要在众多的文献资料中,选取最有代表性、富有创造性的成果加以重点分析。

3. 阐述评价

文献综述的另一关键字是"述"。写作文献综述,不仅要综合文献,还要评述文献。如果一篇文献综述,仅仅做到将各种相关文献整理归纳,罗列清楚,还远未达到写作文献综述的目的。前文已经说过,研究者写作文献综述,是为了在全面掌握文献的基础上,判断目前关于该选题已经研究到什么程度,是否还有深入研究的空间,研究者本人所持的观点或拟采用的研究方法是否具有创新性,等等。而这种判断,是建立在研究者对所掌握文献的阐述和评价基础之上的。只有充分认识已有研究的优长和不足,能够予以正确评价,才能保证研究者本人接下来对该选题的研究不会跑偏,才能保证研究者开展的研究是有价值、有意义的。在写作文献综述过程中,评价的眼光应该贯穿文章的字里行间。尤其是在完成对文献的介绍之后,一定要评述该选题研究现状的得失,指明其研究前景,凸显作者本人即将在该领域进行的研究的重要性。

三、文献综述的写法

1. 基本格式

文献综述在性质上属于综述型论文,跟大部分论文一样,在格式上包含前言、正文、总结和参考文献等四个部分。前言又称引言、导语,一般介绍主要研究对象、叙述撰写综述的目的、限定综述的范围,等等。正文是文献综述的主体部分,按照论文写作的方式,要提出问题、分析问题、解决问题。具体而言,就是要根据问题归纳分析各种研究材料的不同观点,加以论证和评述。总结要对正文部分进行简要的概括,更重要的是,要从总体上分析研究现状的成就与不足,提出自己接下来对选题进行研究的目标和方向。参考文献罗列综述涉及的相关文献资料,表示综述所述内容皆有资料可依,也起到充分尊重被引作者劳动的作用,同时还为对此选题感兴趣的读者提供查找有关文献的线索。

2. 结构形式

在写作文献综述时,一般要面对零乱或繁多的文献资料,如何设置好正文的结构,将诸多文献有序论述清楚,是很需要下功夫的。一般来说,常见的组织正文的方式有以下三种:

一是纵向结构。以时间先后为序,分期论述该选题在各个不同阶段的研究状况,能够清晰地梳理每个阶段研究的主要特点、不同时期研究的主要进展和存在的问题,并对今后的发展趋势做出预测。

二是横向结构。以专题或同类材料为板块,将同类或相近的研究成果汇集起来加以论述,通过横向对比,了解各个板块中相关成果的优劣利弊,从而发现哪些专题还具有深入研究的价值。

三是纵横结构。将纵向和横向写法相结合,可以先按时间顺序分期描述该选题的研究情况,后分专题或板块探讨该选题的各类研究成果。笔者在撰写明清词派研究综述时,即是采用纵横结合的方式架构文章,先按"1900—1949年,明清词派研究的发轫期""1949—1979年,明清词派研究的沉寂期""1980年至今,明清词派研究的兴盛期"的时间线索分三期概述明清词派研究的大致历程,再按著作和论文的板块划分对明清词派研究成果进行述评,最后对明清词派研究的前景加以展望,文章思路就会比较清晰。所以,纵向结构和横向结构也可以融合在一起使用,如文章总体上是纵向布局,但在每个时间段下,可以分专题、分板块进行论述;或者先按专题架构文章,每个板块在具体分析时再以时间为序,都是可行的。

不管文献综述使用哪种结构,都应该线索明晰,文字简洁,用自己的语言把研究资料中的观点表述清楚,并进行恰当的评价。

文献综述的撰写,会广泛运用到论文开题报告、著作前言或绪论、课题申报书等各类研究材料的写作过程中,是研究者必备的一项基本功。只有充分认识到文献综述的重要作用,掌握好文献综述写作的步骤和方法,研究者才能写出真正有学术价值的文献综述。

文献综述范例：

百年明清词派研究的进程与展望*

姚 蓉 李小凤

摘要：明清词派研究是近年来明清词学研究的热点，但目前尚无一篇专文介绍总结明清词派研究的已有成果及其存在的问题。本文通过描述明清词派研究的发展进程、评述明清词派研究的已有成果、展望明清词派研究的发展前景，从纵、横两方面梳理了明清词派研究的历史、现状及走向，为学界提供明清词派研究的整体资讯。

关键词：明清词派研究；发展进程；前景展望

明末云间派的兴起，拉开了清词中兴的序幕，也开启了词学流派交替更迭的历程。在清词最后的辉煌中，词派的兴盛是其最显著的表征。因此，研究清词流派也可以说是解读有清一代词学的关键途径。近年来，随着对明清词学研究的深入，明清词派也逐渐成为词学研究的热点。张兵先生的《清词研究二十年》（《甘肃社会科学》1999年第5期）、莫立民先生的《20世纪90年代清词研究概述》（《学术月刊》2002年第5期）等文在描绘清词研究的概貌时也一定程度地折射了清词流派研究的现状，陈水云、周云先生《20世纪清词研究的现代化进程》（《南阳师范学院学报》2005年第1期）一文中更指出流派研究是1980—2000年这一时期清词研究的新领域之一，马大勇先生《清词研究现状述略》（"诗词总汇"网，2006年4月7日）一文也提到许多近期清词流派研究的成果，但目前尚无一篇专文介绍明清词派研究的总体状况。而系统梳理明清词派研究的已有成果及明确指出其存在的问题、发展的前景，是深化这项研究的第一步。故本文即从三个方面入手对此专加论述。

一、研究进程概述

明清词派作为词学研究中的一个客观存在，很早就得到了词家的认可，"云

---

* 原载《南阳师范学院学报》（社会科学版）2007年第1期，人大复印资料《中国古代、近代文学研究》2007年7月全文转载。

间派""常州词派""浙派"(又称"浙西词派")等名词,都是明清人对当时词派的称呼。但明清词派进入研究者的视野后,却经历了一个较为漫长的过程,时至今日才逐渐成为一个醒目的词学现象。自 20 世纪以来的明清词派研究,细绎之可分为以下三期:

(一)1900—1949 年,明清词派研究的发轫期

陈水云先生《1900—1919 年的清词研究》(《南阳师范学院学报》2003 年第 11 期)一文指出 20 世纪的前二十年,"传统的词学研究方法在当时仍然占据着词学坛坫,以'清末四大家'为代表的常州词派继续引领词学发展方向"。虽然嘉道以来风行天下的常州派词风继续笼罩着 20 世纪初的词坛并常为词人们所提及,但专章论及词派的著作却到 1926 年才出现。此年,徐珂先生出版了《清代词学概论》一书,其第二章专门论述"派别",他提到:"有清一代之词,有二大别,一浙派,一常州派。亦犹散体文之有桐城、阳湖二派也。"①并对此二派的源流、代表作家、词作及词学理论等都有论述和评价。徐珂此书,可谓从派别方面关注清词研究的开拓之作。此后,常州词派与浙派成为学者们的重点关注对象,任二北先生的《常州词派之流变与是非》(《清华中国文学会月刊》一卷一期,1931)、刘宣阁先生的《浙派词与常州派词》(《微言月刊》二卷二期,1932)、龙沐勋先生的《论常州词派》(《同声月刊》一卷十号,1941)等文是 20 世纪三四十年代词派研究的主要成果。这些论文,大抵与徐珂之论浙派、常州派相似,描述词派的发展源流、罗列其主要词家、讨论其论词宗旨,或者还涉及两派词学之异同,以介绍性的文字居多。

由此可见,20 世纪的前 50 年中,词派研究已经获得了一个良好的开端,但毕竟还处于发轫阶段,故其不足也十分明显。简言之,此期的词派研究具有如下特色:第一,此期的研究成果数量较少,词派研究的论文不过三四篇,词派研究的专著则付阙如;第二,此期的研究成果涉及面较窄,所论及的只有浙西派与常州派,明清许多其他词派尚未进入研究视野;第三,此期的研究成果深度不够,多停留在词派概况介绍阶段,尚未有系统地、理论化地深入分析。

(二)1949—1979 年,明清词派研究的沉寂期

马兴荣先生《建国三十年来的词学研究》(《词学》第一辑,华东师范大学出版社 1983 年版)一文公正客观地阐述了 1949—1979 年 30 年间中国词学研究的情

---

① 徐珂:《清代词学概论》,大东书局 1926 年版,第 3 页。

况,他指出:"至于张炎、蒋捷、陈维崧、纳兰性德以及清代的浙派、常州派等等的词,就没有见过什么专门的研究文章了。"确实,此期的明清词派研究几乎是一片空白,20世纪前期词派研究的良好走向就此中断。究其因,与这30年文学研究过分政治化的风气颇有关系。阶级斗争观念在文学研究中泛化,一切作品、作家都被贴上人民性或反人民性、现实主义或非现实主义、进步或落后的标签。明清小说研究因更容易套用这种价值标准而获得了较大的发展空间,诗词的研究却备受冷落,处于起步阶段的词派研究也跟着偃旗息鼓。

可喜的是,当大陆地区的词派研究归于沉寂时,港台地区却仍有所发展。吴宏一先生1970年出版的《常州派词学研究》(台北嘉新水泥公司文化基金会出版)沿着20世纪前50年开辟的词派研究方向继续前进,在徐珂、龙沐勋等人的研究的基础上,进一步展开对常州词派的研究。因为此书的存在,这30年的词派研究才不至于一片空白。

(三)1980年至今,明清词派研究的兴盛期

从上述介绍可知,20世纪80年代以前的词派研究发展得很不充分,而这种情况随着80年代整个词学研究的复兴开始改观,90年代以后词派研究更是突飞猛进。1993年,齐鲁书社出版了严迪昌先生《阳羡词派研究》一书,这是大陆第一本研究词派的专著,明清词派研究从此步入兴盛阶段。其"兴盛"的具体表征有以下几点:

第一,明清词派研究成为词学研究新的学术增长点,受到众多学者的关注。陈水云、周云先生《20世纪清词研究的现代化进程》一文指出"这一时期(1980—2000)清词的研究,在研究内容或研究角度上都有了新的变化,这就是从流派、民族、地域、题材等不同角度切入,开拓出一些新的研究领域和新的研究方向。"其中明清词学中的流派、地域研究尤以其特点鲜明、作用突出而受到研究者的青睐。近20年来,研究明清词派的专著已有好几种,单篇的论文更是不下百篇,其他相关的研究论著及文学史著,也常常以较多的篇幅来谈词派问题,词派作为明清客观存在的文学现象,已真正受到学者们的重视。

第二,明清词派研究涉及的流派越来越多,达到了前所未有的研究广度。明清词派研究发展的初期,学者们的目光多集中在浙派及常州派这两大词派上,自严迪昌先生《阳羡词派研究》论证了阳羡派的存在并详细论述了阳羡派的发展流变、成就影响之后,明清其他许多词派也逐渐进入研究者的视野,云间派、柳洲派、西陵派、吴中词派等派别都被挖掘出来,相关研究专著专文不断涌现,如金一

平先生的《柳洲词派》(同济大学出版社 2002 年版)、徐枫先生的《嘉道年间的常州词派》(台北云龙出版社 2002 年版)、沙先一博士的《清代吴中词派研究》(人民文学出版社 2004 年版)等专著,杭州大学谷辉之博士的《西陵词派研究》(1997 年提交)、南京师范大学刘勇刚博士的《云间派研究》(2002 年 5 月提交)、南开大学迟宝东博士的《常州词派与晚清词风》(2003 年 5 月提交)、南京师范大学朱德慈博士的《中晚期常州词派研究》(2003 年 5 月提交)、北京大学鲁竹博士的《浙西词派与顺康词坛》(2003 年 5 月提交)等博士学位论文,及萧鹏先生的《清代吴中词派初探》(《中国诗学》第三辑,南京大学出版社 1995 年版)、吴熊和先生的《〈柳洲词选〉与柳洲词派——明清之际词派研究之一》《〈西陵词选〉与西陵词派——明清之际词派研究之二》(《吴熊和词学论集》,杭州大学出版社 1999 年版)等论文,关注的都是此前不曾深入研究的一些词派,共同填补了不少明清词派的研究空白。

  第三,明清词派研究还达到了前所未有的深度。近 20 年来的诸多词派研究成果,不再停留在对某个词派的概况介绍上,而是综合运用各种研究方法深入考察研究对象。上面提到的专著专文,多将传统的考据法、知人论世法与现代的社会学、心理学、文化学、历史地理学、比较分析法、定量分析法等各种手段结合起来,对某个具体词派进行多方位的考察与论述,材料丰富翔实又颇具理论深度。除对单个的词派进行具体研究外,学者们还具备了整体的、全局的眼光,不断总结词派发生的特征及发展的规律。刘庆云编著的《词话十论》(岳麓书社 1990 年版)、张宏生的《清代词学的建构》(江苏古籍出版社 1999 年版)、孙克强的《清代词学》(中国社会科学出版社 2004 年版)等书,都对清词流派的总体特征予以观照。

  可见,此期明清词派不论是在个案研究方面还是综合研究上都成就喜人。这些成果,标志着明清词派研究的巨大进展,也提示着这项研究的尚待深入之处。

二、研究成果述评

  从时间的线索谈论过明清词派研究的进程之后,下面再分门别类对明清词派研究的主要成果,尤其是近 20 年来明清词派研究中的重要成果做一点具体的介绍。

  (一)明清词派研究的相关著作

  除研究某个具体词派的专著外,关于明清词学研究的一些著作及文学史中也不乏明清词派研究的内容。下面分类来谈:

1. 明清词派研究的专著

吴宏一先生的《常州派词学研究》无疑是清词流派研究最早的专著,但因为海峡两岸以往学术交流的不便,此书对大陆明清词派研究的影响远不及严迪昌先生的《阳羡词派研究》。《阳羡词派研究》通过讲述阳羡人文的历史概貌,阳羡词派产生的时代背景及其词风的历史渊源,揭示出该派词风构成中地域群体的文化选择。并在这样的文化视角中,细绎阳羡词派的形成及其兴衰史,细说阳羡词派的词学观和词学创作,且将群体研究与个案研究相结合,专门介绍了阳羡词派的领袖陈维崧。严先生以专著的形式第一次将阳羡词派全面系统地呈现给读者,并给予此派较高的词史地位,指出"论清词而只知有浙西、常州两大派,而无视阳羡一派的雄风别具,无疑是乖悖着清词发展的流变史实"①,这对以前的学者只重视浙西词派、常州词派是一个有力的纠正和反拨。更重要的是,严先生此书不仅为今后单个词派研究树立了范本,还明确指出了流派成立的四个条件,为学界广泛接受。以此为准绳,许多其他词派被研究者们一一拈出,词派研究因此有了长足发展。

赵伯陶先生《张惠言暨常州派词传》(吉林人民出版社1998年版)一书,从体例上看更像一部词选,但其总论部分辨析了历来对常州词派颇为繁杂的阐释,论述了常派与浙派的异同,尤其重视常派之文化品格,并对张惠言、周济等该词派核心人物的词学观条辨缕析,对词派前后重要词人创作成就予以中肯评价,词选部分之"提示与解析又莫不与常州词派理论追求或审美理想相密合","是一部以'论'统'选'、以'选'传'派'的词派专著"。②

而研究单个词派成果最著名的是吴熊和先生及其门弟子。吴教授从词派产生的地域因缘、家族因缘入手研究明清词派,角度颇新。在他的指导下,其博士生谷辉之、金一平、吴蓓、徐枫、李越深等人分别完成了《西陵词派研究》《柳洲词派研究》《浙西词派研究》《常州词派研究》《云间词派研究》等颇有学术分量的博士论文,其中两部已经正式出版。金一平先生《柳洲词派》一书最突出的特色,是以家族为脉络,对柳洲词派中钱氏、魏氏、曹氏、陈氏、夏氏等各家族词人一一道来,以彰显"家族文化圈是这一词派得以形成的基础"③这一研究结论。此书是

---

① 严迪昌:《阳羡词派研究》,齐鲁书社1993年版,第8页。
② 严迪昌:《读〈张惠言暨常州派词传〉随札》,《聊城师范学院学报》(哲社版)1998年第4期,第126页。
③ 金一平:《柳洲词派》,同济大学出版社2002年版,第3页。

把文学家族与文学流派结合起来研究的一个成功范例。徐枫先生的《嘉道年间的常州词派》一书，则将常州派词论置于当时社会、文化、学术、词学的实际背景下，来揭示各种观点的内涵、意义、作用和得失，对嘉道年间常州词派的理论特点、流衍进程有较为全面的反映。

沙先一先生的《清代吴中词派研究》一书，也是在其博士论文的基础上整理而成。该书从乾嘉学术、地域文化、家族文化、词史本身发展的需要，以及个人的组织作用等方面详细分析了吴中声律词派的成因，并通过对该派与浙西词派、常州词派词学观念的对比，论证吴中词派是一个独立的词派，反对历来词学研究将吴中词派视为浙西词派之分支的观点。多角度、多方法在此书中的综合运用，也反映了作者文献与史论结合的扎实学风。

综上所述，明清词派个案研究的专著，一般都具备开阔的视野，能较好地将群体研究与个体研究、流派研究与地域文化、家族文化、理论研究与考据方法等要素结合起来，对所研究的词派给予全方位的观照。

2. 涉及明清词派的研究著作

有一些著作，虽然并不是针对某个具体词派的专门研究，也不是以"某某词派研究"来命名，但在研究明清词学的过程中，却展现了作者对明清词派的整体状况及发展流变的深入思考。如刘庆云先生编著的《词话十论》曾指出清词流派的地域性等特点，探讨词派的总体特征。张宏生先生《清代词学的建构》一书，也专章探讨了"清词流派的发展状况及其文化特性"，提出清词流派的地域性特征、批判性特征、阶段性发展、渗透与中和等，对词派总体特征的研究更为深入。李康化先生的《明清之际江南词学思想研究》（巴蜀书社2001年版）及孙克强先生的《清代词学》虽然主要是研究词学理论，但都以词派（包括词人群体）为线索建构论述的框架，对词派的重视可见一斑。尤其在《清代词学》一书中，还将词学流派作为清代词学的特征之一详加分析，对流派的反思尤其反映出作者在这个问题上的深入思考。另外，陈水云先生的《清代词学发展史论》（学苑出版社2005年版）也用大量篇幅来探讨清代词派的词学理论。其最为闪光之处在于，此书挖掘出许多被人忽视已久的词派与词人群体，如复堂词派、临桂词派、豫东词人群等，进一步丰富了词派研究的内容。其中"浙西词派与宋词在清代的传播"一节更是将词派研究与传播学理论结合起来考察，为明清词派研究提供了新的视角。

上述著作虽然并非词派研究的专著，但它们对明清词派总体特征的探讨、对明清词派词学思想之发展流变的梳理,丰富了明清词派的宏观研究,使得明清词派研究不再局限于对单个词派的具体论述,贡献巨大。

3. 涉及明清词派的文学史著作

继徐珂先生《清代词学概论》最早专章论及浙派与常州词派之后,20世纪30年代出版的几部文学史,如刘毓盘先生的《词史》(群众图书公司1931年版)、王易先生的《词曲史》(神州国光社1931年版)、钱基博先生的《中国文学史》(国立师范学院铅印本,1939)等,也曾简略介绍浙西、阳羡、常州等词派。新中国成立之后,近30年的文学史中,明清词派基本被略过不提。但刘大杰先生《中国文学发展史》(上海中华书局1963年版)一书却在"清代词曲"一章提出清初词的三派,为阳羡派的地位正名,专门探讨常派的兴起,并对每派的词人群体作了相对其他文学史较为详细的介绍,表现了对词派研究的重视。20世纪80年代以后出版的古代文学史著作,一般都会提到浙派、常派、阳羡派等显赫的词派,如周先慎先生的《中国文学》(宋元明清部分)(北京大学出版社1986年版)、唐富龄先生的《明清文学史》(清代卷)(武汉大学出版社1991年版)、谢桃坊先生的《中国词学史》(巴蜀书社1993年版)、方智范、邓乔彬等先生主编的《中国词学批评史》(中国社会科学出版社1994年版)、张俊先生主编的《中国文学史》(北京师范大学出版社1996年版)、裴斐先生主编的《中国古代文学史》(中央民族大学出版社1996年版)等书,都以较大的篇幅来谈论清词流派。其中章培恒、骆玉明先生主编的《中国文学史》(复旦大学出版社1996年版)在介绍阳羡派、浙西派、常派的同时,还比较中肯地指出了各派的弊病,对清词流派有较客观公正的认识。不过,这些文学史著作依然将眼光集中在清代三个主要词派以及其主要词人之上,对其他词派则关注不多。

相较之下,严迪昌先生的《清词史》(江苏古籍出版社1990年版),是众多文学史著作中对词派研究最为深入的一种。此书以时间和词派为序,对清词的整体面貌予以详细描画,先后论述了云间词派、柳洲词派、广陵词人群、阳羡词派、浙西词派、常州词派等流派与群体,不仅详细介绍了每个词派的主要词学思想及词的特色,还指明了词风流变过程中各词派之间兴衰交替的关系,初步勾勒出有清一代词派演进的历史。但因为要对整个清代词坛的状况加以梳理,故对某些非主流词派只是点到而已,无法细说。

(二) 明清词派研究的相关论文

20世纪80年代之后,研究明清词派的单篇论文不仅数量急剧增加,质量也不断提升。研究内容越来越丰富,研究视野越来越开阔,研究方法也倾向多元化。

1. 明清词派的总体研究

限于体例,谈论明清词派总貌的单篇论文不是很多,主要有程翔章先生的《异彩纷呈的近代词派》(《高等函授学报》1996年第3期)、艾治平先生的《论清词的流派》(《嘉应大学学报》1997年第2期)及孙克强先生的《清代词学流派论》(《文艺理论研究》2002年第1期)等文。程文介绍了浙西、常州、彊村词派在晚清的发展及代表词人。艾文主要论述了云间、阳羡、浙西、常州、彊村五大词派,进而讨论了清词流派的具体特征,如"有很强的地域性""有开派的宗师""有鲜明的理论""各派互有功过得失"等,从整体上肯定了清词流派对清词发展、繁荣的促进作用。孙文除介绍占据着词坛中心的云间词派、阳羡词派、浙西词派、常州词派等主流词派外,还分析了在这些大词派下衍化出的一些流派分支,如西泠词派、柳洲词派、吴中词派、临桂词派等。这三篇文章都是以词派为纲具体展开论述,而刘琰先生《徘徊在边缘的繁荣——清代词派在清词发展史中的作用》(《河南教育学院学报(哲学社会科学版)》2005年第4期)一文则打破逐个介绍具体词派的行文方式,从词派理论的贡献、词派的时代精神、词内容意境的开拓以及清代词家为地位的抗争等几个方面揭示清代词派在清词发展史中的作用,对清代词派的存在价值予以充分肯定。同时,新的研究方法也被运用到词派研究之中,如程继红的《论清代三大词派对辛词的接受与评价》(《江西师范大学学报》2002年第4期)就从接受美学的视角,以比较研究的方法,来探讨清代主要词派之间词学审美观念的差异。这些成果,体现了学界对明清词派总体特征的关注越来越细致。

2. 明清词派的个案研究

明清词派研究的单篇论文,还是以关注某个具体的词派为主。这一类的论文不仅数量远多于总体研究一类,内容也远比后者丰富。学者们在研究某个具体词派时,所选择的视角往往各不相同,可分为:

(1) 对研究对象加以全方位考察,如上文提到的谷辉之、刘勇刚等人撰写的博士论文,都是对他们研究的某个词派进行全面深入的探讨。还有黄士吉先生的《论浙西词派》(《大连大学学报》1995年第1期)、《论常州词派》(《大连大学学报》1995年第4期)、《论云间词派》(《沈阳师范学院学报》1996年第3期)等系列论文及朱崇才先生《常州词派论略》(《江苏教育学院学报》1997年第1期)、王晓彬、童晓刚先生《云间词派论略》(《贵州社会科学》2004年第5期)等文,也是从词派的构成、词学观念、创作、代表词人等各方面来把握某个词派的特色。姚晓雷先生《试论清末常州词派词的文化自救意识》(《郑州航空工业管理学院学报》2001年第1期)一文从"文化自救意识"这一颇具现代反思意义的角度出发探讨常州词派所处的时代背景及其主要理论,颇为新颖。

(2)偏重于考察词派的发展历程及词史地位,如徐志平先生的《浙西词派成因初探》(《湖州师专学报》1989年第1期)、吴熊和先生的《〈梅里词缉〉读后——兼论梅里词派及浙西词派的形成过程》(《杭州师范学院学报》1996年第1期)、方智范先生的《论常州词派生成之文化动因》(《社会科学战线》1996年第4期)、吴蓓先生的《论朱彝尊词的典范意义——兼论浙西词派发生、发展、衰落原因》(《浙江学刊》2001年第2期)、鲁竹先生的《〈乐府补题〉与浙西六家的咏物词——兼论浙西词派的形成》(《南阳师范学院学报》2002年第5期)、龙子仲《浅谈"临桂词派"渊源》(《河池学院学报》2005年第1期)、刘勇刚《明末词运之转移与清词中兴之契机——云间词派新论》(《南阳师范学院学报》2006年第1期)等文,或从词选的编辑、或从代表词人的创作、或从词派的渊源、或从词坛风气的转移,来探究词派的兴衰历程及地位影响,各有新见。

(3)偏重于考察词派的词学主张及创作成就,如叶嘉莹先生的《常州词派比兴寄托之说的新检讨》(《清词丛论》,河北教育出版社1997年版),孙克强先生的《试论云间派的词论及其在词论史上的地位》(《中州学刊》1998年第4期)、《阳羡派词论及其影响》(《南阳师范学院学报》2002年第1期),陈水云先生的《临桂派词学思想的发展》(《湖北大学学报》1999年第2期)、《论道光时期的浙派词学》(《孝感学院学报》2000年第2期),陈文新先生的《论浙西词派的词统建构》(《社会科学研究》2002年第4期)、《论常州词派的词统建构》(《社会科学研究》2004年第2期),邓新华先生的《论常州词派"比兴寄托"的说词方式》(《宁夏大学学报》2002年第3期),黄志浩先生的《论常州词派理论之流变》(《广东民族学院学报》1997年第3期)、《论常州词派的比兴理论》(《江南大学学报》2002年第4期)、《论常州派词统的形成》(《南京师大学报》2003年第5期)、《论常州派词学与经学之关系》(《文学评论》2004年第1期)等论文,都是以讨论各派词学思想为主。其中邬国平先生《常州词派关于词与读者接受的思考》(《文学遗产》1992年第5期)、陈水云先生《常州词派与近代词学中的解释学思想》(《求是学刊》2002年第5期)等文以西方接受美学、阐释学理论观照常州派词学并从传播接受的角度谈其对后世的影响,尤为特别。而叶嘉莹先生《从云间派词风转变谈清词的中兴》一文,则主要从云间三子词风的转变来谈云间派与清词中兴的关系。

(4) 从考察代表词人入手研究词派,如叶嘉莹先生《谈浙西词派创始人朱彝尊之词与词论及其影响》(《清词丛论》,河北教育出版社 1997 年版)、艾治平先生《论阳羡词宗师陈维崧》(《嘉应大学学报》1998 年第 1 期)、刘红麟先生《作气起孱为世重,如文中叶有湘乡——王鹏运与晚清词派》(《南阳师范学院学报》2003 年第 8 期)等文,都是在重点考察词派的领袖人物的同时旁及词派研究。

(5) 偏重于考察词派中的特定群体,如纪玲妹先生发表的《论清代常州词派女词人的家族性特征及其原因》(《聊城师范学院学报》2000 年第 6 期)、《论清代常州词派妇女词的题材》(《河海大学学报》2001 年第 3 期)、《论清代常州词派妇女词的繁荣及其原因》(《江苏石油化工学院学报》2001 年第 4 期)、《论常州词派妇女词的艺术风格》(《苏州大学学报》2001 年第 4 期)等一系列研究常州词派妇女词的论文,重视女性在词派发展过程中的作用与成就,又是对词派研究内容的一大补充。

综上所述,可知目前论文的研究成果以常州词派最多,浙西词派、云间词派等主流词派也颇受人关注,但西陵词派、柳洲词派、彊村词派等本发掘不够充分的词派,如今仍然研究得并不充分。

三、研究前景展望

通过对明清词派研究进程的纵向描绘和对其研究成果的横向介绍,可以清楚地看到,我们正处在词派研究欣欣向荣的时代。已有的成果固然可喜,但若要把研究深入下去,我们还有大量工作可做。

目前亟待解决的问题,首先是如何界定一个"词派"。虽然严迪昌先生在《阳羡词派研究》一书的"引论"中提出词派的四要素——"领袖人物""作家群落""一致的审美倾向""类似流派宣言式的选本或作品总集"[①],可借以确定一个"词派"是否成立,但如今仅有云间、阳羡、浙西、常州等为数不多的词派为学界所公认,对于其他词派之名,或多或少有些异议。如谷辉之先生倾力研究的西陵词派,李

---

① 严迪昌:《阳羡词派研究》,齐鲁书社 1993 年版,第 4 页。

康化先生就认为这一群体"没有大致相同的主张和一致公认的宗主"①,还不具备流派形成的条件,而以词人群目之。再如萧鹏、张宏生、沙先一等先生都视为独立词派的吴中词派,严迪昌先生《清词史》把它纳入浙派后期,不以词派呼之。而清季的临桂词派、复堂词派、彊村词派等是否成立,则争议更多,难有定论。依笔者看来,明清词派的状况千差万别,若以"四要素"衡之,未必条条分明,不如放开视界,只要其中一二要素十分典型,就不妨纳入词派研究之范畴。如刘扬忠先生《清初广陵词人群体考论》(《江西社会科学》2004 年第 7 期)认为"只是一个结构松散、活动时间不长且其成员的艺术宗尚并不一致的作家聚合体,而不是一个文学流派"的广陵词人群体,有地位稳固的领袖王士禛,有十分频繁的词学唱酬活动,也编撰有大型的词学选本,故亦可将其放在词派演进的流程中研究。如此,不仅词派"正名"之争议可以消除,还可以在更大视域中研究词派,能更全面地勾画明清词派的进程。

放下为词派"正名"的包袱,正视当前的词派研究,则可发现这片领域可供开拓之处尚多。就词派的个案研究而言,目前的研究多集中在重要的词派或词派的领袖人物身上,对其他非主流词派或者主流词派的非宗师词人关注很少。因此词派的微观研究可以在那些不太引人注目的词派、词人方面更为深入,这样做至少可以使我们对某些词派或某个词人有更准确或更全面的了解,或者还可以使我们挖掘到一些被忽略的资料而重新定位这些研究对象。像岭南词派、闽中词派,梁溪词人群、东皋词人群等群体或流派,就几乎没有专文提及。如果不再囿于"正名"而以词派研究的视角对待之,就能全面把握它们的词学理论、词学创作,给它们一个准确的定位。另外,目前词派的宏观研究也很不充分,已有的成果更多是重视单个词派的研究或该派重要词人的研究,而缺乏对词派总体宏观的把握和研究,至今尚未见一部全面反映明清词派的文学史。因此,以一种宏观的眼光对众多词派之间的异同以及各词派在词史上的作用地位作一深刻全面的观照,也是我们今后研究的任务之一。将更多新的西方文论、文化学、心理学、美学方法引入明清词派研究,不断更新研究的视角和思路,我们的研究会有事半功倍的效果。

王兆鹏师在《昌盛与萧条——本世纪词学研究格局中的清词研究》(《郑州大学学报》1995 年第 1 期)一文中通过数据分析告诉我们,对清词研究的冷落和清

---

① 李康化:《明清之际江南词学思想研究》,巴蜀书社 2001 年版,第 101 页。

词本身的昌盛是不和谐的,且"不了解清词的整体状况和发展进程,也无法真正全面地把握整个词史的发展流向和发展规律"。同样,不了解明清词派研究的整体状况和发展进程,就无法真正准确地把握明清词学的发展规律,也无法真正全面地把握整个词史的演进发展。词派研究是反映流派纷呈的清词面貌的重要途径,有着广阔的发展前景。我们期待着越来越多的人来关注明清词派研究,将明清词派研究推向新的高峰。

如何写注释

石 娟*

注释,从字义上看,即"注解"与"解释"。在学术写作中,注释虽然不在正文中,却是学术著述重要的组成部分,是学术著述是否具有学术性的标志。注释的主要功能是对学术文章中某些引文的来源以及相关问题予以说明和解释,服务于正文中的引文;有时也可以解释文章中某些概述性的词汇、背景、内容等,可以是阐释,也可以是与已有研究的对话和辨析。在著作和论文的学术评价中,注释是重要的参考依据,它能够直观反映出学者的学术水平和治学态度。除了题目、摘要之外,注释的地位不亚于正文的写作,它所呈现的文献体量、广度和深度,学术分析和思辨的力度,常常成为一篇学术文章或学术专著价值高低的衡量标准。有经验的编辑和学者,通过阅读注释即可对专著或论文的学术质量作出初步的判断。因此,注释在学术写作中并非可有可无,而且值得重视。

我们今天撰写学术著述时,常见一种注释形式,即"参考文献",在中国,参考文献是随着学术研究数字化程度的加深而得到迅速普及的。与20世纪末才受到学者和学术出版机构普遍关注的"参考文献"不同,中国古代即有与注释相似的体例,包括注、疏、传、解、笺、释、章句等,如《周礼注疏》《春秋公羊传注疏》《尔雅注疏》等。但必须明确的是,它们与今天学术写作中的注释有着根本差异,这些体例非作者自注,而是由后人写作的一种著述形式,它们对于古代典籍经典地位的确立和传承有着不可小视的贡献。《后汉书·卷七十九上·儒林列传第六十九上·杨伦》即称:"扶风杜林传《古文尚书》,林同郡贾逵为之作训,马融作传,郑玄注解,由是《古文尚书》遂显于世。"① 今天的学术著述中作者自己所作注释则难以产生这样深远的影响,它们主要服务于读者的阅读和理解。《隋书·卷七

---

* 石娟,上海大学文学院中文系教师、编审、硕士生导师,兼任中国武侠文学学会、中国俗文学学会、张恨水研究会理事等职,主要研究领域为中国通俗文学与大众文化。

① 范晔撰:《后汉书·卷七十九上·儒林列传第六十九上·杨伦》,中华书局2007年版,第752页。

十六·列传第四十一·文学·潘徽》记载:"总会旧辄,创立新意,声别相从,即随注释。"①从这个层面上看,如果抛开文体和著者差异,仅从意义的角度视之,与参考文献相比,注释在中国历史悠久,有自己的学术传统。

一、注释的内容和功能

首先,注释要注明文中所引材料的来源,也即我们常见的"参考文献"。这些引述材料来源于著作、工具书、报刊、档案、法规、文件、内部资料、录音录像,乃至当事人的采访等等。在使用这些文献时,要尽可能选取一手文献和未公开史料,以增加课题的学术含量。对于古代文学研究而言,文献版本的选择和使用体现着研究者的学养和其学术著述的学术性,特别需要重视。在大数据无所不在的今天,很多文献已经全部或部分实现了电子化、数字化、镜像化,但在具体引述的时候,我们需要还原该文献的初始形态——如果初始形态为纸质载体,就要标注纸本方式(如图书、报纸、期刊、档案等),为避免数字化过程中的讹误,要找到原文献予以校核;如果最初是在网络上发表,为网络资源,也可标示出网址、出版日期等。基于文献学的学术要求,古代文学专业的学者,除了极特殊的原因(如只有网络上独家发布),最好避免引用网络资源,因为网络资源相对发布的随意,且受到时效性的限制。此外,还应注意,学术著述的读者基本为相关领域的研究者,对该领域相关的常识性知识十分熟悉,因此在写作时,虽然应尽可能清楚交代所涉及的概念、知识性问题的来源,但没有必要对学术界已经确立的常识性知识反复加注。如引用《诗经》中的"窈窕淑女,君子好逑"这样脍炙人口、毫无争议且已经成为公共性知识的诗文时,若不做版本考察,就没有必要再予加注了。注释要注意对那些"直接引语和非普遍所知或不能轻易查证的事实与见解"②进行说明和阐释,而非常识性内容的介绍。

其次,注释还可以承担一部分文献综述及学术史脉络的梳理工作。当文中某些词汇或字句涉及学术史或者争议性问题,作者若在文中展开辨析,在篇章结

---

① 魏徵注:《隋书卷七十六·列传第四十一·文学·潘徽》,中华书局 2000 年版,第 1172—1174 页。
② The University of Chicago Press Editorial Staff. *The Chicago Manual of Style: The Essential Guide for Writers, Editors, and Publishers*(《芝加哥著述手册:作者、编辑和出版者的基本向导》). The University of Chicago Press, 2003, p.594.转引自李剑鸣:《历史学家的修养和技艺》,上海三联书店 2007 年版,第 390 页。

构上难免会使主干横生枝节，使写作显得冗长，也会影响到行文的流畅和文气的贯通。此时，可以考虑精简主干的语句，采用加注的方法予以解决，这也是学者梳理学术脉络、展开学术分析和进行价值判断经常使用的方法，是学术探讨的有机组成部分，由此也可见该学者对所讨论问题熟悉的程度，以及思辨的深度和广度，因此具有学术传承的功能。有些优秀的学术梳理型注释，本身就是一篇与所释内容相关的小型文献综述，读者完全可以据此按图索骥，把握相关问题的学术史研究和发展脉络。如陈建华先生在《紫罗兰的魅影：周瘦鹃与上海文学文化，1911—1949》（上海文艺出版社 2019 年版）一书中，谈及"鸳鸯蝴蝶派"的概念在学者研究中不断引起的困扰和争议时，在文后即以千余字梳理了"鸳鸯蝴蝶派"概念在各类相关研究及资料集中的使用情况：从 1962 年魏绍昌先生编撰《鸳鸯蝴蝶派研究资料》（上海文艺出版社 1962 年版）到 1989 年范伯群先生撰写的《鸳鸯蝴蝶派》[①]一书，再到 1992 年魏绍昌先生撰写的《我看鸳鸯蝴蝶派》（台湾商务印书馆 1992 年版）、1994 年范伯群先生主编"中国近现代通俗作家评传丛书"（南京出版社 1994 年版）、1997 年魏绍昌先生编"鸳鸯蝴蝶派·礼拜六小说"（春风文艺出版社 1997 年版），再到刘扬体先生同年出版的《流变中的流派——"鸳鸯蝴蝶派"新论》（中国文联出版公司 1997 年版）和德国学者金佩尔（Denise Gimpel）在 1999 年第 11 卷第 2 期的 *Modern Chinese Literature and Culture*（《中国现代文学与文化》）上发表的论文"A Neglected Medium: The Literary Journal and the Case of *The Short Story Magazine* (*Xiaoshuo Yuebao*), 1910—1914"（《被忽略的媒介：文学杂志和〈小说月报〉个案研究，1910—1914》），读至此注释时，读者不仅可以知晓原来"鸳鸯蝴蝶派"这个概念在使用中存在如此多的混淆，而且可以通过阅读脚注中中外学者对"鸳鸯蝴蝶派"这一概念的思考和认识，厘清通俗文学研究的学术史脉络[②]。此外，有些注释即便没有做如此细致的学术史梳理，也可以提供相关文献，读者可以藉此扩展阅读，对行文中未及展开的背景及相关学术问题予以进一步思考。如谭帆先生在《中国小说评点研究》（华东师范大学出版社 2001 年版）中，列举《金瓶梅》的评本之一《新刻绣像批评金瓶梅》时，专为此书加注，在注释中特别指出关于此书刊刻

---

① 原书引用有误，应为《礼拜六的蝴蝶梦》，人民文学出版社 1989 年版。
② 陈建华：《紫罗兰的魅影：周瘦鹃与上海文学文化，1911—1949》，上海文艺出版社 2019 年版，第 74 页。

年代的学术争议,有孙楷第、郑振铎、刘辉等多家见解①。尽管没有完全成体系地展开,但读者若对此问题感兴趣,即可以通过作者提供的这些文献进一步考察。此外,注释中也可不必详细陈述,而选用"参见""参阅"的形式,读者需要的时候,可以根据作者提供的这些文献名按图索骥,并结合自己的研究再予考察。"参见""参阅"的使用,实际上承自中国本土的治学传统②,不可偏废。可见,注释对于展示学者的学术视野、治学态度、思考的深度和广度,以及呈现学术著述的内涵和外延,均有不可小觑的功能。

再次,注释可以交代完成学术著述过程中所做的工作、开展的思考以及表达感谢。有些学术期刊要求在首页页脚注明投稿日期、修改日期、基金项目、作者简介等,也属此类。在《什么是日常统治史》一书中,侯旭东先生提及作者对"文书行政、官场运作、郡县统治与君臣关系"几个方向的确立过程时,在脚注中解释道:"有关表述前后有调整,最早见于侯旭东《关于近年中国魏晋南北朝史研究的观察与思考》……收入邴正、邵汉明主编《中国学术三十年:1978—2008》,……复收入《中国中古史研究:中国中古史青年学者联谊会会刊》第一卷……此后在申请教育部或国家社科基金的项目论证报告中,亦反复思考、提炼过。最新的表述,见《宠:信—任型君臣关系与西汉历史的展开》'后记'……"③非常清晰地描绘了该命题学术思考的发展脉络,不仅向读者全面展示了本命题的成熟程度,更有力呈现了作者学术思考的权威性和独立性。

对于一些在学术著述文献、思路、方法、内容等方面给予帮助的学者,也可以通过注释致谢,它是著作权人的权利得以保障的形式之一,同时也表现出学术著述作者的学术伦理观念和人格修养。很多学者在完成学术著述的过程中,常常会得到来自各方的帮助,严谨的学者会在学术著述的适当位置,说明此观点、方法、问题、文献、内容等来自谁的帮助——这一方面是出于对帮助者的尊重和感谢,另一方面,也能从中看出作者治学的严谨和对学术伦理的重视。同样在侯旭东先生《什么是日常统治史》一书的注释中,我们经常会看到如下文字:"感谢方诚峰兄示知诸文"④,"感谢顾涛兄惠示此文"⑤,"感谢梅雪芹教授及陈鸣悦同学费心查找上

---

① 谭帆:《中国小说评点研究》,华东师范大学出版社2001年版,第25页。
② 在《历史学家的修养和技艺》一书中,李剑鸣先生以陈寅恪先生的撰述中"参见"的书目多于直接引用的书目为例指出:"目前史学界存在一种只注材料,不注参见的风气,这也是忽视学术继承的一种表现。"
③ 侯旭东:《什么是日常统治史》,生活·读书·新知三联书店2020年版,第8页。
④ 侯旭东:《什么是日常统治史》,生活·读书·新知三联书店2020年版,第24页。
⑤ 侯旭东:《什么是日常统治史》,生活·读书·新知三联书店2020年版,第44页。

述资料"①,"有关信息承蒙清华大学人文社科图书馆任平老师惠示,谨此致谢"②,等等。这是侯旭东先生对帮助者真诚的感谢,也是表现出他对学术伦理的尊重。然而,在今天的学术著述中,能够做得如此细致的学者少之又少,能概述性提到其他人曾给予的帮助已属难得,有的著述甚至只字不提,这不仅不能证明学者的学术水准有多么高超,还会给读者带来不尊重他人的印象,降低自己的学术声誉。

最后,注释中还要注意"转引"的使用。在完成学术著述时,常常会遇到一些得自于他人著述的资料和文献。在写作时,有的作者会抛开著者,抄袭著述中的引文,并直接标注著述中的材料来源,貌似聪明,殊不知这样做会带来双重伤害:一来没有尊重著者的版权;二来很多引文,特别是古代文献、翻译文献中,著者在引用的过程中已经加入了自己的技术处理,如句读、翻译等工作,是加入了著者的智力活动,具有著者特色的引用文献。此外,著者在引用过程中也极可能存在一些笔误等,若直接抄袭著述中的引文,稍微细心一些的读者在阅读此类著述时,很容易就会发现作者没有遵守学术伦理,从而降低对学者的学术评价。正确的做法是,如果转引了其他著者的引文,注释中在标明引文出处的同时,还必须注明"转引自"何处,以遵守学术伦理。

二、注释的形式

当下学术著述的注释主要有两种常用的标注方式:一种为脚注,亦称"本面注";一种为尾注,亦称"篇末注"。③ 我们今天非常常见的参考文献,在形式上,均出现于文末。出于阅读和学术评价的需要,某些学术著作和学术期刊也会采用脚注加参考文献的著录形式。在古代文学研究相关的专业理论刊物和部分综合性学术刊物中,几乎均采用注释的方式,如《中国社会科学》《文学遗产》《文学评论》《学术月刊》《文艺研究》《明清小说研究》《红楼梦研究》《民俗研究》《文史哲》《探索与争鸣》《社会科学战线》《清华大学学报(哲学社会科学版)》《北京大学

---

① 侯旭东:《什么是日常统治史》,生活·读书·新知三联书店2020年版,第45页。
② 侯旭东:《什么是日常统治史》,生活·读书·新知三联书店2020年版,第174页。
③ 此外,还有"夹注",多出现于古代文献中,列于正文之中,有双行、单行等形式。应该注意的是,与疏、解、笺、释等体例相似,"夹注"也是他人阅读文献后所作的注解,非作者个人自注。当下的学术期刊和学术著作中多不采用"夹注"。但随着微信公众号的普及,为了阅读便利,在微信推文中,"夹注"又有复苏的迹象。

学报(哲学社会科学版)》《复旦学报(社会科学版)》等。其中,《文学遗产》《民俗研究》《文史哲》《社会科学战线》《清华大学学报(哲学社会科学版)》《复旦学报(社会科学版)》《红楼梦研究》等刊物多采用脚注;《中国社会科学》《文艺研究》《文学评论》《学术月刊》《探索与争鸣》《明清小说研究》等多采用尾注。出于学术评价的考量,也有期刊乐于联合使用参考文献加脚注的形式,如《文艺理论研究》《浙江大学学报(人文社会科学版)》《吉林大学社会科学学报》等。在学术著述中,注释基本上可以兼具参考文献的功能,而参考文献却无法涵括注释的全部功能,同时,由于参考文献对阅读和文献的使用十分不友好,以至于当年清华同方光盘版 CAJ-CD 参考文献格式规范甫一出台,即遭受了学界的多方批评,或许,这也是当下众多文史类学术期刊普遍弃参考文献的国家标准 GB/T 7714-2015 的《信息与文献　参考文献著录规则》标准体例而选择注释体例的一个重要原因。但体例不是一成不变的,很多刊物每年都会微调,给学术刊物投稿或者图书出版时,具体该采取何种注释体例,要以出版物当年的出版体例为准。

注释一般在文中以"〇＋数字"并以上标的形式,在行文中标出,并以脚注或者尾注的形式注于页脚或文末:

清初小说《五凤吟》序中说:"举世之人,每见道义之书,则开卷交睫,若持风雅之章,则卷不释手,何也?庄语辞严而义正,不克解人之闷,释人之愁。惟绮语事鄙而情真,易于留人之眼,博人之欢。"从这位作序者的话中,可知清人所说的"留人眼",是招人爱看的意思。清之书坊,刻印小说者多有在封面上方或书名左右,加上醒目的招引读者的文字,以起宣传广告的作用。如《梧桐影》,于书名之上刻"寻私寻趣"四字;《快心编》加"醒世奇观"四字;凌云阁本《好逑传》,镌"义侠遗本"四字;《情梦柝》则附以"警世奇书"四字;《幻影》(《三刻拍案惊奇》)在书名外加"型世奇观"。这样的例子,所在多有,但都不是书名,也不是书的又名。似此,则《人中画》封面左右所题之"留人眼",应是书坊(或者作者)用以引起读者注目的宣传文字,既不是一部小说作品名,也不是同书之异名。①

……

---

① 见林辰:《明末清初小说述林》,春风文艺出版社1988年版,第163—164页。①

---

① 转引自潘建国:《古代小说版本探考》,商务印书馆2020年版,第279—280页。

用于解释说明的注释没有固定格式,但如果说明有来源的文献内容,一般文末要加上文献的全部信息。一般来说,注释中的大部分主要是标注文献来源,因此,下文将对各类文献的注释体例予以说明。鉴于很多期刊和出版社对参考文献有明确要求,此处遵循国家标准 GB/T 7714-2015《信息与文献 参考文献著录规则》,将参考文献体例一并列出,以供参考。

就当前公开发表的载体形态,纸质载体类有专著(Monograph)、期刊(Journal)、报纸(Newspaper)、学位论文(Degree)、论文集(Collection)、报告(Report)、档案(Archives),等等。此外,随着网络的普及以及文献的数字化、电子化、镜像化,还有电子资源(Electronic Bulletin)类。

(一)专著、普通图书(Monograph)

基本应包括责任者、题名、出版者、出版年、版本以及页码,有些刊物或著作还要求注明出版社所在城市。对于古代文献,要特别注意文献的版本以及作者所处年代。例如:

①《康熙字典·已集上·水部》(同文书局影印本),中华书局1962年版,第50页。

②[南朝宋]范晔撰:《后汉书·卷七十九上·儒林列传第六十九上·杨伦》,中华书局2007年版,第752页。

文末参考文献标注体例为:

[1]康熙字典:已集上:水部[M].同文书局影印本.北京:中华书局,1962:50.

[2]范晔.儒林列传第六十九上:杨伦[M]//后汉书:卷七十九上.北京:中华书局,2007:752.

(二)期刊(Journal)

应注明责任者、题名、刊名、出版年份及卷、期、页码等。例如:

①杨洪升:《四库馆私家抄校书考略》,载《文献》2013年第1期,第56—75页。

文末参考文献标注体例为：

[1]杨洪升.四库馆私家抄校书考略[J].文献,2013(1):56-75.

(三)报纸(Newspaper)
应注明责任者、题名、报名、出版年月日及版次等。例如：

① 心远生：《心远草堂画跋》,见《奋报》1939年4月28日第4版。

文末参考文献标注体例为：

[1]心远生.心远草堂画跋[N].奋报,1939-04-28(4).

(四)学位论文(Degree)
应注明责任者、题名、学位论文性质,学位授予学校以及毕业年份、页码。例如：

① 高艳芳：《中国白蛇传经典的建构与阐释》,博士学位论文,华中师范大学文学院,2014年,第123页。

文末参考文献标注体例为：

[1]高艳芳.中国白蛇传经典的建构与阐释[D].武汉：华中师范大学,2014:123.

(五)论文集(Collection)
应注明责任者、题名、出版社、出版年份、页码。例如：

① 中国社会科学院：《台湾光复六十五周年暨抗战史实学术研讨会论文集》,九州出版社2012年版,第35页。

文末参考文献标注体例为：

[1] 中国社会科学院.台湾光复六十五周年暨抗战史实学术研讨会论文集[C].北京：九州出版社,2012：35.

（六）电子资源（不包括电子专著、电子连续出版物、电子学位论文等）(Electronic Bulletin)

应注明责任者、题名、网址、发布日期等。例如：

① 陈平原：《"爱书成癖"乃书生本色》,新浪博客：http://blog.sina.com.cn/pingxiaoju,2010年3月10日。

文末参考文献标注体例为：

[1] 陈平原."爱书成癖"乃书生本色[EB/OL①].(2010-03-10).http://blog.sina.com.cn/pingxiaoju.

（七）报告(Report)

应注明责任者、题名、出版社、出版年份、页码等。出于时效性的考量,当下报告多在网络上发布,故若非正式出版物且首发于网络,要注明该报告的网址和发布日期。例如：

① 中国新闻出版研究院：《2019年全国国民阅读调查报告》,网址：https://www.sohu.com/a/389793816_100016145,2020年4月21日。

文末参考文献标注体例为：

[1] 中国新闻出版研究院.2019年全国国民阅读调查报告[R/OL].

---

① "OL"为"On Line"的缩写,为网络载体标志。

(2020-04-21).https://www.sohu.com/a/389793816_100016145.

（八）档案（Archives）

应注明责任者、题名、保存地、档案编号等。例如：

① 朱联保：《在上海世界书局工作的回忆》，上海档案馆，档案编号：L1-1-289-199。

文末参考文献标注体例为：

① 朱联保.在上海世界书局工作的回忆[A].上海：上海档案馆，L1-1-289-199.

除以上文献类型外，其他各类文献，若做脚注和尾注，直接说明即可；在参考文献标识中，直接列入"Z"类。

如何写作开题报告

曹辛华[*]

什么是开题报告？开题报告就是学术研究准备开始时对所研究的选题进行论证并提交给专家的报告。其实，任何一个研究项目的开始都需要开题报告，以便研究者知道选题是否可行，也便于其他专家帮研究者把关。也就是说，开题报告是学术研究过程中的一个环节。就文体而言，它是应用文，这就决定了研究者在写作过程中不能使用过多的文学性语言，应该用理性的、抽象的、说明的文字。

开题报告作为学术论文的一部分，应先明确研究的对象，接着要论述选题的依据，最后还需说明所选对象目前的研究现状如何，以及准备在该领域有何突破。开题报告的基本内容包括以下七点：一，对研究对象的界定；二，选题理由和意义；三，研究现状；四，研究的思路、方法以及准备；五，研究的主要内容指向和框架的设立；六，参考文献和研究材料；七，研究所面临的问题和困难。

一、开题报告的文体性质与特点

开题报告为学术文体的一种，是应用文，因此要遵循学术文体的规范与要求。不应当有文学化的语句，也不应当有大量现象描述却缺少中心句或观点的段落。其特点主要有以下几方面。

第一，明白易懂。开题报告要让各个领域的专家都能明白，所以不宜用晦涩的语言或文言文。但是明白易懂不等于大白话，日常的大白话与学术语言还是有很大区别的。

---

[*] 曹辛华，上海大学文学院特聘教授、博士生导师，上海大学"伟长学者"、上海大学中华诗词创作研究院院长、现当代旧体文学研究所所长，兼任世界汉学研究会中国文学分会常务副会长、世界汉学研究会晚清民国文学分会副会长、中国文章学会副会长兼秘书长、中华诗词学会副会长、中国韵文学会常务理事、中国词学研究会常务理事、中国近代文学学会常务理事、宋代文学研究会理事等职，主要从事诗词学、唐宋文学、现当代旧体文学研究。

第二,学术性。要用专业的术语,要采用学术的规范。例如标题的分级、报告的格式、行文的方式等。报告的内容应与研究课题密切相关。

第三,科学性。不管是文科还是理科,语言都需要有科学性。原先人们并不把人文学科当作科学,但近年来,学界越来越意识到人文学科也是科学。这就要求我们的语言要准确,措辞不能模糊。"大概""大约""可能",这些词都不能使用,因为它们反映了研究者对所研究课题的不了解,同时也会影响开题专家的评价。不仅引用的数据要准确,我们根据材料得出的结论和观点也要准确。

第四,指导性。开题报告从环节上讲,还具有指导性。这包括三个方面:一是它的指向性在哪里,即对学术领域与现实社会等方面的指导作用如何。二是我们的开题报告要导向哪个方向,即研究目标。三是开题报告要能够引导专家为我们提出建议和支持。如选题理由、研究现状、框架、思路、研究基础以及研究对象所涉及参考文献等均为引导专家评判所依赖的材料。

第五,预判性。预判,类似理工学科的猜想与假设。开题报告论题的来源,主要有两个:前辈学人的问题遗留与自己兴趣爱好的选择。而自身选择的论题则需要提前预判是否能够完成。只有做好预判,从而使得论题具有说服力,才能使观点和结论令人信服。

二、选题问题

1. 选题的原则

首先要根据研究者自身素养、经历来选择论题。研究生要根据自身学科背景来进行选题,跨专业的同学不适合做涉及面过于广泛的题目,要从自身原专业出发,发挥自身特长。例如,商学院跨专业同学进行文学论文写作时,可以选择文学中的经济现象等作为论题。留学生同学可以选取自身力所能及的问题进行论述。而对于中文科班出身的同学来说,选题要根据自身素养和特长。例如,擅长书画的同学可以对稿本进行研究,古汉语能力强的同学可以侧重先秦文献的再阐发,具有诗词创作天赋的同学可以开展艺术的审美鉴赏。

除自身能力素养外,选题也要与导师的研究方向相贴合。对大多数研究生来说,其研究方向基本与硕士导师的研究方向相一致,更方便与导师进行交流,学到方法,获得指导。即使与导师研究方向不一致,也要寻找合适的办法,做好心理准备,多下功夫,向与自身研究方向相近的学者进行学习与请教,从而得到提升。从选题心理来看,无论与导师方向一致与否,都要充分认识到选题的困难性。

另外,选题也要从自身能力出发,选择大小合适的论题。硕士研究生要选择范围小、容易掌控的论题,博士研究生则要选择知识面更广博、研究方向更专业的论题。对于初出茅庐的研究生来说,选题要适中,不宜过大或过小。若研究生学位论文的选题范围大小不当、自身能力不够,则难以达到毕业要求。

2. 选题的要求

第一,要容量丰富,研究对象材料相对较多。第二,要在自身研究素养和能力范围之内。第三,选题要有研究价值。第四,研究的问题要介于中观与微观之间,从小事件发掘大问题,努力做到深挖与广阔。(就古代文学学科而言,何为中观?即所选取作家的作品不少于一百首,且与他人有交游)其五,若以大作家、名作家以及作品数量比较多的作家为中心进行选题,应选择大作家、名作家作品之一部分——值得研究的现象或问题。比如说笔者的硕士论文选题是韩愈研究,当时选题的时候很纠结,不知道该写些什么。后来在翻检大量的韩愈研究资料的基础上,发现前人关于"韩愈不喜欢汉大赋"的论断是不尽合理的。曾国藩就曾提到过"韩愈之散文从屈宋马扬来",刘开也说过韩愈最常用的方式为"抑遏掩蔽",这种写作方式在后代欧阳修、归有光的散文中多有体现。于是我便猜想既然韩愈之散文与汉赋创作有密切的联系,那么韩愈的其他文学创作是否也受到汉赋的影响呢?最后我便将硕士论文题目定为《论韩愈文学创作与辞赋的关系》。如果是选取小作家,则关于这个作家的所有问题都要涉及。还有一类选题,那就是研究某种现象、某个问题,因其大量存在,可以归纳起来进行探讨与解决,如研究古代文学作品中的植物、动物等。

3. 选题的方向

研究生在选题的过程中要选择中观的问题,此外还应有新意、有价值、有开拓、有前途。毕业论文能否顺利开题,很大程度上并不取决于题目的大小和个人的能力,而是与这个题目是否有新意、有创造相关。但是这并不否定同题共做,只要里面不存在抄袭及范围重叠问题,只要有独创之处,同题共做就不存在问题。

什么叫有新意?第一,所研究的对象是未曾被人触及或很少触及的。第二,他人在研究的过程中不深入、有缺憾或存在很多问题。第三,对自己研究的领域有一定的开创,例如笔者的博士论文所选择的方向便是现当代词学史,这在当时

是没人做过的,是一种开创。第四,所采用的研究方法、研究思路与众不同。第五,猜想、预测、推理出来的观点与众不同,有一定的突破。

怎样的论文是有价值的呢?首先,从来没有人研究过的选题、别人研究中存在问题的选题,如果拿来研究是有价值的。其次,研究的问题、得出的观点能够解决一些问题,这样的选题也是有价值的。比如说对作家生平的考证,我的学生曾做过白玉蟾的研究,重新考订了其卒年,这样的考订便是十分有价值的。

如何算是有开拓呢?某个领域、某个范围从未有人涉足过,你的选题是最早进入其内的,这便是有开拓。比如说钟振振老师的硕士论文写的是贺铸,而杨海明老师的硕士论文写的是张炎,两人对比,钟老师的贺铸研究显然更具备开拓性——贺铸的词在历史上相当一段时期是处于真空状态,直到清代才全部被发掘,因此对于贺铸的研究很不完善,钟老师的论文是最早对于贺铸展开全面研究的,而张炎研究前代已经做了一些工作。杨海明老师的开拓在于他之后用新的方法、新的撰述语言写就了《张炎词研究》。

如何是有前途呢?当导师对研究生的选题有一定指向,对其后来的学术领域有一定拓展,这样的选题便是有前途的。有前途主要体现在以下几点。一,研究能够归入当前的课题之中,对学生的出版、发表有一定的帮助。二,对学生的择业、继续深造有帮助。三,对家乡、所在地地方文化有帮助,如我的研究生的选题《宋代徽州词人研究》,便帮助其获得了省社科项目。因此,有前途也可以阐释为学术研究的应用价值。

4. 选题的方法

寻找、确定选题有如下一些可行的方法:

第一,阅读大量的文献,发现题目。

第二,归纳法。如果看到大量的现象,就用归纳法归纳出一个题目。

第三,联系法。要善于将所关注的问题与其他问题、方向联系起来。

第四,比附法。如别人研究唐宋词的忧患意识,我研究唐诗的忧患意识。

第五,多面透视法。即研究大作家的小问题。

第六,显微升华法。即研究小作家的大问题。

第七,寻找空白法。即寻找空白的研究领域。

第八,寻找冷门法。研究大家都不去研究的内容,有可能受到质疑,但一定是有创新性的。

第九,找茬法。看别人的研究有没有遗漏的、有没有偏颇的、有没有研究不充分的。

第十,扩展法。别人没有研究,或者研究得不到位,就可继续深入研究。

5. 选题的准备

第一,选了题目之后,开题前要找学长和老师作论证。研究生的眼界和知识面有限,很容易做到一半做不下去,这时可以向老师和学长求助。事实上对于题目的审查,就是审查自己的能力。能力不是自己臆想出来的,要看自己的研究素养有没有跟上。第二,看是否可以占有充分的文献资料。如果大多数资料难以获得,就需要改换题目。第三,有没有掌握研究方法,有没有研究思路。方法和思路是能否完成选题的关键。接下来要掌握相关文献。一般来说,在开题报告之前,应该找到与研究课题相关的研究前沿文献,以及与研究对象相关的基础文献。只有这样才能为写好开题报告打下基础。拥有与研究对象相关的文献,是假想、设想的基础。写开题报告的时候,可以尚未拥有或阅读足够多的文献,但是必须知道这些文献藏在哪里,用什么方式可以得到。这些都是开题报告的准备。其四,对所拥有的参考文献,及与研究对象相关的文献,进行分析归纳。梳理研究现状时关注的文献应该包含哪些?一是与研究对象直接相关的成果,二是与研究对象相关的其他对象的研究成果,这是属于间接的材料,三是不同形式、不同媒体、不同载体的文献都应该收集。这些是我们了解研究前沿、研究现状,以及探讨归纳选题的前提。接下来,要从不同的视角,采取不同的方法,利用不同的手段对作为研究对象的文献进行概括和归纳,这是我们写作开题报告的必经之路。

三、开题报告的内容及规范

不同种类的开题报告有不同的情形,按照开题报告的指向和功能来划分,可以把开题报告分为两种——毕业论文开题报告与项目类开题报告,两者的差异在于毕业论文的容量比项目大。第一类毕业论文以文献为主、文学批评为辅,包括文献的考证、梳理与辨析;第二类以文学为本,文献考述只是其中的一部分。但无论是研究作家作品,还是一种文学现象,在此过程中都离不开考证作家的家世、年谱、交游、著述等与文献学相关的内容。所以中国古代文学专业更多的毕业论文应是集文献与文学一身的。此外,还有两种内容,一种是文学批评,一种是文化学。这些都是开题报告经常遇到的内容。所有的开题报告都离不开考据和批评这两部分内容,这种风气正是程千帆先生所倡导的。

开题报告的内容主要包括以下八个部分:

1. 相关问题的界说与概要

开题报告的第一段要回答研究对象是什么,先综合说明论题,再简单概括基本内容。概要包括对当前研究现状的判断、选题理由、研究意义,以及将要采用哪些方法来研究选题,并用简明扼要的语句说明整体的研究有什么样的现实意义。

2. 研究现状与学术前沿

不充分了解选题现状的话,会导致重复劳动,且创新意义不够,甚至被质疑抄袭。我们要尽量保证百分之八九十的创新度,并站在前人的肩膀上进行深挖。学术前沿包括与研究相关的文献与作为研究对象的文献,不应忽视与选题研究不密切相关但也属同一领域的文献,例如研究小说,对词、戏曲也要有所涉及。

3. 选题理由与研究意义

选题理由是基于研究现状与学术前沿的。选题理由要说明研究现状,比如某种问题大量存在,或是当前人们在这一领域缺乏研究,所以值得探讨。此外,还要上升到相关的更高一级的层面上阐述意义,以及这一选题在现实中的应用。

4. 研究思路、研究内容与研究框架

研究思路是要说明研究路径和方法是否可行,是否具有操作性。研究内容要表明研究对象和要解决的多种问题,作用在于使专家迅速并更深刻地了解到选题涉及哪些问题。研究框架能使研究思路形象化,以保证写作没有偏颇和缺失,引导研究顺利进行。

5. 研究基础

研究基础包括研究者的学术素养、知识储备、掌握文献的程度,做过哪些学术锻炼与研究对象直接相关,所在课题组拥有的数据库等硬件,与研究课题相关的专家和同行等人力资源支持。

6. 参考文献

开题报告的参考文献与毕业论文最终所列参考文献不同,与研究相关的都要列出,分成已拥有的文献与还需再寻找、下载和收集的文献两类。这样专家就能告诉你如何进一步获取文献,以及查到缺失的文献。参考文献收集路径包括把论题上升为大类和划分成关键词进行检索,另外目录、提要、方志与研究领域的专家论著后所列文献都会提供信息线索。

7. 开题报告前的陈述

首先,要介绍自身情况。其次,汇报研究对象、研究意义、研究领域存在的问题、自己的研究方法与路径,以及研究中的困难,需要专家帮助解决哪些问题。

8. 总结

需总结出参与报告的专家与老师对自己课题的态度,说明他们指出的开题报告中欠缺的文献与内容、规范方面存在的问题。

四、论文框架搭建的总体原则与方法

1. 论文框架搭建的原则

第一,搭建论文框架一定要围绕论题中心展开。凡是与论题相关的问题都需要探讨并纳入论文框架中。需要注意的是与论题相关的文献既是论文写作的依据,也是论文读者重点希望获取以供继续深挖、再研究的参考资料,因此也需要纳入论文框架中。比如作家研究中,该作家评论其他作家作品的文献、他人评论该作家的文献以及与其相关且是最新发现的文献都应该纳入论文中,且应算作论文篇幅的一部分。其他与论题密切相关的文献,也应视情况纳入论文正文或附录在正文之后。例如作家研究,作家生平事迹(包括碑传等新发现材料),如若可以进行考察、考述、论证、解释,做到融入论文主题,即可放入正文。如若无法做到细致考察、论述则可附录在文末。其他如年谱,唱和、交往的证据材料,如果体量较少,一般放在论文的注释中处理,如果体量较大,则应附录在文末。另外,有的同学擅长作数据统计,形成大量表格,则需注意将大量表格放入正文的前提是对表格内容进行充分的说明、解释、阐发。如若不能,则应将表格附录在文末。总之要牢记:凡是进入论文正文的内容,都应是经过论证阐释的;放入附录中的内容,也一定是和研究论题、过程密切相关的文献。

第二,搭建论文框架一定要具有全局意识、全局观念。无论是作家作品研究、文学专题研究、文学现象研究都应对所涉及的问题进行全面的探讨。例如在做"南宋词人李曾伯研究"时,就应该将李曾伯的生平家世、诗词文创作情况做全面的考察研究。即使李曾伯的主要身份是词人,但是他的其他体裁的文学创作,如诗、文创作都对其整体文学创作风格、思想的形成构成影响,都是其文学研究不可忽视的部分,因此必须纳入整体考察。需要注意的是,如果在写作过程中,发现论题涉及面过广,牵涉的问题难以探讨穷尽,论文难以完篇,则应该及时对论题进行"瘦身",适当削减论文讨论范围。比如可将"南宋词人李曾伯研究"压缩为"南宋文人李曾伯词研究",将研究集中到词研究这一方面。但是本着知人论世的原则,其生平、交游、著述历程这些内容仍应该维持全面系统的论述。

第三,搭建论文框架一定要做到符合逻辑、具有条理性。例如在做"陈衍的《近代诗钞》研究"时,就应包含以下几个方面的要素,并按照逻辑顺序对其一一展开论述。一是论述清楚《近代诗钞》的编选者陈衍的生平事迹。需要注意的是陈衍作为大家,其生平事迹已是常识问题,不宜过多展开陈述,而应将关注重点放在当前陈衍研究缺失的地方。二是论述清楚陈衍编选、撰著诗学著作的历程。需要注意的是凡进行选集、总集、专题研究,首先要将涉及的作家、编者的问题界说清楚,接下来则要论述清楚选本的问题。选本的问题主要包含两方面:一方面是选本本身可以直观考察的外部形态问题,譬如词选形态、版本、收录了哪些作家作品等情况。另一方面是研究对象,研究对象的形成过程,譬如词钞、诗钞的成书过程。这些问题难以从选本外围直观考察,需要借助其他史料、著述,进行推论、总结而来。三是要透过诗钞所选作家作品分析归纳编选者的选诗观念、诗学观念。四是要结合当时诗坛、诗歌流派、诗学批评的总体情况,论述诗钞在近代诗学史、清诗总集编撰史上的意义和价值。另外,还要汇集《近代诗钞》中的诗人小传、评语。研究的逻辑顺序是文献、专题、综论。而论文的逻辑顺序是综论、专题、文献。设置的章节不允许交叉、重复、错乱。综论和个案也不能交叉重复。在综论中写过的,个案中必须提的简单提及一下,前后互牵。

第四,以问题设置章节,而不是以门类设置章节。什么是门类?如研究一个作家,要研究作家的生平家世、著述、创作历程、内容题材、艺术、影响、评价等。论文可以按照这些门类思考,但要带着问题进行研究。如研究一个作家,要深入思考,对其创作历程要分阶段进行揭示,内容题材按照特点来分析等。要带着问题意识对章节进行设置。

第五,搭建框架要符合轻重缓急的原则。轻和缓的就是指没有难度的,重是比较难的,急就是指影响整体性的章节。轻和缓的部分在论文框架中可以没有或者处于次要位置,框架中必须列出来的是重和急的部分。论文中如果有新发现必须深挖,这部分是论文的亮点。最好的论文框架是全部以观点、以问题来搭建的,每一章节都要有问题意识。

2. 论文框架搭建的方法

学会采用"文献考述+综论+个案"三部分搭建。研究顺序应该是文献在前面,先要有文献才能有研究,有了文献就可以进行个案研究。正常情况下,个案越多,越方便写综论。但是,要整体考察一个对象,就要宏观考察。因此,综论和个案没有先后。如果盯着一个小问题或者个案一直研究,影响了整体宏观研究是不正确的。要分析哪些部分详写、哪些部分略写,要合理剪裁。初学者要先把材料进行抽样,进行个案考察,再进行综合宏观研究。每个研究者都应该具备抽象概括、归纳概括、推理、演绎的能力。

古代文学专业的论文整体框架基本上由文献考证、综合论述、结语三大部分组成。无论是宏观研究还是专题研究都离不开这三部分。

第一,文献考证。文献考证应该是与论文相关的基础研究。作家研究中,有一部分是文献考证。例如:作家生平事迹、家世、交游、著述以及作家重要事迹的考证,都属于文献考证内容。专题考证,例如鲁宴松硕士论文《韩国现代汉诗考论》,要先考证有哪些作家、有哪些作品,在此基础上对这些作家与作品的特点进行研究。又如李飞跃所作的《民国滑稽文学研究》从不同类型的滑稽文学进行汇辑,如滑稽诗话、滑稽词话、滑稽联话、滑稽文、滑稽诗、滑稽词、滑稽赋等;其文献考证的重要问题,是从滑稽诗话什么时候出现、为什么民国时期才出现等方面进行考察。

第二,综合论述。当围绕论题考察问题,作为各章节目录。例如,作家研究所包含几方面:首先,考察作家创作历程、创作心态、题材与内容、思想。然后,依次考察作品的题材与内容、思想、艺术。艺术部分主要包括:其一,怎么写——用什么文体写出来的;其二用什么语言写出来的?语言如何运用,上升为句法、章法,以及写作思路等。其三,营造意境通过什么方式?其一为意象。意象包含:物、声音、色彩、自然环境(例如:古人写想家的时候一种为月圆时,一种为黄昏时,还有一种为节日时候)、生活环境(在室内还是室外?亭台楼阁还是乘马车等?)、场面(例如:战争场面)。其二,语言表达方式。采用哪些手段、语言营造环境。还应该说明从哪些视角解决哪些问题。即表现过程中是用议论方式,抒情方式还是动漫方式表现,等等。最后,评判定位。对作品的评判包括两方面,一是意蕴,二是意义。

第三,结论——论文研究的总结,是论文框架必有的部分。此部分是研究基本完成后才写作的。结论的内容应包含如下内容:一是通过研究得到哪些观点。二是通过研究发现了哪些新材料、新问题。三是通过研究哪些问题已经解决,哪些问题值得以后继续解决。四是研究的价值意义。除了文学研究的意义外,也包括对现实社会的意义。

四、开题报告各部分的写作方法

1. 研究现状的写作

先总体概括研究现状,以由近而远的方式阐述与研究对象密切相关的研究情况,以及所属的更高的层次和门类的研究情况。每一段落必须有观点,应一一罗列和指出各文献所提供的价值,行文应从不同角度描述得到的结论,宜形象具体,不宜抽象。之后要有总结段,总结从总体上看有哪些成果对论文有所支撑,有哪些不足需要补充,有哪些缺失需要继续发掘,有哪些前人经验值得借鉴。

2. 研究意义的写作

从总体上向专家和读者说明研究意义,从自身意义到对上一级门类、高一级层面、更广一级的领域的意义都要涉及,还要结合时代阐述价值。该段落要告诉专家研究对象是值得研究的,以及研究者当前在这一领域的不足、缺失与缺陷,解决存在的问题即选题理由。比如对民国滑稽文学的研究,对中外滑稽文学的研究都有意义,对民国时期各种滑稽文体的研究有启示作用,对滑稽文学批评、文艺研究有意义,能够推动对通俗文学、民国旧体文学的研究,对当代滑稽文学的研究也具有促进作用。

3. 参考文献的写作

参考文献最好的编排方式是分类,按照与课题相关的紧密程度来排序。第一部分是作为研究对象的文献,第二部分是与研究对象密切相关的文献。先列文集,再列文集未收作品;先国内,再国外;先古代,再当代。每一类下面再分研究著作和论文两部分。参考文献的排列次序建议以作者姓名为先,然后是论著名称和出版信息。不宜以时间先后、音序或笔划多少为顺序来笼统地编排文献。

4. 写作规范

开题报告封面字号是三号字,正文字号是小四。最多有两级标题,标题后不要加标点符号,建议用黑体字,宋体标题需要加粗、居中。开题报告的一级标题与下文之间可空一行,二级标题居左。章节之间空上一到两行,无须标点符号。注意章、节名称字号应有区别。正文行间距为 1.5 倍行距。建议单面打印。除封面外,其他页插入页码。指导老师姓名后面加上职称。

语言表达上要做到文从字顺,表达清楚,观点鲜明,所举例证要与观点密切相关。在整体框架结构方面,要注意章、节之间的关系。章与章之间为并列、递进关系;节与章之间为从属关系。切记写作过程中章、节不能交叉。每一章节的篇幅应该相对均衡。

论文应当有附录。可包括:简表、表格、目录、年谱、文献汇辑以及已有的阶段成果等。这些是研究过程与辛苦程度的显示。